Die letzte Lüge
am Ende der Welt

Alvi M. Kearne

W0314936

Alvi M. Kearne

Die letzte *Lüge* am Ende der *Welt*

Roman

Content Notes
befinden sich im Anhang S. 416

© 2023 Alvi M. Kearne
c/o autorenglück.de
Franz-Mehring-Str. 15
01237 Dresden

Layout und Buchsatz: Stefanie Scheurich, Bildmaterial: freepik.com
Umschlaggestaltung: Katharina Netolitzky, u.a. unter Verwendung
von Fotos von showcake/Shutterstock und
Ivan Feoktistov/Shutterstock
Lektorat: Rohlmann & Engels

Das Werk, einschließlich seiner Teile, ist urheberrechtlich geschützt. Jede Verwertung ist ohne Zustimmung der Autorin unzulässig. Dies gilt insbesondere für die elektronische oder sonstige Vervielfältigung, Übersetzung, Verbreitung und öffentliche Zugänglichmachung.

»Lange kann niemand eine Maske tragen.
Was nur erheuchelt ist, fällt bald in seine Natur zurück.«
– Lucius Annaeus Seneca
(ca. 4 v. Chr. – 65 n. Chr.)

EINS

I

Strahlend wie Champagner

Das Geräusch war kaum mehr als ein rhythmisches Klicken, tröstlich und vertraut, ein weit entferntes Flüstern aus einer anderen, ihm fremd gewordenen Zeit.

Er wünschte, er könnte in der Gedankenlosigkeit bleiben, die ihn wie eine weiche Wolke umhüllte, um sich eine Weile in deren Zuflucht auszuruhen. Zumindest, bis der Sturm vorübergezogen war. Aber nach und nach schwoll das Klicken zu ohrenbetäubendem Getöse an, verhakte sich mit spitzen Zähnen in seinen Gehörgängen und zerrte an ihm, bis es ihn anbrüllte: *Ticktackticktackticktack!*

Er grunzte widerwillig, zwängte die Lider auseinander. Seine Lesebrille lag als verschwommenes goldenes Objekt auf der sattbraun glänzenden Tischplatte vor ihm. Er klappte sie zusammen, steckte sie in die Brusttasche seiner Weste und stützte die schwere Stirn in die Hand. Ein tiefes Seufzen entwich seinem Mund.

Sein Blick blieb am Ziffernblatt der Pendeluhr hängen, die ihn so erbarmungslos aus dem Tiefschlaf gerissen hatte. Die Zeiger standen auf kurz nach acht Uhr und Tageslicht drängte durch die zugezogenen Gardinen.

Die Bilder in seinem Gedächtnis waren durcheinander

und die Erinnerungen an den letzten Abend unvollständig, aber eines wusste er noch: Der Sturm war ihm vom Scheitel bis in die Fußsohlen gefahren, und hatte weiß Gott wie lang getobt und gewütet. Niemals zuvor hatte er einen solchen Zorn empfunden, nie war er von einer solchen Naturgewalt überrollt worden. Der fürchterliche Orkan hatte sich seines Körpers und Geistes bemächtigt, die einst wohlgewählten Worte in seinem Mund verdreht, sodass er sie als Flüche und Verwünschungen ausstieß, seine Hände zu Fäusten geballt und gegen seinen Willen geführt.

Dieses Gesicht! Jäh blitzte es aus seiner Erinnerung hervor und starrte ihn erneut voller Entsetzen aus dem Halbdunkel heraus an, makellos und so verhasst. Die ganze letzte Nacht über hatte er versucht, diesen Anblick mit Wodka von den Innenseiten seiner Lider zu waschen, aber so viel er auch getrunken hatte, das Gesicht drängte immer wieder in seine Gedanken zurück.

Wie von einer unsichtbaren Kraft getrieben, stemmte er sich mit beiden Fäusten an der Tischplatte hoch, zuckte gleich darauf zusammen und stierte mit offenem Mund auf seine Hände, berührte die Knöchel mit zittrigen Fingern. Ein rechtschaffener Mensch und guter Bürger wie er sollte einem anderen etwas angetan haben? Nein. Völlig unmöglich. Vielleicht war es gar nicht so geschehen, wie er glaubte, schließlich bestand der letzte Abend aus einem chaotischen Mosaik an diffusen Bildern und Geräuschen. Ja, gewiss fantasierte er einen Ausgang ihrer Auseinandersetzung herbei, der auf diese Weise niemals stattgefunden hatte. Niemand war ernsthaft verletzt worden.

Einen halbherzigen Schritt später stolperte er über eine leere Flasche, die zur Seite schlitterte und mit einem unschuldigen Klirren gegen eines der Tischbeine stieß. Er fluchte, ruderte mit den Armen und bekam den Beistelltisch zu fassen, den er um ein Haar niederriss.

Glas knirschte unter seinen Sohlen, ein paar schmutzige Perlen lagen verstreut zwischen den Stühlen, einst strahlend wie Champagner, nun bizarr deformiert und stumpf. Er kniff die Augen zusammen, schüttelte verwirrt den Kopf. Hatte seine Frau die Perlenkette gestern getragen? Und selbst wenn, so leicht ließen sich Perlen doch nicht verbiegen, sie würden eher in Stücke brechen. Das ergab keinen Sinn. Außer –

Seine Hand schnellte an den Kiefer, tastete dann in seinem Mund. Er atmete auf. Es waren nicht seine Zähne dort auf dem Boden, es waren die von ... Wie war sein Name noch gewesen? Etwas Kurzes, Wohlklingendes. Er bekam ihn nicht mehr richtig zusammen, aber es spielte keine Rolle. Er wollte diesen Namen ohnehin nie wieder hören, geschweige denn ihn je wieder aussprechen.

Eilig zog er sich feste Kleidung an und trat vor die Haustür. Alles um ihn herum strahlte viel zu grell und er schlug die Hände vor sein Gesicht, lugte zwischen den Fingern hindurch. Die verschneiten Spuren erkannte er nur mit Mühe, aber je weiter er durch den Garten stapfte, desto deutlicher wurden sie. Hier eine Handvoll umgeknickter Grashalme in einer Schneemulde, dort ein einziger Tupfen Rot, der auf dem strahlenden Weiß zu einer Rose explodiert war.

Er starrte mit offenem Mund auf den Fleck.

»Toivo, bitte«, flüsterte eine winzige Stimme seinen Namen.

Einen Schrei auf den Lippen fuhr er wie elektrisiert herum und drehte sich im Kreis. Sein Blick huschte suchend über die verschneite Wiese, den Waldrand und die Bäume dahinter, hoch bis zu den Gipfeln und wieder zurück. Aber hier war keine Menschenseele.

»Ich will nur … heim.«

Schlagartig setzten sich die Erinnerungen zu einem grässlichen Flickenteppich zusammen: weit aufgerissene Augen, leuchtendes Weiß mit bodenlosem Schwarz in der Mitte, diese animalischen Schreie, von denen ihm jetzt noch die Lunge brannte. Und dann das berstende Holz. Nein. Nein, kein Holz, es war anders. Weicher. Und wärmer.

Toivo würgte, taumelte zu einer der alten Tannen hinüber, stützte sich mit beiden Handflächen an den rauen Stamm. Während er auf den glitzernden Schnee zwischen seinen Stiefeln starrte, lauschte er seinem Keuchen in der endlosen Weite und wartete, bis die Bilder verblasst waren. Dann erst stapfte er weiter, die Nasenspitze taub, die Finger klamm, und seine Zähne schlugen wie in Protest aufeinander, aber es half alles nichts, er musste ja doch nachsehen. So kämpfte er sich geradewegs auf das dunkelgraue Rechteck des Geräteschuppens zu.

Schnaufend kam er zum Stillstand. Er wühlte in seiner Hosentasche nach dem Schlüsselbund und schloss die Tür mit zittrigen Fingern auf. Einmal noch holte er tief Luft, atmete langsam aus, dann riss er gegen den bleischweren Widerstand in seinen Armen an der Türklinke.

Hochgewirbelte Schneekristalle tanzten in den silbrigen Sonnenstrahlen, die in schmalen Streifen durch die Bretter fielen und in der eiskalten Luft nichts mehr zu wärmen vermochten. Er sah ihnen zu, bis sie sich gelegt hatten, eine Hand auf seinem hastig klopfenden Herzen, damit es ihm nicht aus der Brust sprang, anschließend zwang er den Blick zu Boden.

Auf den schmutzigen Holzdielen lag der Mann aus seiner Erinnerung wie ein achtlos weggeworfenes Papierknäuel. Er trug nur ein Hemd, Jackett und eine dünne Stoffhose. So gekleidet musste er in dieser Kälte längst erfroren sein. Ein feiner Stachel des Bedauerns stieg in Toivo hoch. Gewiss hatte der junge Mann letzten Endes das bekommen, was er selbst heraufbeschworen hatte, aber trotz allem war dies kein würdiger Abschluss für die Jahre, die sie unter einem Dach gelebt hatten.

Er sank neben dem reglosen Körper auf die Knie. Als er mit zitternden Fingern an dessen Schulter zog, rollte er wie ein nasser Sack auf den Rücken und gab damit den Blick auf sein Gesicht frei. Toivo schrie vor Entsetzen, hastete auf allen vieren zurück, bis er gegen die dünne Holzwand prallte, und presste sich mit ganzer Kraft dagegen. Mühsam unterdrückte er den Brechreiz, der erneut in seiner Kehle hochstieg. Er wollte hinaus aus diesem Schuppen, alles vergessen, was er gerade gesehen und gestern Nacht getan hatte. Stattdessen blinzelte er, ohne etwas wahrzunehmen, den Kopf voll schneeweißem Rauschen.

Er hatte einen wehrlosen Mann, der von seiner Hilfe und seinem guten Willen abhängig gewesen war, umgebracht. Ein solch gigantisches Verbrechen konnte er nicht unter Kontrolle bringen, geschweige denn vertuschen. Man würde ihn verhaften und ihm alles wegnehmen: die Mine, den Hof, sein gesamtes Vermögen. Seine Karriere und sein Leben waren zu Ende. Wut flammte in ihm auf wie ein Buschfeuer, über das der Wind fegte, und er presste die Zähne aufeinander, bis sein Kiefer knirschte.

»Verdammter Idiot«, stieß er hervor und meinte damit gleichermaßen den Toten vor seinen Füßen wie sich selbst.

»Das ist alles deine Schuld! Sieh dir an, wozu du mich gebracht hast! Einen Mörder hast du aus mir gemacht!« Weinerlich klang er, wie ein schwaches Kind, und er verabscheute sich dafür.

Er hielt inne. Vor dem offenen Mund des Mannes bildete sich aus der Atemluft eine winzige weiße Wolke.

2

Das ist nichts

Das schwarze Jackett landete gerade so auf der Stuhllehne, verlor dann doch den Halt und rutschte zu Boden.

»Was in aller Welt ist hier passiert?« Gustav Bensons wache hellblaue Augen stachen unter den weißen Brauen hervor.

Er rüttelte an der Schulter des Bewusstlosen, der auf dem Bett einer schlichten Kammer lag, und drehte sich nach Toivo um.

»Hörst du mir zu? Wer ist das?« Gustavs ratlose Blicke huschten über das verschwollene Gesicht.

»Gustav, ich …«, stotterte Toivo, brach dann hilflos ab. Weder konnte er es laut sagen noch seinen alten Freund ansehen. So brachte er nur ein klägliches Flüstern zustande: »Es ist außer Kontrolle geraten.«

Der andere starrte ihn verständnislos an. Erst als Toivo auf die glänzend polierten Schuhspitzen des Mannes nickte, erhellte sich Gustavs Miene.

Im nächsten Moment verfinsterte sie sich. »Ich habe dir von Anfang an gesagt, dass er Probleme bedeutet.« Während er in seiner schwarzen Ledertasche wühlte, schüttelte der Arzt missbilligend den Kopf. Er schnitt die Hose seines

Patienten mit einer Schere auf. »Grundgütiger, Toivo! Bist du noch bei Sinnen?«

Toivo streifte das, was Gustav so entsetzte, mit einem flüchtigen Blick. Die Dunkelheit des Schuppens hatte gestern Nacht noch alle Sättigung aus dem tiefen Rot gesogen. Nun zeigte das Tageslicht die Überreste von Toivos Zorn: Wie das Gesicht des Mannes hatte er auch dessen Unterschenkel zu einer unförmigen Masse verunstaltet.

Die Worte sprudelten nur so aus Gustavs Mund: »Was kann ich hier schon ausrichten? Ich müsste ihn sofort ins Hospital bringen, aber die Fahrt in die Stadt dauert zu lang, er ist schon jetzt eiskalt und die Straße völlig verweht. Die Pferde kommen kaum voran!«

Toivo starrte durch Gustav hindurch, als dieser zwei Holzscheite in die züngelnden Flammen des Ofens in der Ecke warf.

»Jetzt steh nicht so herum, bring mir ein paar Decken. Heißes Wasser. Eine Wärmflasche. Und Tücher. Viele Tücher! Beeil dich!«

Toivo, dankbar über die klaren Anweisungen, hastete los. Zwei Mal rannte er vom Dienstbotengebäude durch den Garten ins Haupthaus und zurück, um alles zu holen, wonach Gustav verlangt hatte, aber dann standen zwei dampfende Eimer Wasser neben dem Ofen und auf dem Stuhl lagen einige dicke Wolldecken sowie ein Stapel Küchentücher.

Gustav wusch sich am Waschtisch die Hände, holte ein Fläschchen Alkohol, Nadel und Faden aus seiner Tasche, dann machte er sich ans Werk. Er warf Toivo einen schnellen Blick über die Schulter hinweg zu. »Bist du auch verletzt?«

Toivo betastete die Schwellung an seinem Wangenknochen, blickte auf die rot leuchtenden Fingerknöchel seiner beiden Hände. Seine Arme waren unter den feinen blonden Haaren von Kratzern und blauen Flecken übersät.

Der Arzt schnaubte und nähte emsig weiter. »Das ist nichts. Lächerlich.«

Als er fertig war, breitete er zwei der Decken über dem Bewusstlosen aus, rollte die dritte zusammen und schob das verletzte Bein damit gegen die Wand, um es zu stabilisieren. Dann tränkte er ein Tuch mit heißem Wasser, reinigte behutsam Gesicht wie Bein des Verwundeten und verband ihn schließlich.

Eine Weile musterte Gustav den jungen Mann schweigend, dann presste er Daumen und Mittelfinger an die Nasenwurzel, kniff die Augen zusammen und stieß hervor: »Was in Gottes Namen ist nur in dich gefahren?« Er wies auf das Bein. »Das wird nie wieder heilen!«

Toivos Blick folgte Gustavs ausgestrecktem Zeigefinger. »Kannst du es denn nicht … schienen?«, murmelte er.

Der alte Arzt schüttelte ungläubig den Kopf. »Da ist nichts mehr übrig, das ich schienen könnte. Dir ist doch klar, dass ich die nächsten Tage hierbleiben muss, um mich um ihn zu kümmern?« Er wandte sich zum Waschtisch, säuberte Hände und Unterarme mit dem letzten Rest des warmen Wassers, und sah Toivo abschätzend an. »Jetzt sag mir endlich, was hier los ist. Zuerst lässt du monatelang nichts von dir hören und dann rufst du mich zu einem Desaster.«

Toivo hatte die Wahrheit gesehen, das war hier los. Doch mehr als ein vages Kopfschütteln brachte er nicht zustande. Er war hin und her gerissen zwischen dem inständigen Wunsch, seinen Freund in die Geschehnisse einzuweihen, und abgrundtiefer Scham über seine eigene Torheit.

Gustav faltete das Handtuch zusammen und hängte es über den Rand der Waschschale. Er packte seine Utensilien und Instrumente in die Tasche, hievte sie auf den Stuhl neben dem Bett und musterte den Mann, dessen Gesicht wie das einer garstig geschminkten Wachsfigur in allen erdenklichen Rot- und Violetttönen leuchtete.

»Ging es um Geld?«, murmelte Gustav und verzog die Lippen in Abscheu. »Ihn so zuzurichten, das kann nur wegen Geld gewesen sein.«

Toivo konnte seinem forschenden Blick kaum standhalten.

»Oder wegen einer Frau. Deiner Familie geht es doch gut?«

Gustav würde die abstrusesten Theorien in sein Schweigen hineininterpretieren, wenn Toivo jetzt nicht redete. Wenigstens einen Happen würde er dem Arzt zuwerfen müssen. Irgendetwas – ob wahr oder nicht. »Ich habe sie bis auf Weiteres zu Greta in die Stadt bringen lassen, bis sich alles beruhigt hat. Besser, wenn sie jetzt nicht hier sind.« Die Erschöpfung lag wie ein Klumpen Blei in seiner Stimme, aber wenigstens übertönte sie das Zittern darin. »Dieser Mann ist ein Lügner. Und ein Dieb.«

Gustav zog die Brauen hoch und legte damit seine Stirn in hunderte Falten. »In Anbetracht seiner kriminellen Vorgeschichte sollte dich das nicht überraschen. Du hättest damals auf mich hören und ihn nach seinem ersten Raubzug vor die Tür setzen sollen. Man söhnt sich nicht mit Kriminellen aus. Und schon gar nicht freundet man sich mit ihnen an.« Er verschränkte die Arme vor der Brust. »Aber was um Himmels willen hat er diesmal entwendet, dass du zu solchen Mitteln greifen musstest? Dein letztes Stück Brot?«

»Ich habe ihn zur Rede gestellt. Anstatt seinen Fehler zuzugeben, hat er mich beschimpft. Provoziert. Und dann …«

Gustav seufzte. »Dann ist es außer Kontrolle geraten. So viel habe ich verstanden. Du musst die Polizei rufen.«

Eine heißkalte Welle rollte durch Toivos Körper. Er suchte im ganzen Raum nach Worten. »Keine Polizei. Das wird auch in seinem Interesse sein. Ich regle das mit ihm.«

Der Arzt krempelte seine Ärmel wieder hinunter, während er den Kopf von Seite zu Seite wiegte. »Sei dir da nicht so sicher. Du hättest nach dem Pastor schicken lassen sollen anstatt nach mir. Spätestens jetzt wird es Zeit.«

»Noch nicht. Er ist ein starker, gesunder Mann.«

Gustav sah Toivo tief in die Augen. »Das war er. Es ist kaum absehbar, wie es in ein paar Stunden um deinen Freund stehen wird. Geh an die frische Luft, atme ein paar Mal tief durch und komm endlich zur Vernunft.«

Freund? Eigentlich wollte Toivo lachen, so absurd fühlte sich dieser Gedanke an, doch seine Kehle schnürte sich zu. Mit dem Ausatmen brach etwas in ihm. »Dieser Mann war nie mein Freund.«

3

In guten Händen

Am späten Abend stand Toivo mit einem Holztablett in der Tür der kleinen Kammer, wo eine Öllampe auf der Kommode darum kämpfte, den Raum mit ihrer spärlichen Flamme zu erhellen.

Gustav saß auf dem einzigen Stuhl des Zimmers. Die runde Nickelbrille war auf seine Nasenspitze gerutscht und sein Kinn beinahe an die Brust seines Jacketts gesunken. Als Toivo sachte gegen den Türrahmen pochte, fuhr er hoch. Sein erster Griff ging zum Mund seines Patienten und kontrollierte mit dem Handrücken seinen Atem, der zweite schob die Brille am Steg zurück an die Nasenwurzel.

»Entschuldige, ich wollte dich nicht erschrecken. Aber du sitzt schon seit Stunden hier und solltest dir eine Pause gönnen. Ich löse dich gerne ab.«

Der Arzt warf einen Blick auf den Verband am Bein des Verletzten. Ein unförmiger roter Fleck hatte sich dort gebildet. Er gähnte und streckte sich. »Kann ich nicht. Falls er aufwacht, muss sich jemand um seine Schmerzen kümmern. Wenn er stirbt, muss jemand für ihn beten. Da du es den Pastor nicht tun lassen willst.« Er schüttelte tadelnd den Kopf.

Toivo breitete seine Worte wie eine weiche Decke über Gustav aus: »Du hast eine lange Fahrt und einen harten Tag hinter dir, schläfst schon im Sitzen ein. Das alles in deinem Alter.«

Gustav blinzelte erfolglos die Müdigkeit aus seinen kleinen Augen.

»Iss etwas. Leg dich ein paar Stunden hin.« Toivo stellte den Wasserkrug und den Teller mit belegten Brötchen auf die Kommode.

»Ich lasse dich nicht mit ihm allein. Nicht nach allem, was ich gesehen habe und wo du ihm geistlichen Beistand verweigerst. Das ist unmenschlich. Unzivilisiert. Gerade dir sollte ich so etwas nicht erklären müssen.«

Toivos Hand sank mitsamt dem leeren Tablett darin zu Boden.

»Ich verweigere ihm gar nichts. Wenn ich das täte, hätte ich dich nicht rufen lassen. Und du bist bewandert genug in solchen Dingen. Bei der alten Solheim damals, im Frühjahr 1864, war es doch auch nichts anderes. Du hast sie und ihre Familie einfühlsam begleitet, als sie starb.«

Gustav schnaubte. »Thordis Solheim war fast neunzig Jahre alt, bettlägerig und beinahe blind!«

Toivo nahm in aller Ruhe ein dickes Buch von der Kommode. »Du weißt, worauf ich hinauswill.«

»Das hoffe ich. Sonst würdest du allen Ernstes den vorhersehbaren Tod einer alten Frau mit diesem …«, Gustav griff sich an die kahle Stirn, »diesem … Vorfall hier vergleichen.«

Mit einem versichernden Lächeln legte Toivo eine Hand auf Gustavs Schulterblatt. »Selbstverständlich will ich das nicht. Jetzt komm, du kannst nebenan schlafen, Ingrid hat das Bett für dich gerichtet. Und ich wecke dich, sobald er zu sich kommt. Ich werde nur hier sitzen und lesen. Versprochen.« Toivo drückte sachte seine Schulter, aber der andere würdigte ihn mit keinerlei Reaktion.

Die Hitze stieg in Toivos Kopf. »Ich bitte dich! Hast du noch nie einen Fehler gemacht? Du kennst mich seit fast dreißig Jahren! Wie viele Stunden haben wir uns schon an meinem Esstisch amüsiert? Du hast meinen Jungen auf die Welt gebracht, ihn als Erster im Arm gehalten«, die Worte wandelten sich erst in ein Murmeln, dann versiegten sie. Er ließ die Schultern sinken.

Das war so unendlich lang her und bedeutete ohnehin nichts mehr. Er hatte es aus Gewohnheit gesagt, aber zum tausendsten Mal vergessen, dass er ein Luftschloss aus Erinnerungen baute, das mit der Wirklichkeit nichts gemein hatte. Er verdrehte die Tatsachen, damit sie sich besser anfühlten. Familie, Zuhause, Geborgenheit. Liebe. Diese Begriffe waren an guten Tagen nichts als Worthülsen und an schlechten der Ursprung seines Hasses auf den Bewusstlosen neben ihm. Toivo hatte in den vergangenen Monaten viele schlechte Tage gehabt. »Vertrau mir. Ich tue ihm nichts. Mein Zorn ist vorüber.«

Mit jeder Sekunde verloren Gustavs Züge ihre Härte. Dann seufzte er lange. »Um der alten Zeiten willen. Aber ich warne dich«, er griff nach dem Teller mit den belegten Brötchen und dem Wasserkrug und tappte damit ein paar steife Schritte zur Tür hinüber, ehe er den Zeigefinger hob, »ich habe mittlerweile einen sehr leichten Schlaf.«

Die Stunden verstrichen. Toivo zog seine goldene Taschenuhr aus der Weste, klappte sie auf und hielt sie ins Licht der Lampe. Die Zeiger standen auf kurz vor fünf Uhr und das Morgengrauen würde den Himmel bald silbrig anmalen. Er schlug die Beine übereinander und kreiste mit dem Fuß, bis seine Wade zu kribbeln aufhörte.

Durch die Wand drang das sägende Schnarchen des Landarztes.

Toivo war zwar todmüde, aber Schlaf würde er nicht finden. Im Gegensatz zu Gustav war er jung genug, um zumindest eine Nacht zu durchwachen, auch wenn er die Erschöpfung in jedem Knochen spürte.

Er griff nach dem ledergebundenen Buch auf der Kommode, das er zwar zu lesen begonnen, aber nach einer Weile lustlos weggelegt hatte. Nun strich er erneut über den schlichten Einband und ließ die Seiten durch seine Finger gleiten. Seine Miene verfinsterte sich; seine Frau hatte ihm das Buch zu ihrem ersten gemeinsamen Weihnachtsfest geschenkt. Damals hatten sie noch allein gefeiert, drei Jahre später schon zu dritt. Die Feiertage im Jahr darauf begingen sie endlich zu viert, weswegen sich Toivo vor Glück und Dankbarkeit überschlug. Doch schon am übernächsten Weihnachten klaffte in der Ecke neben dem Wohnzimmerkamin, wo sonst der Tannenbaum gestanden war, eine Lücke. Für keines der Familienmitglieder gab es Geschenke. Nie wieder sollte es welche geben.

Toivo warf das Buch vor Wut zu Boden, schalt sich wegen des Heidenlärms, den er verursacht hatte, lauschte. Im Nebenraum rührte sich nichts. Hätte ihn auch gewundert, wenn Gustav, der schon sein ganzes Leben über die beneidenswerte Fähigkeit verfügte, an jedem beliebigen Ort binnen Sekunden in Tiefschlaf zu fallen, nun bei jeder Kleinigkeit die Augen öffnen sollte.

Als er hastige Atemzüge neben sich hörte, hielt er inne. »Bist du wach?«, fragte Toivo.

Er legte das Buch auf die Kommode und drehte die Flamme der Öllampe höher, stand vorsichtig auf, die Zehenspitzen taub vom langen Sitzen, und beugte sich über den Mann auf dem Bett.

»Gustav ist hier. Er wird sich die nächste Zeit um dich kümmern.« Er wollte es sachte und tröstend flüstern, stattdessen klang seine Stimme spröde und metallisch.

Er legte eine Hand auf die Schulter des jungen Mannes, woraufhin dieser zusammenzuckte und flatternd die Lider öffnete, die Arme aus den dicken Decken befreite und unbeholfen über sein Gesicht tastete.

Toivo zögerte. Sollte er sich entschuldigen und versuchen, Mitgefühl aufzubringen, vielleicht sogar Reue? Wäre das nicht eine gute Basis, um eine Lösung für diese Misere zu finden?

»Du bist in guten Händen. Alles wird sich fügen«, versuchte er erneut, und scheiterte wie zuvor.

Da richtete der andere urplötzlich einen vernichtenden Blick auf ihn. Die dunklen Haare klebten ihm in Stirn und Schläfen, die nachtschwarzen Augen leuchteten wild. So wie damals, an diesem verheerenden Abend, der eine Handvoll Tage her war, und zugleich ein gefühltes halbes Leben.

Toivo konnte ihm nicht verzeihen; kein Bedauern, kein Großmut war noch übrig für den Mann, den er viele Jahre über Freund genannt und wegen dem er alles von Bedeutung, alles Kostbare, verloren hatte. Da setzte sich eine Überzeugung in seinem Kopf fest, von der er wusste, dass sie ihn stützen und seine bröckelnde Welt zusammenhalten wollte. Sie betörte und bezirzte ihn, bis sein Widerstand dahinschmolz, und dann nahm sie ihn bei der Hand, um ihm einen neuen Weg zu zeigen. Den einzigen noch gangbaren Weg.

Er sah in den Augen dieses Mannes, dass er überleben würde. Toivo musste früher oder später seinen Namen aussprechen, obwohl er ihn und alles, was er damit verband, aus tiefster Seele verachtete.

»Ich kann dir das nicht vergeben, Kjell. Es ist zu viel«, murmelte Toivo schließlich.

Der andere blinzelte verständnislos.

Toivo musterte ihn nachdenklich. »Verstehst du mich nicht mehr? Würde mich nicht wundern.«

Kjell blickte benommen an sich hinab und öffnete den Mund kaum einen Zentimeter weit, da fuhr er schon zusammen, stöhnte, fasste an seinen Kiefer und schüttelte hilflos den Kopf. Er rutschte auf seinem Lager hin und her, Schweißperlen auf der Stirn.

»Ach, das – die Sache mit deinen Zähnen, ich erinnere mich. Aber du hast ohnehin genug geredet. Jedes weitere Wort wäre eine neue Beleidigung, da bin ich mir sicher.« Toivo schlenderte ein paar Schritte zur Tür und wieder zurück, fuhr mit der Hand über seinen Vollbart, als ob er eine alte Katze streicheln würde.

»Weißt du noch, was geschehen ist?«, flüsterte er. »Wozu du mich gezwungen hast?«

Kjell keuchte, verzog das Gesicht zu einer Grimasse und fletschte das, was von seinen Zähnen übrig geblieben war.

»Ich verstehe.« Toivo nickte. Ein ferngesteuertes Grinsen kroch über sein Gesicht. Seine Stimme wurde zu einem einlullenden, melodischen Singsang: »Dann lass uns nicht länger zurückblicken. Ich sage dir stattdessen, wie ich mir unsere gemeinsame Zukunft vorstelle: Du wirst dich erholen.

Und dann wirst du deinen Beitrag leisten und die Schäden reparieren, für die du Verantwortung trägst. Was du mir genommen hast, wirst du mir tausendfach zurückgeben.«

Kjell erstarrte einen Atemzug lang. Dann warf er hastig die Decken zurück und stemmte sich ächzend auf die Unterarme. Schwer atmend hielt er inne, den fassungslosen Blick auf sein linkes Bein geheftet.

»Zu deinem Glück hatte ich sogar in meiner Rage noch ein Herz für dich«, sagte Toivo.

Er setzte sich auf den Stuhl, der unter seinem Gewicht knackte, umschloss sachte die Finger des anderen und sah in seine glänzenden, stecknadelgroßen Pupillen. »Ich habe dein Leben verschont. Dir stattdessen die Flügel gestutzt. Du wirst bis ans Ende deiner Tage nichts anderes sehen als diesen Hof.«

Ein Beben fuhr durch Kjells Körper. Alarmiert und fragend blickte er Toivo an.

»Du kannst dir in Ruhe überlegen, was das bedeutet«, raunte Toivo, brachte den Mund so nah an das Ohr des anderen, dass seine Barthaare über dessen Wange kratzten und sein Atem in dessen Gesicht schlug. »Und jetzt werden wir beide vergessen, was früher war, und nach vorne sehen. Ganz neu beginnen.« Er grinste süffisant. »Ein Wort über das Warum dieses Vorfalls zu Gustav oder sonst irgendjemandem und dein lächerliches, kleines Leben endet. Die Zeit der Großzügigkeit ist ein für alle Mal vorbei.«

Als Toivo Kjells Hand losließ, fiel dieser in sich zusammen. Er öffnete den Mund einen Spaltbreit, doch anstatt eines gellenden Schreis schleppte sich ein heiseres, kehliges Knurren von seinen Lippen, das in einem Wimmern verendete.

Toivo schlenderte auf die Tür zu. Auf halbem Weg zog er erneut seine Taschenuhr hervor, klappte sie ein paar Mal auf und zu. Er sah zu Kjell hinüber, der keuchte und zitterte und von dem er erwartete, dass er ihn wie früher mit wüsten Beschimpfungen bombardieren würde. Stattdessen starrte er nach Atem ringend an die Zimmerdecke.

Toivo rieb mit dem Daumen über die abgewetzte Rückseite der Uhr, auf der die Initialen seines Vaters kaum noch zu entziffern waren, dann hielt er die Kette zwischen Daumen und Zeigefinger und ließ das Schmuckstück daran pendeln.

Er war zu weich und vertrauensvoll gewesen, ganz wie es ihm sein Vater immer vorgeworfen hatte. Nie wieder würde ihm ein solch katastrophaler Fehler unterlaufen. Und so schwor er sich, dass er diesen neuen Weg, den er heute eingeschlagen hatte, bis zum Ende gehen würde. Koste es, was es wolle.

Er klappte die Uhr mit einem lauten Schnappen zu, dann verließ er den Raum.

4
Meine oberste Pflicht

»Schön, dass Sie wieder bei uns sind«, grüßte Gustav mit einem warmen Lächeln. »Besonders nach dieser harten Nacht.«

Das war noch gelinde ausgedrückt. Gustav war – durch Toivos panische Rufe geweckt – in aller Herrgottsfrühe ins Nebenzimmer gestürmt, wo sich Kjell auf seiner Schlafstatt hin und her warf, als ob er auf glühenden Kohlen läge. Während ihm der Arzt eine Injektion gegen die Schmerzen setzte, hielt Toivo den sich windenden Körper mit aller Kraft fest, damit er sich in seinem Elend nicht verletzte. Schnell war der junge Mann benebelt auf seinem durchgeschwitzten Laken eingeschlafen und nun, viele Stunden später, erneut erwacht.

»Gut, dass Sie wieder bei Bewusstsein sind«, wiederholte Gustav, blies behutsam auf seinen heißen Kaffee und nippte daran. Über den Tassenrand hinweg musterte er Toivo, der im Türrahmen lehnte und Kjell mit Argusaugen beobachtete.

Der Arzt stellte seine Porzellantasse auf die Kommode. »Ich möchte die Bandage wechseln.«

Erst als Kjell zögerlich nickte, entfernte Gustav behutsam den Verband. Er legte die Stirn in Falten und verzog beim

Anblick der gezackten und beinahe stümperhaften Naht das Gesicht. »Ich konnte nicht mehr für Sie tun. Das lässt sich nicht richten. Es muss von selbst heilen.«

Kjell presste die Lippen aufeinander und starrte den Arzt mit glänzenden Augen an. Sein Kinn bebte.

Gustav hätte nie gedacht, dass er diesen Mann jemals weinen sehen würde. Mitgefühl stieg in ihm hoch. »Sie müssen nicht unnötig leiden. Brauchen Sie noch etwas gegen die Schmerzen?«

Kjell nickte. Gustav holte Utensilien und Medikamente aus der Arzttasche und reihte sie auf der Kommode auf. Nur zur Hälfte wandte er sich Toivo zu. »Lass uns bitte allein.«

Das Glasfläschchen schon in der Hand, hielt er inne, denn Toivo rührte sich nicht.

»Kann ich nicht hierbleiben?«

Gustav legte die Stirn in Falten. »Du hast schon genug angerichtet.«

Toivo bedachte Kjell mit einem langen Blick, dann wandte er sich an Gustav. »Sag mir Bescheid, wenn du etwas brauchst.«

Endlich allein im Raum sank Gustav auf dem Stuhl nieder, die Knie merkwürdig weich unter sich. Seine Gedanken kreisten schon seit seiner Ankunft um jenen Moment, als der Bote mit der dringenden Bitte an seiner Haustür geklingelt hatte, so schnell wie möglich nach Havssun zu reisen. Zunächst war Gustav davon ausgegangen, dass es sich wie üblich um die Mine handelte, wo es häufiger zu Unfällen durch Steinschläge und brennende Petroleumlampen kam. Aber der Bote hatte betont, dass es um den Hof Havssun ginge. Hier, wo nur Toivo mit seiner Familie und deren Angestellten lebte, waren Gustavs Dienste seit Monaten nicht gebraucht worden, und dennoch war er Zeuge der Nachwehen eines fürchterlichen Zerwürfnisses geworden. Nein, so einen Zwischenfall hatte es in ihrer ruhigen und friedfertigen Gegend noch nie gegeben. Erst mit dem Einzug dieses Fremden vor ein paar Jahren hatte sich eine seltsame Unruhe auf dem Hof ausgebreitet und klammheimlich wie eine dünne Schicht Staub über jede Seele gelegt.

Gustav schob so hastig den Stuhl zurück, dass das Holz über den Boden kreischte. Er ging ans Fenster, stützte sich auf den Sims und blickte auf die verschneite Gartenlandschaft und die Wälder dahinter.

»Merkwürdig, dass wir uns in dieser Konstellation wiedersehen«, murmelte er. »Das Leben nimmt oft eigenartige Wege.«

Gustav drehte sich um. Er erwartete eine Reaktion, aber Kjell starrte nur auf seine Füße. Die Haut unter seinen Augen leuchtete gelb und war von purpurfarbenen Flecken durchzogen, sein schiefer Nasenrücken von Schorf bedeckt.

»Ich hätte darauf gewettet, dass Sie die Nacht nicht überleben. Aber Sie sind zäh. Wir bekommen Sie schon wieder auf die Beine. Machen Sie sich keine Sorgen. Dass Sie müde sind, ist unter diesen Umständen völlig normal. Schließlich haben Sie Blut verloren. Und dann die Zeit in der Kälte ... Toivo meinte, Sie wären die Nacht über draußen gewesen. Im Schuppen?«

Der junge Mann nickte langsam, legte die Hände aufeinander und strich mit dem Daumen über seine Knöchel, auf und ab, hin und her.

Gustav seufzte lange. Wie oft er sich früher auch gewünscht hatte, dass der andere endlich von seinem hohen Ross steigen möge, ihn nun so sprach- und substanzlos zu sehen, erschütterte ihn mehr, als er sich eingestehen wollte.

»Ich weiß nicht, was ich von dieser ganzen Sache halten soll. Soweit ich das beurteilen kann, war Toivo immer freigiebig und gutmütig zu Ihnen. Er behauptet, dass Sie ihn erneut bestohlen hätten. Bei Ihrer Vorgeschichte bin ich geneigt, ihm zu glauben.« Er nahm kopfschüttelnd seine Brille ab und hielt sie prüfend gegen das Licht. »Aber so wie ich ihn in den letzten Stunden erlebt habe, denke ich, dass mehr dahinter steckt. Jedenfalls ist seine Reaktion maßlos überzogen. Selbst lichterlohe Rage entschuldigt das nicht.«

Da sah Kjell überrascht auf.

Gustav nahm wieder auf dem Stuhl neben dem Bett Platz. Er schmunzelte geradeso. »Sie haben wohl befürchtet, dass ich mich aus Loyalität auf seine Seite stelle?« Er lehnte sich zurück. »Ich werde Sie nach bestem Wissen und Gewissen bis zur Genesung begleiten, wie lange es auch immer dauern mag. Und wie ich es bei jedem anderen tun würde.«

Kjell sah ihn lange an. Dann schlug er die Augen nieder, formte mit aufgeplatzten Lippen, die stellenweise von einer dünnen Kruste überzogen waren, ein lautloses ›*Danke*‹. Gustav hob die Brauen. Dass er das Wort überhaupt kannte.

»Meine oberste Pflicht als Arzt«, er winkte ab, »bilden Sie sich bloß nichts darauf ein.«

Er stützte die Unterarme auf die Knie und beugte sich vor. »Ich verspreche Ihnen, dass nichts von dem, was in diesem Raum geschieht und gesagt wird, jemals nach außen gelangen wird. Ich bin gut darin, Geheimnisse zu bewahren. Und deswegen bitte ich Sie nur um eines.« Er wartete, bis ihn der andere ansah. »Wenn Sie Hilfe brauchen, sei es mit Toivo, sei es mit irgendetwas anderem, dann sagen Sie es mir.«

Kjell starrte teilnahmslos auf die ausgefranste graue

Wolldecke, die über seinen Beinen ausgebreitet war und unter der seit Stunden zwei Wärmflaschen lagen.

Gustav neigte den Kopf. »Bitte sehen Sie mich an.«

Der andere hob fragend den Blick, als ob er kein Wort verstanden hätte.

»Muss ich mir Sorgen machen wegen der Dinge, die sich hier zugetragen haben? Denken Sie, dass so etwas wieder geschehen wird?«

Kjell sah ihm fest in die Augen, schwieg lange, dann schüttelte er entschieden den Kopf.

Gustav seufzte. »Sind Sie sicher? Ich melde das für Sie, wenn Sie möchten. Ganz egal, was Toivo davon hält.«

Der junge Mann nickte und hob abwehrend die Hände.

Gustav streckte sich nach seiner Kaffeetasse und führte sie an die schmalen Lippen. »Hmmmm«, brummte er. »Ich verstehe das nicht. Sie liegen hier stumm vor mir, beinahe unkenntlich geschlagen und dem Tod nur um Haaresbreite entronnen. Ein Zerwürfnis mit einem anderen Arbeiter ließe ich mir ja noch einreden, aber das hier? Das war tatsächlich derselbe Toivo Fornberg, über den man an allen Ecken in der Stadt erzählt, dass er seine Angestellten anständig behandelt? Der, über den im gesamten Landkreis nichts Schlechtes zu hören ist und der sein Personal mit einem Drittel mehr Kronen als üblich entlohnt?«

Kjell schnaubte und rollte mit den Augen. Da war er wieder, so kannte er ihn. Gustav tippte sich ein paar Mal an die Nasenspitze. »Sofern Sie nicht gerade jemanden umgebracht haben, dann ergibt das hinten und vorne keinen Sinn.«

Er schlenderte auf die Kommode zu, ohne sich vom erschrockenen Gesicht des anderen abzuwenden, von der einst fein gemeißelten Nase, den hohen Wangenknochen, dem geleckten Scheitel und dem Grübchen am Kinn. Nichts davon war noch übrig. Nur anhand seiner schwarzen Augen erkannte er ihn zweifelsfrei, denn sie blitzten empört und angewidert wie eh und je.

Gustav trank seinen Kaffee mit zwei großen Schlucken aus. »Natürlich schulden Sie mir keine Antwort. Schon gar nicht in Ihrem Zustand. Ein paar haben Sie mir ohnehin gegeben.« Mit diesen Worten griff er nach der Glasspritze auf der Kommode und einem Wattebausch, den er in Alkohol tränkte.

Einen Atemzug lang hielt er inne und warf Kjell einen fragenden Blick zu. Als dieser nickte, verabreichte er die farblose Flüssigkeit. »Verzeihen Sie mir meinen Vortrag. Aber Sie werden verstehen, dass ich mir Gedanken mache. Ich hoffe, dass dieser Zwischenfall bald nicht mehr als eine unscharfe Erinnerung für uns alle sein wird und hier endlich wieder Ruhe einkehrt.«

Er klopfte ihm auf die Schulter. »Und ich verlasse mich darauf, dass Sie es mir sagen, wenn ich etwas für Sie tun kann. Sie sind schließlich mein Patient.«

5

Geradeso ein Mann

Die Tage vergingen aneinandergereiht und gleichförmig wie Perlen an einer Kette. Nur langsam kehrte die Kraft in Kjells Glieder zurück, und bis er mit fremder Hilfe aufstehen konnte, zogen mehr als drei Wochen ins Land.

Obwohl sich Fornberg die ganze Zeit über nicht blicken ließ, erhielt Kjell durch Doktor Benson, was er brauchte. Ob es sich um die Zeitung handelte, um regelmäßige Mahlzeiten oder saubere Kleider – das alles organisierte der alte Landarzt ohne Umschweife für seinen Patienten. Nur die Möglichkeit, sein Zimmer zu verlassen, bekam Kjell nicht, denn selbst auf Benson gestützt verließen ihn nach ein paar schleppenden Schritten die Kräfte.

Der Doktor setzte alles daran, Kjell bei guter Laune zu halten: Er brachte einen Stapel Bücher aus seiner persönlichen Sammlung und versprach, diesen alle Tage auszutauschen. Nur eine Woche später schenkte er ihm ein Paket Spielkarten, mit dem sie sich die Stunden vertrieben.

»Damit Sie mir hier nicht verrückt werden«, meinte Benson und zwinkerte ihm zu.

Wenn Kjell hingegen allein war, weil der Arzt andernorts gebraucht wurde, schnippte er die Karten lustlos in die

Schale auf dem Waschtisch oder baute daraus Kartenhäuser, die er gleich darauf zum Einsturz brachte.

Anfangs war sein Blick permanent auf das ihn angaffende Türblatt gerichtet. Später aber, als ihn nicht mehr die Angst übermannte, wenn er der Tür auch nur für eine Sekunde den Rücken kehrte, drehte er sich zum Fenster. So erhaschte er zumindest einen kleinen Ausblick auf die Welt um ihn herum, die sich unbeeindruckt von der Auseinandersetzung mit Fornberg weitergedreht hatte.

Viele Wochen voller austauschbarer Tage, einer stumpfsinniger als der nächste, flossen auf diese Weise ineinander und monatelang rührte sich nichts in seinem kleinen Universum; einem Raum, der kaum vier mal vier Schritte maß.

Bis zu einem Nachmittag, an dem die Abenddämmerung den Schnee schon in goldenes Licht tauchte. Er kniff die Augen zusammen und lehnte sich so weit nach vorne, wie er in der Lage war, traute sich kaum zu blinzeln. Sein Herz hämmerte in seiner Brust, als er eine Gestalt so nah am Fenster vorbeistapfen sah, dass er die kurzgeschorenen Haarstoppeln ausmachen konnte, die ihren Kopf als blonder Flaum bedeckten. Der kräftige Bursche, geradeso ein Mann, war in einen knielangen Wollmantel gehüllt und trug einen Hammer in seiner Rechten und ein paar Holzbretter unter dem linken Arm. Eisern starrte er auf den Weg vor sich, vielleicht, um im tiefen Schnee nicht zu stolpern.

Als er näherkam, rief Kjell nach ihm. Sinnlos. Wie sollte seine leise, heisere Stimme die Glasscheibe durchdringen? Er wollte aufstehen und das Fenster öffnen, doch das hätte in seinem Zustand zu lange gedauert. Also griff er nach einem dünnen Buch und warf es gegen das Fenster, wo es mit einem erlösenden dumpfen Knall aufschlug. Der Fremde blieb stehen und sah verdutzt hoch.

»Ich bin hier!«, brüllte Kjell und Tränen traten ihm in die Augen. Er war nicht mehr allein, jemand hatte ihn bemerkt, es gab noch einen anderen, jemanden außer Fornberg und Benson, und damit Hoffnung auf einen Weg von hier fort – irgendwie. Er versuchte zum Fenster zu gelangen und es zu öffnen, scheiterte, winkte ihn erneut herbei, diesmal mit beiden Händen, ruderte mit den Armen, gestikulierte wild, schrie dabei immer wieder, der andere solle doch näher kommen, fragte nach seinem Namen.

Der Unbekannte starrte ihn mit offenem Mund an, die Brauen weit erhoben, seine Augen huschten unsicher hin und her. Der Hammer glitt aus seiner Hand und verschwand im Schnee. Er bückte sich hastig danach, richtete sich wieder auf, zog die Schultern hoch und den Kopf ein, heftete den Blick wie zuvor auf seine Schuhe. Und wandte sich ab.

Kjell brüllte voller Zorn und Verzweiflung, bis seine Stimme zu einem Flüstern verkümmerte: »Geh nicht weg. Ich bin doch noch hier.«

Aber der Fremde entfernte sich schon im Laufschritt.

»Ich bin hier.«

Kjell sank ohnmächtig vor Hilflosigkeit auf sein Lager zurück, einsamer und verlorener als je zuvor, gestrandet in dieser Eiswüste am Ende der Welt.

6

Provisorium

»Was ist das?«

Gustav hielt ihm einen Holzstock hin.

»Was soll ich damit?«, fragte Kjell kopfschüttelnd, die Brauen zusammengezogen, der Blick dunkel.

»Ich würde sagen, gehen.«

»Pah. Den brauche ich nicht.«

Der Arzt ließ den Arm sinken. »Tatsächlich? Dann zeigen Sie es mir.«

Kjell starrte ihn nieder, die Lippen nicht mehr als ein schwarzer Strich unter seiner Nase. Er stand von seinem Stuhl auf, sprang auf dem rechten Bein zur Kommode und hielt sich dort fest. Dann ließ er los und reckte trotzig das Kinn in die Höhe.

Gustav bedeutete ihm, weiterzugehen.

Er schob das linke Bein nach vorne, verlagerte nach und nach das Gewicht, hob das rechte, bis er nur noch auf dem Ballen stand und schließlich auf den Zehen.

Sein versehrtes Bein würde ihn heute genau so wenig tragen wie bei den unzähligen Versuchen zuvor. Er wusste es. Sobald er es mit einem Bruchteil seines Gewichtes belastete, zitterte sein Unterschenkel.

Schweigend, den Blick stur gegen die gekalkte Wand gerichtet, streckte er Gustav die Hand entgegen. Seine Finger schlossen sich um das Holz, bis die Knöchel weiß hervortraten. Der andere sollte sein Gesicht jetzt nicht sehen; nicht die Verzweiflung über das, was Fornberg ihm angetan hatte, nicht die Enttäuschung über das Ausbleiben von Fortschritten, die ihm den Boden unter den Füßen wegriss. Er stellte den Stock mit einem lauten Klopfen neben sein rechtes Bein, tapfer und – wie er hoffte – würdevoll. Nur ein Provisorium. Nicht für immer. Auf keinen Fall und niemals für immer.

»In ein paar Monaten werde ich dieses Ding nicht mehr brauchen.«

»Wir haben das doch besprochen«, entgegnete Gustav behutsam. »Sie können von Glück sagen, dass Sie Ihr Bein behalten haben.«

»Glück? Nichts hiervon hat etwas mit Glück zu tun. Und wenn ich wählen könnte …« Kjell setzte kopfschüttelnd ab. Die Aussicht, eines Tages in Gefangenschaft zu sterben und bis dahin nicht einmal auf seinen eigenen Beinen stehen zu können, nagte an seinem Lebenswillen.

»Denken Sie nicht einmal daran. Es mag im Moment nicht gut aussehen, aber nichts bleibt ewig gleich.«

Als sich Kjell umdrehte, las er aufrichtige Sorge in Gustavs Miene.

Über die Monate hatten sich viele Rituale in ihrer beider Tagesablauf etabliert, von dem sich auch heute eines wiederholte; Gustav stand wie jeden Abend im weißen Hemd und schwarzer Weste mit dem Rücken zu Kjell bei der Kommode und hantierte mit seinen Verbänden, Pillen und Pulvern. Immer summte er dabei dasselbe langweilige Volkslied –

einen altmodischen Walzer, dessen Titel Kjell nicht aussprechen konnte – zu dem der weiße Haarkranz auf dem von unzähligen Altersflecken gezeichneten Kopf hin und her wippte. Anfangs hatte Kjell Gustav angeschnauzt, mit dem ›unnötigen Gesang‹ aufzuhören, aber der Arzt hatte seinen Protest stets ignoriert. Mittlerweile gehörte die Melodie für Kjell zu Havssun wie jeder Baum und Stein. Wenn er an den Doktor dachte, hörte er dieses Lied in seinem Kopf. Und so war aus Benson nach und nach Gustav geworden.

»Kennen Sie einen blonden Mann, der hier auf dem Hof arbeitet? Kurze Haare, eher klein. Noch recht jung, allerhöchstens zwanzig Jahre alt.«

Gustav nickte und packte seine Utensilien zurück in seine Tasche. »Ein fleißiger Bursche.«

Kjell richtete sich auf. »Ist er noch hier?«

Der Arzt zuckte mit den Schultern. »Ich denke nicht, aber das hat nichts zu bedeuten. Er kommt und geht, wie Toivo ihn braucht.«

»Wie heißt er? Was tut er hier?«

Gustav legte die Stirn in Falten. »Er wurde mir nie persönlich vorgestellt, aber er hat immer höflich gegrüßt, wenn wir einander über den Weg gelaufen sind.«

»Wissen Sie, wer er ist?«

»Nur einer der Arbeiter. Warum ist das so wichtig für Sie?«

Kjell senkte den Blick zu Boden. »Ist es nicht. Ich dachte nur …«, er konnte Gustav nicht sagen, dass er mit diesem anderen Arbeiter, den er vor Wochen gesehen hatte, auf einen jungen Komplizen bei seiner Flucht hoffte. »Mehr Gesellschaft täte mir gut. Jemand, der mir ähnlicher ist. Nichts gegen Sie.«

Gustav lachte. »Na, da kann ich Ihnen heute endlich eine gute Nachricht überbringen! Es wird Zeit für mich, meine Zelte hier abzubrechen und mich wieder voll und ganz meinen anderen Patienten zu widmen«, er klopfte mit einem Grinsen auf Kjells Schulter, »denn Sie, mein Freund, Sie sind mit Ihrem Stock nun bestens ausgerüstet, um in Ihre Heimat zurückzukehren.«

Kjell erstarrte. »Hat Toivo das etwa gesagt?«

»Erst heute Morgen. Er wird für Ihre Rückreise sorgen, sobald ich Sie für genesen erkläre.« Gustav wickelte den Verband, den er eben gewechselt hatte, in ein Stück Gaze und packte es in seine Tasche. »Und das tue ich hiermit.«

»Sie nennen *das* genesen?« Kjell deutete an sich herab.

Der Arzt seufzte und legte eine Hand auf Kjells Unterarm. »Je eher Sie akzeptieren, dass Ihr Leben in Zukunft anders sein wird, desto besser.«

Kjell schüttelte Gustavs Hand ab, humpelte ein paar unbeholfene Schritte hinüber zur Tür, blieb auf halbem Weg stehen und schnaubte frustriert.

»Wenn ich Ihnen ein Rat geben darf: Schauen Sie nach vorne«, sagte Gustav sanft. »Was auch immer zwischen Toivo und Ihnen geschehen ist – ich denke, er möchte es beilegen. Zumindest wirkt er auf mich wie früher, er hat sich sogar ausschweifend für meine Dienste bedankt. Gut, dass er endlich zur Vernunft gekommen ist. Haben Sie denn noch nicht mit ihm darüber gesprochen? Vielleicht will er Sie damit überraschen; wenn dem so ist, habe ich seine Pläne durchkreuzt.« Er grinste.

Kjell brummte abwesend. Sein Blick wanderte durch die karge Kammer, blieb dann am Fenster hängen, durch das er den unbekannten Mann gesehen hatte, und ging ins Leere.

Wollte Fornberg nun doch keine Wiedergutmachung von ihm? Kjell erinnerte sich schemenhaft an den Tag des Vorfalles. Schon da hatte ihm Fornberg geschworen, dafür zu sorgen, dass er in der Mine sein Ende finden würde. Dann hatte Kjell das Bewusstsein verloren und war als jemand erwacht, der sein Leben in ein Davor und ein Danach unterteilte. Nein, Fornberg würde den Entschluss, den er vor Monaten gefasst hatte, niemals ändern. Und wenn er Kjells Kontakt zu Gustav unterbinden wollte, bedeutete das nichts Gutes.

Er brauchte noch nicht einmal Mut dazu, sondern hörte es sich wie von selbst sagen: »Diese Rückreise wird nicht stattfinden.«

Gustav schloss seine Tasche mit einem Klicken und winkte ab. »Ach, kommen Sie … Nach all den Jahren müssen Sie endlich nach Hause. Zurück in Ihr altes Leben.«

»Dann wissen Sie es nicht.« Kjell sank auf sein Bett nieder.

»Ich weiß was nicht?«

Während Kjell den Stock zwischen den Handflächen rollte, sah er glatt durch den anderen hindurch. »Dass er mich hier festhält.«

Gustav schwieg. Seine Augen huschten in alle Richtungen, ohne irgendwo Halt zu finden.

Kjell wagte kaum, es auszusprechen, und es gelang ihm nur in einem Flüstern, das um ein Haar von seinem eigenen Herzen übertönt wurde. »Können Sie mir von hier forthelfen? Bitte?«

Der andere reagierte nicht.

»Ich sehe keinen –«, versuchte Kjell erneut.

Gustav hob abwehrend die Hand, verzog das von Falten durchfurchte Gesicht, als ob er große Schmerzen litt. Er schüttelte fassungslos den Kopf. »Soll das heißen, Sie sind nicht freiwillig hier?«

»Schon viele Jahre nicht mehr«, entgegnete Kjell erschöpft.

»Toivo hat gesagt, Sie wären wegen der Vorkommnisse in Ihrer Heimat dort nicht mehr sicher. Dass Sie so lange wie möglich hier in Havssun bleiben wollten«, murmelte Gustav, das letzte Wort betonend, und starrte ihn mit offenem Mund an.

Kjell lachte leise. »Ich wünschte, es wäre so.«

»Aber … er hat ständig damit geprahlt, ein guter Gastgeber zu sein, Ihnen hier Zuflucht zu gewähren. Einen Fremden bei seiner Familie leben zu lassen. Und wie froh er darüber ist, dass Sie so gut mit Arvid zurechtkommen.« Gustav sackte auf den Stuhl. Die Fingerkuppen an seiner Stirn zitterten.

»Bitte, Doktor, wenn Sie mich nicht befreien … Ich weiß nicht, auf welche Ideen er noch kommt.«

Gustavs Augen weiteten sich. Bestürzt sah er Kjell an. »Ja aber selbstverständlich helfe ich Ihnen! Toivo hat mir mehrmals versichert, dass die Sache geklärt und es Ihr ausdrücklicher Wunsch wäre, die Behörden nicht zu involvieren. Und Sie haben mir auch nie etwas darüber gesagt. Glauben Sie denn, ich hätte all das wissentlich geschehen lassen?«

Kjell presste die Lippen aufeinander. »Sie und ich, wir waren … davor … nie Freunde.«

Gustav sah ihn gekränkt an. »Sie halten mich für ein solches Scheusal? Nach all der Zeit?«

»Es tut mir leid. Ich wollte nicht …« Kjell brach ab und starrte zu Boden.

»Sparen Sie sich das. Sie brauchen sich nicht zu entschuldigen. Ich rede mit Toivo und Sie werden noch heute abreisen. Das ist das Letzte, das ich für Sie tun werde.« Seine

Augen waren dunkel und kalt. Er stieß die Tür auf. Die blasse Frühlingssonne fiel in einem schmalen Balken in den Raum.

Kjell packte ihn an der Hand. »Nein, Doktor, auf keinen Fall! Das dürfen Sie nicht! Was denken Sie denn, warum ich nie etwas gesagt habe?«

Gustav stand unschlüssig neben ihm, das Gesicht voller Unglauben und Verwunderung. »Ich kenne Toivo.«

»Sehen Sie mich an.« Kjell ließ ihn los und wies hastig an sich herab. »Sehen Sie, was er mit mir gemacht hat. Sie wissen ... wie ... ich war.«

Er starrte auf den Stock, der bedeutungsschwer zwischen seinen Händen lag, und drückte die Erinnerungen an jenen Abend mit aller Kraft zurück. Und dennoch drängten sie stur in sein Bewusstsein, bis er sich wieder am reichlich gedeckten Esstisch sitzen sah, das Silberbesteck in seinen makellosen Händen, der Rotwein pelzig und schwer auf seiner Zunge, Elina ihm gegenüber, die mit leerem Blick auf ihren Teller starrte, mit dem Veilchen gleich neben ihrer Schläfe auf der milchigen Porzellanhaut.

»Ich glaube Ihnen, dass Sie Toivo kennen. Den Toivo Fornberg von früher. Aber nicht den Mann, der er heute ist. So vieles hat sich geändert«, flüsterte Kjell.

Gustav stieß die Luft aus der Nase. »Worum geht es hier wirklich?«

»Ich habe schon viel zu viel gesagt. Jedes weitere Wort bringt mich in Gefahr. Und wer weiß, vielleicht auch Sie. Ich will nicht schuld daran sein, wenn Ihnen etwas zustößt.«

Gustav lachte tonlos. »Jetzt übertreiben Sie aber.«

Kjell schluckte und schüttelte in einer winzigen Bewegung den Kopf. »Ich habe ihn auch unterschätzt. Machen Sie nicht denselben Fehler.«

Der Arzt musterte ihn lange. Als er nickte, fiel die Anspannung von Kjell ab. »Dann werde ich mich mit der Polizei besprechen, wie sich das hier«, er machte eine ausladende Geste, »wieder in Ordnung bringen lässt.«

Kjell blieb keine Zeit mehr, sich zu bedanken. Das Letzte, was er von Gustav sah, war seine schwarze Tasche, die sich nach ihrem Träger eilig durch den Türspalt zwängte.

7

Parasit

Gustav schloss behutsam die Tür hinter sich. Ungeheuerlich war das! Welcher Teufel Toivo nur geritten haben musste, um diese Entscheidung zu fällen und danach jahrelang daran festzuhalten. Einen schutzbedürftigen, hilflosen Mann hier einzusperren, in dieser Ödnis und Einsamkeit, fernab seiner Heimat – das war grausam. Vielleicht hatte Kjell nur zu fliehen versucht, war aber von Toivo dabei überrascht worden. Ein Wort führte zum anderen und der schwelende Konflikt eskalierte in einen ungleichen Kampf: der hochgewachsene, massige Toivo gegen den kleineren, schlanken Fremden.

Gedankenversunken bog Gustav in den Vorraum ab und überlegte fieberhaft, wann und wie er seine Informationen den Behörden weitergeben, was er sagen, an wen genau er sich wenden würde. Im Gegensatz zu Toivo kannte er keinen der Beamten persönlich, er musste sich erst umhören, in wem er einen geeigneten Ansprechpartner finden und wie weit er ihm vertrauen konnte. Das Räuspern hörte er nur mit einem Ohr und er nahm erst wieder bewusst etwas wahr, als sich der Flur verdunkelte. Er blickte auf.

Toivo stand breitbeinig in der Eingangstür und füllte sie damit beinahe aus, die Arme vor der Brust verschränkt, der

Blick hasserfüllt, die Wangen unter seinem dichten, weißblonden Vollbart leuchtend rot. »Die Polizei? Wirklich, Gustav?«

Die Tasche rutschte aus Gustavs Fingern und schlug mit einem Klirren gegen den Boden, er stolperte zurück und stieß dabei ein Bild von der Wand. Ein zweites Klirren. »Du hast uns belauscht?«

»Nur ein gut gemeinter Ratschlag für die Zukunft: Du solltest bei heiklen Gesprächen immer sichergehen, dass Türen wirklich geschlossen sind.« Toivo packte ihn mit einer Hand an der Schulter und zog ihn hinaus ins Freie, wo der Wind die Baumwipfel neigte und das Gras gegen die Erde drückte. Erst dort gelang es Gustav, sich aus dem erschreckend erbarmungslosen Griff zu befreien. Er stieß den anderen mit beiden Händen an der Brust zurück, aber er war zu schwach gegen den um ein Jahrzehnt jüngeren Toivo. Und so stand dieser felsenfest und ungerührt vor ihm, ein spöttisches Lächeln über Gustavs klägliche Versuche auf den Lippen.

»Du beendest dieses grässliche Schauspiel auf der Stelle!«, rief der Arzt.

Toivos blaugraue Augen funkelten, als er sie zusammenkniff.

Gustav starrte ihn einen Herzschlag lang an und wandte sich nach seiner Tasche um. Sie stand mitten auf dem Gang, zur Hälfte von dem zerstörten Bild verdeckt, er hastete zurück und warf einen prüfenden Blick hinein. »Und wenn du es nicht freiwillig tust, wird dich die Polizei dazu zwingen, ihn gehen zu lassen.«

Einen Wimpernschlag später lachte Toivo schallend, so laut und so lange, dass er sich vornüberbeugte. »Mach dich nicht lächerlich! Wer würde dir auch nur ein Wort glauben?«

»Es ist grobes Unrecht, das ihm hier widerfährt. Was auch immer er getan hat, du kannst ihn nicht hier einsperren. Er hat Rechte. Eine Familie. Ein Leben!« Er fasste ins Innere seiner Tasche und fluchte. Einige seiner Phiolen waren zu Bruch gegangen, dem lauten Klirren nach zu urteilen vermutlich mehr, als er sehen konnte.

Gustav lief aus dem Nebengebäude, zurück zu Toivo, schleuderte die Tür hinter sich zu und blieb unter dem Vordach stehen. »War alles, was du mir vor Jahren über ihn erzählt hast, eine Lüge? War er jemals dein Gast?«, rief er gegen das Tosen des Windes.

»Ein paar Monate lang.« Toivo stemmte die Hände in die Seiten und lehnte sich gegen den eiskalten, pfeifenden Sturm. »Aber er war undankbar und dreist. Ein Parasit, der sich in Dinge hineingedrängt hat, die ihn nichts angehen. Schamlos ausgenutzt hat er mich. Was er an sich gerissen hat, wird er mir nie ersetzen können! Und deswegen wird er hierbleiben und seine Schuld abarbeiten, bis ich sage, dass es genug ist. Er hat bekommen, was er verdient. Ende der Geschichte. Das grobe Unrecht, von dem du sprichst, ist mir widerfahren!«

Gustavs Blick huschte im Zickzack über Toivos Gesicht. Der Wind riss die Worte von seinen Lippen und er setzte ab, schrie einen Atemzug später erneut gegen das Dröhnen an: »Es ist nicht an dir, über sein Schicksal zu entscheiden! Auch du stehst nicht über dem Gesetz. Ich sorge dafür, dass er eine gerechte Verhandlung bekommt!«

Toivo schüttelte amüsiert den Kopf. »Egal, was du der Polizei erzählst, man wird auf meiner Seite sein. Mein Wort hat mehr Gewicht und Verbindlichkeit als jeder notariell beglaubigte Vertrag. Das weiß jeder in der Gegend hier! Auch du, Benson!«

»Toivo …«, begann Gustav erschöpft und hob beschwichtigend beide Hände vor die Brust. »Lass es endlich gut sein. Du hast ihn schon zum Krüppel geschlagen, was willst du denn noch?«

Die Worte prallten an ihm ab. Gustav hatte diesen Tonfall und Gesichtsausdruck noch nie an seinem alten Freund gesehen und musste seinem Patienten beipflichten: Er kannte diesen Toivo nicht.

Dann breitete sich eine unheimliche Ruhe über dem Hof aus, als ob sie sich im Auge des Sturms befänden, der die Welt um sie herum in Stücke riss.

»Wenn du wüsstest, was er getan hat, wärst du auf meiner Seite«, murmelte Toivo.

Gustav schnaubte ungeduldig. »Dann sag es mir endlich! Alles, was ich von euch beiden höre, sind vage Andeutungen.«

Toivo fletschte die Zähne, die Ohren flammend rot gegen das Blond seiner Haare. »Er hat mir Elina weggenommen! Meine wunderschöne Elina!«

Und dann fiel er auf die Knie, verbarg das Gesicht in den klobigen Händen und weinte hemmungslos.

8

Laut und derb

Kjell, der auf seinem Stuhl neben dem Bett saß, sah den schwarzen Fleck von Gustavs Tasche aus dem Augenwinkel, ohne von seinem Buch aufzublicken.

»Haben Sie etwas vergessen?«, murmelte er beiläufig und drehte seine Lektüre zum Fenster, um das Kapitel mit den letzten Sonnenstrahlen des Tages fertig zu lesen.

Aber Gustav antwortete nicht.

Stattdessen flog seine Tasche in den Raum und gab mit dem Aufprall auf den grob gezimmerten Dielen Verbände, Glasscherben und Pillenröhrchen frei. Gleich darauf schlitterte ein Stethoskop über das Holz und blieb zwischen den Scherben liegen. Der lange Schatten, den es im Abendlicht warf, streckte sich als unförmiger Halbkreis über die nackte Wand.

Das Buch glitt aus Kjells Händen. Für einen Moment schloss er die Augen, nur für diese eine letzte friedliche Sekunde. Als er aufsah, stockte ihm der Atem: Fornberg lehnte im Türrahmen. Zurechtgemacht war er, ordentlich frisiert, sein Hemd knitterfrei gebügelt. Die aufwendig bestickte, dunkelgraue Weste saß akkurat, die Bundfalte seiner Hose war scharf wie mit dem Lineal gezogen. Fast wie früher. Aber sein Blick funkelte glasig wie unter Fieber.

Ein heißkaltes Kribbeln lief Kjells Rücken hinab, vom Nacken bis hinunter zum Steißbein und zurück. Eines, das ihm zuraunte: *Toivo weiß es. Und Gustav ist fort.* Er würde ihn nicht wiedersehen.

Fornberg schlenderte auf die Tasche zu und schob die Scherben mit der Schuhspitze zu einem glänzenden Häufchen zusammen. »Gustav hat versucht, dir zu helfen. Und ich konnte ihn nicht davon abbringen. Nicht mit Drohungen. Nicht mit Tränen«, er zermalmte den Scherbenhaufen unter seiner Sohle genüsslich zu Pulver. »Ich hatte dich doch darum gebeten, ihm nicht zu sagen, was hier geschehen ist.« Er kam gemächlich auf Kjell zu und streckte die Hand aus.

Kjell verstand nicht. Fornberg schnippte ungeduldig und deutete auf die Gehhilfe in der Nische zwischen Kommode und Wand. Widerstandslos gab Kjell ihm, wonach er verlangt hatte.

»Habe ich auch nicht«, krächzte er.

Fornberg lehnte den Stock in eine Ecke, weit außerhalb von Kjells Reichweite. »Du kannst einfach nicht aufhören zu lügen«, sagte er besorgt. »Das ist wie eine Krankheit bei dir. Traurig.« Er ging neben dem anderen in die Hocke und stützte die Ellenbogen auf die Knie, musterte ihn prüfend, benetzte die Lippen mit der Zunge.

»Ich glaube, dir tut ein Tapetenwechsel gut. Du brauchst Zeit, um zur Ruhe zu kommen. Um nachzudenken«, er nickte konzentriert, drehte seinen Zeigefinger ein paar Mal im Kreis und sprang schon wieder auf. »Ja, das ist es. Um richtig nachzudenken. Ohne diesen Schnickschnack.«

Sein Blick glitt über Kjells Habseligkeiten, die säuberlich auf der Kommode angeordnet waren: der Stapel Bücher, den er längst gelesen hatte, ein Würfelbrett mit Notizblock und die Schachtel verbogener Spielkarten, die sich nach weit über hundert Partien an den Ecken auflöste. Er berührte hier ein Blatt Papier, stupste da einen Würfel an, blätterte dort durch ein Buch. Dann nahm er das Päckchen Karten an sich, zog ein paar heraus und schüttelte verblüfft den Kopf.

»Erstaunlich, was dir dein Freund so mitgebracht hat ... Er mochte dich. Du hast diese Wirkung auf Menschen – wenn du es willst. Es ist eine Gabe.«

Fornberg drehte sich zu Kjell herum und musterte ihn mit regloser Miene. Dann wuchs ein schauerliches Grinsen in seinem Gesicht und er schob alles, was sich auf der Kommode befand, mit einer einzigen Armbewegung auf den Boden. »Aber es geht dir hier viel zu gut.«

Er hielt ihm erneut auffordernd die Hand hin. Kjell reagierte nicht.

»Na komm. Ich muss ein paar Dinge erledigen und du kannst währenddessen nicht hierbleiben.« Ein neutrales Lächeln zierte seine Lippen. Mit den verstreichenden Sekunden wurde es angestrengt, schließlich bedrohlich. Kjells Blick pendelte panisch zwischen dem anderen und dem Stock in der Zimmerecke hin und her.

»Den brauchst du nicht. Ich helfe dir«, brummte Fornberg endgültig, legte Kjells Arm um seine Schultern und zog ihn damit zu sich.

Sein schweres Rasierwasser roch aufdringlich, laut und derb. Die Wärme seines Körpers kroch gierig unter Kjells Kleidung und breitete sich dort aus, als wolle sie sich sogar seine Haut zu eigen machen.

»Du bist leicht geworden«, murmelte Fornberg, während sie den Flur entlanggingen.

Kjell starrte wie betäubt geradeaus auf die Eingangstür, die immer näher kam. »Was ist mit Gustav geschehen?«

Sie traten in die diffuse Abendsonne hinaus, die die Berge mitsamt ihren Bäumen in ein Schachbrettmuster aus Licht und Schatten verwandelte.

Fornberg sagte es, als ob er über das Wetter redete: »Benson ist Vergangenheit.«

Kjells Beine gaben nach. Nicht Gustav, nicht sein einziger Freund, der ihn an diesem hoffnungslosen Ort aufgebaut und immer respektvoll behandelt hatte.

Fornberg ließ ihn los. »Was hätte ich tun sollen? Er wusste alles.«

Die Brust wie von einem Schraubstock zusammengepresst, fiel Kjell atemlos auf die Knie. Seine Handflächen tauchten in das spärliche Gras unter ihm, in die kühle Erde, die er wochenlang nicht berührt hatte.

»Er wusste gar nichts! Ich schwöre es dir, Toivo!«

Fornberg reagierte nicht auf den Einwand. »Ich habe dich gewarnt. Das kommt davon, dass du mir nie zuhörst und immer genau das tust, was ich nicht will. Du hast mir keine Wahl gelassen. Deinetwegen ist er tot.«

Kjells Hals schnürte sich zu. Er wollte wegrennen; immer geradeaus durch den Garten, in den Schutz des Waldes und dann weiter in den Süden, bis er seine Heimat erreicht hatte, wo er seiner Frau in die Arme fallen würde. Stattdessen kauerte er vor den Füßen seines Feindes im Staub, für immer versehrt, und weinte um jenen Mann, der seine letzte Chance gewesen war, sie wiederzusehen.

Fornberg seufzte ungeduldig. »Jetzt sei um Gottes willen nicht so hysterisch. Steh schon auf.«

Kjell schüttelte erschöpft den Kopf.

Eine Hand legte sich um seinen Oberarm und zog daran, ein ausgestreckter Zeigefinger schob sich in sein Sichtfeld.

»Siehst du diese Kutsche in der Einfahrt? Du hast die Wahl, ob du auf deinen eigenen Beinen hinübergehst oder ob ich dich quer durch den Garten schleifen muss. Aber einsteigen wirst du. Dein peinliches Getue wird nichts daran ändern.«

»Wohin ...« Kjell rang nach Luft und wischte mit dem Ärmel über sein Gesicht, ohne aufzublicken. Die Grashalme waren nun mehr grau als grün und das Sonnenlicht schwand schnell. »Wohin ... bringst du mich?«

»Hinunter zur Mine. Wie früher.« Bedauern lag in Fornbergs Stimme.

»Und was wird dort ... aus mir?«

»Ich weiß es noch nicht, Kjell.«

Da versuchte er endlich, unsicher und vorsichtig, in Fornbergs Gesichtszügen zu lesen: in den Falten um seine rot geäderten Augen, den Schweißperlen auf seiner glänzenden Stirn und den schmalen, blassen Lippen. Was er sah, ergab keinen Sinn, denn es war nichts als Ruhe. Und nur deswegen fand er den Mut, heiser zu erwidern: »Hör endlich auf, mich so zu nennen.«

Der Ältere schmunzelte. »Kannst du vergessen. Damit musst du leben.« Er zog ihn auf die Füße und zerrte an seinem Arm, aber Kjell stemmte sich mit ganzem Gewicht dagegen.

»Du raubst mir den letzten Nerv«, fauchte Fornberg und ließ von ihm ab. »Deinetwegen muss ich mir die nächsten Stunden den Kopf darüber zerbrechen, wie ich den Saustall zurechtbiegen soll, den du hier angerichtet hast. Bis ich vom Büro zurück bin, wird es weit nach Mitternacht sein.«

Kjell wich einen kleinen Schritt zurück. Hinter Fornberg sah er nun auch das Zweigespann mit einem gesichtslosen Kutscher, der gelangweilt an seinem Gefährt lehnte.

»Ich habe es so satt, dir ständig alles wie einem Kleinkind erklären zu müssen, damit du dich dazu herablässt, das zu tun, worum ich dich bitte!« Seine Stimme wurde scharf und blechern: »Und nur weil du deinen Mund wieder einmal nicht halten konntest, wird Gustavs ... Verschwinden ... die Behörden auf uns aufmerksam machen. Also muss ich deine Spuren verwischen. Mit dem Jungen reden und ihm erklären, was er sagen darf und was nicht. Arvid wird mit seinen drei Jahren besser verstehen, was ich von ihm erwarte als du.«

Fornberg packte ihn am Arm und zerrte ihn so eisern hinter sich her, dass Kjell nichts anderes übrig blieb, als halb auf den Knien, halb auf den eigenen Beinen, zu der wartenden Kutsche zu stolpern.

Bei der Kupfermine südlich des Hofes brachte ihn Fornberg in einen fensterlosen Lagerraum, wo der Gestank von Schmieröl und feuchtem Stein in der Luft hing, und verschloss die Tür ohne ein weiteres Wort.

Beide Hände von sich gestreckt, tastete sich Kjell durch die Dunkelheit, bis er gegen einen runden Gegenstand stieß, der ihm bis zur Hüfte reichte. Seine Finger glitten über die bauchige, glatte Oberfläche. Es musste ein Holzfass sein. Er suchte daneben weiter. Als er eine kalte Mauer berührte, sank er zwischen Stein und Fass nieder.

Eine Weile redete er sich ein, dass seine Lage nicht so aussichtslos sei, schließlich war er noch am Leben und entgegen Fornbergs Androhungen unverletzt. Vielleicht würde Kjell mit ihm reden können, wenn er sich beruhigt hatte. Zur Strafe ein paar Stunden hier verbringen zu müssen, empfand er als lächerlich – was hatte er in den letzten Monaten anderes getan als gewartet?

Doch dann bemerkte er, dass er hier, in dieser zeitlosen Stille, seinen Schuldgefühlen schutzlos ausgeliefert war. Sie bleckten die Zähne und sprangen ihn an wie ein Rudel hungriger Wölfe. Ihre körperlosen Stimmen zischten in einer grauenvollen Kakofonie aus den Wänden des Raumes: *Gustav ist tot. Nur deinetwegen. Das alles nur deinetwegen.*

Kjell presste die Hände auf die Ohren und brüllte dagegen an, doch sie sangen die Worte direkt in seinem Kopf, unmöglich zu übertönen. Als er dachte, sie wären fertig mit ihm, summten sie jenen Walzer, den Kjell und Gustav unzählige Male gemeinsam angestimmt hatten.

»Verzeih mir! Das hätte nicht so enden sollen. Ich wollte das nicht!«, rief er und die Mauern warfen es zu ihm zurück.

Sofort hielt er inne. Nichts als belanglose, halbherzige Worte! Gustav hatte mehr verdient als eine so platte Entschuldigung. Also hüllte er sich in Schweigen.

Bis auf ein paar Wasserflaschen, die jemand, den er nicht erkennen konnte, Stunden später in den Raum rollte, bekam Kjell nichts und niemanden zu Gesicht. Zumindest hörte er die Arbeiter, die zwei Mal täglich bei Schichtwechsel johlend in die Baracke zurückkehrten. Er schrie sich die Seele aus dem Leib, um auf sich aufmerksam zu machen, aber sie reagierten nicht auf ihn. Was hätte er darum gegeben, zu ihnen zu gehören, anstatt dazu verdammt zu sein, untätig auf Fornbergs nächsten Schritt zu warten. Den Hinterkopf gegen das Fass gelehnt, verschluckten ihn Dunkelheit und Stille und er verlor jegliches Zeitgefühl. Als der Durst kam, schwand die Zuversicht, dass er die Sonne bald wieder sehen würde. Er dämmerte weg.

Draußen schwoll ein Tumult an. Kjell fuhr hoch. Erst flogen Beschimpfungen, dann Fäuste, schließlich zog die

Auseinandersetzung an ihm vorbei und das Geschrei ebbte ab. Er hämmerte gegen die Tür und forderte etwas zu essen, doch niemand öffnete ihm.

Zwei Schichtwechsel hatte er mitangehört und die Wasserflaschen waren längst bis auf den letzten Tropfen geleert, da quälte ihn sein Hirn mit Anblick und Duft eines prächtigen Schinkens auf einer ausladenden Tafel. Um sich abzulenken, wühlte er in seinem Gedächtnis nach alten Gedichten und rezitierte sie. Zwei weitere Schichtwechsel später brachte er die Buchstaben seiner Worte nicht mehr zusammen. Nach dem fünften, den er wie durch zähen Nebel wahrnahm, war er verstummt. Er erinnerte sich nur vage daran, welcher Weg ihn hierher geführt hatte, wie er hieß und wer er einst gewesen war.

In der darauffolgenden Nacht holte ihn Fornberg mit versteinertem Gesicht ab. Kjell war längst zu ausgelaugt, um ihm Fragen zu stellen, geschweige denn, ihn zu attackieren, und so lehnte er mit halb geöffneten Lidern in einer Ecke der Kutsche, zu der er sich am Arm seines Widersachers geschleppt hatte. Fornberg drückte ihm einen fleckigen, verbeulten Apfel und eine halb volle Flasche Wasser in die schlaffen Hände. Kjell verschlang das Obst mit zwei Bissen und leerte das Gefäß mit ebenso vielen Zügen.

Fornberg brachte ihn zurück in seine Kammer auf dem Hof. »Mach dir keine Illusionen«, raunte er, als er Kjell durch den Türrahmen schob. »Wir sind weit davon entfernt, zu einem normalen Zusammenleben zurückzukehren. Aber zumindest sitzt uns die Polizei nicht mehr im Nacken.«

Ein Schlüssel knackte hinter Kjell im Schloss, als Fornberg absperrte. Auf der nackten Kommode lag eine dicke Scheibe Brot, daneben stand ein gefüllter Wasserkrug. Kjell stürzte sich darauf und vertilgte beides wie ein verhungerndes Tier. Nachdem er die letzten Krümel mit feuchten Fingerkuppen vom Holz gepickt hatte, schweifte sein Blick durch die Kammer. Alles, was er noch besessen, alles, was den Raum ausgeschmückt hatte – Fornberg hatte es ihm genommen. Die Öllampe. Gustavs alte Bücher. Sein Notizblock. Die Spielkarten. Selbst im Korb mit dem Feuerholz lagen nur noch ein paar splittrige Stücke Rinde zwischen einer Handvoll Spänen. Im Fensterkasten prangte ein Eisengitter, hinter dem sich das Halbdunkel der Nacht wie ein formloses Ungetüm ausbreitete.

Sein Kopf schwirrte. Mitten auf dem Bett, präzise ausgerichtet und damit tausend Worte sprechend, lag sein verhasster Stock, abgewetzt und schmutzig wie Kjell selbst.

Er schleuderte ihn gegen das Gitter, wütend, verwirrt und verängstigt. Der Raum drehte sich um ihn. Das Brot, das sich in seinem Magen zusammen mit dem Wasser ausgedehnt hatte, drängte schlagartig hoch in seine Kehle. Er stolperte zu einem Eimer in der Ecke, riss den Deckel hinunter und fiel davor auf die Knie.

Mit leerem Magen taumelte er zu seinem Bett und rollte sich auf der grauen Decke zusammen. Die Metallfedern antworteten mit einem jämmerlichen Quietschen. Eine Weile tat er nichts anderes als zu atmen und seine Herzschläge zu zählen. Zehn, fünfzehn, zwanzig, hundert ... zweihundert. Dreihundert.

»Meine liebste Anna ... wenn du mich jetzt sehen könntest ...«, murmelte er schließlich, den Blick hoch zur Decke gerichtet.

Dann was? Würde seine Frau seinetwegen weinen? Versuchen, ihm zu helfen? Oder ihm vorhalten, dass ihm ein solches Schicksal recht geschehe, weil er sich wieder einmal überschätzt und daher alle Warnungen vor der Missachtung geschriebener wie ungeschriebener Gesetze in den Wind geschlagen hatte?

Etwas zuckte in seinem Augenwinkel. Er blinzelte, drehte sich auf den Rücken und stemmte sich auf die Unterarme.

»Du bist also meine Zellengenossin?«

Eine fette, schwarze Holzspinne webte zwischen den dunklen Deckenbalken und der grau schimmernden Wand ihr Netz.

Kjell dachte, er sähe sie nicken.

»Du würdest nicht glauben, woher ich komme. Wusstest du …« Mit dem nächsten Atemzug vergaß er den Rest des Satzes.

Was er hatte fragen wollen, kehrte nicht wieder zu ihm zurück. Stattdessen kreuzten alle möglichen Banalitäten seinen wirren Geist, also taufte er die Spinne Ragna und begann zu erzählen: von seiner sanftmütigen Mutter, die das beste Pilzrisotto der Welt kochte und die ihr Möglichstes getan hatte, um ihrer Kinderschar ein sorgenfreies Zuhause zu bieten. Von seinem aufbrausenden Vater, der jeden Tag dasselbe rote Halstuch getragen hatte, und zwar immer viel Meinung, aber nie genug Verstand gehabt hatte, um mit Geld umzugehen. Von dem Schwur, den er seiner Mutter als Fünfjähriger leistete, bald großen Reichtum zu erlangen, um ihnen allen für immer ein gutes Leben zu ermöglichen. Von seinen nicht immer legalen Methoden, ein Zubrot für die Familie zu verdienen, und seinen Aufenthalten in fragwürdigen Etablissements, bis er ein Mal zu oft von der Polizei aufgesammelt wurde. Von dem verregneten Herbsttag Ende September – die Sonne war kaum aufgegangen – als ihn sein

Vater vor die Tür setzte und polterte, er brauche sich nie wieder blicken lassen.

Doch er erzählte Ragna auch von den guten Dingen, die danach geschehen waren: wie er Anna mit zarten siebzehn auf dem Jahrmarkt kennengelernt hatte und dass der Himmel schon mit ihrem ersten Lächeln voller Geigen hing. Um die junge Frau mit den warmen braunen Augen, den wie Perlmutt schimmernden Zähnen und dem kräftigen schwarzen Haar zu beeindrucken, rühmte er sich, er könne das Glaslabyrinth in nur zwanzig Sekunden durchlaufen. Zwar bezahlte er seinen Wagemut beim Verlassen der Attraktion mit einer blutigen Nase, weil er gegen eine Glasscheibe gelaufen war, doch mit dieser lächerlichen Einlage gewann er ihr Herz.

Ragna erfuhr, dass er Anna zu Beginn ihrer Beziehung häufig teure Geschenke machte. Er tat es weniger, um ihr zu imponieren, sondern vorwiegend, weil sie sich dann so freute, dass sich beim Lachen ihr Nasenrücken kräuselte, und er diesen Anblick so liebte. In Wahrheit konnte er sich keine dieser Gaben leisten. Später, als er ein wohlhabender Geschäftsmann geworden war, änderte sich das zwar, aber er gestand ihr weder, dass er aus ärmlichen Verhältnissen kam, noch, dass er viele ihrer Kostbarkeiten mit dem Verschachern von Diebesgut finanziert hatte. Sie wusste es bis heute nicht.

Kjell verstummte und lachte bitter. Dass ihm Fornberg auferlegt hatte, den Grund ihres Zerwürfnisses zu verschweigen, erschien ihm als beißende Ironie; Kjell hatte sein Leben lang nichts anderes getan als zu vertuschen und zu täuschen.

Die Erkenntnis tat ihm so weh, dass er Anna und den Jahrmarkt zur Seite schob und seine Gedanken in die Gegenwart zurückkehrten. Er wollte nie wieder an sie denken und versank in sich selbst.

Seine Verpflegung erhielt er in willkürlichen und immer längeren Abständen. Anfangs hastete er beim Knacken des Schlosses noch zur Tür und flehte Fornberg an, ihn wieder ins Haupthaus oder zumindest in den Garten zu lassen, nur für ein paar Minuten. Er wäre mit allem einverstanden, was er verlangte, worum auch immer es sich handelte. Aber Fornberg blickte durch ihn hindurch und schwieg.

Bei jedem Sonnenuntergang zog Kjell mit seinem Stock eine Kerbe in die Wand neben seiner leeren Kommode. Nach der sechsten hob er den Kopf nicht mehr, wenn der Schlüsselbund klimperte. Früher hätte er gebrüllt und getobt und versucht, Fornberg bei nächster Gelegenheit zu überwältigen, anstatt sich zu einem Häufchen Elend zusammenzukauern, zu schweigen und zu zittern. Aber früher war viele, viele Leben her.

Nach zwei Tagen ohne einen Tropfen Wasser und einen Krümel Nahrung kletterte er mit letzter Kraft auf sein Bett, bedankte sich bei Ragna für ihr offenes Ohr und entschuldigte sich für das, wozu er nun gezwungen war – es wäre nichts Persönliches.

Eine Nacht später war er davon überzeugt, dass er verdursten würde. Er bat die Ungetüme in den Wänden, die dieselben waren wie jene in seinem Kopf, so ernsthaft und aufrichtig darum, ihm seinen Frieden zu lassen, dass sie ihm seinen Wunsch gewährten. Dann verabschiedete er sich von Anna, von Gustav und von allen, an die er sich noch erinnerte. Er legte sich nieder, schloss die Augen und fiel in einen schwerelosen Halbschlaf, auf den ausgedörrten Lippen die letzten Worte eines emotionslosen Gebetes, das er aus Kindertagen kannte.

9

Rote Zone

Das gierige Knurren seines Magens weckte Kjell aus einem traumlosen Schlummer, der weder Trost noch Erholung gebracht hatte. Dunkelheit umgab ihn – er hatte kaum geschlafen.

Er seufzte widerwillig und blinzelte benommen. Mit einem Ächzen drückte er die Arme auf seinen Unterleib, bis seine Magenkrämpfe nachließen. Auf der Kommode erkannte er schemenhafte Umrisse eines Kruges und eines weiteren unförmigen Gegenstands.

»Endlich … um Himmels willen … endlich.«

Als er sich mit aller Kraft hochstemmte, drehten sich die Wände, und Bett wie Boden schwankten unter ihm. Behutsam schob er die Beine über die Bettkante. Nur einen Schluck, den Rest würde er aufheben. Nicht ohnmächtig werden.

Jemand räusperte sich. »Bist du sicher, dass es eine gute Idee ist, aufzustehen?«, fragte eine junge Männerstimme aus der Dunkelheit des Türrahmens.

Kjell schrie auf, presste sich gegen die kalte Mauer, während Schritte näher kamen. Ein Schatten glitt über ihn. Er verengte die Lider und versuchte, das dazugehörige Gesicht zu erkennen. Die Schritte verstummten direkt vor ihm.

»Wer ... Wer bist du?!«, stieß Kjell atemlos hervor und wich weiter zurück bis in die hinterste Ecke des Raumes.

»Keine Angst. Von mir hast du nichts zu befürchten«, erwiderte die Gestalt, die nun zwischen Kjell und der Kommode stand, und hob beschwichtigend die Hände.

Ihre Stimme fühlte sich sanft und freundlich an wie ein glänzender Kieselstein, den ein Fluss über viele Jahre glatt poliert hatte.

Eine Streichholzschachtel klapperte, eine Flamme fauchte. Kurz darauf hüllte eine kleine Öllampe den Raum in schummriges Licht.

»Besser, oder?«, fragte die Gestalt und beleuchtete ihr Gesicht.

»Du?«, stieß Kjell ungläubig hervor.

Der junge Mann mit den blonden Haarstoppeln grinste breit und zeigte makellose Zähne.

»Mein Name ist Einar.« Er drehte sich um, schenkte ein Glas Wasser ein und hielt es Kjell auffordernd hin.

Kjell nahm das Gefäß zögerlich entgegen. Etwas in seiner hintersten Gehirnwindung kitzelte. Kaum hatte das Gefühl nachgelassen, hämmerten Kopfschmerzen hinter seiner Stirn. Beides musste von Durst und Hunger kommen. Er setzte das Glas an die Lippen und nippte daran, dann stürzte er den Inhalt hinab, wischte mit dem Handrücken über seinen Mund. Er streckte Einar das leere Behältnis entgegen.

»Langsam, lass dir Zeit. Du musst dringend etwas essen«, sagte der junge Mann besorgt.

Das unförmige Objekt neben dem Krug, auf das er deutete, erwies sich im Schein der Lampe als ein halber Laib Brot.

Kjell kniff die Augen zusammen. »Ist das eine Falle? Bist du Fornbergs Handlanger?«

»Im Gegenteil. Der Alte ist bestimmt nicht begeistert, wenn er erfährt, dass jemand von uns Kontakt mit dir hat.«

»Jemand von euch?«, wiederholte Kjell tonlos.

»Von uns drei Wanderarbeitern. Wir kümmern uns seit deinem Unfall um die Schafe und ab und zu um den Hof. Weil deine Arbeitskraft weggefallen ist, bleibt viel liegen. Du hast ordentlich angepackt, als du noch ... Na ja ...«, Einar nickte auf Kjells Bein und schwieg betreten.

Kjell stellte das Glas neben sich, zog die Knie an den Körper, schlang die Arme darum und verwob die hageren Finger miteinander. »Und was hast du hier drinnen zu suchen?«

Einar ließ sich auf den Stuhl ihm gegenüber fallen. Er setzte ein verschmitztes Grinsen auf, stützte den Arm auf die Lehne und die Schläfe auf die Faust. »Du bist ein misstrauischer Mann. Du erinnerst dich noch an Ingrid? Die Köchin?«

Kjell rollte mit den Augen. »Wie könnte ich sie vergessen?«

»Sie hat mir erzählt, dass du so plötzlich wieder weg warst, wie du damals auf dem Hof aufgetaucht bist. Aber dann hab ich den Alten mit so einem anderen Schlipsträger aus der Mine über dich reden hören und hatte das Gefühl, du wärst noch in Havssun.«

Einar erhob sich und schlenderte im Raum auf und ab, als würde ihm das, was er sagen wollte, dadurch leichter über die Lippen kommen. Abrupt blieb er stehen, leuchtete mit der Lampe über die Wand und musterte die Kerben, die Kjell dort gezogen hatte.

»Und da dachte ich – irgendjemand muss doch nachsehen, welche Geschichte stimmt. Wenn du tatsächlich noch hier bist, aber in der Versenkung verschwunden, dann sollte sich endlich jemand deiner annehmen. Diese Einzelhaft, oder was auch immer das hier sein soll, das macht doch was mit dir.«

Kjell brummte missmutig. Er streckte die Beine aus.

Der junge Mann legte den Zeigefinger in eine der tiefen Mulden in der Wand und blies die Luft durch die Nase. »Aber wenn ich mir das so anseh' … dich und diese Markierungen … hätte ich lieber nicht recht gehabt. Ich hätte gehofft, der Raum wär' leer. Deinetwegen.«

»Nicht nur du«, knurrte Kjell.

Einar seufzte. »Und ein bisschen meinetwegen, weil ich da jetzt auch drinstecke. Aber nun iss endlich. Du siehst furchtbar aus.« Er reichte ihm das Brot. »Und du bist …?«

»Kjell«, sagte er schnell, als ob es immer so gewesen wäre.

Einar lehnte sich zurück, die Ellenbogen auf die Kommode gestützt, die Hände locker in der Luft. Er neigte den Kopf, musterte ihn eine Weile, schmunzelte.

»Du siehst nicht aus wie jemand, der so heißt.«

Kjell schnaubte. »Und du nicht wie jemand, den das etwas anginge.«

»Jetzt sei nicht gleich eingeschnappt, sonst bereue ich noch, zu dir gekommen zu sein. Dabei freue ich mich auf ein Gespräch mit dir, seit ich dich damals in deinem Zimmer gesehen hab. Ich hätte ja schon viel früher mit dir geredet, als dieses Gitter noch nicht da war, aber näher ans Fenster zu kommen, das war zu gefährlich. Der Alte hats mir verboten und er hätt's ja an den Spuren im Schnee gesehen. Deswegen bin ich weggelaufen, als du nach mir gerufen hast. Und deswegen darf er auch nicht wissen, dass ich hier bin.« Er setzte sich auf den Stuhl, legte einen Finger auf seine Lippen und grinste wie ein ungehorsamer Schuljunge.

Eine Weile aß Kjell schweigend in winzigen Portionen,

während der Arbeiter auf der gekippten Sitzgelegenheit balancierte. Er war sich nicht sicher, ob er Einar mochte. Seine nuschelnde Art zu sprechen gefiel ihm jedenfalls nicht, und vermutlich log er das Blaue vom Himmel.

»Und jetzt?«, fragte Kjell schroff. »Willst du mich mit der Lampe und dem Essen aus der Reserve locken und mit allem, was ich dir erzähle, zu Fornberg rennen?«

Einar schüttelte lachend den Kopf. »Hast du mir überhaupt zugehört? Überleg mal: Was könnt's denn geben, das der Alte noch nicht über dich weiß? Der hat dich doch mit Haut und Haaren.«

»Was, wenn er mir Hoffnung machen will?«, blaffte Kjell den anderen an. »Hoffnung, die er mir wieder wegnimmt, so wie er es bisher immer getan hat?«

Kjell presste beharrlich die Lippen aufeinander. Kein Wort würde er sagen – jedes Detail, das er preisgab, konnte ihm gefährlich werden. Einars Anwesenheit musste Fornbergs Werk sein, es gab keine andere Erklärung dafür – er hatte diesen Halbwüchsigen geschickt, um ihn zu quälen.

Der junge Mann seufzte enttäuscht. »Ich sehe schon, das hier wird nichts. Da fasst man sich ein Herz, nimmt das Risiko auf sich – und das hat man dann davon. Ich seh' hier zwar niemanden sonst, mit dem du reden könntest, aber offensichtlich unterhältst du dich lieber mit dir selbst. Viel Spaß in der Dunkelheit.« Einar hob die Öllampe zu seinem Gesicht und holte Luft.

Die Wände seines Verlieses krochen auf Kjell zu. Wie die endlosen Stunden zuvor schrien sie ihre Verwünschungen in die erdrückende Stille hinein.

»Nein!«, rief Kjell und brachte sie damit zum Schweigen. »Warte. Bitte … bitte geh nicht!«

Einar hielt den Atem an.

»Rede mit mir. Was führt dich hierher? Erzähl mir von dir«, flehte Kjell.

Der Laib Brot knirschte in der Stille, als Einar ein Stück davon abbrach. Er schnippte den Happen in hohem Bogen in seinen Mund und legte den Rest zurück auf das Bett. Seine wachen Augen huschten über Kjells Gesicht.

»Warum bist du hier drinnen?«, fragte Einar. »Was hast du dem Alten getan, dass er dich so hasst? Erzähl' mir deine Geschichte, dann erzähl' ich dir meine.«

Kjell schüttelte den Kopf, schlug den Blick nieder. »Kann ich nicht.«

Einar zuckte mit den Schultern. »Dann reden wir eben nicht d'rüber«, schmatzte er. »Rote Zone. Allerdings gilt gleiches Recht für alle: Ich erzähle dir nichts von mir, solange du dich über diesen Schlamassel hier ausschweigst. Abgemacht?«

Kjell nickte abwesend, während er auf das leere Spinnennetz an der Decke starrte.

»Von mir aus. Spielt sowieso keine Rolle mehr. Er holt mich nie wieder nach draußen«, presste er hervor.

»Heute war unser letzter Tag in Havssun«, sagte Einar, »sonst hätte ich es nie gewagt, zu dir zu kommen. Vielleicht lässt er auch dich bald ziehen. Deinem ›Kalender‹ an der Wand nach bist du schon sehr lange hier drinnen. Da muss er sich bald beruhigt haben. Also mach dir keine Sorgen.«

Er legte sachte eine Hand auf Kjells Schulter und drückte versichernd zu. Die ungewohnte Sanftheit der Berührung und die plötzliche Anteilnahme trafen Kjell unvorbereitet. Tränen schossen in seine Augen. Der Gedanke, dass er nicht mehr allein war, jetzt nach Gustavs gewaltsamem Tod, dass jemand mit ihm sprach, von dem er allem Anschein nach nichts zu befürchten hatte, schmiegte sich wie eine warme, schützende Decke um seinen geschundenen Körper.

»Ich hoffe so sehr, dass du recht hast. Ich habe eine Spinne gegessen! Erst habe ich ihr einen Namen gegeben. Ihr meine Lebensgeschichte erzählt. Und dann habe ich sie gegessen! Ich werde hier drinnen allmählich verrückt«, schluchzte er und verbarg das Gesicht in den Händen.

Einar schob Kjells Finger vorsichtig zur Seite und hockte sich vor ihn. Seine Züge spiegelten große Sorge wider. »Jemanden unzählige Tage lang einzusperren und ihn gerade so am Leben zu lassen – *das* ist verrückt. Du hingegen bist es nicht.«

Kjell drehte dem jungen Mann den Rücken zu und nestelte beschämt über seinen Gefühlsausbruch am Saum der kratzigen grauen Wolldecke. Er räusperte sich.

»Ich wünschte …«, krächzte Kjell, setzte ab, schluckte, »ich wünschte, Fornberg hätte mich im Zorn erschlagen. Dann hätte ich es längst hinter mir.«

Einars gleichmäßige Atemzüge entfernten sich, dann formte seine saubere Stimme eine behutsame Antwort: »Durch solche Gedanken nimmst du dir selbst jede Hoffnung und er gewinnt. Wenn du keinen Willen mehr hast, habe ich keinen Grund, bei dir zu bleiben.«

Kjell musterte Einars Gesicht, das im Halbdunkel weich und gutmütig wirkte. Er wollte ihn darum bitten, zur Polizei zu gehen, doch Gustavs Schicksal war ihm ein schauerliches Mahnmal. Was würde der Alte mit ihnen beiden machen, falls Einar einwilligte und sein Versuch scheiterte? Konnte Kjell mit so viel Schuld leben? Er schwor sich, diese gefährliche Bitte nie auszusprechen – wenn Einar ein anständiger Kerl war, würde er ohne äußeren Antrieb Hilfe holen.

Einar nickte vage, als hätte Kjell ihm eine Frage gestellt. »'s gibt einen Weg von hier fort. Einen alten Gebirgspass«, murmelte er. »Aber du bist zu schwach. Du musst zu Kräften kommen, um ihn überwinden zu können. Wenn wir uns das nächste Mal sehen, erzähle ich dir davon.«

Kjell richtete sich auf, griff nach der Hand des anderen, doch der zog sie geschickt zurück. »Warum nicht jetzt?«

»Weil es spät ist. Ich muss mich beim Alten abmelden und ihm dabei den Schlüssel unterjubeln, den ich ihm abgeluchst hab«, Einar klopfte auf seine rechte Hosentasche.

Kjell fühlte sich, als hätte er ihn in den Magen getreten, und starrte ihn fassungslos an. »Wenn du einen Schlüssel hast, warum in Gottes Namen sitzen wir dann immer noch herum?«

Der junge Mann schüttelte voller Bedauern den Kopf. »Ich weiß, wie das auf dich wirken muss. Aber wenn ich diese Tür offen lasse und Fornberg bemerkt, dass du nicht mehr da bist, wird er Himmel und Hölle in Bewegung setzen, um dich zu finden. Und in deinem Zustand kommst du nicht weit. Was dann?«

Kjell stemmte sich mit zitternden Armen am Bettkasten hoch, bereit, den Schlüssel mit roher Gewalt an sich zu reißen. »Was kümmert dich das?«

Einar kräuselte die Stirn und verschränkte die Arme vor der Brust. Sein Blick verfinsterte sich. »Wie ich schon gesagt hab: Ich stecke da jetzt auch mit drin. Und bei allem Mitgefühl für dich und deine Lage, ich riskiere bestimmt nicht Kopf und Kragen, damit du nach drei Schritten in den Wald tot umfällst. Du kannst doch kaum aufstehen! Bitte glaub mir, dass das hirnrissig ist. Wenn du klar denken könntest, würdest du mir darin zustimmen.«

Kjells Blick zuckte über Einars jugendliches Gesicht und blieb an seinen Augen hängen, in denen er keinerlei Bosheit las.

Der junge Arbeiter seufzte bekümmert. »Ich würde nichts lieber tun, als dich zu befreien – wenn ich könnte, würde ich zur Polizei gehen und diesem Spuk ein Ende setzen, anstatt mich wie Fornbergs Komplize zu fühlen und mich mitschuldig zu machen.«

Kjell sog hastig die Luft ein, hielt den Atem an, wartete drei Herzschläge. Als Einar nicht weitersprach, fragte er: »Warum kannst du nicht?«

Einar stutzte, dann verengte er die Lider: »Du solltest mir diese Frage nicht stellen«, entgegnete er mahnend, »wo du doch weißt, dass du die Antwort darauf nicht erträgst.«

Kjell versuchte zu begreifen, was er damit meinte, aber seine Gedanken verloren sich im Nebel. Schweiß trat ihm auf die Stirn. Einars Gesicht verschwamm.

»I-ich ... ich verstehe nicht«, stotterte Kjell und blinzelte hastig, bis er den anderen wieder deutlich sehen konnte.

»Das macht nichts.« Der junge Mann lächelte. »Konzentrier dich jetzt darauf, was direkt vor dir liegt. Wir müssen dein Fluchtvorhaben überlegt angehen und abwarten, bis du wieder stärker bist. Hab Geduld. Heute hab ich dir Hoffnung gegeben. Bald geb' ich dir viel mehr. Versprich mir bis dahin eine Sache: Wenn dich der Alte hier rauslässt, überschreitest du diese Schwelle nicht als das durchsichtige Elend, das vor mir kauert. Du tust es mit erhobenem Haupt und geradem Rücken. Du bist immer noch du. Und deine Gedanken kann er dir niemals nehmen.«

Er wandte sich zum Gehen.

»Bleib hier! Bleib bei mir! Lass mich nicht allein!«

»Warte, Kjell. Alles wird gut. Ich kümmere mich um dich.« Einar nickte mit einem versichernden Lächeln.

Mit dem Erlöschen der Öllampe verschluckte ihn die Dunkelheit.

10

Tabula Rasa

Am nächsten Morgen lag ein Bündel Kleidung auf seiner Kommode, darauf ein Handtuch und ein cremefarbenes Stück Seife. Der Krug vom Vorabend und das Wasserglas hingegen fehlten. Dort, wo Kjell es auf seinem Nachttisch abgestellt hatte, war ein zarter ringförmiger Fleck zurückgeblieben.

»Wasch dich und komm in mein Arbeitszimmer.« Mit diesen Worten gab ihm Fornberg sein Leben zurück.

Kjell schleppte sich an seiner Krücke in den Waschraum, wo er sich seiner verdreckten Kleidung entledigte und den Gestank und Schmutz von wochenlanger Isolation aus den Poren schrubbte, bis das Waschwasser nicht mehr graubraun ablief. Er gab sich Mühe, das Nebengebäude in aller Würde zu verlassen, so wie Einar gesagt hatte, aber sein Körper tat nach der langen Zeit der Inaktivität nicht mehr, was er von ihm verlangte, und so stolperte er an seinem Stock durch das gleißende Licht des Gartens direkt in Fornbergs Arbeitszimmer im Haupthaus.

Dort saß der Hausherr an seinem Schreibtisch und hatte die Hände in einem Dreieck auf die Tischplatte gelegt, Fingerspitze an Fingerspitze. Alles an ihm wirkte gestellt und wie tausende Male geprobt: das Einstecktuch in seinem Jackett, das aus demselben Stoff gefertigt war wie seine Weste. Das akkurat gescheitelte blonde Haar. Der penibel gestutzte Bart, der um sein Kinn herum weiß wurde. Die Kette vor seiner Brust. Das dumpfe Ticken der Taschenuhr, zu der sie führte.

Der Alte nickte ihm mit einem kleinen Lächeln zu und begrüßte ihn wie ein zukünftiger Dienstgeber einen der Bewerber bei einem Vorstellungsgespräch. »Guten Morgen, Kjell.«

Fornberg lehnte sich zurück und beäugte ihn ungeniert von oben bis unten. Dann bedeutete er ihm, Platz zu nehmen, griff in ein silbernes Kästchen, holte eine Zigarre heraus und schnitt sie an. Ein Feuerzeug schnappte auf und zu.

Kjell flüsterte einen Gruß und versuchte, seinem Blick standzuhalten. Erfolglos. Er setzte sich behutsam, darauf vorbereitet, jederzeit wieder aufzustehen. Die Glut leuchtete auf. Beißender blauer Rauch schlug ihm entgegen.

»Ich hoffe, dass wir die letzten Wochen nicht wiederholen müssen«, brummte Fornberg.

Er würde sich anhören, was der Alte zu sagen hatte, an den richtigen Stellen schweigen, nicken oder den Kopf schütteln und diesen Raum unbeschadet wieder verlassen. Und dann würde er sich von Einar den Weg zum Gebirgspass zeigen lassen. Er würde Havssun nach fünf endlosen Jahren den Rücken kehren.

»Du musst dir deiner Position bewusst werden. Nur so können wir von vorn anfangen. Wenn du tust, was ich von dir verlange, werden wir keinerlei Probleme miteinander haben. Du weißt, dass ich kein Monster bin.«

Kjell wollte schreien. Stattdessen nickte er, ohne eine Miene zu verziehen.

»Du warst nicht der Einzige, der in den letzten Wochen viel nachgedacht hat. Lass es mich ganz nüchtern betrachtet zusammenfassen: Wir hatten eine Abmachung, die du nicht eingehalten hast. Ich habe dir angekündigt, was in einem solchen Fall geschehen wird. Das hat dich aber nicht davon abgehalten, Gustav einzuweihen. Einer von euch musste sterben, um weiteren Schaden abzuwenden. Das sind die Fakten. Was das angeht, sind wir doch einer Meinung?«

Fornberg glotzte ihn unverwandt an und Kjell nickte erneut, obwohl das nicht annähernd ›die Fakten‹ waren.

»Warum es Gustav getroffen hat und nicht dich, hat zwei Gründe: Erstens wäre es nicht richtig, wenn ich die letzten Jahre außer Acht ließe – die Zeit, in der du ein Teil der Familie warst. Du hast hier immer noch ein Dach über dem Kopf. Ein Zuhause.«

»Du kanntest Gustav viel länger als mich«, krächzte Kjell, heiser durch sein Schweigen.

Fornberg schmunzelte. »Das bringt mich zum zweiten Punkt, dem pragmatischen, der mehr wiegt als alle gefühlsduseligen Überlegungen zusammen: Du musst dich um den Jungen kümmern. Ich kann es schließlich nicht – die Arbeit nimmt mich zu sehr in Anspruch. Und Frida hat mit dem Haushalt genug zu tun. Dass sie Arvid bisher betreut hat, war eine Notlösung. Ab sofort wird es deine Aufgabe sein. Das ist nur gerecht – schließlich ist es deine Schuld, dass wir niemand anderen mehr dafür haben.«

Die ohrenbetäubende Stille, die sich nach Fornbergs letztem, zittrigen Satz in dem verrauchten Raum ausgebreitet hatte, schwang sich tonnenschwer um Kjells Schultern. Dann fiel es ihm auf – Frida? Welche Frida? Eine neue Haushälterin? Oder eine Kinderfrau, die Ingrid unterstützte?

Fornberg räusperte sich. Er legte die Fingerkuppen aufeinander. Als er fortfuhr, klang seine Stimme kristallklar: »Die Bedingungen haben sich nicht geändert. Wenn du Arvid erzählst, was hier vor sich gegangen und was mit seiner Mutter geschehen ist – sobald du ihm oder Frida auch nur eine Kleinigkeit über unsere gemeinsame Vergangenheit berichtest, knüpfe ich dich am erstbesten Baum auf. Hast du das verstanden?«

Fornbergs eiskalter Blick durchbohrte ihn.

»Ich will, dass du es sagst. Laut und deutlich.«

Kjell richtete sich auf, legte eine Hand auf den Stock und schob die Schultern zurück. Etwas in seinem Rücken knackte bei der Bewegung. »Ich verstehe«, zischte er.

Der Alte nickte zufrieden. »Du bist für alles, was Arvid tut, verantwortlich. Du wirst ihm Manieren, Schreiben, Lesen und Rechnen beibringen. Wenn du etwas brauchst, kommst du zu mir. Wenn du ein Problem mit ihm hast, kommst du zu mir. Wenn er Fragen stellt, die du nicht beantworten kannst ... kommst du zu mir.« Er schloss für einen Moment die Augen und schüttelte den Kopf. »Keine Heimlichtuereien, keine Zwischenfälle mehr.«

Kjell fiel es schwer, seine Irritation zu verbergen. Weder verstand er etwas von Kindern noch interessierte er sich für sie. Und schon gar nicht für Arvid. Ein Stück Asche löste sich von Fornbergs Zigarrenspitze und zerfiel im Aschenbecher in seine Einzelteile.

»Er wird mich erkennen«, flüsterte Kjell tonlos, den Blick auf die tausenden Graustufen des verbrannten Tabaks geheftet.

Der Alte seufzte. »Es ist fast ein Jahr her.«

»Hältst du ihn für so dumm?«

Fornberg musterte ihn, dann lächelte er mitleidig und stützte das Kinn auf die Hand: »Hast du in letzter Zeit einen Blick in den Spiegel geworfen?«

Kjell zuckte zusammen. Dazu hatte er sich nicht überwinden können.

Der Alte räusperte sich und fuhr fort: »Du kannst deine Mahlzeiten in der Küche einnehmen. Wie früher. Dir wird an nichts mangeln. Das verspreche ich. Du wirst mit Erleichterung sehen, wie großmütig ich nach wie vor bin. Lass uns das, was in den letzten Monaten geschehen ist, als einen bedauerlichen Lapsus betrachten. Als Rückfall in die Barbarei. Ich will nicht so zu dir sein.«

Die Sonne kam zwischen den Wolken hervor. Fornberg, der mit dem Rücken zu ihr saß, warf einen langen Schatten auf Kjells Gesicht. Kjell rutschte zur Seite und musterte seine eigenen hell erleuchteten Hände, über die sich das Licht wie lauwarmer Honig legte. Wie sehr sich seine Finger verändert hatten, wie weiß und hager sie mittlerweile waren, wie verformt von Frostbeulen und Narben. Sein Platz war also neben der Haushälterin und er würde ständig den Jungen um sich haben, der dem Alten vermutlich jeden seiner Schritte und damit all seine Fluchtvorbereitungen verriet.

Fornberg schnippte ein paar Mal vor Kjells Gesicht. »Hörst du mir zu? Sieh mich an.«

Kjell blinzelte erschrocken.

»Ich hätte jedes Recht, dich vor die Tür zu setzen und erwarte Dankbarkeit von dir, dass ich dich dennoch in meinem Haushalt arbeiten lasse. Verdient hast du es beileibe nicht.«

Kjell sah ihm voll in die Augen. »Nein? Dann lass mich gehen.«

Der Alte lehnte sich zurück, Erstaunen in den Zügen, schüttelte belustigt den Kopf und sog erneut tief an seiner Zigarre. »Und wohin genau willst du? Du könntest nirgendwo Fuß fassen. Früher hättest du wenigstens Arbeit gefunden. Mittlerweile bist du zu nichts mehr zu gebrauchen.«

Entgegen seinen harten Worten huschte der Blick des Alten in aller Milde über Kjells Züge. Sein Gesichtsausdruck erinnerte ihn an etwas von früher, an etwas aus dem Davor, beinahe wie ein Souvenir an eine lang vergangene Reise. »Ich versuche doch nur, eine Lösung zu finden, die für uns beide akzeptabel ist. Kompromisse zu schließen. Verstehst du denn nicht, dass das auch für mich schwierig ist? Deinetwegen musste ich sogar Ingrid gehen lassen.«

Kjell hob überrascht die Brauen. »Sie arbeitet seit einer Ewigkeit für dich.«

Fornberg atmete tief ein, Missbilligung stand schlagartig in seiner Miene. »Für die *Familie*. Seit einundvierzig Jahren. Aber so wie Gustav kannte sie dich und du siehst ja, wie das geendet hat. Deinetwegen musste ich einer alten Frau kündigen. Und nicht nur ihr – auch dem Stallburschen. Du schlägst eine Schneise der Verwüstung in meinen Haushalt. Dank dir sind wir nur noch zu viert.«

Der flüchtige Moment der Vertrautheit war längst vorüber, das Souvenir unauffindbar, tief vergraben in einer großen Kiste unter anderem Ramsch, die auf einem alten Dachboden in Vergessenheit geraten war.

Kjell sackte in seinem Stuhl zusammen. Der Alte hatte tatsächlich alle Verbindungen in und alle Erinnerungen an die Vergangenheit gekappt – alle, bis auf die eine, die er nicht kappen konnte: den Jungen.

»Also ist diese Frida ihre Nachfolgerin«, murmelte er tonlos.

Fornberg nickte gemächlich. »Jemand, der keine Fragen stellt und weder eine eigene Meinung noch die Arthrose in den Knochen hat. Ein Neuanfang. Tabula Rasa. So wie bei dir.« Er seufzte bekümmert und verzog das Gesicht. »Ich kann dir nicht mehr die Freiheiten gewähren, die du früher genossen hast. Ich werde dich jeden Morgen aus deinem Zimmer lassen und dich abends wieder zurückbringen, mein Mittagessen auf dem Hof einnehmen und dabei nach dem Rechten sehen. Ich bedaure zutiefst, dass solche Maßnahmen für jemanden, den ich einst so geschätzt habe, notwendig sind. Aber wir werden uns damit arrangieren und uns mit der Zeit in dieser neuen Normalität zurechtfinden.«

Kjells Körper bebte so stark, dass er sich nicht länger auf seinem Platz halten konnte. Er drückte sich an den Armlehnen hoch. »Schwachsinn! Du vielleicht. Ich sicher nicht!«

»Du allein hattest es in der Hand. Untersteh dich, es so hinzudrehen, als ob du das Unschuldslamm in dieser Misere wärst!«, donnerte Fornberg. Er lehnte sich bedrohlich nahe an den anderen heran.

»Du bist hier nicht das Opfer!«, fauchte Kjell.

Er stand aufrecht.

Fornbergs Handflächen erschütterten die Tischplatte. Der Aschenbecher sprang einen Zentimeter in die Höhe und verteilte seinen Inhalt bei der Landung auf dem Holz. »Schluss jetzt!« Der Alte stierte Kjell mit offenem Mund an. Seine Atmung ging schwer und keuchend, er fletschte die Zähne und flüsterte: »Setz. Dich. Hin.«

Kjell reckte das Kinn und ballte die Fäuste. Das war alles völlig verkehrt! Keines der Verbrechen, das Fornberg in den letzten Monaten begangen hatte, war Kjells Schuld. Er hatte all das nicht begonnen.

Fornberg hob warnend die Hand. »Noch ein Wort und ich werfe dich wieder in das Loch, aus dem ich dich heute geholt habe. Vielleicht noch ein paar Wochen länger, damit du endlich begreifst, dass du hier wieder ein Leben haben könntest, wenn auch zu meinen Bedingungen.«

Kjells Lippen zitterten unter seinem tiefschwarzen Vollbart. Das war doch kein Leben, hier im Nirgendwo und in Gefangenschaft, wie ein Tier im Zoo, das man nach Belieben in sein Außengehege ließ! Sein Blick verschwamm, huschte im Zickzack über den glänzenden Schreibtisch vor ihm, dann hinab zu seinen Beinen, über Fornbergs Weste, seine Füllfeder und das Tintenfass daneben. Aber wie seine Augen, fanden seine Gedanken nirgendwo Halt.

»Sieh mich an und konzentrier dich endlich!«

Kjell zwang seinen Atem zur Ruhe und richtete seinen Blick widerstrebend auf den Alten.

»Du bist nicht mehr in der Position, auch nur die kleinsten Forderungen zu stellen. Mehr als das, was ich dir anbiete, gibt es nicht. Kann es nicht geben. Und jetzt setz dich hin. Du weißt, wie sehr ich es hasse, mich zu wiederholen.«

Kjell sank auf wackeligen Knien in seinen Stuhl zurück.

Der Alte musterte ihn eine Weile, dann legte er seine Zigarre in die Mulde seines Aschenbechers und verwob die behaarten Finger ineinander. Mit jedem Atemzug furchte er tiefer die Stirn.

»Vor nicht allzu langer Zeit hast du mich auf Knien angebettelt, dich aus deinem Zimmer zu lassen und mir geschworen, du würdest alles tun, um dich wieder frei bewegen zu können. Man sollte meinen, dass unser Gespräch unter diesen Vorboten ein positives und unkompliziertes sein würde. Dennoch entwickelt es sich zu einem einzigen großen Ärgernis und ich beginne zu bereuen, dich zu mir gebeten zu haben.«

Kjell seufzte erschöpft. Er stützte die Schläfen in die Hände. *Denk nach.* Einar hatte ihn daran erinnert, wie wichtig es war, um seine Würde zu kämpfen, aber heute war das nicht die richtige Strategie. Wenn er so weitermachte, zerstörte er den Silberstreifen auf dem Horizont, der sich durch sein Wissen über den Pass eben erst gebildet hatte. Er würde keinen einzigen Tag mehr allein in seiner Kammer überstehen. Er musste den Alten besänftigen, ihn wie früher auf seine Seite ziehen. Sagen, was er hören wollte. Tun, was er verlangte. Dringend.

Er biss die Zähne zusammen. Was er dann von sich gab, hörte sich für ihn an wie ein billiges Grammophon, das im Nebenraum eine holprige Schallplatte abspielte, die nicht seine war: »Du hast recht. Ich bitte um Verzeihung, Toivo. Es waren ein paar schwierige Wochen. Ich ... bin müde.«

Seine Worte widerten ihn an. Er konnte den Alten nicht ansehen, schlug den Blick zu Boden, die Wangen glühend heiß, und legte die bebenden Hände aufeinander. Als das nicht half, schob er sie zwischen seine Oberschenkel, aber das Zittern wanderte daraufhin hoch über seine Ellenbogen zu den Schultern.

»Natürlich bist du das«, sagte Fornberg, weder spöttisch noch hämisch, sondern bizarr mitfühlend und verständnisvoll.

Kjell sah vorsichtig auf. Die zwei senkrechten Falten zwischen seinen Brauen waren verschwunden, das wütende Glitzern in den graublauen Augen erloschen.

»Es war eine harte Maßnahme. Notwendig, aber hart«, murmelte der Alte. »Eine Sache noch: Du solltest mich nicht mehr mit meinem Vornamen ansprechen, besonders nicht vor Arvid oder Frida. Unter den gegebenen Umständen halte ich eine so freundschaftliche Anrede für unangebracht.«

»Natürlich«, flüsterte Kjell.

Der Alte stand auf und schlenderte zur Tür, öffnete sie und wies auf den Gang. Kjell stemmte sich an seinem Stock hoch und humpelte darauf zu.

Fornberg legte eine Hand zwischen seine Schulterblätter und verfiel von jetzt auf gleich in die Rolle des Dienstgebers, der seinem neuen Mitarbeiter den Hausbrauch erklärte: »Was du für deine grundlegendsten Bedürfnisse benötigst, ist im Haus. Frida wird alles in dein Zimmer bringen. Morgen bekommst du neue Kleidung.« Er kratzte sich nachdenklich an der Stirn. »Schreib eine Liste mit Dingen, die du brauchst. Was ich im Lauf der Zeit davon zu erfüllen gewillt bin, liegt letzten Endes zu einem großen Teil bei dir.«

Kjell nickte und trat auf den Gang hinaus.

»Du fängst erst morgen an, heute ruhst du dich aus. Frida hat dir Frühstück gemacht. Iss und trink, so viel du willst.«

Wie vom Blitz getroffen, richtete sich Kjell auf. Er presste die Lippen zusammen, doch er konnte nicht anders, als den Satz wie in seiner Erinnerung zu vervollständigen. So raunte er mit brüchiger Stimme: »Heute ist ein Tag zum Feiern.«

Der Alte stieß die Luft durch die Nase und starrte ihn entgeistert an. Dann erhellten sich seine Züge in Verständnis und in seinen Augen leuchtete etwas auf – vielleicht Mitleid, vielleicht Bedauern, aber ganz sicher Schmerz.

Fornberg verzog das Gesicht, schüttelte ungläubig den Kopf und zischte messerscharf: »Scher dich weg.«

11

Ein nobler Herr

Am nächsten Morgen stand Kjell in der Küche und starrte auf seine Schuhe. Seine schwarze Hose rutschte, obwohl er den Gürtel mit dem letzten Loch geschlossen hatte. Der durchdringend gestärkte weiße Hemdkragen über dem dunkelblauen Pullover fühlte sich wie eine Halskrause an, die selbst bei ruckartigen Bewegungen nicht nachgab. Die neue Kleidung entsprach in Qualität und Optik zwar nicht dem, was er früher getragen hatte, aber sie war weder verschlissen noch roch sie merkwürdig – im Gegenteil, sie duftete nach Seife. Dass sich Kjell trotzdem verwahrlost vorkam, lag nicht an seiner Garderobe; selbst der feinste Seidenzwirn hätte nichts daran geändert.

Der gestrige Blick in den Spiegel hatte ihn bis ins Mark erschüttert: So wie er Kerben in die Wand seiner Zelle gekratzt hatte, hatte jede Minute in diesem Raum eine tiefe Falte in sein Gesicht geschrieben. Nun wurde es von brüchigem schulterlangem Haar und einem bis auf die Brust reichenden Bart umrahmt.

In einem Akt des Trotzes hatte er seine Gesichtsbehaarung, so gut es ging, mit einer alten Schere gestutzt. Früher hatte er sein eigenes Rasiermesser besessen, aber er hatte den Gedanken, den Alten danach zu fragen, verworfen. Selbst wenn es sich noch in diesem Haushalt befände, überließe ihm Fornberg keinesfalls eine teuflisch scharfe Klinge; sogar die stumpfe Schere verlangte er sofort nach getaner Arbeit zurück.

In den letzten Monaten war alles an Kjell schief geworden, von der Nase in seinem asymmetrischen Gesicht bis zu seiner gebeugten Körperhaltung. Seine behelfsmäßige Frisur fügte sich in diese Gesamterscheinung ein; an seinem Hinterkopf standen einzelne Strähnen in alle Richtungen ab, andere kräuselten sich viel zu lang in seinem Nacken, während die Seiten zu kurz geraten waren. Er sah aus, als hätte sich ein experimentierfreudiges Kind an ihm verwirklicht.

»Guten Morgen«, grüßte eine freundliche, junge Frauenstimme.

Er bewegte seinen Blick von dem Spalt zwischen den Holzdielen einen Zentimeter nach oben. Durch die Wimpern sah er ein Paar flache schwarze Halbschuhe. Als sich ihm eine zarte Hand entgegenstreckte, wich er zurück.

»Mein Name ist Frida«, sagte sie. »Wollen Sie sich nicht setzen?«

Er schüttelte vorsichtig ihre Hand, ohne das dazugehörige Gesicht anzusehen. Ein Stuhl wurde für ihn gerückt.

»Sie müssen mir nicht helfen. Ich bin nicht invalide«, erwiderte er missmutig.

Ein Lächeln lag in ihrer Stimme, als sie antwortete. »Davon war keine Rede. Aber ich mache es gerne, wenn ich Ihnen damit das Leben erleichtern kann.«

Kjell setzte sich, stellte den Stock zwischen die Knie und legte die Hände übereinander auf den warmen Holztisch. Sie nahm ihm gegenüber Platz. Sein Blick glitt durch die

Küche und streifte Frida flüchtig, bevor er bei den Kupferpfannen innehielt, die an einer Stange über der Kochstelle hingen. Früher waren sie gründlich gereinigt gewesen, der Herd nicht verrußt wie jetzt, die Vitrinen so blank geputzt, dass man das Glas darin erst auf den zweiten Blick sah. Und zu Ingrids Zeiten hatte die Küche tagein tagaus geduftet wie das Schlaraffenland.

»Sie sind in große Fußstapfen getreten«, murmelte er. »Glauben Sie, dass Sie dieser Aufgabe gewachsen sind?«

Das weiße Häubchen auf ihrem Kopf wippte mit ihrem Nicken auf und ab. »Jede Haushälterin hat ihren eigenen Stil«, entgegnete sie fröhlich.

»Ich bin mir nicht sicher, ob Herr Fornberg einen anderen Stil als den bisherigen in seinem Haushalt gutheißt.«

»Er hat sich in den vergangenen Wochen nicht beschwert. Aber er scheint mir auch ein umgänglicher Mann zu sein. Sie können das sicher bestätigen, wo Sie ihn doch schon länger kennen als ich.«

Sie hielt inne. Er wusste, dass sie auf eine Antwort wartete. War das eine Falle, wollte sie mehr über ihre gemeinsame Vorgeschichte erfahren? Er lehnte sich zurück, vergrub seinen Zeigefingernagel im Riss eines Astloches vor sich und brummte: »Wollen Sie jetzt Lobhudeleien von mir hören?«

»Ich finde es anständig von Herrn Fornberg, dass er Ihnen Arbeit gibt«, erwiderte Frida beiläufig. »Wo sollte jemand wie Sie sonst eine Anstellung finden?«

Kjell holte tief Luft. »Jemand wie ich?«, schnaubte er gegen die Tischplatte.

Er blickte an ihr vorbei. Sie erstarrte. Ihr offenes Lächeln gefror, dann verschwand es und sie errötete. »Mit Ihrer Vergangenheit. Und ... mit Ihren ... Einschränkungen. Ich hoffe, dass Ihnen der Aufenthalt im Sanatorium gutgetan hat. Sie waren eine lange Zeit dort – drei Monate, nicht wahr?«

Sie erhob sich, um sich dem blubbernden Kochgeschirr auf dem Herd zu widmen.

Er richtete sich auf und kniff die Lider zusammen. »Was glauben Sie eigentlich, wer Sie sind, dass Sie mir solche Fragen stellen können?«

Sie schwieg eine Weile, klapperte stattdessen laut mit Teller und Schüsseln und rührte energisch in den Töpfen. »Ich wollte nicht …«, begann sie zögerlich, ohne sich umzudrehen.

Kjell musterte ihren schmalen Rücken in dem schwarzen Kleid und die weiße Schleife in ihrer Taille, die mit ihren Bewegungen nach links und rechts tanzte. So leicht würde er sie nicht vom Haken lassen. Er war Fornbergs Spielball geworden, er würde nicht auch noch Fridas sein.

»Was wollten Sie nicht?«, blaffte er sie an.

Als sie sich ihm zuwandte, sah er ihr direkt ins Gesicht. Nicht in die Augen, das brachte er nicht zustande, nur auf ihre Nasenwurzel, doch es genügte: Prompt schlug sie den Blick zu Boden.

»Entschuldigen Sie. Ich wollte Ihnen nicht zu nahe treten«, erwiderte sie.

»Sie finden sicherlich eine wichtigere Aufgabe, als mir zu sagen, wofür ich dankbar zu sein habe.«

Ihre Wangen leuchteten krebsrot. Sie tat ihm schlagartig leid. Er wollte kein solches Ekelpaket sein, aber er musste die Hierarchien von Anfang an klarstellen. Er verschränkte die Arme vor der Brust.

»Sie sollten nicht alles, was Herr Fornberg von sich gibt, für bare Münze nehmen, Frida. Münzen haben immer zwei Seiten. Und nun genug davon.«

Sie räusperte sich und griff zögerlich nach einer Kanne auf der Arbeitsfläche. »Möchten Sie ... Kaffee?«

»Liebend gerne«, gab er mit einem langen Seufzen zurück. Das war sein erster Kaffee in gut einem Jahr.

Sie schenkte ein, ohne einen Tropfen zu verschütten, und schob ihm die Tasse entgegen. Er nickte anerkennend. Ingrid und er waren mit der Kanne nie zurechtgekommen, weil ihr Inhalt stets in einem Rinnsal an der Außenseite hinunterlief, und daher auf jeder Oberfläche einen braunschwarzen Ring hinterließ.

Er wollte Frida diese kleine Anekdote erzählen, aber das schien ihm zu riskant: Er wusste nicht, welche Informationen er mit solchen Geschichten versehentlich preisgab, und darüber hinaus bedeuteten Freundschaften Risiken. Einen zweiten Vorfall wie den mit Gustav durfte es nicht geben, weder um Fridas noch um seiner selbst willen.

Er sah zu, wie sie Milchkännchen und Zuckerdose auf den Tisch stellte.

Während sie ihm eine Schale und einen Esslöffel reichte, warf sie einen Blick auf die Wanduhr über dem Esstisch, deren Zeiger auf kurz vor sieben standen. »Herr Fornberg wird jeden Moment mit Arvid kommen.«

Kjells Handflächen wurden schweißnass. Sie deckte zwei weitere Plätze ein, rührte in dem großen Topf, aus dem es nach Hafer roch, und schöpfte etwas aus einer Pfanne, das wie Apfelkompott aussah, in eine Servierschüssel.

»Arvid ist ein sehr ruhiges und braves Kind, Kjell. Sie werden sich gut mit ihm verstehen.«

Er brummte nachdenklich, schaufelte löffelweise Zucker in seinen Kaffee und nippte daran. In seinen Erinnerungen an den Jungen war er beides nie gewesen.

Frida nahm drei Stoffservietten aus einer Schublade. »Würden Sie die falten und austeilen?«

Ohne seine Antwort abzuwarten, schob sie ihm den Stapel zu, dann stellte sie die Schüssel auf den Tisch. Ja, tatsächlich: Apfelkompott mit Zimt und Nelken. Das Wasser lief ihm im Mund zusammen.

»Wie das duftet! So …«, er suchte nach Worten, die Brauen in Fassungslosigkeit gehoben, »herrlich!«, stieß er hervor und biss die Zähne zusammen, weil ihm klar wurde, wessen einfacher Freuden er die letzten Wochen entbehrt hatte.

Frida lächelte. »Ich mache Ihnen gerne noch etwas, wenn das nicht reicht. Ich soll mich darum kümmern, dass Sie wieder zu Kräften kommen.«

Kjell platzierte das Kompott zwischen Milch und Zucker, faltete die Servietten und legte sie auf die eingedeckten Plätze.

Sie brachte eine zweite mit Brei gefüllte Schüssel, größer als die erste, und setzte sich mit einem erleichterten Seufzen ihm gegenüber, zur Tür gewandt. »Ich hoffe, Sie mögen Haferbrei.«

Er nickte abwesend und blickte an ihr vorbei zum Fenster hinaus, wo dieser seltsame neue Tag unter einem milchig weißen Himmel erwachte. Er erinnerte sich daran, wie würzig der Garten im Frühjahr nach Tannennadeln und Erde gerochen, wie das schüchterne Gras unter den Schuhsohlen geraschelt und die hinabgefallenen Zweige unter jedem Schritt geknackt hatten. Es mochte auch jetzt noch so sein, aber Kjell hatte auf dem Weg von seinem Zimmer ins Haupthaus nichts wahrgenommen als den glatten Holzstock in seiner Rechten, neben dem er wie ein Greis herhinkte, und der dennoch nicht verhinderte, dass er mehrmals um sein Gleichgewicht kämpfte. Irgendwann, wenn alles besser war, würde er die Wärme der geduldigen Sonne auf seinem Gesicht und den verspielten Wind in seinem Haar willkommen heißen.

»Ich bin nicht sonderlich wählerisch«, murmelte er gedankenverloren. »Wann geht ... das Kind ... zu Bett?«

»Um neunzehn Uhr. Nach einer Gutenachtgeschichte ist er normalerweise eingeschlafen. Sie werden keinerlei Probleme mit ihm haben.«

»Das hoffe ich. Wie alt ist er jetzt?«

»Bald dreieinhalb Jahre.«

Plötzlich stand sie auf, stellte sich neben den Tisch und bedeutete ihm hastig, dasselbe zu tun. Kjell versuchte, den Kopf zu drehen, aber sein verfluchter Kragen engte ihn zu sehr ein, und bis er sich erhoben hatte, stellte Fornbergs Räuspern schon seine Nackenhaare auf.

»Guten Morgen, Herr Fornberg«, sagte Frida mit einem höflichen Lächeln und knickste.

Der Alte schlenderte in die Küche und stützte sich auf einen der Stühle. »Einen wunderschönen guten Morgen, Frida«, er nickte wohlwollend, dann musterte er Kjell und die Farbe seiner Augen veränderte sich.

Eine lange Pause folgte.

»Guten Morgen, Herr Fornberg«, murmelte Kjell.

Der Alte schmunzelte und schürzte die Lippen. »Ich bin mir sicher, du kannst das heute Mittag besser.« Er klopfte ihm auf die Schulter, wandte sich ab. »Arvid?« Fornberg verschwand suchend auf dem Gang.

Frida warf Kjell einen ungläubigen Blick zu. »Sie sollten ihm gegenüber nicht so unhöflich sein«, flüsterte sie hastig. »Sonst verlieren Sie noch Ihre Arbeit.«

»Das bezweifle ich«, raunte Kjell.

»Arvid? Wo bleibst du denn? Kommst du bitte frühstücken?«, rief Fornbergs sonore Stimme im Vorzimmer.

Leichte Schritte klopften über den Gang, dann erschien der Alte mit einem kleinen Jungen im Türrahmen. Breit grinsend legte er die Hände auf die Schultern des Kindes, dessen haselnussbraunes Haar bis zu seinem Kinn reichte und sich in der Stirn lockte. Ein Paar bernsteinfarbener Augen blitzte aufgeweckt zwischen den Strähnen hervor. Er trug eine an den Knien ausgebeulte hellblaue Wollhose und ein weißes Hemd.

»Arvid, das ist Kjell. Er wird sich ab heute um dich kümmern. Benimm dich, sei nett zu ihm und tu, was er sagt.«

Der Junge musterte Kjell eine Weile und nagte dabei an seiner Unterlippe. Als ihn Fornberg an der Schulter anstupste, tappte er auf Kjell zu und streckte ihm hölzern die Hand entgegen. Kjell umklammerte mit angehaltenem Atem seinen Stock. Sein Blick pendelte zwischen der kleinen Hand und dem nachdenklichen Kindergesicht, das ihn anstarrte.

»Guten Morgen«, sagte der Junge schließlich.

Fornberg räusperte sich. Als Kjell die Kinderhand schüttelte, stand dem Alten die Erleichterung ins Gesicht geschrieben.

»Großartig!«, er klatschte jäh in die Hände, woraufhin Kjell zusammenzuckte und den Jungen losließ. »Gut, dann könnt ihr euch beim Frühstück näher kennenlernen. Lass es langsam angehen, Kjell. Frida wird sicher so aufmerksam sein und dich ablösen, wenn du eine Pause brauchst, nicht wahr?«

»Jederzeit«, sie nickte Kjell zu.

Der Alte fuhr fort: »Wir sehen uns heute Mittag, falls du Fragen hast. Aber ich denke, wir haben gestern alles ausführlich besprochen. Es sollte daher keinerlei Zwischenfälle geben.«

»Wird es nicht«, erwiderte Kjell entschlossen.

»Dann wünsche ich euch guten Appetit und einen reibungslosen ersten Tag für Kjell.«

Fornberg verließ mit beschwingten Schritten den Raum.

Der Junge kletterte auf einen der Stühle. »Was gibt es heute?«

Frida schenkte ihm ein Glas Milch ein und flötete: »Haferbrei mit Apfelkompott.« Sie schöpfte von beiden Schüsseln in eine Schale und stellte sie auf den Platz des Kindes.

»Schon wieder Haferbrei? Bäh!«, rief der Kleine angewidert und sah Frida entsetzt an.

»Sie haben gesagt, dass er ein sehr braves Kind wäre«, raunte Kjell.

»Er macht sicher nur deswegen so ein Tamtam, weil Sie da sind.«

Sie begannen zu essen: Kjell in Häppchen – ein halber Löffel alle paar Sekunden – Frida, die sein Essenstempo zu ignorieren versuchte, und der Junge gar nicht.

»Ich esse das nicht!«, rief das Kind und schob den Teller so wütend von sich, dass sich ein Teil des Inhalts quer über den Tisch ergoss und Kjells Unterarme mit Apfelstücken und matschigen Haferflocken sprenkelte. Der Junge verzog das Gesicht vor Ekel.

Kjell seufzte. Großartig. Er hatte ein ganzes Stück Arbeit mit dem Kleinen vor sich.

Frida nahm ein Geschirrtuch von einem Haken neben der Spüle und reichte es Kjell. Mit einem anderen wischte sie über den Esstisch. »Was möchtest du denn gerne essen?«, säuselte sie.

Kjell verschluckte sich an seinem Bissen und tastete nach seiner Tasse. Kaum hatte er das Apfelstückchen, das sich in seiner Kehle quergelegt hatte, mit einem Schluck Kaffee hinuntergewürgt, schüttelte er fassungslos den Kopf.

»So werden wir das nicht handhaben. Nein, auf keinen Fall.« Kjell drehte sich zu dem Jungen. »Jetzt, wo ich für dich verantwortlich bin, wirst du essen, was Frida gekocht hat.« Er streckte sich nach dem halb leeren Teller, stellte ihn mit Nachdruck wieder vor den Kleinen und klopfte mit dem Zeigefinger davor auf die Tischplatte. »Entweder das oder nichts.«

Das Kind lief rot an. »Ist mir egal, was du sagst!«

Kjell grinste kalt. »Ja? Na so was. Stell dir vor: Und mir ist es egal, was du essen willst und was nicht.« Er tupfte seelenruhig die Apfelstücke und Breireste von seinem Pullover.

Der Junge kniff die Augen zusammen. »Wer bist du überhaupt?«

Kjell faltete das schmutzige Geschirrtuch zusammen und legte es neben sich. »Der, auf den du hören sollst. Also Schluss mit dem Theater.«

Der Kleine schnappte nach Luft, sah hilflos zu Frida hinüber, die auf ihrem Stuhl hin und her rutschte, und dann wieder zu Kjell. Er schob die Unterlippe vor und bedachte ihn mit einem bitterbösen Blick. »Aber … Aber ich muss nichts essen, das ich nicht mag. Nie!«

»Dann wirst du heute damit anfangen«, erwiderte Kjell eisig.

»Ich sag's Vater!«, prustete das Kind.

Kjell beugte sich so weit zu ihm, bis nur noch eine Handbreit Luft zwischen ihren Gesichtern war. »Und was genau sagst du ihm? Dass du dich entgegen seinen Ermahnungen danebenbenommen hast und sehr unhöflich zu uns warst?«

Der Junge richtete sich auf und japste nach Luft. »Fein«,

grummelte er schließlich, griff nach seinem Löffel und rammte ihn in den Haferbrei.

»Und nach dem Essen wirst du uns beim Saubermachen helfen«, sagte Kjell, stützte sich auf den Tisch und nippte an seinem Kaffee.

»Ich muss nicht sauber machen!«

Kjell zuckte mit den Schultern. »Dein Vater ist der Überzeugung, dass jeder für die Unordnung verantwortlich ist, die er hinterlässt. Das hat er lang und breit mit mir besprochen. Du kannst ihn gern danach fragen.«

Der Kleine zog die Brauen zusammen und stocherte in seinem Frühstück.

»Ich weiß nicht, ob Herr Fornberg es gut findet, wenn Sie so streng mit ihm sind. Der Junge ist ein zukünftiger nobler Herr«, entgegnete Frida vorsichtig.

Kjell schüttelte entschieden den Kopf. »Es liegt mir fern, streng zu sein. Aber ich verbitte mir Respektlosigkeit. Und nichts anderes hat er Ihnen gegenüber an den Tag gelegt. Sie haben sich die Mühe gemacht, uns diese Mahlzeit zu servieren, und müssen sich um die Wäsche kümmern, die seinetwegen schmutzig geworden ist.«

Kjell sah dem Jungen zu, wie er sich mit finsterer Miene einen winzigen Bissen nach dem anderen in den Mund schob. »Ich werde ein solches Verhalten keinesfalls dulden und will eine Szene dieser Art nie wieder erleben müssen. Weder an diesem Tisch noch sonst irgendwo in diesem Haus. Gerade ein zukünftiger nobler Herr muss wissen, wie er sich zu benehmen hat.«

12

Bahbah

In den darauffolgenden Monaten nahm Kjell widerwillig die Position ein, die er Fornbergs Meinung nach zu bekleiden hatte. Es blieb ihm nichts anderes übrig, denn wenn er eines Tages von Havssun fliehen wollte, musste er in bester körperlicher Verfassung sein. Also spielte er seine Rolle – eine Fähigkeit, die er in einem anderen Leben perfektioniert hatte – und gab Fornberg damit keinen Grund, die Hand gegen ihn zu erheben.

Zwar war der Hunger nicht spurlos an ihm vorbeigegangen – immer noch bereiteten ihm zu schnelles Essen und zu große Portionen Magenschmerzen und schwere, fettige Kost bekam ihm nicht –, doch er legte stetig an Gewicht zu und wurde kräftiger. So konnte er bald wieder im Haushalt mithelfen: Er öffnete unnachgiebige Schraubgläser, mistete den Stall aus und trug die Einkäufe von der Hintertür in die Vorratskammer.

Trotz ihrer anfänglichen Schwierigkeiten hatten Kjell und der Junge bald in ihre Routine gefunden: Nach dem Frühstück kümmerten sie sich um die Schafe, danach las Kjell Fornbergs Sprössling vor oder sah ihm beim Zeichnen zu. Wenn der Hausherr zu Mittag auf den Hof zurückkehrte, servierte ihm Kjell – nach außen hin höflich, nach innen mit äußerster Verachtung – seine Mahlzeit im Esszimmer, bevor Kjell, Frida und das Kind in der Küche aßen.

Im Anschluss machte der Alte seinen Rundgang: Lagen alle Messer in der Lade, waren die Gerätschaften im Schuppen vollzählig und beides abgesperrt? Fehlten Konserven oder Schlüssel an seinem Schlüsselring? Hatte Kjell etwas in seiner Kommode, in seinem Kopfpolster, unter seiner Matratze versteckt? Als Kjell zum ersten Mal seine im Zimmer verstreute Kleidung vom Boden aufsammeln, sein Bettzeug wieder beziehen und sein Unterbett in den Rahmen hieven musste, wollte er dem Alten bei nächster Gelegenheit in die Suppe spucken. Aus Furcht, dabei entdeckt zu werden, schreckte er davor zurück. Bald nahm er das Prozedere mit Gleichgültigkeit. Warum gegen etwas kämpfen, wogegen er nichts ausrichten konnte?

Die ruhigen Stunden bis zum Abendessen, bei dem er Fornberg erneut seine Mahlzeit brachte, vertrieb sich Kjell meist mit Zeitungslektüre, während der Junge mit seinen Murmeln und Holzklötzen spielte oder sich die Illustrationen in den Biologie- und Geschichtsbüchern seines Vaters ansah.

Auf diese Weise war das Kind längst vier Jahre alt geworden.

Kjell stand mit dem Kleinen bei der Hintertür und hielt ihm seine Jacke hin.

»Zieh sie endlich an. Dir wird kalt werden, wenn du im Pullover nach draußen gehst.«

»Wird mir nicht!«, rief der Junge, die Arme fest vor der Brust verschränkt, damit Kjell ihn nicht anziehen konnte.

»Es ist Herbst. Du wirst dich erkälten.«

Der Kleine schüttelte stur den Kopf.

Kjell schnaufte und warf die Jacke auf die Schuhbank. Er hob das Körbchen neben ihm auf, in dem Frida Küchenabfälle für die Schafe gesammelt hatte, und das normalerweise der Junge voller Stolz zu den Tieren trug. »Dann siehst du dein Lämmchen Bahbah eben nicht.«

»Du bist so gemein!«, quengelte der Junge.

Kjell öffnete die Tür. »Ich zähle jetzt bis drei. Entweder benimmst du dich und ziehst die Jacke an oder du bleibst heute den ganzen Tag im Haus.«

Das Kind stampfte mit dem Fuß auf.

»Eins … zwei …«, zählte Kjell langsam.

»Ich will aber nicht! Sie kratzt.«

»Tut sie nicht.« Als der Kleine schwieg, zuckte Kjell mit den Schultern. »Drei. Ich bestelle Bahbah einen schönen Gruß von dir.« Er wandte sich zum Gehen.

»Warte!«, der Junge sprang zur Schuhbank, drückte Kjell die Jacke in die Hand und streckte auffordernd die Arme zu beiden Seiten aus.

Kjell schloss die Tür. Er hob den Zeigefinger vor sein Gesicht. »Nächstes Mal will ich nicht zählen müssen.« Nachdem er dem Kleinen beim Anziehen geholfen hatte, drückte er ihm das Körbchen in die Hand und sie machten sich auf zu den Schafen.

Kjell hatte es schon verabscheut, sich um die Herde kümmern zu müssen, als er noch nicht auf den Stock angewiesen gewesen war, denn er mochte die übel riechenden, phlegmatischen und dummen Tiere nicht. Wenigstens war der Junge mittlerweile groß genug, um ihm bei dieser Aufgabe zu helfen; so stellte der Kleine einen leeren Eimer unter den Brunnen, hüpfte hoch zum Hebel und hängte sich mit ganzem Gewicht daran. Zwar förderte er damit keinen Tropfen Wasser zu Tage, doch er grinste von einem Ohr zum anderen, als Kjell mit ihm gemeinsam pumpte.

Kaum hatten sie mit dem vollen Gefäß die Weide hinter dem Haus erreicht, lief das kleinste der Lämmer laut blökend auf sie zu und die restliche Herde, die aus sechs ausgewachsenen Tieren und drei Jungtieren bestand, folgte.

Der Junge streute Brotrinde, Karotten- und Kartoffelschalen aus dem Körbchen auf die Wiese mit den spärlich gewordenen Grashalmen. Anstatt zu fressen, leckte das Lämmchen über die Hand des Kindes, das ihm seinen Namen gegeben hatte.

»Hör auf damit, Bahbah! Das kitzelt!«, rief der Kleine in schwachem Protest, denn er lachte dabei. »Ich freue mich auch, dich zu sehen.«

Nach Bahbahs Geburt hatte das Kind wochenlang darum gebettelt, dass das Lämmchen niemals geschlachtet werden würde, und stets hatte Kjell erwidert, dass er darauf keinen Einfluss hatte, und selbst wenn, so wäre Bahbah nun einmal ein Lamm und kein Mensch, ob es nun einen Namen trug oder nicht. Tiere wären zum Essen da, das wäre das Natürlichste der Welt. Dem Kleinen gefiel der Lauf der Natur nicht und so hatte er Kjell eines Tages gebeten, ihm zumindest Bescheid zu sagen, wenn Bahbah sein Leben für den Sonntagsbraten lassen musste, er würde das Mahl dann nämlich verweigern. Erst mit Kjells Einwilligung war die Diskussion beendet worden.

Kjell stellte den Wassereimer auf den Rand des Troges, kippte den Inhalt hinein und wischte sich mit dem Ärmel über die feuchte Stirn. Er würde noch mindestens zwei Mal zum Brunnen gehen müssen, um die Tränke zu füllen. Für den Kleinen war die Last noch zu schwer und Kjell wollte Frida nicht um Hilfe bitten. In letzter Zeit verhielt sie sich ihm gegenüber stachelig und von ihrer anfänglichen Schüchternheit war nichts mehr übrig. Davon abgesehen fand er in der Arbeit ein gutes Training, um wieder zu Kräften zu kommen. Und die würde er im steilen Gelände brauchen, um den Pass zu überwinden.

»Soll ich den Eimer für dich zum Brunnen tragen?«, fragte der Junge, während er Bahbah hinter den Ohren kraulte.

Obwohl Kjell abwinkte, rannte das Kind zur Tränke und schnappte sich das Gefäß.

»Du musst das nicht machen«, sagte Kjell.

»Ich will aber!«, rief der Junge und hopste davon.

Anstatt das Gatter zu öffnen, warf er das Behältnis über den Zaun und begann dann selbst, über die Hürde zu klettern.

»Lass es! Du tust dir noch weh!«, rief Kjell genervt, während er auf ihn zuhumpelte.

Der Kleine hielt inne, beide Füße auf dem Zaun, und schnitt eine Grimasse. »Du redest Blödsinn, Kjell!«

Er war im Begriff, auf der anderen Seite hinabzuklettern, da rutschte sein Fuß vom Querbalken ab, er fiel rücklings ins Gras und schlug mit dem Hinterkopf auf.

Kjell stutzte eine Schrecksekunde lang, dann hastete er neben ihn, beugte sich über den Kleinen und stieß hervor: »Geht es dir gut?«

Der Junge setzte sich benommen auf und fasste sich an sein Hinterhaupt, Schrecken und Überraschung im blassen Gesicht. Er sah mit leerem Blick zu Kjell hoch, als könne ihm dieser erklären, was geschehen war. Schließlich färbten sich seine Wangen puterrot, Tränen sprangen aus seinen Augen und er brüllte wie am Spieß.

Kjell kniete sich zu ihm. »Lass mich sehen«, sagte er sanft. Doch das Kind presste vehement die Hand gegen die Stelle und schrie nur noch lauter. Die Hintertür öffnete sich. Frida erschien im Rahmen.

Kjell richtete sich auf und schnaubte. Das hatte ihm gerade noch gefehlt.

»Arvid?!«, rief Frida, ein Geschirrtuch in der Hand. Als sie den Jungen auf dem Boden sitzen sah, ließ sie es fallen und lief zu ihnen. »Ist alles in Ordnung?«

»Mein Kopf tut weh«, wimmerte der Kleine.

»Er ist vom Zaun gefallen«, Kjell warf Frida einen flüchtigen Blick zu. »Es ging so schnell.«

»Ich wollte dir helfen!«, weinte das Kind.

Kjell wollte ihm sagen, dass er ihn nicht darum gebeten hatte, doch dann besann er sich; die Rüge schien ihm zu hart, der Vorwurf darin unangemessen. Vorsichtig zog Kjell die Hand des Kleinen von dessen Hinterkopf und stellte erleichtert fest, dass er nicht blutete.

»Das wird eine dicke Beule«, meinte Kjell.

Solange Fridas Blick auf dem Kind ruhte, war er voll Sorge, aber als sie Kjell ansah, wurde er kalt vor Abscheu. Die Worte kamen so schnell aus ihrem Mund wie der Wasserdampf aus einem pfeifenden Teekessel: »Natürlich wird es das. Weil Sie zu langsam waren, um ihn aufzuhalten – ich habe es genau gesehen.«

Kjell malmte mit dem Kiefer. »Wenn er auf mich gehört hätte, wäre es nicht dazu gekommen.«

»Sie sollten ihm nachlaufen können, damit so etwas

nicht geschieht. Was machen Sie beim nächsten Mal? Wenn Arvid weniger Glück hat?«

Frida hockte sich neben das Kind.

»Es wird kein nächstes Mal geben«, knurrte Kjell. »Der Junge hat sicherlich begriffen, dass ich nicht nur Blödsinn rede. Richtig?«

Das Kind zog die Nase hoch. Dann fiel es Frida um den Hals, die es fest an sich drückte und über seinen Rücken streichelte.

Kjell wandte sich ab. Während er auf eines der grasenden Schafe starrte, versuchte er, die Wut über Fridas Vorwurf zurückzudrängen. Dass er so langsam ging, war nicht seine Schuld. Wie also konnte sie ihm das vorhalten? Was war aus ihrer früheren Hilfsbereitschaft und ihrem Verständnis geworden? Aber nicht nur Empörung nagte an ihm, sondern auch ein anderes Gefühl: Neid. In seinem tiefsten Inneren ertappte er sich bei dem Wunsch, der Kleine würde anstatt der Köchin ihm um den Hals fallen. Aber es durfte, es konnte nicht sein. Das Letzte, was er an diesem verfluchten Ort gebrauchen konnte, war ein Halbwüchsiger, für den er sich verantwortlich fühlte. Er kämpfte jeden Tag darum, diese Linie beizubehalten, obwohl es ihm mit jedem verstreichenden Monat schwerer fiel.

»Mein Po tut auch weh«, jammerte der Kleine.

Kjell wandte sich ihnen zu. Auf dem Hosenboden des Jungen klebten Matsch und gelbbraune Grashalme.

»O je«, hauchte Frida voller Mitleid. »Aber das wird schon wieder. Komm, wir ziehen dich um und dann mache ich dir einen Eisbeutel.«

»Und Kakao?«

Frida setzte den Kleinen ab und erhob sich. »Und Kakao.«

Der Junge griff nach ihrer Hand. »Kommst du mit, Kjell?«

Der Zwiespalt hielt Kjell mit ganzer Kraft gefangen. Während er sich nach dem leeren Eimer bückte, der mit der Öffnung nach unten gelandet war, redete er sich ein, dass er in Wahrheit nicht bei dem Kind sein wollte und nur für einen Moment gefühlsduselig gewesen war. Bis er das Behältnis umgedreht hatte, glaubte er es.

»Frida kümmert sich um dich. Ich muss noch arbeiten.«

»Müssen Sie so abweisend zu ihm sein?«, herrschte sie ihn an.

Kjell schüttelte den Kopf. »Das bin ich nicht. Ich bin nur nicht so weich wie Sie.« Er wandte sich zum Gehen.

»Ihn beim Namen zu nennen, ist weich? Was hat Ihnen Herr Fornberg getan, dass Sie seinen Sohn so behandeln müssen?«

Kjell wirbelte zu ihr herum. Den Griff seines Stocks fest in beiden Händen, rammte er die Gehhilfe vor sich in die Erde und lehnte sich darauf.

Ihm fiel keine Antwort ein, also sagte er das Erstbeste, von dem er wusste, es würde sie treffen, und lenkte so vom Thema ab: »Kehren Sie lieber vor Ihrer eigenen Tür, anstatt sich in meine Aufgaben einzumischen – Ihre Kohlrouladen sind eine Scheußlichkeit sondergleichen!«

Frida sah ihn so finster an, als hätte sie soeben beschlossen, künftig jede seiner Mahlzeiten zu versalzen.

»Na, Sie haben vielleicht Nerven!«, rief sie, machte auf dem Absatz kehrt und stapfte mit dem Kleinen an der Hand zurück ins Haus.

Fridas Retourkutsche folgte ohne Verzögerung: Sie erzählte Fornberg noch vor dem Mittagessen vom Unfall des Jungen, woraufhin der Hausherr sie und Kjell auf ein Wort bat.

Der Alte hatte sich auf dem Bänkchen neben der Hintertür breit gemacht und den freien Platz an seiner Seite Frida zugewiesen, wodurch Kjell gezwungen war, vor ihnen zu stehen. Ihm war mulmig dabei, denn er fühlte sich nicht zuletzt dadurch wie ein Angeklagter im Gerichtssaal. Doch während ihn die Klägerin schon mit frostigen Blicken bedachte, als sie sich hinsetzte, wirkte der Richter gelassen. Kjell konnte nur beten, dass es so blieb.

»Arvid ist also den Zaun hochgeklettert, obwohl du es ihm verboten hattest«, sagte Fornberg. Als Kjell nickte, fuhr er fort: »So ist das, wenn jemand ständig das Gegenteil von dem tut, worum man ihn bittet.« Er schmunzelte.

Kjell schluckte seine Wut über den Seitenhieb hinunter.

»Herr Fornberg, bedenken Sie doch«, sagte Frida. »Auch wenn Arvid diesmal nicht zu Schaden gekommen ist, so wird er, wenn er älter wird, höhere Hindernisse erklimmen wollen.«

Der Alte nickte. »Und es ist Kjells Aufgabe, das zu unterbinden. Aber ich mache mir diesbezüglich keine Sorgen. Bis Arvid groß genug ist, um auf Bäume zu klettern oder sich ernsthaft in Gefahr zu bringen, wird er folgsam sein.« Sein Blick heftete sich auf Kjell. »Nicht wahr?«

»Da bin ich mir sicher«, erwiderte Kjell eisig, obwohl er daran zweifelte, aus dem sturen Jungen, der kaum nachdachte, bevor er etwas tat, jemals einen folgsamen machen zu können.

Frida räusperte sich. »Darf ich offen sprechen?«

Der Alte bedeutete ihr, fortzufahren.

Mit jedem ihre Worte, das Fornberg mit einem wohlwollenden Nicken quittierte, funkelten ihre Augen wütender: »Kjell ist für diese Aufgabe nicht geeignet. Um Arvid zu erziehen, fehlen ihm nicht nur die Fähigkeiten, sondern vor allem der Wille. Selbst Aktivitäten, die ihm körperlich möglich wären, unternimmt er nicht mit Arvid; sie könnten zusammen basteln oder Spaziergänge machen, er könnte ihm unsere Kultur und Geschichte näherbringen. Er tut nichts davon – ob der Junge etwas lernt, ist ihm egal. Für ihn ist es wohl damit getan, dass Arvid nichts zustößt.« Sie fügte abfällig hinzu: »Aber wie wir heute gesehen haben, kann er nicht einmal das garantieren.«

Sie atmete auf, als hätte man einen Sandsack von ihren Schultern gehoben.

Kjell machte einen Schritt nach vorn: »Es war ein Unfall!«, zischte er. »Ein einziger Fehltritt in vielen guten Monaten. Wie kann man sich an so einer Kleinigkeit dermaßen festbeißen?«

Frida schnaufte empört. »Geben Sie wenigstens zu, dass Sie sich nicht um Arvid kümmern wollen. Oder möchten Sie mich stattdessen erneut beleidigen?«

Der Alte hob die Brauen. »Beleidigen?«

Kjell machte eine wegwerfende Geste. In der Hoffnung, Fornberg würde das Thema dann nicht vertiefen wollen, wandte er sich zur Hälfte ab.

Frida ergriff hastig das Wort. »Ich könnte mich viel besser um Arvid kümmern«, sagte sie mit so siegessicherer und zufriedener Stimme, dass sich Kjell alarmiert zu ihr drehte. »Ihr Sohn ist Kjell so gleichgültig, dass er sich sogar weigert, ihn beim Namen zu nennen.«

Der Alte verengte die Lider, während er an Kjell gerichtet mit flacher Stimme entgegnete: »Was Sie nicht sagen, Frida. Das ist natürlich unerfreulich. Gut, dass Sie mir davon erzählen.«

Sie nickte eifrig. Schlagartig hasste Kjell alles an ihr: ihr blasses Gesicht, ihr stumpfes blondes Haar, das in wirren

Strähnen aus ihrem Dutt hing, ihre schlaffen Schultern, ihre knochigen Hände. Sie würde von jetzt an mit Sicherheit wie ein Bluthund nach jeder Gelegenheit suchen, Kjell zu diskreditieren, um die Gunst ihres Dienstherren zu erlangen.

Fornberg wandte sich ihr zu. »Allerdings bin ich – die heutigen Ereignisse ausgenommen – zufrieden mit Kjell. Er erfüllt meine Erwartungen. Seine Defizite waren mir bewusst, als ich ihn mit seinen Aufgaben betraut habe: seine Unerfahrenheit als Diener, die damit einhergehende Respektlosigkeit und der zu erwartende unkonventionelle Umgang mit Arvid. Aber wir haben in der Vergangenheit viele lange und intensive Gespräche geführt«, er hielt inne, nickte Kjell mit Nachdruck zu, während ein sardonisches Lächeln um seine Lippen zuckte, »sodass ich mir sicher war, er würde niemals wagen, Havssuns Arbeitsteilung und damit meine Entscheidungen zu hinterfragen. Kjell kennt seinen Platz.« Seine graublauen Augen bohrten sich in Fridas. »Tun Sie es auch?«

Frida fuhr zusammen, als ob Fornberg sie mit einem Eimer eiskalten Wassers übergossen hätte. Doch noch bevor sich Kjell darüber freuen konnte, stand der Alte auf, stellte sich neben ihn und legte eine Hand auf seine Schulter. Während Kjell den Atem anhielt und sich an seinen Stock klammerte, musste Fornbergs Verhalten auf Frida wie eine Loyalitätsbekundung gegenüber Kjell wirken.

In der sonoren Stimme des Alten lag Bedauern. »Es steht Ihnen selbstverständlich frei, sich ein anderes Dienstverhältnis zu suchen, Frida. Ich würde Sie nur schweren Herzens gehen lassen, denn Sie sorgen ausgezeichnet für unser leibliches Wohl und haben all Ihre Aufgaben bisher vollumfänglich erledigt. Doch wie man so schön sagt, soll man Reisende nicht aufhalten. Und ich kann Sie ja wohl kaum hier festsetzen.«

Während Frida zögerlich in das schallende Gelächter des Alten mit einstimmte, gruben sich dessen Finger in Kjells Schulter.

»Vertragt euch«, mahnte Fornberg, sah sie beide lange an, nickte ihnen zu und schlenderte lächelnd ins Haus zurück.

Frida erhob sich erst, nachdem die Hintertür hinter ihm ins Schloss gefallen war. Dann aber stierte sie Kjell an, als wünschte sie ihm die Pest an den Hals.

»Es muss ein großartiges Gefühl sein, Narrenfreiheit zu genießen«, flüsterte sie heiser, machte auf dem Absatz kehrt und verschwand im Haus.

13

Zarte Vogelfedern

Über lange Zeit ereignete sich kein nennenswerter Vorfall in dem bis zum Bersten mit Regeln, Tabus und Lügen gefüllten Haus am Ende der Welt. Wie versprochen belohnte Fornberg seinen in Ungnade gefallenen Hausdiener daher mit Kleidung, Büchern, Lebensmitteln und Banalitäten wie einem zweiten Stuhl für seine Kammer, damit der Junge Platz nehmen konnte, wenn er bei ihm war.

Eines Nachts schrak Kjell aus dem Tiefschlaf hoch, weil seine Zimmertür mit einem ohrenbetäubenden Knall in den Rahmen krachte. Ein Luftstoß schlug ihm ins Gesicht, dann versperrte Fornberg das Schloss von außen. Schnelle Schritte verklangen draußen auf dem Gang.

Kjell griff an seine Brust, in der sein Herz bis zum Hals hämmerte. Ein leises Weinen drang vom anderen Ende des Raumes herüber. Nach und nach zeichnete sich eine schmale Gestalt aus der Dunkelheit ab.

»Bist du es, Junge?«, murmelte Kjell schlaftrunken.

Er schob die Beine über die Bettkante und drückte sich am Bettkasten hoch, tastete mit zittrigen Fingern nach den Streichhölzern, entzündete eines an der Kommode und hielt es gegen den Docht der Lampe.

Das Kind trat im Türrahmen von einem Fuß auf den anderen, schniefte und starrte zu Boden. Über seinem Nachthemd trug es einen Mantel, dazu verbeulte Schuhe, deren Schnürsenkel zuzubinden sich Fornberg keinerlei Mühe gemacht hatte. Es umklammerte ein großes weißes Bündel.

»Wieso hast du dein Bettzeug mit?«, fragte Kjell barsch, während er sich den Schlaf aus den Augen rieb.

»Hab schlecht geträumt«, flüsterte der Junge und sah unsicher auf, nur um den Blick sofort wieder niederzuschlagen. Er schlang die Arme fest um das Kopfkissen, die darum gewickelte Bettdecke hing zum Teil auf dem Boden.

»Und? Was tust du bei mir?«

Das Kind zuckte mit den Schultern.

»Raus mit der Sprache, es ist mitten in der Nacht«, blaffte Kjell ihn an, ruppiger als beabsichtigt.

Der Junge fuhr zusammen. Seine Stimme bebte. »Vater sagt, ich soll bei dir schlafen.«

»Wie stellt er sich das vor? Ich habe hier keinen Platz für dich.«

Der Kleine schrumpfte zu einem Häufchen Elend zusammen. »Ich hatte immer denselben Albtraum«, flüsterte er. »Von einem Vampir. Ich habe geschrien … und dann … dann ist Vater wegen mir aufgewacht. Er hat gesagt, ich muss mich zusammenreißen und mich wieder hinlegen. Aber der Traum hat immer wieder begonnen.«

»Das klingt ja schaurig.« Kjell griff nach seinem Stock, der an der Kommode lehnte. Er humpelte ein paar Schritte auf den Jungen zu und streckte auffordernd den Arm aus: »Gib mir deine Sachen.«

Der Kleine wich zurück, drehte sich zur Hälfte zur Tür und hielt ihm das Bündel entgegen, ohne ihn anzusehen.

Kjell nahm es ihm ab und legte es auf die Kommode, dann faltete er sein eigenes Kopfkissen und die Decke zusammen. Währenddessen wurde er wach genug, um zu begreifen, dass es nicht die Entscheidung des Jungen gewesen war, seine Nachtruhe zu stören und dieser gewiss selbst nichts lieber täte, als seinen Schlaf fortzusetzen.

»Jetzt hör auf zu weinen. Es gibt keinen Grund dazu. Ich bin nicht böse auf dich«, brummte er. »Setz dich schnell hin, der Boden ist kalt.«

Der Kleine tapste zum Stuhl und kletterte darauf. Seine nackten Beine baumelten mutlos hin und her.

Kjell griff nach dem Bettzeug des Kindes und breitete es auf seiner Schlafstätte aus, wo er es hastig glatt strich.

»Kannst du deinen Mantel ausziehen?«

Der Junge sah an der Knopfleiste seiner dicken Jacke hinunter und blickte den anderen zweifelnd an, wischte mit dem Handrücken über seine Nase. Er machte keine Anstalten, seine Kleidung abzulegen.

»Warum heute? Warum ausgerechnet heute?«, schnaubte Kjell ungeduldig, ging in die Hocke und nestelte an den Knöpfen, mit denen er einige Mühe hatte.

»Vater war sehr wütend wegen mir.«

»Das wundert mich nicht. Er war schon den ganzen Tag über aggressiv.« Und betrunken. Kjell hätte sich gerne in den Trost des Schlafes geflüchtet, um Fornbergs Geschrei beim Abendessen zu vergessen.

»Was bedeutet aggressiv?«

»Dass jemand Streit sucht. Er muss morgen früh raus. Irgendein hohes Tier will die Mine besichtigen. Was weiß ich, wozu«, murmelte Kjell und fluchte, als ihm der Knopf zum wiederholten Male zwischen den Fingern hindurchrutschte.

»Welches Tier kommt in die Mine?«, flüsterte das Kind mit großen Augen.

»Das sagt man nur so. So nennt man eine wichtige Person. In der Mine gibt es keine Tiere.«

»Gibt es doch. Vater hat gesagt, dass Pferde dort sind«, erwiderte der Junge trotzig.

»Na, wenn es dein Vater sagt, dann wird es wohl so sein.«

»Warum sind denn Pferde in einer Mine?«, piepste der Kleine und schwang so fest mit den Füßen, dass er einen seiner Schuhe verlor.

Kjell schnaufte widerwillig. »Wir reden morgen.«

Er hatte den letzten Knopf geöffnet, nahm dem Kind den Mantel ab und zog ihm den verbleibenden Schuh aus. Dann reichte er ihm ein Stofftaschentuch aus einer seiner Schubladen. »Für dein Gesicht.«

Als es der Junge gegen seine Nase presste, kicherte er. »Riecht nach dir.«

»So? Wie rieche ich denn?«

»Nach Seife und nach ... nach Heu, glaube ich. Und manchmal nach warmer Erde.« Der Kleine wischte sich unbeholfen damit über die Wangen und sah Kjell ratlos an.

»Du kannst in meinem Bett schlafen. Für uns beide ist es nicht groß genug«, er deutete mit dem Daumen über seine Schulter.

Das Kind war klein für sein Alter und hätte bei Kjell genug Platz gefunden. Doch er wollte es nicht so nah bei sich haben; das würde ihn an bessere Zeiten erinnern, die er mit dem Kleinen erlebt hatte. Zeiten, als Ingrid und Gustav und Elina noch hier gewesen waren. Wenn er die Erinnerung weiterspann, würde die Schuld kommen. Und die Scham. Beidem versuchte er seit vielen Monaten auszuweichen.

Der Junge zerknüllte das Taschentuch in seiner Faust. Seine Augen glänzten. »Und wo schläfst du?«

Kjell blickte sich suchend im Raum um, dann blieb sein Blick an den beiden Stühlen hängen. Er schob sie einander gegenüber, warf das Kopfkissen darauf und klopfte es zurecht.

»Für die paar Stunden reicht es«, murmelte er und ließ sich nieder.

Der Junge stand immer noch unschlüssig im Zimmer.

»Was ist denn noch?«

»In meinem Traum war der Vampir unter meinem Bett.«

»Hier gibt es keine Monster. Wie sollten sie hier hineinkommen?«, gab Kjell knapp zurück und wies auf das vergitterte Fenster. »Jetzt leg dich endlich hin. Ich will nicht, dass du krank wirst.«

Er griff nach seiner Decke, doch das Kind wich einen Schritt vom Bett zurück. Ungeduld kroch heiß in Kjells Glieder.

Der Kleine wippte von einem Bein auf das andere und starrte dann beschämt auf seine bloßen Zehen. »Kannst du … nachsehen? Bitte?«

In seinem hellblauen Nachthemd wirkte er wie ein Gespenst, das sich in einem einsamen Schloss verirrt hatte. So machtlos Kjell Fornbergs Regeln auch ausgeliefert war, er konnte diesem kleinen Geist zumindest die Angst nehmen. Er sank auf die Knie, beugte sich ungelenk unter das Bett und warf einen prüfenden Blick in die Dunkelheit. Und schließlich konnte er nicht anders, es war zu verlockend.

»Hier ist nichts. Aber ich werde sicherheitshalber einen Bannzauber sprechen. Dann traut sich selbst der kühnste Vampir nicht hierher«, raunte er konzentriert. »Gib mir meinen Stock.«

Der Kleine schnappte nach Luft und reichte ihm eilig die Stütze. Kjell schloss die Augen, murmelte ein paar orientalisch anmutende Worte und schlug dann drei Mal mit dem Stock gegen die Wand. Das Kind sah ihn voller Ehrfurcht und mit offenstehendem Mund an.

»Das wird für die nächsten Jahre genügen. Man muss ihn nur ein Mal pro Jahrzehnt erneuern«, verkündete Kjell fest, auf den dünnen Lippen ein verschmitztes Grinsen.

Aus der erschrockenen Miene des Jungen wuchs ein begeistertes Lachen. »Großartig! Kannst du das auch in meinem Zimmer machen?«

Kjell stand auf. »Wenn du sofort schlafen gehst, mache ich es gleich morgen.«

»Danke!«, rief der Junge und schlüpfte flink unter die Decke.

Das Rädchen an der Öllampe quietschte, als Kjell das Licht löschte. Er machte es sich auf seinem provisorischen Lager so bequem wie möglich und schlang die Bettdecke fest um seinen Körper. Ein leiser Zweifel darüber, dass er sich distanzierter hätte verhalten sollen, meldete sich in seinem Hinterkopf.

»Von wem hast du diesen Unsinn über Vampire überhaupt?«

»Von Frida«, gab der Junge zurück und zog die Bettdecke über die Nasenspitze, bis im Halbdunkel nur noch sein unbändiger schwarzer Schopf und das Weiß in seinen Augen sichtbar waren.

Kjell gähnte. »Dann muss ich morgen mit ihr reden. Kein Wunder, dass du Albträume bekommst, wenn sie dir solche Schauergeschichten erzählt. Was für ein Irrsinn. Sie sollte es besser wissen, als einem Vierjährigen von Vampiren zu erzählen.«

»Hast du auch manchmal Albträume?«, flüsterte der Kleine.

»Als Kind«, murmelte Kjell mit dem Ausatmen. »Hat meine Mutter wahnsinnig gemacht. Ich war ein Schlafwandler. Aber im Gegensatz zu deinem Herrn Vater hat sie mich jedes Mal getröstet und diese Aufgabe nie auf jemand anderen abgewälzt. Das macht man so … wenn man Kinder hat.«

Der Junge zog die Knie an den Körper. »Und jetzt? Hast du jetzt auch noch schlechte Träume?«

Kjell fühlte den Schlaf gleich einer meterhohen Welle heranrollen. Er schüttelte den Kopf. »Zu müde für Träume.«

»Wegen mir?«

»Ja, Junge. Wegen dir. Du bist ein Wirbelwind. Dafür zu sorgen, dass du jeden Tag unbeschadet ins Bett kommst, ist harte Arbeit. Und vieles fiele mir leichter, wenn ich kräftiger wäre.«

Die Federn des Bettes quietschten, als sich das Kind auf den Bauch warf, das Kinn in die Hände stemmte und Kjell musterte. »Aber du siehst gar nicht mehr so krank aus wie früher. Du kannst schon richtig schnell gehen mit deinem Stock. Und weit.«

»Mhmm … nicht weit genug«, brummte Kjell, während seine bleischweren Lider zufielen. »Jetzt mach endlich die Augen zu.« Seine Gedanken gingen auf ziellose Wanderschaft. Er wusste, dass er der Wirklichkeit jeden Moment entgleiten und in die tröstliche Schwärze des Schlafes eintauchen –

»Kjell?«

»Herr im Himmel!«

»Erzählst du mir eine Geschichte? Bei dir sieht es so anders aus als drüben in meinem Zimmer. Hier sind so viele … Schatten. Und es ist kalt … und dunkel … ohne Nachtlicht.«

Kjell seufzte widerwillig. Er wollte ihm das Einschlafen mit der unglaublichsten und fröhlichsten Fabel erleichtern, aber jede freundliche Geste und jedes wohlwollende Wort richteten großen Schaden an; er durfte das Kind nicht lieb gewinnen, sonst würde er es nicht hier zurücklassen können, wenn er bei besserer Gesundheit von Havssun floh.

»Schlaf jetzt.«

Der Kleine sah ihn noch eine Weile an, dann drehte er ihm den Rücken zu.

Kjell fand erst lange nach ihm Ruhe. Was war das nur für ein verlorener Ort, an dem er es für besser hielt, einem verängstigten Kind keine Gutenachtgeschichte zu erzählen? Dass es in Havssun keine Monster gab, war eine gewagte Behauptung gewesen; eines lag rund um die Uhr auf der Lauer, es schlief jedoch immer *in* einem Bett.

Kjell erwachte erst aus tiefem Schlummer, als ihn eine Hand auf seiner Schulter wachrüttelte. Die Tür stand weit offen und ließ gleichermaßen Kälte wie Morgenlicht hinein, das die Kammer in blasse Farben tauchte.

Fornberg im dicken Mantel und zerzausten Haar stand über das Bett gebeugt und hatte eine Hand nach dem Kind ausgestreckt. Als Kjell sah, dass seine rauen Fingerkuppen jeden Moment die weiche Haut des Kleinen berühren würden, erschauderte er.

»Halten Sie sich nicht damit auf«, flüsterte Kjell. »Lassen Sie mich das machen.«

Der Alte zuckte mit den Schultern, brummte eine missmutige Antwort in seinen Bart und stampfte, ohne ihn eines Blickes zu würdigen, aus dem Raum.

Der Junge lag zusammengerollt mit halb geöffnetem

Mund auf der Seite und schnarchte leise. Auf seinem Kopfkissen hatte sich ein feuchter Fleck gebildet und eine weiße Spur getrockneten Speichels klebte an seiner Wange.

Kjell streckte sich und knetete das Gefühl zurück in seine tauben Glieder, kämmte sich mit den Fingern durch die Haare und zog sich an. Dann drückte er den Kleinen sanft an der Schulter und schob die Decke zurück.

»Du musst jetzt aufstehen«, murmelte er, nahm den Mantel des Kindes an sich, den er vor wenigen Stunden auf die Kommode geworfen hatte, und bückte sich nach dem kleinen Paar Schuhe.

Der Junge öffnete die Augen einen Spaltbreit. Kjell setzte ihn behutsam auf und fädelte seine Arme in den Mantel. Sein Blick fiel auf die nackten Füße. Er schüttelte missbilligend den Kopf – nein, so würde er ihn keinesfalls gehen lassen, der Kleine würde sich auf dem Weg ins Haupthaus noch eine Lungenentzündung einfangen. Kjell verhielt sich dem Kind gegenüber vielleicht schroff, doch gleichgültig war es ihm nicht. Er ärgerte sich über die Erkenntnis und seine Fürsorglichkeit, doch was sollte er tun? Er konnte den Jungen doch nicht frieren lassen.

Er wühlte in seiner Kommode nach seinem letzten sauberen Paar Strümpfe und zog es dem Kleinen an. Sie reichten ihm bis über die Kniekehle, rutschten aber wieder zu den Knöcheln hinunter. Bis Kjell die Knöpfe geschlossen und die Schnürsenkel verknotet hatte, war das Kind abermals tief und fest eingeschlafen und seine Stirn nach einem langen Seufzen gegen Kjells Brust gesunken.

Er würde ihn jeden Moment aufwecken, schließlich musste der Junge in sein eigenes Bett zurück, drüben im Haupthaus, wo er hingehörte. Gegen die Morgenkälte war er gerüstet und das Gebäude nicht weit entfernt. Alles musste seine Ordnung haben. Doch die Stimme, die ihm solche und ähnliche Gedanken die letzten Monate über zugeschrien hatte, war jetzt kaum mehr als ein Flüstern.

»Na komm. Du kannst nicht bei mir bleiben. Du bringst hier alles durcheinander. Mich und meine Pläne«, sagte Kjell, aber viel zu leise, als dass es den Kleinen geweckt hätte.

Anstatt die Lider aufzuschlagen, drehte der Junge den Kopf zur Seite und presste erst seine Wange und dann seinen Oberkörper gegen Kjells kratzigen Wollpullover. Kjell erstarrte und stand unschlüssig im Raum, während die Wärme des kleinen Leibes an seine Haut drang. Er würde ihn von sich schieben, weil er wusste, dass es besser wäre; jeden Moment würde er seine Schultern umfassen, ihn wegdrücken und ihn aufwecken. Aber er konnte nicht. Denn er wollte ihn bei sich haben. Es war richtig so.

Er schnaufte und zwang sich zur Vernunft, besann sich auf jenen Leitsatz, den er sich seit Wochen ins Hirn hämmerte: *Nichts und niemand wird mich daran hindern, diesen Ort zu verlassen.*

Der Junge konnte nicht bei ihm bleiben. Aber wenn er ihn schon ins Haupthaus bringen musste, in dessen Wänden Fornbergs Wahnsinn hing, würde er ihn zumindest nicht mutterseelenallein über den Hof gehen lassen. Er hob ihn behutsam hoch. Der Kleine schlang die Arme um Kjells Hals und die Beine um seine Taille. Er war so leicht, dass eine Hand für Kjells Stock frei blieb.

Die steifgefrorenen Grashalme krachten kristallin unter Kjells Sohlen. Er konnte sich auf dem gesamten Weg auf nichts anderes konzentrieren als auf den warmen Körper in seinen Armen, den er fest an sich presste; auf den gleichmäßigen Atem, den rosapudrigen Geruch und das weiche Haar, das über Kjells Lippen kitzelte wie zarte Vogelfedern.

Er erinnerte sich an die Zeit, als der Junge im Säuglingsalter den Haushalt durch das Drei-Tage-Fieber lahmgelegt hatte. Toivo hatte sich bei ihm angesteckt und war so krank geworden, dass er Gustav auf den Hof rufen musste. Elina wandelte nach zwei durchwachten Nächten mit einem bettlägerigen Ehemann und einem hochfiebernden Kind am Rand des Nervenzusammenbruchs. Und die alte Ingrid war mit dem entstandenen Chaos und dem permanenten Kinderweinen so überfordert, dass sie wie ein aufgescheuchtes Huhn durch die Räume hetzte.

Kjell schmunzelte. Er würde Toivos verzweifelten Gesichtsausdruck niemals vergessen, als der ihn mit glasigen Augen darum gebeten hatte, sich für ein paar Stunden um das Kind zu kümmern.

Anfangs hatte sich Kjell dagegen gesträubt, den Kleinen durch das Haus zu tragen, aber bald schlich sich eine selbstverständliche Routine ein. Sobald er stehen blieb oder zu singen aufhörte, um einen Schluck Wasser zu trinken oder zu essen, brüllte das Kind wie am Spieß, weswegen sie Runde um Runde durch Wohnzimmer, Garten und Nebengebäude drehten, am Schuppen vorbei und zurück in die Küche. So vergingen die Stunden.

Das war nicht etwa zwei Dekaden her, sondern zwei Jahre. Das Havssun von damals und jenes von heute waren trotzdem zwei völlig verschiedene Welten, zwischen denen der Junge die einzige Brücke schlug.

Kjells Herz füllte sich mit Bedauern und wurde schwer. Schlagartig wünschte er sich, dass er das Kind auch heute endlose Kilometer weit tragen konnte, und dass sich die Zeit dabei nach Belieben dehnen ließ wie ein Gummiband, das nie riss, so fest man auch daran zerrte.

Im Kinderzimmer legte er den Kleinen in sein weiches Bett, deckte ihn behutsam zu und verdunkelte den Raum. Der Junge drehte sich mit einem seligen Seufzen auf die Seite, zog die Knie an die Brust und schlief weiter, als wäre er nie woanders gewesen.

Kjell stand noch einen Moment lang unschlüssig neben ihm und nickte sich dann aufmunternd zu, erleichtert, dass alles wieder seine Ordnung hatte und das Kind nun erneut an seinem Platz war.

»Wir sehen uns beim Frühstück«, flüsterte er und hielt inne, zögerte, wagte es erst nicht und dann doch: »Arvid.«

Als er den Namen zum ersten Mal seit knapp zwei Jahren aussprach, empfand er augenblicklich noch etwas anderes. Etwas, das er nicht wahrhaben wollte, weil es so mächtig und damit so gefährlich war. Hastig wandte er sich ab und eilte aus dem Haupthaus, um sich seinem Tagwerk zu widmen und wieder seinen Platz einzunehmen.

14

Jeden Tag ein neues Märchen

Aus Tagen wurden Wochen, aus Wochen Monate und allesamt flogen sie vorüber wie die Wildgänse im Sommer und die Schneeflocken in den Eisstürmen des Winters.

»Was machen wir heute?«, fragte der Junge.

Er hatte zwei Portionen seines Frühstücks – den obligatorischen Haferbrei – im Handumdrehen inhaliert und saß auf dem Stuhl vor dem Hintereingang, seine Schuhe in der Hand.

»Lass uns spazieren gehen, dann kannst du mit deinem Ball spielen. Der muss noch von letzter Woche bei den Tannen liegen«, gab Kjell zurück und schlüpfte in seine Jacke.

Der Junge nickte begeistert. Kjell half ihm beim Anziehen und Binden der Schnürsenkel.

Sobald der letzte Knopf seiner Jacke geschlossen war, stürmte Arvid auf der Suche nach seinem roten Ball nach draußen. Toivo hatte ihm das Spielzeug zu seinem fünften Geburtstag vor einem halben Jahr geschenkt; ein Zeichen seines sporadisch vorhandenen guten Willens, wenn er sich nicht gerade in seiner separierten alkoholgeschwängerten Welt bewegte.

Die Sonne schien an diesem Frühlingsnachmittag mit so

kräftigen Strahlen, dass der Geruch von trockener Erde über dem Areal lag. Kjell warf einen langen Blick zum Schuppen hinüber. Das Gebäude wirkte wie ein Mahnmal auf ihn, dessen Anblick er nicht jeden Tag ertrug. Er genoss die Wärme auf seinem Gesicht mit einem Seufzen. Sogar durch seine Lider leuchtete die orangerote Helligkeit. *Nichts bleibt ewig gleich.* Das waren Gustavs Worte vor langer Zeit gewesen. Er hatte recht damit behalten.

Arvid holte ihn an der Hintertür ab, den knallroten Ball freudestrahlend an die Brust gedrückt, und sie gingen ein Stück, bis sie genug Platz zum Spielen hatten. Der Junge kickte das Spielzeug kichernd im spärlichen gelbgrünen Gras vor sich her. Kjell sah seine Unbeschwertheit mit Genugtuung und freute sich darüber, dass der Kleine seine beschränkte Welt als einen aufregenden Spielplatz betrachtete. Das Leben mit Arvid war leicht geworden, denn er war mühelos für alles zu begeistern. Sein anfängliches Trotzverhalten und seinen Widerwillen hatte der Junge schnell abgelegt, als er bei Havssuns Dienerschaft nichts mehr damit erreichte.

Nach einer Weile wurde der gepflasterte Weg abschüssig. Kjell hatte nicht bemerkt, wie weit sie sich vom Haus entfernt hatten. »Wir müssen umkehren, Arvid!«, rief er ihm zu, doch einen Herzschlag später rollte der Ball schon den Abhang hinab und der Junge hechtete ihm nach.

Kjell folgte ihm, so schnell er konnte, trotz all seiner Anstrengungen schmerzlich langsam, und fand ihn bergab; den Ball unter dem Arm, den Kopf weit in den Nacken gelegt, starrte er auf das gut drei Meter hohe Holztor und die ebenso hohe Steinmauer, die auf beiden Seiten tief in den Wald führte. Sie endete erst dort, wo die Felsen des Gebirges, das den Hof Havssun umgab, so schroff und hoch wurden, dass man sie nicht mehr überklettern konnte.

Kjell rang vornübergebeugt nach Atem. »Was ist los mit dir, Arvid? Warum bleibst du nicht stehen, wenn ich dich rufe?«

Der Junge sah ihn verwundert an. »Ich wollte den Ball nicht verlieren.«

Kjell warf einen vorsichtigen Blick hoch zu dem Turm neben dem Tor, in dem er die Silhouette eines Mannes erkannte. Er nickte ihm zu, nahm den Jungen an der Hand und trat mit ihm demonstrativ einen Schritt zurück.

»Was macht der da oben?«, fragte Arvid.

»Das ist ein Angestellter deines Vaters. Er gibt auf uns Acht, damit uns nichts zustößt, und leitet Nachrichten weiter. Er öffnet und schließt das Tor, wenn jemand hinein- oder hinausmöchte.«

Arvid grinste. »Das ist aber nett von ihm.« Er winkte ausgelassen und hüpfte dabei von einem Bein auf das andere, formte mit den Händen einen Trichter vor seinem Mund und rief: »Danke, lieber Mann im Häuschen!«

Die Silhouette rührte sich nicht.

»Lass uns gehen«, flüsterte Kjell und ging ein paar Schritte. »Wir haben keinen Grund, uns hier so lange aufzuhalten. Ich habe dir schon oft vom Tor erzählt.«

»Aber es ist viel, viel, vieeel größer als du gesagt hast.« Der Junge starrte auf das imposante Bauwerk.

»Arvid!«, zischte Kjell und nickte den Abhang hoch.

Der Kleine drehte sich zögerlich um und lief zu ihm. Schweigend folgten sie der steilen Straße nach Hause. Während der Junge neben ihm her schlenderte, seinen Ball von einer Hand in die andere warf und ihn dabei mehrmals um ein Haar fallen ließ, kämpfte Kjell bereits nach wenigen Schritten um seinen Atem und die Kontrolle über sein Bein.

»Halte deinen Ball fest, sonst rollt er wieder hinunter.«

Arvid zuckte mit den Schultern. »Dann hole ich ihn noch mal. Ist doch nicht so schlimm.«

»Es lenkt den Wachmann ab und dann kann er seine Arbeit nicht machen.« Kjells Stimme überschlug sich: »Wir sind viel zu weit ... gegangen, man kann das Haus ... kaum noch sehen. Wir sollten ... nicht hier sein.«

Arvid sah mit gerunzelter Stirn zu ihm hoch. »Warum redest du so komisch?«

Kjell wurde mit jedem Meter der Steigung langsamer. »Tue ich nicht ... es ist nur ...«, keuchte er. »So nah beim Tor ... das ist kein Ort für uns.«

Was, wenn der Wachmann Fornberg davon berichtete, dass sie hier gewesen waren? Hatten sie damit eine Grenze übertreten, von der Kjell nichts wusste? Er wollte es nicht herausfinden.

Arvid ließ den Ball erst wieder fallen, als sie ebenes Terrain erreicht hatten. »Was ist auf der anderen Seite der Mauer?«

Kjell tupfte mit einem Taschentuch den Schweiß von seiner Stirn und stützte sich auf den Stock, während er diese so unendlich weite und doch nicht freie Luft atmete, und sich sein Puls beruhigte.

»Nicht sehr viel. Nur Wälder und Berge so weit das Auge reicht.«

Der Junge kickte den Ball mit einem festen Tritt zu Kjell. »Und warum muss der Wachmann auf uns aufpassen?«

Er stellte die Krücke auf den Ball und klemmte ihn damit fest. Arvid stemmte die Fäuste in die Hüften. Er sah Kjell abwartend an.

»Wegen der Tiere. Wenn sich ein Wildtier hier hineinverirrt – ein richtig gefährliches, mit Klauen und Zähnen –, dann macht er es unschädlich.« Er tat mit seinem Stock so, als würde er eine Schrotflinte abfeuern und grinste. Insgeheim wurde ihm bei der Gebärde speiübel.

Sie gingen eine Weile in Schweigen und bald war das Haus in Sichtweite. Arvid lachte, als Kjell dem Ball einen festen Schlag mit dem Griff seiner Gehhilfe verpasste und ihn dadurch in hohem Bogen auf die Reise schickte. Der Junge sprintete ihm hinterher, ließ sich darauf fallen und presste ihn an seinen Körper.

»Pause für mich!«, rief Kjell und humpelte auf das Bänkchen an der Hauswand zu.

Arvid folgte ihm, während er das Spielzeug geschickt von Fuß zu Fuß kickte, schließlich blieb er einige Meter von Kjell entfernt stehen. Er sah zum Nebengebäude hinüber und kaute dabei auf seiner Unterlippe, wie er es immer tat, wenn er angestrengt nachdachte.

»Hm … kann ich dich etwas fragen?«, sagte Arvid.

»Natürlich.«

»Ist deswegen das Gitter vor deinem Fenster? Wegen der gefährlichen Tiere? Mit Klauen und Zähnen?«

Kjell setzte sich auf die Bank, streckte sein linkes Bein aus und massierte behutsam seine Wade. Er erinnerte sich an den Moment, an dem er das Gitter zum ersten Mal gesehen hatte, nichtsahnend, welcher Tortur ihn Fornberg im Anschluss aussetzen würde. Obwohl er es seither täglich vor Augen hatte, jagte ihm das Wort einen eiskalten Schauder über den Rücken, als würde es allein durch das Aussprechen eine Bedeutung bekommen. Es würde schwierig sein, sein Unwohlsein vor dem Jungen zu verbergen.

Doch Arvid hatte ihm soeben eine willkommene Steilvorlage geliefert. Kjell nickte.

»Richtig. Zur Sicherheit«, sagte er beiläufig, damit der Kleine seiner Antwort nicht zu viel Bedeutung zumaß.

»Warum hat dann Fridas Zimmer keines?«

»Hat es das tatsächlich nicht?«, hörte er sich fragen, erleichtert über die Verwunderung in seinen Worten, angewidert darüber, wie leicht sie ihm über die Lippen kamen.

Als er eine falsche Bewegung machte und eine Myriade Nadelstiche in seinen Unterschenkel fuhren, verzog er das Gesicht. Bergab zu laufen, war keine gute Idee gewesen. Dass er bereits nach wenigen Metern solche Beschwerden hatte und beim Aufstieg keuchte wie ein Dampfschiff, war nicht die beste Voraussetzung für seine Flucht über den Pass.

»Nein. Hab nachgesehen.« Arvid wirbelte mit ausgestreckten Armen im Kreis, hielt inne und ließ sie an den Seiten baumeln. Dann legte er den Ball auf den Boden und setzte sich darauf. »Und wenn die Tiere so gefährlich sind, warum haben die Fenster im großen Haus dann keine Gitter?«, überlegte er mit vorgeschobener Unterlippe und rollte auf dem Ball hin und her.

Er blinzelte Kjell aus wachen Augen an, dann kniff er misstrauisch die Lider zusammen. »Ich habe noch nie andere Tiere im Garten gesehen als Vögel und Rehe. Noch nicht einmal einen Fuchs.«

Kjell richtete sich kaum merklich auf. Er hatte Arvid, nun kein Kleinkind mehr, unterschätzt und würde ihm eine Antwort geben müssen, um nicht den Eindruck zu erwecken, dass er etwas zu verbergen hatte.

Erst nach einer langen Pause setzte er an: »Das liegt daran, dass sie sich tagsüber im Wald verstecken. Und dein Vater sorgt für die Sicherheit aller Personen, die im Haupthaus wohnen. Deswegen braucht dort niemand ein Gitter vor dem Fenster. Was Frida angeht – vielleicht will sie keines, weil sie mutiger ist als ich.«

Er atmete langsam aus. *Für die Sicherheit aller Personen,* hallte seine Stimme in seinem Kopf wider. Sein Magen brannte, als ob ein weißglühender Kieselstein darin läge.

Arvid kicherte. »Mutiger als du? Nein, Kjell – niemand ist mutiger als du.« Gleich darauf furchte er die Stirn. »Außerdem ist das doch ungerecht. Solltet Frida und du nicht auch im großen Haus wohnen? Wo es sicherer ist?«

Kjell zuckte mit den Schultern und erwiderte, als glaube er es: »Wir sind einfache Bedienstete. Das Haus ist der Familie vorbehalten. Deinem Vater und dir.«

»Aber … stört es dich denn nicht, woanders zu wohnen als wir?« Arvids feine Brauen verrieten Unglauben. Er stützte die Pausbäckchen, die von der frischen Luft rosig schimmerten, auf die Hände.

Kjell verschränkte die Finger hinter dem Nacken und blickte in den bläulich weißen Himmel, damit er dem Kind nicht länger ins Gesicht lügen musste. »Was ich dazu sage, spielt keine Rolle. Über diese Dinge entscheidet allein dein Vater. Es ist schließlich sein Haus«, er legte vorsichtig den rechten Knöchel auf das linke Knie. »Davon abgesehen liegt das Nebengebäude viel näher am Waldrand als das Haupthaus. Die Tiere laufen nicht so weit ins Freie. Bären halten sich lieber im Unterholz auf.«

Arvids riss den Mund auf. »Woah! Bären? Hast du schon mal einen gesehen?«, rief er mit leuchtenden Augen.

Kjell lachte, ein wenig zu laut und zu lang für sein Empfinden, doch den Jungen schien es nicht zu irritieren. »Vor vielen Jahren, als ich noch bei besserer Gesundheit war. Ein Ungetüm von einem Braunbären!« Er streckte die Arme weit zu beiden Seiten aus.

»Wirklich? Wo?«

»Da drüben am Waldrand, ein paar Meter vor der Tanne«, er deutete auf das Dickicht.

Arvid drehte sich in die Richtung und blinzelte aufgeregt. »Und wo warst du?«

Kjell beschrieb eine ziellose Geste über dem Areal. »Irgendwo auf der Wiese. Ich erinnere mich nicht genau.«

»Hat er dich angegriffen? Bist du weggelaufen? Oder hast du ein Gewehr gehabt, so wie die Indianer? Sieh mal!« Er sprang auf. Wildes Indianergeheul ausstoßend, lief er im Kreis, blieb jäh stehen, hob die rechte Hand neben den Kopf und rief aus voller Lunge: »Howgh!«

Kjell schmunzelte. »Ich wüsste nicht einmal, wie man ein Gewehr bedient. Der Bär hat gebrüllt und sich auf die Hinterbeine gestellt. Ich bin ins Haus geschlichen, ohne ihm den Rücken zuzuwenden, und habe allen Bescheid gesagt, damit niemand in den Garten geht.«

»Und dann? Dann hast du Vater geholt, damit er sich um den Bären kümmert?«

Kjell grinste verschmitzt. »Er war bei der Arbeit und der Wachmann zu weit weg. Wir haben abgewartet. Nach ein paar Stunden war der Bär verschwunden.«

Arvid ließ enttäuscht den Arm sinken. »Das ist ein langweiliges Ende. Du bist echt nicht gut im Erzählen.«

Kjell hob die Brauen. »Dass mich der Bär nicht zerfleischt hat, ist für dich ein langweiliges Ende?«

Der Junge legte mit todernster Miene den Kopf schief. »Kommt drauf an. Ist es eine wahre Geschichte?«

Kjell lächelte geheimnisvoll und drehte die Handflächen nach oben, woraufhin Arvid ihn mit einem prüfenden Blick bedachte.

»Der Bär war jedenfalls der Grund, warum dein Vater das Gitter angebracht hat. Zu meinem Schutz. Ende der Geschichte.«

Kjell lehnte sich zurück und breitete die Arme auf der Rückenlehne der Bank aus. Er hatte dabei lächeln wollen, um seine Erzählung glaubwürdiger zu machen, aber seine Kehle war zugeschnürt und seine Lippen zitterten. Zum Glück stand Arvid zu weit entfernt, um es zu bemerken.

»Das ist doch nett von ihm«, der Junge nickte nachdenklich und trat jäh mit aller Kraft gegen den Ball, der in hohem Bogen über die Wiese segelte. Er sah ihm nach und lachte Kjell an, der ihm anerkennend zunickte. Der Kleine lief dem leuchtend roten Kreis hinterher.

»So wahnsinnig nett, ich kann es kaum in Worte fassen«, flüsterte Kjell.

»Siehst du mir auch gut zu?«, rief Arvid über seine Schulter und lief in Achten durch das Gras, den Ball dabei immer vor den Füßen. »Und übst du nachher mit mir Werfen?«

»Machen wir!«, Kjell legte die Hände in den Schoß.

Ab und zu feuerte er den Jungen an und tat seine Bewunderung über dessen akrobatische Einlagen kund. Nach einer Weile konnte er nicht anders, als mit dem energiegeladenen Wirbelwind zu lachen.

Das Leben mit Arvid war leicht, sein Geist wie ein leeres Notizbuch, in das Kjell jeden Tag ein neues Märchen niederschrieb, bis sich Lüge auf Lüge türmte.

15
Tollpatsch

Drei Monate später stand Arvid stocksteif vor dem Spiegel in seinem Kinderzimmer, während Kjell vor ihm kniete. Er stopfte Arvids weißes Hemd in dessen Hose, dann schob er behutsam seinen Krawattenknoten hoch.

Der Junge versuchte, mit dem Kinn zu kreisen. »Ich kann mich nicht bewegen.«

Arvid.hasste seine Kleidung. Dass er diesen Fummel tragen musste! Was sollte er damit, wo man darin doch nicht toben, klettern oder Ball spielen konnte?

Kjell griff nach dem angefeuchteten Kamm, den er auf das Bett gelegt hatte, und scheitelte Arvids Haar.

»Das muss so sein. Ist es bei mir auch«, murmelte er abwesend.

Er strich Arvid eine widerspenstige Locke aus der Stirn und klemmte sie hinter sein Ohr, legte den Kopf schief und betrachtete sein Werk von oben bis unten. Was er sah, schien ihm zu gefallen, denn er grinste so breit, dass Arvid seine Zahnlücken sah.

Auch Kjell hatte sich heute fein herausgeputzt. Er hatte sich sogar die Haare geschnitten und den Bart gestutzt und sah in seiner Kleidung so ernst aus, als wäre es ihm gänzlich unmöglich zu lachen und als dürfe Arvid ihn nie wieder umarmen: schwarze Hose, weißes Hemd, schwarze Weste, darüber das schwarze Jackett.

Das wäre eben die Kleidung eines Dieners, hatte ihm Kjell erklärt, und Arvid daraufhin lauthals losgelacht – Kjells Aufzug war doch eindeutig ein Kostüm. Zwar trug auch Frida immer Schwarz und Weiß, aber bei ihr war das etwas anderes; sie war tatsächlich die Köchin und Haushälterin und verkleidete sich nicht bloß so.

Arvid hatte immer gedacht, sie wäre seine Freundin, aber seit er damals vom Zaun gefallen war, sprach sie nicht mehr viel mit ihm. Dabei hatte er sich bei ihr dafür entschuldigt, Kjell die Geheimzutat verraten zu haben, die sie immer in den Kakao gab. Aber erstens hatte er das nicht mit Absicht gemacht und zweitens war die Geheimzutat ohnehin nicht aufregend; dass sie ihm wegen einer Prise Salz so böse war, fand Arvid reichlich albern.

Kjell hingegen war immer noch sein Freund und darüber hinaus ein phänomenaler Spielkamerad, der bei fast jedem Abenteuer mitmachte, so auch heute: Noch vor kaum zwei Stunden hatte er in seiner ausgebeulten Hose und im unförmigen Pullover mit Arvid einen Damm gebaut und auf der Suche nach Schätzen im Grund des Bächleins gegraben, bis seine Hände weiß vom kalten Wasser gewesen waren und Erde unter seinen Fingernägeln geklebt hatte, die er danach mühevoll im Waschraum sauber gemacht hatte.

Nein, Kjell war nicht sein Diener. Warum sollte Kjell ihn auch bedienen? Sie waren doch gleich; schließlich wühlten sie im selben Schlamm.

»Meine Schuhe drücken. Und die Krawatte ist so eng«, maulte der Junge.

Kjell lockerte sie und stand auf.

»Ich würde viel lieber einen neuen Damm bauen«, grummelte Arvid.

Sie waren den ganzen Nachmittag im Wald bei der Weide gewesen, wo Arvid den Fluss wie ein Biber aufgestaut hatte. Und dann hatte er alles zerstört und dadurch den Bach überschwemmt, das hatte ihm gefallen – so musste sich Gott fühlen, wenn er eine Sintflut schickte.

Kjell schmunzelte. »Und dir den Knöchel ein zweites Mal verstauchen?«

Arvid kniff die Lippen zusammen und blickte auf seinen linken Fuß, der in einem schwarzen Lackschuh steckte. Er ließ ihn kreisen. Es tat fast nicht mehr weh.

»So schlimm ist es nicht«, erwiderte er trotzig.

Kjell hob fragend die Brauen. »Warum humpelst du dann immer noch?«

Der Junge zuckte mit den Schultern.

»Du Tollpatsch«, triezte Kjell.

Arvid schnitt eine Grimasse. »Sag das nicht zur mir, das mag ich nicht.« Er seufzte lange. Arvid fühlte sich nicht lustig. »Kann ich nicht doch mit euch zu Abend essen?«

Kjell legte die Hände auf seine Schultern. »Dein Vater möchte dich bei seinem Festessen dabeihaben. Es gibt ein besonders köstliches Menü; Frida steht schon seit heute Morgen in der Küche.«

Arvid nestelte an seinen Ärmeln. »Was kocht sie denn?«

»Das hat sie mir nicht gesagt. Du wirst dich überraschen lassen müssen.« Er hielt ihm das Jackett hin und der Junge schlüpfte hinein.

»Und bitte vergiss nicht: Sprich nur, wenn du aufgefordert wirst, leg die Ellenbogen nicht auf den Tisch und wisch dir den Mund vor dem Trinken ab. Und fall deinem Vater nicht ins Wort.«

Arvid sah zweifelnd zu ihm hoch. »Was, wenn es unangenehm wird?«

»Ich bin nur ein paar Räume weiter. Und wir sehen uns doch zwischen den Gängen.« Kjell zwinkerte ihm zu.

Der Junge nickte betreten. Es kam ihm ungerecht vor, dass Kjell Vater zwar jeden Tag das Essen servierte, aber nicht mit ihm zusammen speisen durfte. Arvid hatte ihn vor einer Weile danach gefragt und Kjell hatte gemeint, dass es ihm ohnehin lieber wäre, wenn er sich als sehr langsamer Esser in der Küche Zeit für sein Mahl nehmen konnte und Vater damit nicht die Gesellschaft verdarb. Das verstand Arvid nicht – dann aß er eben langsam. Er störte doch niemanden dabei.

Außerdem war heute ein besonderer Tag. Wenn Vater schon Geburtstag feierte, warum lud er dann nicht auch Kjell und Frida dazu ein? Sie lebten doch auch hier.

»Jetzt geh ins Esszimmer und warte auf deinen Vater.«

Während Arvid auf seinem Platz saß und mit den Füßen baumelte, malte er sich aus, dass er Vater heute gewiss stolz machen würde, so adrett, wie er aussah. Er würde wegen Arvids schöner Kleidung guter Laune sein, denn er mochte das, was Kjell ein ›gepflegtes Äußeres‹ nannte. Bestimmt würde Vater ihn danach fragen, was er heute getan hatte. Und dann würde Arvid von seinem Damm erzählen und dass er wusste, wie man einen Weidenkorb flocht. Kjell hatte ihm nämlich erklärt, dass man Ruten von dem Baum schneiden konnte, und ihm eine Anleitung in einem Buch gezeigt, wie man die Ruten verweben musste.

Als Vater mit großen Schritten den Raum betrat, stand Arvid auf und streckte ihm die Hand hin.

»Ich gratuliere zum Geburtstag, Vater.«

Winzig lagen seine Finger in der Pranke dieses riesigen Mannes, der sie sanft schüttelte. Arvid wollte sich später auch einen so geheimnisvollen Rauschebart wachsen lassen, hinter dem man sogar lächeln konnte, ohne dass es jemand bemerkte – denn gewiss tat Vater das auch ab und zu, man sah es bloß nicht. Er wollte ein Jackett mit genauso breiten Schultern haben und eine Weste in derselben Farbe, die Vater heute trug: Dunkelgrün mit grauen Längsstreifen. Darin fand auch die Taschenuhr Platz, die Arvid gerne einmal an sein Ohr gedrückt und dem Ticken des Zeigers gelauscht hätte. Kjell hatte ihm erzählt, dass sich in der Uhr viele Zahnrädchen befanden. Wenn er sich vorstellte, wie sie sich unablässig drehten, wurde ihm richtig schwindelig.

»Wie nett von dir, Arvid. Bitte, setz dich doch.«

Der Junge zog Vaters Stuhl zurück, was dieser mit einem zufriedenen Nicken quittierte, bevor er selbst Platz nahm.

»Warum humpelst du?«, fragte Vater.

»Weil wir im Wald waren und ich einen Damm gebaut habe. Aber dann bin ich in meinem Fluss gestolpert und habe mir den Fuß verdreht. Es ist nicht so schlimm. Es tut auch gar nicht weh«, erwiderte er behutsam.

Vater strich mit Daumen und Zeigefinger über sein Kinn und blinzelte träge. »Sieh an. Du bist ein tapferer Junge.«

Arvid richtete sich auf und drückte die Brust raus.

Kjell schob den Servierwagen in den Raum, auf dem zwei Teller Suppe, eine Flasche Wein und eine Karaffe Wasser standen. Sein Stock lag auf der untersten Etage.

Er schob das Gefährt neben die Anrichte und verbeugte sich: »Herr Fornberg.« Ein zweites Mal zu dem Kind: »Arvid.«

Der Junge lächelte ihn unumwunden an, obwohl es sich seltsam anfühlte, von ihm bedient zu werden. Beim Auftragen erklärte Kjell, dass es Rotbarschsuppe wäre, und zwinkerte Arvid von Vater unbemerkt zu. Dann schenkte er die Getränke ein.

»Ich wünsche guten Appetit«, meinte Kjell mit einer weiteren Verbeugung, die Hände erneut am Griff des Wagens.

»Warte einen Moment«, sagte Vater.

Eine tiefe senkrechte Falte wuchs über Kjells Nasenwurzel. Er kniff die Lippen zusammen, bevor er sich umdrehte.

»Ihr wart heute im Wald?«

Kjell nickte. »Arvid hat beim Bach gespielt. Bei der Weide.«

Vater brummte nachdenklich und nippte eine Weile an seinem Glas, während er Kjell anstarrte. »Ihr geht nicht mehr in den Wald«, sagte Vater schließlich und seine Stimme hörte sich komisch an; sehr leise und sehr dunkel. »Ich will nicht, dass ihr euch weiß Gott wo herumtreibt. Ihr bleibt dort, wo man euch vom Haus aus sehen kann. Das Tor und der Wald zählen nicht dazu.«

Arvid japste vor Entsetzen nach Luft. Sie waren streng genommen nicht einmal im Wald gewesen, eher am Waldrand, dort gab es nichts Gefährliches. Es war ein schöner Platz.

»Aber –«, begann er, doch Kjell und Vater warfen ihm zeitgleich so warnende Blicke zu, dass er verstummte.

Ein Schatten lag auf Kjells Gesicht. Seine Nasenflügel bebten. Er öffnete den Mund, schloss ihn wieder, nickte ein winziges Nicken, das Arvid nicht leiden konnte.

»Wie Sie wünschen, Herr Fornberg«, erwiderte er schließlich. Es klang gleichzeitig höflich und unfreundlich.

Was sollte das denn? Sie durften nicht mehr in den Wald gehen, nicht mehr dort spielen und Kjell sagte kein Wort dagegen? Er wusste doch, wie sehr Arvid den Wald liebte, weil man dort so viele Abenteuer erleben konnte.

Er bekam solche Angst, nie wieder seine Weide, sein Bächlein und seine Bäume besuchen zu dürfen, dass er rief: »Auch nicht, wenn wir versprechen, dort nie etwas Schlimmes zu tun?« Und als er nicht antwortete: »Kjell! Sag doch etwas!«

Kjell drückte den Griff des Servierwagens so fest, dass Arvid befürchtete, er würde ihn kaputtmachen. Dann bedachte er ihn mit seinem Sei-sofort-still-Blick, woraufhin sich Arvid in seinem Stuhl klein machte, und verließ den Raum.

Sie aßen ihre Fischsuppe in Schweigen. Um Vater eine Freude zu machen, wollte Arvid erzählen, dass er schon bis zehn zählen und ein bisschen lesen konnte und wie gerne er zeichnete und malte. Er war also schon groß und geschickt und hatte fast keine Unfälle mehr, Vater brauchte sich also keine Sorgen um ihn zu machen, wenn er im Wald spielte. Und außerdem war doch Kjell immer bei ihm. Vater hatte allerdings nicht gefragt und er sollte nicht sprechen, wenn man ihm keine Frage gestellt hatte. Also behielt er all das für sich.

Als Kjell den Hauptgang brachte, stellte er die bauchigen Teller zuerst vor Vater und dann vor ihn und sagte mit flacher und dünner Stimme mitten in das Speisezimmer: »Hammel in Kohl. Wohl bekomm's«, und er sah Vater dabei an, als würde er ihm wünschen, dass es ihm nicht wohl bekäme.

Arvid war sich nicht sicher, was Hammel war, und so warf er Kjell einen fragenden Blick zu, den Vater wohl gesehen hatte, weil er an seiner Stelle antwortete: »Das ist Schaf. Männliches Schaf.«

»Schaf?«, flüsterte Arvid tonlos, die Augen auf den Teller vor ihm gerichtet, in dem neben dem gräulichen Fleisch Kartoffeln und Gemüse schwammen.

Er nahm die Hände von seinem Besteck und legte sie in den Schoß. Er konnte nur Schaf essen, wenn er sich sicher war, dass es nicht Bahbah wäre.

Vater sah von seinem Teller auf. »Dieses Gericht ist eine Köstlichkeit unseres Landes, nahrhaft und gesund. Lass es dir gut schmecken.«

Arvid blickte Hilfe suchend zu Kjell, der langsam und warnend den Kopf schüttelte, während er den Wagen mit den schmutzigen Suppentellern an ihm vorbeischob. Der Junge rutschte auf seinem Stuhl herum, weil er nicht wusste, was ihm Kjell sagen wollte. Er fand es richtig blöd, dass er sich immer noch so benahm, als wäre es seine einzige Aufgabe, zu servieren, und überhaupt nicht mehr so, als wäre er sein Freund.

Vater, den vollen Löffel vor seinem Mund, hielt inne, Unverständnis in den Zügen. »Warum isst du nicht?«

»Welches Schaf war es?«, fragte Arvid mit weinerlicher Stimme.

Kjell hielt im Türrahmen inne, erwiderte aber nichts. Vater ließ den Löffel sinken und starrte Arvid ungläubig an.

»Das ist doch irrelevant«, erwiderte er eisig.

Arvid hatte nicht die geringste Ahnung, was dieses schwierige Wort bedeutete. Aber weil er auf jeden Fall das Gegenteil von dem sagen wollte, was Vater so wirsch gemeint hatte, rief er erbost: »Es ist nicht … iverralant!«

Vater stutzte, dann lachte er leise. »Du hast großes

Glück, dass ich heute so gut gelaunt bin. Jetzt iss.« Und dann leerte er sein Weinglas in einem Zug.

Während Kjell im Gang verschwand, starrte Arvid auf seine Portion. Er könnte das Gemüse essen und das Fleisch übrig lassen. Aber das würde es nicht besser machen, wo doch jeder Bissen nach Schaf schmecken würde.

Im selben Moment, in dem er Vater vorschlagen wollte, die Mahlzeit an Kjell weiterzugeben, klopfte Frida zögerlich an den Türrahmen und trat nach Vaters eifrigem Nicken in den Raum.

Sie knickste. »Ich möchte Sie nicht stören, Herr Fornberg. Ich wollte nur nachsehen, ob alles zu Ihrer Zufriedenheit ist.«

Vater tupfte sich mit der Serviette den Mund ab. »Es ist köstlich, meine Liebe. Ausgezeichnet! Das Fleisch ist so butterweich, dass es auf der Zunge zergeht. Sie haben sich selbst übertroffen.«

Fridas Augen leuchteten. »Das freut mich zu hören. Dem besonderen Anlass entsprechend habe ich den jüngsten Hammel mit dem zartesten Fleisch geschlachtet. Ich wünsche Ihnen guten Appetit.«

Sie verließ den Raum freudestrahlend und mit leuchtend roten Wangen.

»Bahbah«, hauchte Arvid.

Und während Vater schallend lachte, tat ihm selbst alles weh.

»Du hast dem Vieh einen Namen gegeben? Man gibt Tieren keinen Namen. Natürlich widerstrebt es dann, sie zu essen. Das hast du jetzt davon.«

Arvids Blick glitt hinüber zum Türrahmen. Im Halbdunkel des Flurs stand Kjell, das Gesicht im Schatten, eine Hand am Stock, die andere an der Wand, das linke Bein erhoben, als würde er einen Schritt machen und das Esszimmer betreten wollen. Arvid wurde wütend auf Kjell; er hatte doch versprochen, ihm zu sagen, wenn Bahbah geschlachtet werden würde. Und warum stand er nur da und kam nicht zu ihnen?

Arvid starrte auf seinen Teller. Er würde keinen Bissen herunterbekommen und wenn nicht bald jemand etwas tat, um ihm zu helfen, würde er weinen müssen.

»Schluss mit den Kindereien. Iss jetzt«, sagte Vater.

»Nein, ich kann das nicht essen«, flüsterte der Junge. Seine Stimme brach: »Ich kann … Bahbah nicht essen.«

Er wollte zu seiner Verteidigung hinzufügen, dass Bahbah sein Freund gewesen war und dass auch Kjell die Tiere mochte und ihnen viele Geschichten erzählte. Man konnte doch nichts essen, dem man etwas anvertraut hatte. Aber er war sich mittlerweile fast sicher, dass seine Trauer Vater gleichgültig war, weil er sich nicht mit den Schafen unterhielt. Sonst hätte er ihn doch nicht ausgelacht, nur weil Arvid das Lämmchen getauft hatte.

Vater kniff die Lider zusammen und erwiderte beunruhigend leise: »Du machst deswegen eine Szene? An einem Tag wie heute? Mit welchem Recht?«

Arvid zog den Kopf ein. Er wollte zu Kjell rennen und sich hinter ihm verstecken, aber er traute sich nicht.

»Mit welchem Recht führst du dich auf wie ein hysterisches Weib?!«, brüllte Vater.

Arvid fuhr zusammen, als hätte ihn der Blitz getroffen.

Endlich machte Kjell einen zögerlichen Schritt in den Raum und räusperte sich. »Wenn Sie erlauben, Herr Fornberg …«

Vater gaffte ihn fassungslos an. »Ich erlaube nicht«, fauchte er.

Arvids hilfloser Blick suchte seinen Freund. »Aber du hast gesagt … i-ich muss es nicht essen … wenn es … wenn es Bahbah ist.« Er verstand nicht, warum Kjell Vater nicht endlich sagte, dass sie es so abgemacht hatten und er sofort aufhören sollte, ihn anzuschreien. Tränen traten ihm in die Augen.

Vater warf die Serviette neben seinen Teller und lehnte sich zurück. Er drehte sich zu Kjell: »Das wird ja immer besser. Dann macht also seit Neuestem mein Personal die Regeln? Dir ist bewusst, dass das eine ungeheure Anmaßung ist?«

Arvid wusste nicht, was eine Anmaßung war, aber er wusste gut über Ungeheuer Bescheid und kam daher zu dem Schluss, dass auch das fremde Wort nichts Gutes bedeuten konnte. Er hielt den Atem an.

Kjell schüttelte den Kopf und hob beschwichtigend die Hände. »Das ist lange her. Arvid war noch sehr klein und unverständig.« Ein flehender Unterton lag in seiner Stimme, als er an den Jungen gewandt weitersprach: »Aber ich bin mir sicher, mittlerweile weiß er, dass er zu alt für ein solches Benehmen ist.«

Arvid starrte Kjell entsetzt an. Warum verteidigte er ihn nicht? Und warum sah er so schwach und ängstlich aus?

»Du wirst aufessen«, zischte Vater. »Diese und eine zweite Portion. Und wenn du bis morgen Früh hier sitzt.«

Arvids Kinn bebte. Er schluckte heftig. Den Blick auf ein Stückchen Fleisch geheftet, griff er nach seinem Löffel und ließ ihn geräuschlos in den Eintopf gleiten. Zum Mund führte er ihn nicht; vielleicht war es Babas Schulter gewesen oder sein Hals oder die flauschige Stelle hinter seinen Ohren, die er gestern noch gekrault hatte. Ihm wurde schlecht.

»Hör doch endlich auf zu weinen. Reiß dich zusammen!«, schrie Vater.

Das machte alles nur noch schlimmer. Arvid schnappte ertappt nach Luft. Die Tränen flossen ungehindert.

»Ich bitte Sie …«, flüsterte Kjell und kam näher an den Esstisch.

Vaters Gesicht war reglos, doch er atmete schwer. »Nimmst du dir jetzt auch noch heraus, meine Autorität zu untergraben? Vor meinem eigenen Sohn? Du solltest gehen, bevor du mein Wohlwollen verlierst.«

Kjell warf Arvid einen gehetzten Blick zu, den Arvid hielt, so lange er konnte. *Tu doch etwas! Er zwingt mich, Bahbah zu essen!,* wollte er damit sagen. Doch Kjell begriff das nicht, denn er stand wie angewurzelt im Raum.

»Gut! Dann ist es so. Du hast gewählt. Du elendiger Plagegeist bist ohnehin mitschuldig!«, schrie Vater unvermittelt. »Setz dich zu uns. Du wirst den Mund halten und uns bei unserer Mahlzeit zusehen, bis Arvid seinen Eintopf aufgegessen hat. Danach machst du den Flur und den Küchenboden sauber. Wenn ich auch nur eine Wimper dort finde, beginnst du von vorn.«

Irgendetwas an Kjell wurde furchtbar still, obwohl er nichts gesagt hatte. Er rückte den Stuhl zurecht, sank Arvid gegenüber nieder und sah ihn an. Zuerst zog er die Brauen zusammen und presste die Lippen aufeinander, doch bald legte er die Hände auf den Tisch, verwob die Finger und starrte mit einem leisen Seufzen ins Leere. Arvid hatte den Eindruck, dass er in Gedanken zur Tür hinausgegangen wäre und eine weite Reise angetreten hätte.

Der Junge wollte Vater – und besonders Kjell – sagen, dass ihm seine Bockigkeit leidtäte, aber er befürchtete, es wären die falschen Worte zur falschen Zeit, und davon abgesehen war er sich sicher, dass es nichts ändern würde, weil es beiden ohnehin herzlich egal war.

Also saßen sie in erdrückender Stille am Tisch, die nur durch das Schaben von Arvids Löffel in seinem Teller durchbrochen wurde, während er Bissen für Bissen hinunterwürgte. Es war fast acht Uhr abends, als er die erste Portion mit schweren Lidern und gebrochenem Herzen bewältigt hatte, Vater eine zweite brachte und sich erneut zu ihnen setzte. Als Kjell die Lider zufielen, stieß ihn Vater in die Seite, woraufhin er sich erschrocken aufrichtete. Arvid hingegen war es unmöglich, mit Bahbahs Überresten in seinem Magen einzunicken.

Die Uhr schlug neun, bevor Arvid das elendige Mal aufgegessen hatte. Kaum hatte er sich danach erhoben und verabschiedet, lief er ins Badezimmer und übergab sich. Er weinte um jedes Stückchen Fleisch, das in der Toilette schwamm, dann warf er sich ins Bett und vergrub das Gesicht in seinem Kopfpolster, damit Vater sein Schluchzen nicht hörte.

Am nächsten Morgen weckte ihn Frida. Als Arvid todmüde zum Frühstück schlurfte, schrubbte Kjell auf allen vieren den Flur. Sein hochgekrempeltes Hemd war dasselbe wie gestern Abend. Die Weste hatte er abgelegt, seine Finger, die eine Nagelbürste umklammerten, schimmerten rot. Dunkle Ringe zeichneten seine Augen und eine blauviolette Beule, die in der Mitte von Schorf bedeckt war, leuchtete über seinem rechten Wangenknochen.

»Es tut mir leid, Kjell … wegen gestern«, flüsterte Arvid.

Anstatt sich aufzurichten, zog Kjell die Schultern hoch und murmelte: »Schon gut.«

»Was ist das in deinem Gesicht?«

Kjell hielt inne, ohne ihn anzublicken, und legte eine Hand auf die Stelle. Vielleicht dachte er, Arvid würde dadurch vergessen, dass er sie gesehen hatte.

»Ich bin hingefallen – in der Seifenlauge ausgerutscht. Ich bin wohl auch ein Tollpatsch.« Er lächelte, aber er sah dabei aus, als würde er gleich in Tränen ausbrechen.

Arvid biss sich auf die Unterlippe. Kjell verlor manchmal das Gleichgewicht, aber er hatte ihn noch nie so schlimm stolpern gesehen, dass er deswegen gefallen wäre. »Wirklich?«

Kjell nickte vage. »Mein Stock kommt mir manchmal in die Quere. Besonders wenn ich müde bin. Und du hast ja bestimmt beobachtet, wie müde ich gestern war.«

Arvid kniete sich neben ihn auf die feuchten Dielen. Weil Kjell immer noch betrübt aussah, wollte er ihn trösten und entgegnete: »Sei nicht traurig. Du wirst bestimmt geschickter werden.«

Kjell schwieg eine Weile, dann räusperte er sich. »Bestimmt.«

»Tut es weh?«, fragte Arvid und streckte die Hand nach der Blessur aus, ohne richtig zu wissen, warum.

Doch Kjell drehte den Kopf weg und schnaufte leise, und die Borsten der Nagelbürste rieben erneut mit einem scheußlich spröden Geräusch durch den weißen Schaum auf dem Holz.

»Geh frühstücken«, erwiderte Kjell sanft.

»Willst du nicht mit uns essen?«

Kjell schüttelte den Kopf. »Habe ich schon. Ich werde hier noch eine Weile brauchen.«

»Dann lass mich das machen, damit du dich ausruhen

kannst«, Arvid wollte ihm die Bürste wegnehmen, aber Kjell hielt sie hinter seinen Rücken.

»Das ist nicht deine Aufgabe«, sagte er mit fester Stimme und nickte zur Küchentür. »Ab mit dir.«

Er wischte mit dem Handrücken über seine schweißnasse Stirn und machte weiter, Kreis für Kreis. Sein linker Arm, auf den er sich stützte, zitterte.

Arvid schluckte. Als er aufstand und auf ihn hinabblickte, spürte er einen scharfen Stich in seiner Brust. Ihm war immer klar gewesen, wie viel Kjell und ihn verband. Doch erst in diesem Moment wurde ihm klar, wie viel sie unterschied.

16

Der Herr der Murmeln

Zu Kjells Erleichterung stellte Arvid keine Fragen über das, was sich an Fornbergs Geburtstag zugetragen hatte. Weder fiel Bahbahs Name ein einziges Mal noch benahm sich der Junge Kjell gegenüber seitdem anders. Sie schienen eine stillschweigende Abmachung darüber getroffen zu haben, den Abend zu vergessen. So legte sich der Winter über Havssun und zwang sie mit seinen Schneemassen und seiner wütenden Kälte ins Haus.

»Wollen wir etwas spielen?«, fragte Kjell, als er das Wohnzimmer betrat.

Arvid, der auf dem Sofa saß und in die Flammen des Kaminfeuers starrte, schüttelte lustlos den Kopf. Er hatte beim Mittagessen versehentlich einen Stapel Porzellanteller zerschlagen. Kjell hätte das Missgeschick auf sich genommen, aber Fornberg, heute besonders übellaunig, hatte den Radau gehört, die Scherben in Arvids Händen gesehen und den Kleinen daraufhin gescholten, bis dieser mit hochrotem Gesicht und zur Salzsäule erstarrt auf seinem Stuhl in der Küche kauerte. Seitdem hatte Arvid kaum ein Wort gesprochen.

»Ich weiß etwas, das dich auf andere Gedanken bringen

wird«, sagte Kjell. »Aber zuerst brauchen wir mehr Platz. Komm, hilf mir.«

Er deutete auf den Couchtisch und sie schoben ihn gemeinsam zur Seite.

»Ich zeige dir ein Spiel, das ich als Kind geliebt habe. Wir legen jetzt zehn deiner grünen Murmeln in einem Dreieck auf den Boden. Und dann nehmen wir die große blaue Murmel, mit der wir die anderen treffen müssen. Wer mehr grüne Murmeln trifft, der gewinnt. Das ist wie Kegeln. Nur besser.«

Arvids Miene erhellte sich, denn er mochte Kegeln. Kjell legte eine Hand auf seine Schulter und flüsterte voller gespielter Ehrfurcht: »Weißt du, wie man denjenigen nennt, der die Murmeln auflegt? Den Herrn der Murmeln. Und das bist heute du!«

Kjell zeigte ihm anhand zwei Kugeln, wie Arvid mit den Fingern schnippen musste, um die kleinere mit der größeren zu treffen. Nachdem es dem Jungen nach dem dritten Versuch gelungen war und Kjell ihn ausgiebig gelobt hatte, legte Arvid die Murmeln mit stolzgeschwellter Brust auf, um mit dem Spiel beginnen zu können.

Kjell nahm auf dem Sofa neben ihm Platz, klemmte den Stock zwischen die Knie und sah zum Feuer hinüber, ob er noch ein Scheit nachlegen musste. Dabei blieb sein Blick an einem rechteckigen Fleck über dem Kaminsims hängen. Bevor er darüber nachdenken konnte, tauchte eine große rote Glasmurmel vor seiner Nase auf.

»Soll ich diese nehmen?«

»Wenn sie dir besser gefällt als die blaue – es sind deine Spielsachen und es ist deine Entscheidung, Herr der Murmeln«, meinte Kjell mit einer kleinen Verbeugung.

Arvid sortiere mit herausgestreckter Zunge die grünen Kugeln aus und brachte sie in Position. Dann legte er die rot-weiß gemaserte Murmel andächtig ein paar Schritte von den anderen entfernt auf den Boden und schnippte sie mit Zeigefinger und Daumen gegen die restlichen. Die Murmeln klackerten, und kullerten bald in alle Richtungen.

»Diese zwei sind richtig weit gerollt!«, rief Arvid freudestrahlend und setzte sich auf. Er deutete ungelenk darauf.

Kjell hielt den Atem an und legte die Hand in gespieltem Entsetzen auf die Brust. »Ich glaube, das kann ich nicht überbieten. Aber ich werde es versuchen. Herr der Murmeln, legst du sie alle wieder in die Startposition?«

Arvid tat es mit großer Sorgfalt und rutschte dann zur Seite, die Beine unter den Körper geschlagen, um für seinen Freund Platz zu machen. Kjell brauchte eine Weile, bis er auf dem Teppich eine bequeme Position gefunden hatte, dann kniff er ein Auge zusammen und gab der Glaskugel einen Stoß. Sie verfehlte ihr Ziel um einige Zentimeter. Er richtete sich auf und schüttelte scheinbar enttäuscht den Kopf. Der Junge reichte ihm die Murmel für den nächsten Versuch. Diesmal traf Kjell zwar, aber sein Geschoss rollte viel zu langsam und stieß die anderen kaum an.

»Ein klarer Fall, du hast mich besiegt!«, rief Kjell.

Er fiel theatralisch mit weit ausgestreckten Armen auf den Rücken.

»Ja, wirklich? Ich habe gewonnen! Gewonnen, gewonnen!«, jubelte Arvids glockenhelle Kinderstimme.

Während er um das Sofa hopste, verfiel er in den Singsang eines schrecklich unstimmigen Liedes. Kjell stemmte sich auf die Unterarme und sah dem Kleinen mit einem breiten Grinsen zu. Nach vier Runden um das Möbelstück ließ sich Arvid atemlos auf Kjells Brust fallen, was der mit einem Ächzen quittierte.

»Komm, wir fliegen!«, rief der Junge und stieß ihm den Zeigefinger sachte in die Rippen.

»Tun wir nicht. Du bist schon zu schwer, so viel Kraft habe ich nicht.« Er brachte die Locken des Kindes mit beiden Händen durcheinander.

»Oh bitte, Kjell! Nur ein Mal!«

Er konnte es ihm nicht abschlagen, nicht nach dem heutigen Erlebnis mit den zerbrochenen Tellern und allen anderen, bei denen Fornberg dem Kleinen das Gefühl gegeben hatte, dass er ein Taugenichts wäre, also legte er sich auf den Rücken und stemmte ihn mit beiden Händen an der Brust hoch. Während Kjell ihn wie einen Vogel auf und ab, hin und her bewegte, wedelte der Kleine ausgelassen mit den Armen und verfiel schließlich in ansteckendes, kehliges Gelächter. Als Kjell die Kraft ausging, ließ er den Jungen sinken, bis dessen Stupsnase auf seiner bärtigen Wange zu liegen kam, und schlang die Arme fest um ihn.

»Wäre das nicht schön, wie ein Vogel fliegen zu können?«, fragte Arvid versonnen.

»Wer weiß? Vielleicht … Vielleicht wird die Menschheit …«, erwiderte Kjell atemlos, »in vielen hundert Jahren fliegen. Viele Menschen … haben es schon versucht.«

»Fliegst du dann mit mir zur Sonne? Nein – die Sonne ist zu heiß. Aber zum Mond! Wir können zum Mond fliegen, oder?«, japste der Junge gegen Kjells Wange. Sein fischiger Atem vom heutigen Mittagessen mit der Schokoladennote des Desserts schlug ihm in die Nase, doch es kümmerte Kjell nicht.

»Das machen wir. Zum Mond *und* zur Sonne. Aber nicht zu nah, sonst ergeht es uns wie Ikarus.«

Arvid nickte emsig und kicherte. »Sonst schmelzen unsere Flügel und wir stürzen in den Ozean und ertrinken«, er hielt inne und drückte sich von Kjell weg. »Oder weißt du, wie man schwimmt?«

Kjell schüttelte den Kopf, obwohl er ein guter Schwimmer war. Er wollte dem Jungen nicht erklären, wo und wann er es gelernt hatte. Sich an seinen letzten Sprung ins kühle Nass zu erinnern, fühlte sich in Anbetracht der Tatsache, dass er dazu nicht mehr in der Lage war, scheußlich an.

»Schade. Dann kannst du es mir nicht beibringen«, erwiderte Arvid enttäuscht.

»Willst du noch eine Runde spielen?«, fragte Kjell, um das Thema zu wechseln.

»Klar!«, rief der Junge, rollte sich von Kjell hinunter und legte die Murmeln wieder zurecht.

Im nächsten Moment hatte er gezielt und getroffen, aber diesmal verlor Arvid. Bei der alles entscheidenden dritten Partie ließ Kjell den Jungen um Haaresbreite gewinnen. Der Kleine rannte im Freudentaumel mit weit von sich gestreckten Armen kreuz und quer durch das Wohnzimmer.

»Du hast zu viel Schokoladenkuchen gegessen«, Kjell lachte und hievte sich auf das Sofa.

Erneut streiften seine Augen den Abdruck über dem Kamin, der allein aufgrund seiner Maße einen Blickfang darstellte. Arvid hopste neben ihn und plumpste in die Polsterung. Er folgte Kjells Blick.

»Was glaubst du, was dort früher einmal war? Ein Bild?«, fragte der Junge.

Kjell zuckte ratlos mit den Schultern. Arvid war sofort auf den Füßen, setzte sich auf das Schaffell vor dem Kamin und schlug die Beine zum Schneidersitz übereinander. Er stemmte das Kinn auf die Hände. »Was denkst du, war auf dem Bild? Ein Märchenschloss? Oder einer der alten Götter – Thor? Odin? Oh, ich weiß: eine riesenhafte Schildkröte, die auf ihrem Rückenpanzer eine Stadt trägt!«

Arvids Fantasie scharrte in den Startlöchern. Das Problem an ihr: Sie war allzeit bereit, loszugaloppieren und mit ihm durchzugehen. Kjell klemmte den Stock zwischen seine Knie.

Er lachte unbeschwert: »Ich weiß doch nicht einmal, woher der Fleck kommt. Das war vor meiner Zeit.«

Der Junge legte den Kopf schief und kräuselte die Lippen. »Wie ... vor deiner Zeit? Wie kann es Zeit vor der Zeit geben?«

Kjell heftete den Blick auf das rauschende Kaminfeuer. »Das ist eine Redewendung. Was auch immer dort war, wurde entfernt, bevor ich zu euch gekommen bin.« Seine Stimme war kälter, als er beabsichtigt, und die Worte kraftloser, als er gehofft hatte.

»Glaubst du, dass meine Mutter auf dem Bild war?«, flüsterte der Junge atemlos.

Die Hoffnung, die in Arvids Augen leuchtete, tat Kjell weh. Er seufzte, weil der Kleine wohl niemals ein Abbild seiner Mutter zu Gesicht bekommen würde und ihm Fornberg ein so fundamental wichtiges Wissen vorenthielt. Er wollte ihm die Wahrheit sagen: Dass das Gemälde, welches dort gehangen war, Fornberg mit seiner Familie und daneben Kjell abgebildet hatte, als man ihn noch anders nannte. Doch er war zur Lüge verdammt.

»Falls es tatsächlich ein Bild war – es könnte schließlich auch ein Wandteppich oder ein Spiegel gewesen sein – warum denkst du, dass es ausgerechnet eines von ihr war?«

»Weil es keine Gemälde von ihr gibt. Irgendwo müssen die doch sein. Schließlich hängen hier auch eine Menge von

Vater. Von irgendwelchen fremden Leuten. Und von allen möglichen langweiligen Landschaften und Tieren. Aber im ganzen Haus sind diese merkwürdigen Flecken an den Wänden«, er deutete linkisch darauf, starrte zu Boden und vergrub die Finger in den weißen, gekräuselten Büscheln des Fells. »Das waren doch nicht alles Spiegel.«

Kjells Stimme war sanft wie eine Feder: »Ich habe keine Antworten auf deine Fragen. Und du solltest mit mir nicht über Familienangelegenheiten sprechen. Vergiss nicht, dass ich nicht dazugehöre.«

Arvids Kinn zitterte. Er nickte und schluckte die aufwallenden Tränen tapfer hinunter.

»Wie kann ich sie vermissen, wenn ich mich nicht an sie erinnere?«, er schniefte.

Kjell wandte sich ab, räusperte sich. »Sie war deine Mutter. Ein Teil von dir erinnert sich an sie. Wenn du möchtest, gehen wir im Frühling einen großen Blumenstrauß für sie pflücken und legen ihn an den Waldrand.«

Der Junge blinzelte verwirrt. »Warum denn?«

Kjell lächelte. »Das macht man so, wenn man an jemanden denkt. Man schenkt Blumen, um der Person eine Freude zu bereiten oder sie aufzumuntern.«

»Auch, wenn ihn Mutter nicht sehen kann?«

»Sie wird ihn sehen können«, entgegnete Kjell behutsam. »Und manchmal muntert es auch den auf, der die Blumen pflückt. Denkst du, das würde dir helfen?«

Die Locken des Jungen tanzten mit seinem Nicken.

»Ich werde es mir aufschreiben, damit wir es nächstes Jahr nicht vergessen. Im Osten wachsen schöne blaue Glockenblumen, die sehen aus wie gezackte Lampenschirme und hätten ihr bestimmt gefallen.«

Arvid kicherte. »Lampenschirme?! Wirklich? Hältst du mich auch nicht zum Narren?«

Kjell lachte. »Wie könnte ich!«

Der Junge grinste. »Das ist eine tolle Idee. Das machen wir!«

Kjell hatte Arvid schon vor Jahren zu erklären versucht, warum seine Mutter nicht mehr am Leben war, aber dem Kleinen zu Folge konnte das unmöglich wahr sein. Wenn man Arvids Version der Vergangenheit Glauben schenkte, dann war seine Mutter nicht vor vielen Jahren am Fieber gestorben, sondern eine mächtige Feenkönigin, die eines Tages Vater vom Wald aus im Garten spazieren gesehen und sich sofort unsterblich in ihn verliebt hatte. Damit sie ihn heiraten und bei ihm bleiben konnte, verwandelte sie sich in eine Menschenfrau. Nachdem sie einige Jahre in Havssun verbracht hatte, musste sie zu ihrem Volk tief unter den Wurzeln der Bäume zurückkehren, weil sie die Gestaltwandlung außerhalb des Zauberwaldes nicht aufrechterhalten konnte. Um wieder zum Menschen werden zu können, musste sie sich erholen und das dauerte nun einmal seine Zeit. Irgendwann würde sie nach Havssun zurückkehren und für immer bei ihnen bleiben.

»Hilfst du mir, den Tisch zurück in die Mitte zu schieben?«, fragte Kjell.

Gemeinsam brachten sie ihn wieder an die richtige Stelle. Der Junge setzte sich neben Kjell, griff nach dem Stock und balancierte ihn auf einer Handfläche. »War dein Bein auch schon so ›vor deiner Zeit‹?«

Kjell wich dem bohrenden Blick des Kindes aus. »So verwendet man den Ausdruck nicht.«

Arvid sah ihn abwartend an.

»Ich hatte einen Unfall.«

Der Junge verzog das Gesicht, als wäre er gerade selbst verunglückt. »Was war das für ein Unfall? Hat es mit dem Bären zu tun?«

Kjell sah ihm lange in die Augen. Ihm war von Anfang an klar gewesen, dass Arvid diese Frage irgendwann stellen würde. Er hatte sich die Geschichte zu seinem Unfall vor vielen Monaten zurechtgelegt, sie von Fornberg absegnen lassen und danach so oft rezitiert, dass er sie nun ohne zu zögern erzählen konnte.

»Ich wollte vor vielen Jahren über einen Berg steigen, aber ein gewaltiger Schneesturm zog auf. Ich hätte stehen bleiben sollen, aber ich wollte vor dem Sturm davonlaufen und bin gestürzt. Dabei habe ich mir das Bein gebrochen. Es hat lange gedauert, bis man mich fand.«

Seine Handflächen waren schwitzig und sein Magen zog sich wütend zusammen. Nicht wegen der Überzeugungskraft der Geschichte – sie war plausibel und Arvid würde ihm glauben –, sondern wegen der grauenhaften Lüge selbst. Je mehr Zeit er mit Arvid verbrachte, desto mehr verabscheute er es, ihm so viele Erfindungen, Ausflüchte und Halbwahrheiten auftischen zu müssen.

»Warum bist du denn über den Berg gestiegen, wenn das so gefährlich ist?«

Kjell grinste schief. »Ich war auf der Suche nach Abenteuern. Nervenkitzel. Weißt du, was das bedeutet?«

Der Junge schüttelte den Kopf.

»Wenn etwas sehr gefährlich ist und man es trotzdem tut, fühlt sich das manchmal gut an.« Er biss sich auf die Zunge. »Aber bitte versprich mir, dass du niemals so einen Unsinn machst. Glaub mir, es lohnt sich nicht. Du siehst ja, wie schlimm so etwas ausgehen kann.«

Arvid nickte hastig.

Die Haustür sprang auf und Fornberg taumelte in den Vorraum, den Schal in einem chaotischen Knäuel um den Hals geschlungen, zerraufte Haarsträhnen in der Stirn, den dicken Mantel schief am Körper, daher eine Schulter frei.

»Komm. Schnell.« Kjell stand auf und bedeutete Arvid hastig, ihm zu folgen, doch noch bevor sie den Raum verlassen konnten, stolperte der Alte ins Wohnzimmer, die Sohlen seiner Stiefel noch gesäumt von Schnee.

Arvid duckte sich und griff nach Kjells Hand. »Guten Abend, Vater«, flüsterte er.

»Guten Abend, Herr Fornberg. Wir waren im Begriff zu gehen.«

Der Alte brummte missmutig, versuchte einige Male, die Arme vor der Brust zu verschränken, bekam sie aber nicht ineinander gefädelt und ließ sie daher schlaff an den Seiten hängen. Er blinzelte aus stumpfen Augen.

»Du bisso ... langweilig geworden«, lallte er, während er hin und her schwankte. »Früher wärsu der Erste gewesen ... der Allererste ... der mit mir feiert. Weißu noch?«

Arvid schob sich hinter Kjell, der in den Flur zurückwich, beide Hände schützend auf den schmalen Schultern des Kindes.

»Und jetzt trinksu keinen Schluck mehr. Sieh dich an«, knurrte der Alte angewidert. »Du warsso ...«, er kräuselte die Lippen, deutete vage an Kjell herab, schüttelte den Kopf, »jemand. Du warst jemand. Und jetzt? Stehst da wie ... wie eine ... Glucke. Wovor hast du Angst?«

Kjell schlug den Blick zu Boden und schwieg.

»Wovor? Ha?!«, brüllte der Alte unvermittelt. »Hättest du die verdammte Güte mich anzusehen und mir zu antworten?«

»Sie stehen neben sich, Herr Fornberg«, erwiderte Kjell mit flacher Stimme. »Wir sind nicht allein. Arvid ist hier.«

»Pff … Immer dieselbe Leier … der Junge hier, der Junge da«, prustete Fornberg. »Ich rühr' ihn schonnich an … unseren kostbaren *Jungen*.« Er spuckte das letzte Wort aus.

Schließlich winkte er mit einer Geste ab, mit der er auch zwei lästige Fliegen verscheucht hätte, und fiel ächzend auf das Sofa.

Kjell hastete mit Arvid zur Hintertür, reichte ihm seine Schuhe und half ihm beim Anziehen, dann riss er ihre Jacken von der Garderobe.

»Beeil dich. Schlüpf draußen hinein«, flüsterte Kjell.

Erst im Garten atmeten sie auf. Kjell würde dafür sorgen, dass Arvid, der seine Hand panisch umklammerte, heute so lange wie möglich bei ihm blieb. Ein enthemmter Fornberg suchte im Unterschied zu einem nüchternen gezielt nach Streit und fand auch in Nichtigkeiten schwere Vergehen, um die Hand zu erheben. Er war dabei nicht zu besänftigen. Kjell würde nicht zulassen, dass Arvid erneut zur Zielscheibe wurde; der Alte störte sich ohnehin an dessen Dünnhäutigkeit.

»Was hat Vater damit gemeint, dass du früher mit ihm gefeiert hättest?«, fragte Arvid kleinlaut, als er an seiner Seite ins Nebengebäude lief.

»Nichts, das war zusammenhangloses Gebrabbel. Er hat zu viel Alkohol getrunken und weiß nicht mehr, was er sagt und was er tut. Deswegen setzen wir uns zu mir und dort erzähle ich dir etwas Schönes.«

Arvid lief schneller. »Wie lange wird er so bleiben?«

»Nicht lange.«

Kjell stieß die Tür zum Nebengebäude auf und Arvid huschte über den dunklen Gang bis zu Kjells Zimmer, wo er sich in den Türrahmen drückte und auf seinen Freund wartete.

»Ich erzähle dir das Märchen vom tapferen Zinnsoldaten«, sagte Kjell, während er den Jungen durch die Tür schob.

Er tastete nach den Streichhölzern und entzündete rasch die Öllampe, drehte sie so hoch wie möglich, dann setzte er sich auf sein Bett, nahm den Kleinen auf seinen Schoß und schlang die Decke wie einen schützenden Umhang um ihre Schultern.

»Ich hab ein bisschen Angst, Kjell«, flüsterte Arvid.

»Morgen ist alles wieder gut. Er wird sich an nichts erinnern«, sagte er, drückte den Jungen fest an sich und begann zu erzählen.

17

Lass ihn Arvid bleiben

Kjell machte sich im Waschraum für die Nacht fertig, als jemand an die Tür klopfte. Kaum hatte er sich umgedreht, schob sich Einars Kopf durch den Spalt.

»Darf ich mir kurz die Hände waschen?«

Kjell lachte erstaunt auf.

»Natürlich darfst du das!«, er winkte ihn hinein.

»Ich wollte dich nicht stören. Normalerweise bist du um diese Uhrzeit längst in deinem Zimmer.« Einar schloss geräuschlos die Tür.

»Es hat heute länger gedauert, bis Arvid eingeschlafen ist«, entgegnete Kjell.

Er trat vom Waschtisch zurück, rubbelte mit dem kratzigen Handtuch über seine Haare und über sein Gesicht, bis es warm kribbelte, und schlang es schließlich um seinen Hals.

Dann erst stutzte er. »Wieso weißt du so gut über meinen Tagesablauf Bescheid?«

Einar griff nach dem Seifenstück und drehte am Wasserhahn. »Na, weil du mir davon erzählt hast. Bei unserer ersten Begegnung. Kannst dich wohl nicht mehr erinnern?«, er zwinkerte ihm zu.

Kjell schüttelte den Kopf. Hatte er tatsächlich einen Teil ihrer Unterhaltung vergessen?

»Wundert mich nicht. Du konntest vor Hunger und Durst kaum einen klaren Gedanken fassen.«

Während Einar sein Spiegelbild und seine Fingernägel musterte, unter denen schwarze Ränder klebten, nahm Kjell ein frisches Handtuch für den jungen Mann aus dem Regal und hängte es an einen der freien Haken neben dem Waschtisch. Irgendetwas an der Begründung kam ihm seltsam vor, doch er konnte es nicht genau festmachen.

Einar nahm eine kleine Bürste aus dem Schrank, mit der er versuchte, seine Nägel sauber zu bekommen. Vor wenigen Monaten hatte Kjell dasselbe getan, nachdem er mit Arvid zum letzten Mal im Wald gewesen war.

Eine seltsame Empfindung beschlich Kjell. Einars Hantieren mit der Nagelbürste fühlte sich nicht wie etwas an, das sich gerade vor seinen Augen ereignete, sondern wie eine Erinnerung an diesen Tag. Die Bewegungen des Arbeiters glichen jenen, die Kjell damals ausgeführt hatte. Ihm schien sogar, als könne er voraussagen, welchen Finger Einar als Nächstes bewegen würde.

Kjell blinzelte verwirrt und tat das Gefühl ab. Er war übermüdet, nicht bei der Sache. Seine merkwürdigen Gedanken lagen sicher nur an der unerwarteten Begegnung mit dem sturzbetrunkenen Fornberg und der Furcht vor dessen Jähzorn.

»Muss schwierig für den Kleinen sein, so ganz allein. Ohne seine Mutter«, murmelte Einar.

Kjell säuberte das Waschbecken mit flinken Bewegungen von den Erdkrümeln, die Einar hinterließ. »Schwierig ist vor allem Fornbergs Temperament. Er nörgelt permanent an Arvid herum, schenkt ihm ansonsten aber keinerlei Beachtung. Der Kleine wollte heute unbedingt bei mir schlafen, aber der Alte hat es nicht einmal im besoffenen Zustand erlaubt; denn Arvid ist jetzt alt genug, um zu begreifen, dass er mich in der Nacht einschließt. Ich weiß nicht, wo das hinführen soll ...«, er verzog das Gesicht, schüttelte den Kopf, seine Stimme versiegte. »Der Junge«, flüsterte er in die Stille, »beginnt zu verstehen.«

Einars Blick glitt über ihn, halb in Unglauben, halb in Sorge. »Was willst du damit sagen?«

Kjell senkte die Stimme. »Dass ich dringend deine Hilfe brauche. Erinnerst du dich daran, was du mir bei unserer letzten Begegnung versprochen hast? Wovon du mir erzählen wolltest? Komm.«

Einars Nicken registrierte er nur noch aus dem Augenwinkel, schon hatte er sich abgewendet und führte ihn durch den schummrigen Gang, den im Gegensatz zum elektrifizierten Haupthaus nur ein paar Kerzen an den Wänden erleuchteten. In seiner Kammer entzündete er die Öllampe und leuchtete damit den Raum aus.

»Hier hat sich ja was getan«, meinte Einar anerkennend.

Kjell grinste. »Du hast dich ja auch eine Ewigkeit nicht blicken lassen.«

Nicht ohne Stolz machte er ausladende Handbewegungen über alles, was er sich so hart erkämpft hatte: den zweiten Stuhl, Bücher, Papier und Stifte. Einen Korb mit Äpfeln. Die Wand war vollgepflastert mit bunten Kinderzeichnungen, die die Kerben verdeckten, welche Kjell vor Jahren in die Mauer gekratzt hatte. »Sieh dir an, was Arvid gemalt hat.«

Der Jüngere betrachtete das Gekritzel im Schein der Lampe. Manche der windschiefen Objekte waren gut erkennbar, andere hingegen eher als abstrakte Kunst zu bezeichnen und

Kjell konnte beim besten Willen nicht mehr erklären, was die Linien darstellen sollten.

Einar brummte wenig beeindruckt, ließ sich auf den Stuhl fallen, schlug die Beine übereinander und verschränkte die Hände hinter dem Kopf. Ein Lächeln stahl sich auf seine Lippen. »Hast den Kleinen lieb gewonnen, stimmt's?«

Kjell nickte betreten, während er auf dem Bett Platz nahm.

»Du solltest dich drüber freuen«, meinte Einar.

»Meine Tage hier wären so viel einfacher, wenn er mir nichts bedeutete.«

Einar richtete sich abrupt auf. »Was redest du da?«

Kjell blickte beschämt zu Boden und knetete seine Fingerknöchel. »Er ist das einzig Gute und Schöne an diesem Ort. Das weiß ich. Es ist nur ... Er stellt so viele Fragen. Ich weiß nicht, wie lange ich ihm noch etwas vormachen kann.« Er griff nach einem Apfel und zwirbelte den holzigen Stängel hin und her, bis er sich vom Obst löste.

»Vormachen?«, wiederholte Einar.

Kjell musterte ihn misstrauisch. »Dinge, die ich ihm über mich und Havssun erzähle. Und über Fornberg. Er darf es nicht wissen. Er darf nichts davon jemals wissen. Es würde mich Kopf und Kragen kosten.«

Einar lehnte sich zurück. »Das heißt ... du hast einfach nur ... Angst?«

Kjell lachte tonlos. »Einfach nur«, flüsterte er verächtlich und wandte sich ab, die Lippen fest zusammengekniffen. »Früher hat sein Schicksal keine Rolle gespielt. Im besten Fall war er irgendein Kind, das zufällig am selben Ort lebt, im schlechtesten der Sohn meines Peinigers. Für mich war er ein Niemand«, er richtete sich auf. Seine Ohren brannten heiß vor Scham. »Aber jetzt ist er Arvid.«

Als er den Satz aussprach, wurde ihm klar, wie sehr er den Jungen liebte. In Kjell tobte seit Monaten ein Kampf. Nun drohte er, ihn zu zerreißen.

Einar verzog den Mund zu einem schiefen Grinsen und lachte leise: »Dann lass ihn Arvid bleiben. Hast doch sowieso keine Wahl.«

Kjell schüttelte fest entschlossen den Kopf, er schnaubte, die Augen auf das Stück Obst in seiner Hand gerichtet. Wütend auf sich selbst, schleuderte er den Stängel in den Raum und presste die Gefühle, die sich Sekunden zuvor hoffnungsvoll und warm in ihm ausgebreitet hatten, mit aller Kraft in den hintersten Winkel seiner Gedanken zurück, wo er nie wieder mit ihnen konfrontiert werden würde. »Nein. Sonst werde ich ihn nicht zurücklassen können.«

Einar brummte merkwürdig tonlos. Kjell humpelte zur Tür und presste sich in die verlockende Schwärze des Rahmens. Vielleicht würde ihn sein Gewissen, das sich zu regen begann, dort nicht finden.

»Du musst ihn mitnehmen. Du musst«, wisperte Einar.

»Er ist zu klein. Soll er mit mir in der Wildnis herumirren? Viel zu unsicher für ihn.«

Der junge Mann neigte den Kopf. »Ist Havssun denn sicher für ihn?«

»Mir läuft die Zeit davon. Fornberg kann jeden Moment entscheiden, dass …«, Kjell verstummte.

Dass er mich satthat und mich umbringt. Niemand würde Nachforschungen über seinen Verbleib anstellen. Er würde verschwinden wie Rauch im Wind.

»Ich kann mich nicht auch noch um Arvid kümmern.«

»Und wer soll es tun, wenn nicht du? Nach allem, was du so andeutest, ist der Alte wohl kaum der geeignete Mensch dazu. Egal, wie du zu dem Kleinen stehst – er hat niemanden außer dich.«

»Er hat Frida.«

»Die kaum mit ihm spricht«, warf Einar ein.

»Dann jemand anderes. Irgendjemand. Irgendjemand wird sich finden«, stieß Kjell hervor, presste die Handflächen gegen die Schläfen und stützte sich vornüber auf die Kommode. Rasende Panik überkam ihn, hob seine Wertvorstellungen aus den Angeln und rüttelte daran, bis sie auseinanderbrachen und ihre Gültigkeit verloren.

Einar schien sie aufzuheben und wieder zusammenzukleben, indem er sagte: »Du trägst die Verantwortung für den Jungen, ob du es willst oder nicht. Sein Schicksal liegt in deiner Hand.«

Kjell schüttelte sich. »Sein Schicksal liegt in der Hand seines Vaters!«, fauchte er. »Ich hingegen muss von hier weg. So schnell wie möglich. Und du musst mir helfen! Mich zu diesem Pass bringen, von dem du erzählt hast. Kannst du eine Karte der Umgebung zeichnen, damit ich weiß, wo das nächste Dorf ist und was hinter dem Pass liegt?«

Er wühlte in der Schublade nach einem Bleistift, zog ein Blatt Papier heraus und hielt dem jungen Mann beides vor das Gesicht.

Einar stand in aller Ruhe auf, schlenderte an Kjell vorbei, nahm sich einen der saftigen Äpfel von der Kommode und schlug die Zähne hinein. Er kaute schmatzend, dann entgegnete er ohne jede Emotion: »Musst du schon selbst finden.«

Kjell Hände sanken zu Boden. Er starrte den anderen fassungslos an, während Einars Worte in seinen Ohren nachhallten. »Wa…? Du hast gesagt, du erzählst mir davon. Du erzählst mir mehr, wenn wir uns das nächste Mal sehen!«

»Würde ich ja. Aber ich weiß selbst nicht so genau, wo der Pass ist.«

Eine eiskalte Hand presste Kjells Herz zusammen. »Du hast mich angelogen?«, flüsterte er ungläubig.

Einar sah ihn gekränkt an. »Du warst damals kurz vor'm Zusammenbruch. Ein Funken Hoffnung war wichtig für dich. Du wärst doch sonst durchgedreht. Hättest dich mal sehen sollen.« Er deutete mit dem Zeigefinger an die Zimmerdecke. »Tagelang hast du brabbelnd in eine Ecke gestarrt. Ich musste dir irgendwas erzählen. Wo wärst du heute, wenn ich's nicht getan hätte, hm? Tot wärst du, so sieht's aus. Genau genommen hab ich dir das Leben gerettet.«

Kjell knüllte das Papier zu einer winzigen Kugel zusammen, die er Einar gemeinsam mit dem Stift entgegenschleuderte, ihn aber um einen guten Meter verfehlten. Die Beine hölzern unter sich, sank er auf die Matratze, während er um Fassung rang.

»Raus«, hauchte er atemlos.

»Komm schon ... Wir wissen beide, dass du mich nicht wirklich loswerden willst«, erwiderte der junge Mann gelangweilt.

»Ich sagte: Raus!«, brüllte Kjell und richtete den ausgestreckten Arm wie eine Harpune auf die Tür.

Einar seufzte. Musterte ihn. Und entgegnete, schneidend kalt: »Wem willst du was vormachen? Glaubst du wirklich, du sagst mir, wo ich zu sein habe? Willst du mich niederringen und vor die Tür schleifen? Du?« Er lachte leise.

Kjell traute sich kaum, die Worte zu denken, geschweige denn, sie auszusprechen. Seine Stimme war spröde und klein, als er flüsterte: »Es gibt also keinen Pass. Keinen Weg von hier fort.«

Einar aß in aller Seelenruhe weiter. »Das hab ich nicht gesagt. Der Alte hat davon gesprochen, dass er im Westen liegt.«

»Und ich soll dir noch ein einziges Wort glauben?«

Kjells Blick blieb an einer von Arvids Zeichnungen hängen, die mit der Sonne und dem Mond und den zwei geflügelten Figuren – eine kleine, eine große. Ikarus, der die Schwerkraft überwand und den seine Überheblichkeit das Leben kostete. Welch bittere Ironie; auch Kjell war einst der Selbstüberschätzung erlegen, die er zwar nicht mit dem Tod bezahlt hatte, aber mit seiner Unversehrtheit.

Einars Schmatzen trat in den Hintergrund. »Warum wundert mich das noch?«, murmelte Kjell. »Du versuchst nicht, mir zu helfen. Gehst nicht zur Polizei. Erzählst mir Lügen. Ich weiß immer noch nicht, wer du bist, was du hier tust oder woher du kommst. Das allein ist zwielichtig genug.« Er drehte sich nach dem anderen um, hielt ihn mit seinem Blick fest, wenn er es schon nicht mit seinen Händen konnte.

Einar schüttelte den Kopf, die sonst so glatte Stirn tief gefurcht. »Wir haben gemeinsam entschieden, dass ich dir von mir erzähle, sobald du mir im Gegenzug von dir erzählst. Was du nie getan hast. Weißt du nicht mehr? Rote Zone?« Er wischte die Apfelstückchen mit dem Handrücken von seiner Wange und streifte sie an seiner Hose ab. »Ich komme jedenfalls aus dem Süden. So wie du. Von weit, weit her«, gab er schließlich in sorglosem Singsang zurück.

Kjell sprang auf und trat einen Schritt auf den Jüngeren zu. »Schluss mit dem Unsinn! Hierher kommt jeder aus dem Süden!«, zischte er. »Was willst du von mir? Bist du ein Voyeur? Willst du nur zusehen, wie ich hier elendig zugrunde gehe? Gib mir endlich Antworten! Ich verlange sie. Ich verdiene sie!«

Einar erstarrte. Einen Herzschlag später drückte er das angenagte Kerngehäuse in Kjells Hand und richtete ein zornig funkelndes Augenpaar auf ihn.

»Antworten kannst du haben – auf die wichtigen Fragen. Nicht auf den Kleinscheiß, der dir das Hirn zumüllt und auf den du keine Antworten mehr brauchst, weil du sie längst beisammenhast. Ich finde es abartig herzlos von dir, dass du den Kleinen allen Ernstes hierlassen willst. Dass du dich das auszusprechen traust, ist widerlich!«

Kjells Gesicht wurde kalt, dann lief ein heißes Kribbeln durch seinen Körper und stellte jedes Haar darauf auf.

»Wie kannst du es wagen!«, fauchte er und streckte die freie Rechte nach Einars blauem Kragen aus.

Auf halbem Weg legte sich ein Widerstand um seinen Unterarm und verhinderte jede weitere Bewegung. Der Jüngere war vielleicht klein, aber er war erstaunlich stark.

Einars Worte quetschten sich zwischen seinen gefletschten Zähnen hindurch: »Du hängst seine Zeichnungen auf und zeigst sie mir wie ein stolzer Vater. Siehst sie sogar an wie einer! Dann schwadronierst du davon, dass ihr zusammengewachsen seid! Und kaum drei Sekunden später faselst du was von ›irgendjemand wird sich finden‹.«

Kjell wich mit angehaltenem Atem zurück, bis er ans Bettgestell stieß.

»Mag sein, dass ich nicht so ein feiner Pinkel bin wie du, aber ich bin nicht dumm. Ich kann mir zusammenreimen, dass der Alte für deine Behinderung verantwortlich ist! Und dass er dich mit dem Tod bedroht!«, rief Einar, dessen Stimme vibrierte, als ob sie aus den Wänden und dem Boden zugleich käme. »Und bei so jemandem willst du den Jungen zurücklassen? Du erbärmlicher Heuchler!«

Der halbgegessene Apfel glitt aus Kjells Fingern, fiel auf die Holzdielen und holperte weiter, bis er verdrückt in der Zimmerecke zu liegen kam.

»Hast du dich noch nie gefragt, was mit Arvid geschieht, wenn sein einziger Freund von heute auf morgen spurlos verschwindet? Was das mit ihm macht? Schämst du dich nicht für deinen Egoismus?« Einar klang nicht zornig, nicht fassungslos, sondern über alle Maßen enttäuscht. Er bedachte Kjell mit einem Blick reinster Missbilligung, drehte ihm den Rücken zu und ging zum Türrahmen. »Was du vorhast, das hat nichts mit Liebe zu tun.«

Kjells Hände zitterten. Seine Kehle brannte, als hätte nicht Einar geschrien, sondern er selbst. Er räusperte sich, dennoch blieb seine Stimme dünn und kratzig wie ein verschlissener Wollpullover. »Du erzählst doch ... Fornberg nichts davon? Über den Pass? Und ... meine Pläne?«

Einar ließ die Arme an die Seiten fallen und wandte sich ihm zu. Er schloss die Augen und schnaufte wie ein erschöpfter Lehrer, der dasselbe Problem nun schon zum hundertsten Mal erklärte. »Gott im Himmel ... das hast du also von meinem Vortrag mitgenommen?«

Kjell schluckte. Er wusste nicht, was er sagen sollte. In seinem Kopf drehte sich alles.

»Du armer Teufel ...«, murmelte Einar, knöpfte seine Jacke bis oben hin zu und stellte den Kragen auf. »Wenn ich dich bei dem Alten verpfeifen wollte, hätte ich's längst getan. Wann kapierst du's endlich?«

Die Holzdielen knarrten unter Einars Schritten, als er über die Schwelle stieg und die Tür mit einem sachten Klicken schloss. Seine Stimme drang dumpf durch das Türblatt: »Ich bin nicht dein Feind.«

Dann war von ihm nichts mehr zu hören, nicht einmal Schritte, die sich auf dem Gang entfernten.

18

Fürchterlich egal

Und so blieb Kjell. Er blieb über ein schmuckloses Weihnachtsfest und einen glanzlosen Jahreswechsel und Arvids sechsten Geburtstag knapp zwei Monate später. Selbst als der Frühling ins Land zog und sich mit der Schneeschmelze die Möglichkeit geboten hätte, den Pass zu suchen und sich aus dem Staub zu machen, sah er davon ab.

Er tat es nicht, weil er eine Entscheidung getroffen hatte, sondern weil er genau das nicht konnte. Ihm war klar, dass er ihrer beider Schicksal besiegeln würde, sobald er eine Wahl traf, und er hoffte, solange er nichts unternahm, bliebe alles in der Schwebe und dadurch alles möglich.

»Was sind diese Lichter da?« Der Junge streckte den Zeigefinger gegen die Glasscheibe.

Kjell sah von seiner Zeitung auf und folgte der Geste. »Nordlichter.« Ein kleines Lächeln umspielte seine Lippen. Das Papier raschelte, als er zu ihm ans Fenster trat.

Arvid kicherte. »Sieht aus wie grüne Schlangen.«

»Wenn du deine Jacke holst, sehen wir sie uns draußen an. Geh schon vor, lass mich diesen Artikel noch fertig lesen.«

Arvid sprang von seinem Bett, riss den Kleiderschrank auf

und holte Weste und Schuhe. Er band sich die Schnürsenkel und stürmte nach draußen.

Sie trafen einander beim Stall, wo Kjell den Jungen auf die Umzäunung der Schafweide hob und sich mit dem Rücken gegen die Holzbalken lehnte.

Arvid reckte das Gesicht gen Himmel, auf dem sich ein breites Band aus Licht wie das leuchtend grüne Chiffonkleid einer Tänzerin bewegte, die sich anmutig im Rhythmus eines gemächlichen Liedes wiegte. Hie und da stahlen sich gelbe Linien dazu, auf dass das Publikum nicht das Interesse an diesem Schauspiel von Farbe und Form verlor.

»Woher kommen Nordlichter?«, fragte der Junge.

Kjell schmunzelte. »Die Legende sagt, dass es Spiegelungen auf den Schilden der Walküren sind, die über den Himmel nach Walhall reisen. Wenn du willst, lesen wir die Geschichte nächste Woche.«

»Walhall?«, flüsterte Arvid ehrfürchtig.

»Der Ruheort all der tapferen Kämpfer, die in einer Schlacht gefallen sind. So etwas wie das Paradies.« Er machte eine umfassende Geste über das Firmament.

»Kann man auch ohne eine Schlacht dort hinkommen?«

»Man muss wohl etwas besonders Gutes tun. Jemandem das Leben retten. Oder zumindest sehr anständig sein.«

Der Junge kaute auf seiner Unterlippe, den entrückten Blick wie gebannt auf das Himmelsphänomen gerichtet.

»Dann ist Mutter bestimmt in Walhall.«

Kjell legte behutsam eine Hand auf seine Schulter. »Bestimmt.«

»Kommst du auch irgendwann dort hin?«

»Ein unbedeutender Diener wie ich? Das glaube ich kaum.«

»Und Vater?«

Kjells Antwort schnitt eisig durch die kalte Luft: »Es ist nur eine Geschichte.«

Arvid schluckte. Er sah zu dem einsamen schummrig erleuchteten Fenster des Arbeitszimmers hinüber.

»Also wenn ich auswählen könnte, wer nach Walhall kommt, dann würde ich sagen«, der Junge holte tief Luft, »dann würde ich sagen, dass du auf jeden Fall einen Platz dort haben solltest. Irgendwann. Weil du doch anständig bist. Das sehe ich. Vielleicht würdest du dann sogar Mutter treffen.«

Kjell lachte, um die Stille zwischen ihnen zu füllen.

Arvids Miene blieb ernst. Er blickte ihn mit geneigtem Kopf an. Dann nickte er, als hätte er soeben Rücksprache mit Göttervater Odin höchstselbst gehalten. »Du bist mein Freund. Sie würde dich mögen.«

Kjell konnte kaum den Blick von Arvids entschlossenen Augen nehmen, die ihrer beider kleine Welt so anders sahen, als sie tatsächlich war. »Da bin ich mir nicht so sicher«, murmelte er.

»Sei nicht albern. Natürlich würde sie das!«, rief der Junge entrüstet. »Du bist doch immer nett zu allen hier, auch zu Vater. Selbst wenn er dich anschreit, sagst du nie ein böses Wort zu ihm. Du wirst nicht einmal wütend.«

»Was würde meine Wut ändern? Die Dinge sind, wie sie sind«, entgegnete Kjell sanft.

Der Junge schüttelte so heftig den Kopf, dass sein Haar in der kühlen Brise tanzte. »Dann sind die Dinge schrecklich ungerecht!«

»Arvid, das reicht jetzt.«

»Ich finde, er sollte nicht nach Walhall kommen. Er geht grob mit dir um und hat nie Lob für dich übrig, obwohl du so hart arbeitest. Und zu mir sagt er kaum ein Wort. Wenn er mich doch einmal ansieht, dann immer so ernst. Oder richtig böse – als hätte ich etwas verbrochen.«

Für eine Weile lauschte Kjell dem Rascheln der Blätter und dem Pfeifen des Windes. Dann seufzte er gequält. Wie sollte er Arvid davon überzeugen, dass Fornberg ein tugendhafter Mensch wäre, von dem sie nichts zu befürchten hatten, wo der Kleine doch mittlerweile jeden Tag mit ansah, wessen Geistes Kind er war? Wie sollte er sein Lügengebilde unter diesen Umständen aufrechterhalten?

»Du weißt so wenig über das Leben und die Pflichten deines Vaters. So wenig über Havssun. Er muss sich um die Mine, die Arbeiter und den Hof kümmern. Viele Menschen sind von ihm abhängig und diese Aufgaben fordern seine volle Aufmerksamkeit. Bestimmt würde er gerne mehr Zeit mit dir verbringen, wenn er könnte.«

Arvid sprang vom Zaun und stapfte ein paar Schritte zum Stall. Er warf sich auf einen an die Wand geschichteten Heuballen und riss büschelweise Halme daraus aus, das Gesicht nur eine Handbreit von der Wand des Gebäudes entfernt. »Glaube ich nicht. Er will mich doch gar nicht.«

Kjell kam zögerlich auf ihn zu, die Bewegungen seiner Glieder zäh, das Klopfen seines Herzens hoch bis in seinen Hals.

Arvid rang nach Atem und stieß schließlich unter Tränen hervor: »Er hasst mich!«

Kjell beugte sich zu ihm hinab, doch der Junge wich seinem forschenden Blick aus. »Was in aller Welt gäbe es denn an dir, das man hassen könnte?«

Als Arvid die Züge voller Gram verzerrte, griff Kjell behutsam nach der kleinen Hand, die den Heuballen zerpflückte, und drückte sie. »Bitte glaub mir: Du bist ein fabelhafter, intelligenter und liebenswerter Junge. Du wirst ihn wohl an deine Mutter erinnern und das wird ihn traurig machen. Er spricht nicht gern darüber, was in ihm vorgeht, also schweigt er lieber. Mit dir hat das nichts zu tun.«

Der Junge blinzelte ihn über die Schulter hinweg an, das Weiße in seinen Augen silbrig im Mondlicht. »Aber du redest doch auch über alles mit mir.«

»Das ist etwas anderes. Für deinen Vater gehört es sich nicht, so mit dir umzugehen, wie ich es tue. Er als der Herr des Hauses kann nicht herumalbern. Er muss eine gewisse Würde bewahren. Darum sprichst du ihn auch anders an als mich. Verstehst du das?«

Arvid schüttelte trotzig den Kopf.

»Natürlich verstehst du das. Aber du willst lieber bockig sein.«

Der Kleine rutschte von dem Heuballen und stampfte mit einem Bein auf. Seine Arme wirbelten zu beiden Seiten. »Ist mir egal, woran es liegt! Ich will, dass er verschwindet. Ich wünschte, ein Felsbrocken würde ihm in seiner blöden Mine auf den Kopf fallen! Dann gäbe es nur noch dich und mich. Alles wäre gut.«

Kjells Stock glitt aus seinen schlagartig taub gewordenen Fingern und wurde vom Gras geräuschlos verschluckt. Er suchte nach Worten – weder hatte er Arvid je so wütend gesehen noch seine Gedanken eine solche Richtung einschlagen hören. Der Zorn des Kindes auf Fornberg tat ihnen nichts Gutes. Kjell musste ihn unterbinden.

»Was in Gottes Namen redest du da?«

Der Junge ballte die Fäuste. »Ist nur die Wahrheit!«

»Das macht es um nichts besser!«, polterte Kjell. »Die

Wahrheit ist nicht immer gut oder hilfreich. Und schon gar keine Rechtfertigung für solche Gedanken.«

Kein Grashalm rührte sich, sogar die Nordlichter standen einen Herzschlag lang still.

»Hast du den Verstand verloren? Du kannst so etwas nicht sagen! Nicht über einen Fremden und schon gar nicht über deinen eigenen Vater.«

Er riss sich von ihm los, bückte sich nach dem Stock und humpelte zum Haupthaus zurück. Er musste weg von hier, er konnte dieses Gespräch nicht führen, weil er ahnte, wohin es sich entwickeln würde.

»Aber … aber wärst du nicht auch glücklicher, wenn …«, fragte der Junge zögerlich.

Kjell war zu weit weg, um den Rest des Satzes zu hören, aber das brauchte er auch nicht. Er schnaubte. »Was ich will, ist nebensächlich!«, rief er über die Schulter. »Ich bin nichts, Arvid! Zu unbedeutend für einen Nachnamen.«

Die Schritte des Jungen hasteten durch das Gras, bis sie neben Kjell waren. »Du bist nicht unbedeutend!«, erwiderte Arvid. »Nicht für mich.«

Genau diese Entwicklung hatte Kjell all die Jahre gefürchtet. Einar hatte recht gehabt – Arvid und er waren untrennbar miteinander verbunden. Der Schaden war längst angerichtet. Kjell hatte die Weichen dazu selbst gestellt.

Eine Hand legte sich auf seinen Unterarm. »Warum bist du so böse auf mich? Du magst Vater doch auch nicht. Wie du ihn ansiehst! Denkst du, ich bemerke das nicht?«

»Schluss damit. Ich will ins Haus.«

»Bitte! Bitte, Kjell, lass uns von hier weggehen – irgendwohin, egal wohin!«, der Junge zog an seiner Hand.

Kjell schüttelte ihn ab. »Wirst du wohl endlich damit aufhören!«, knurrte er durch zusammengebissene Zähne.

»Wir müssen ja nicht für immer weg, nur für eine Weile, einen Tag oder auch nur ein paar Stunden. Oder ... oder wir könnten in die Stadt fahren. Frida fährt doch auch jede Woche hin. Bitte. Hilf mir dabei.«

Kjell blieb stehen und drehte sich zu ihm.

»Nur ein Mal. Ich will nur ein einziges Mal woanders sein als hier«, flüsterte Arvid.

Als Kjell den dünnen Schleier der Hoffnung in den Augen des Jungen aufleuchten sah, hinter dem nackte Angst und monströse Zweifel lauerten, wurde sein Herz so schwer, dass er fürchtete, es würde jeden Moment aus seinem Körper in die nachtschwarze Wiese fallen. Wie sehr er verstand, was sich der Junge wünschte, wo er doch diese inbrünstige Sehnsucht mit ihm teilte, und wie grausam, dass Arvid diese Gemeinsamkeit nicht erfahren durfte.

Er schloss die Lider und sog die kalte Luft in seine Lungen. Dann wandte er sich vom Haus ab und trottete zum Stall zurück, wo er sich auf einen Heuballen fallen ließ. Die zierliche Silhouette des Jungen hingegen war regungslos an Ort und Stelle stehen geblieben.

»Nun? Willst du nicht hören, was ich zu deinem Vorschlag zu sagen habe?«, rief Kjell und klopfte auf die weiche Sitzgelegenheit neben sich, woraufhin Arvid auf ihn zurannte und neben ihn kletterte.

»Wenn es nach dir geht, sind alle Probleme so einfach zu lösen«, er legte einen Arm um den Jungen und zog ihn zu sich. Mit der Wärme des kleinen Körpers an seiner Brust schwand sein Zorn. »Wir gehen bald ins Haus. Aber es ist besser, wenn wir das hier draußen besprechen. Wo uns nur die Schafe hören können. Die bewahren alle Geheimnisse.«

Die Nordlichter züngelten gemächlich vor dem tiefschwarzen Nachthimmel, umringt von abertausenden Lichtpunkten, die wie weiße Stecknadeln in ein Tuch aus Samt eingebettet waren. Kjell schlüpfte aus seiner Jacke, legte sie um die Schultern des Jungen und steckte sie sorgfältig fest, damit kein Windhauch darunter kroch. Er atmete den Geruch nach Wolle tief ein, während er über Arvids weiches Haar strich: »Du bist sechs Jahre alt. Groß genug, um eine wichtige Sache zu verstehen. Hör mir gut zu, denn ich kann und werde mich nicht wiederholen.«

Arvid starrte ihn wie gebannt an.

Kjells Herz schlug Kapriolen in seiner Brust.

»Ich brauche die Erlaubnis deines Vaters, um den Hof zu verlassen«, stieß er hervor. »Bis dahin muss ich für ihn arbeiten.«

Unverständnis lag in Arvids Zügen. »Dann gehen wir eben, wenn du mit der Arbeit fertig bist.«

Kjell lehnte den Hinterkopf an die Holzwand des Stalls. »Du begreifst nicht. Ich werde nie damit fertig sein.«

»Natürlich wirst du das. Wenn ich groß bin, musst du nicht mehr auf mich aufpassen.« Er sagte es, als wäre es das Selbstverständlichste der Welt.

Kjell schüttelte den Kopf, unfähig, dem Jungen ins Gesicht zu sehen. Er schämte sich dafür, dass er Arvid nicht mehr ermöglichen konnte als eine so kümmerliche Existenz; dass er nicht mit ihm in die Stadt fahren und ihm zeigen konnte, was Gesellschaft und Gemeinschaft bedeuteten, und wie es sich anfühlte, von Lebenslust und Freude umgeben zu sein. »Ich werde für immer hier sein.«

»Für immer?«

»Bis ans Ende meiner Tage.«

Der Junge kräuselte die Lippen. »Was? Auch wenn ich dich wegschicke? Wenn ich sage, dass ich dich nicht mehr brauche?!«, rief er schrill wie das Klingeln eines Weckers, das Gesicht zu einem überdimensionalen Fragezeichen verzerrt.

Kjell legte einen Finger auf seinen Mund. »Das ist nicht deine Entscheidung. Mach dir wegen mir keine Sorgen – alles hat seine Ordnung. Ich habe einen Fehler gemacht, für den ich die Verantwortung tragen muss. Deswegen bin ich hier.«

Arvids Augen huschten voller Entsetzen kreuz und quer über Kjells Züge. »Warum bittest du Vater nicht darum, dich gehen zu lassen?«

»Das habe ich viele Male. Schon vor deiner Geburt.«

»Dann frage ich ihn! Du bist auch mein Diener – ich sage ihm, dass du deine Arbeit nicht gut machst, dann wird er dich gehen lassen … und dann …«, presste Arvid mit tränenerstickter Stimme hervor, »dann bist du frei. Du kannst mich doch trotzdem besuchen kommen. Vater wird das bestimmt verstehen. Ja, das mache ich! Jetzt gleich.«

Der Junge sprang auf. Kjell hielt ihn am Handgelenk fest und lächelte müde.

»Tu das bitte nicht. Das ist mutig von dir, aber erstens würdest du mich damit in gewaltige Schwierigkeiten bringen und zweitens würde es nichts ändern. Dein Vater wird sein Einverständnis nicht geben. Nicht heute, nicht morgen, nicht in zehn oder zwanzig oder vierzig Jahren.« Er wühlte nach einem Taschentuch, schüttelte es auf und wischte dem Kind die Tränen vom Gesicht, dann reichte er es ihm.

»Aber wieso nicht?«, schluchzte der Junge.

»Wir haben uns zu viel gestritten«, Kjell suchte nach den richtigen Worten und fand keine, die der Monstrosität von Fornbergs Plan gerecht wurden. »Er hat ... gewonnen. Er wird mir nicht entgegenkommen.«

Arvid schniefte. »Dann versöhnt euch doch!«

Kjell schüttelte betrübt den Kopf. Wenn es der Junge sagte, klang es so einfach, so machbar. »Es gibt Dinge, die man selbst durch eine Entschuldigung nicht mehr geraderücken kann. Manche Fehler sind unverzeihlich.«

»Was hast du getan?«, kiekste Arvid. Über seine Wangen rollten dicke Tränen.

»Das kann ich dir nicht erzählen.«

»Weil es so schlimm ist?«

Arvid starrte ihn an, als ob sein Leben von dieser Antwort abhinge. Kjell vermochte nichts zu erwidern. Wenn er nicht reagierte, bliebe vielleicht – so hoffte er – die Zeit stehen und er müsste nicht mitansehen, wie sich dieses unschuldige Gesicht für immer veränderte. Schließlich nickte er doch.

Der Junge rutschte ein Stück von ihm weg und zupfte an dem Taschentuch in seiner Faust. »Bist du ... Bist du einer von den Bösen? Wie in den Märchen? Bist du deswegen hier gefangen?«

»Das echte Leben ist komplizierter als ein Märchen.«

»Ja, schon, aber ... bist du's?«

Er umschloss zärtlich Arvids Hände. »Nein«, versicherte er sanft. »Oder denkst du, der Böse würde sich so um einen kleinen Jungen kümmern, wie ich es tue? Seine Schuhe putzen? Ihn anziehen, ihn kämmen, ihm Geschichten vorlesen? Mit ihm Drachensteigen gehen, mit ihm Dämme bauen? Und seine aufgeschürften Knie verarzten?«

Arvid verengte die Lider und schien etwas in Kjells Gesicht zu suchen. Plötzlich wich die Anspannung aus seinen Zügen und er rutschte mit einem breiten Grinsen näher, legte die Schläfe auf seine Schulter und flüsterte: »Ich würde dir verzeihen, was es auch ist. Versprochen. Weißt du, warum?«

Kjell lächelte. »Erleuchte mich.«

»Weil es mir fürchterlich egal ist, was du gemacht hast.«

Goldene Wärme breitete sich in Kjells Brust aus. Er drückte die Hand dieses prächtigen Jungen, lehnte den Hinterkopf gegen den Stall und beobachtete die graziösen Bewegungen der Nordlichter.

Arvid tat es ihm nach. »Wärst du lieber woanders? Wo du einen Nachnamen hast?«

Kjell strich über seinen Bart. Er wollte entgegnen, dass er nicht hierhergehörte, dass weder dieses Land noch dieses Haus sein Platz waren und die Situation, in der sie sich befanden, völlig auf dem Kopf stand.

Falls Anna acht Jahre nach seinem Verschwinden noch nach ihm suchte, musste sie krank vor Sorge sein. Er wünschte ihr, sie hatte längst ihren Frieden damit gemacht, ihn nie wiederzusehen. Es wäre besser für ihn, dasselbe zu tun.

Er hatte sich all die Zeit über an die Illusion geklammert, sich eines Tages fortzustehlen wie ein Vagabund, dem es an seinem Aufenthaltsort nicht mehr gefiel. Die Vorstellung, sich von heute auf morgen von allem Ballast in und um Havssun zu befreien, war verlockend, aber unmöglich zu realisieren; er selbst hatte das Tor zu diesem Ausweg zugeschlagen. Nun musste er Arvid ein Leben in Sicherheit ermöglichen, weit weg von diesem gewalttätigen Monstrum, das dem Kleinen erst verboten hatte, seinen geliebten Wald zu betreten und ihn dann dazu gezwungen hatte, jenes Tier zu essen, das ihm ein wenig Trost und Wärme in dieser Einsamkeit spendete. Arvid sollte diesen grauenhaften Ort keinen Tag länger ertragen müssen. Es war an Kjell, ihn von hier fortzubringen. Er würde ihre Flucht in die Wege leiten.

»Ich will dort sein, wo du bist«, brach es aus Kjell heraus. »Das ist jetzt meine Aufgabe. Alles, was noch übrig ist, bist du.«

Die Erleichterung darüber, dass er nach Monaten des Zauderns endlich einen Entschluss gefasst hatte, presste ihm heiße Tränen in die Augen und zwang ihn, sie zu schließen.

Arvid schmiegte sich an Kjells Seite. Er zitterte. »Wirst du dich auch dann noch um mich kümmern, wenn ich groß bin? Und alt, so wie du? Damit wir immer zusammen sind?«

»Ich werde so lange bei dir bleiben, wie du mich brauchst und mich bei dir haben willst. Jetzt lass uns einen Moment zur Ruhe kommen und die Sterne ansehen. Dann gehen wir hinein.«

Sie blickten an den Stall gelehnt in den sich wölbenden Sternenhimmel, regungslos wie zwei Statuen. Dann zerwühlte Kjell Arvids Haar mit der freien Hand und flüsterte grinsend: »Und ich bin nicht alt.«

Als aus der kühlen Brise eisiger Wind wurde, der die Nordlichter vertrieb, spazierten sie Seite an Seite zum Haus zurück.

Weil Kjell nicht wusste, wie er im Geheimen an eine Tasche kommen sollte, nahm er noch am selben Abend eine Tischdecke aus dem Wäscheschrank und schnürte die Ecken probeweise zusammen. Das Bündel war groß genug, um darin Kleidung und Proviant zu transportieren.

Er erinnerte sich vage an einen Platz im Wald, auf den er vor vielen Jahren gestoßen war. Bei dem Gedanken, dort ein Lager zu errichten, in weiterer Folge den Pass zu überqueren und damit die Isolation Havssuns ein für alle Mal zu verlassen, lief ihm Gänsehaut über die Arme und seine Hände bebten vor Aufregung. Er mahnte sich zur Besonnenheit und Vorsicht; noch hatte er den richtigen Zeitpunkt für sein Vorhaben nicht gefunden. Aber das würde er.

19

Ein verzauberter Ort

Die Sonne stand hoch an einem perfekten Frühlingshimmel.

»Kjell, sieh her! Da kommt kalte Luft raus!«

Arvid hockte neben einem mächtigen Baumstamm. Er hielt das Gesicht vor eine kleine Höhle, welche die knorrigen, verschlungenen Wurzeln bildeten, und schloss die Augen. Seine Locken zitterten im kühlen Luftzug, während er ohne Unterlass kicherte.

»Nicht trödeln, Arvid!«

Das Lachen des Jungen erstarb. Er brummte missmutig, trottete jedoch widerwillig an Kjells Seite. »Aber hier wohnen Zwerge«, maulte er.

»Und nächstes Mal besuchen wir sie auch. Heute haben wir keine Zeit dafür. Wir müssen doch den Waldgeist finden, und der geht mittags schlafen.«

Er legte eine Hand auf Arvids Schulter und deutete mit dem Stock in die Richtung, in die sie sich durchschlagen mussten. Er hatte dem Jungen von diesem Fabelwesen erzählt, um ihn zu überreden, entgegen dem Verbot mit ihm tief in den Wald zu kommen.

»Du erlaubst mir nichts. Gar nichts. Nie!«, schimpfte Arvid.

Kjell rollte mit den Augen. »Ich weiß, ich weiß – ich bin absolut fürchterlich und grausam zu dir. Ein echtes Scheusal.«

Sie erreichten eine Felswand, die an ihrer niedrigsten Stelle kaum drei Ellen maß. Kjell half dem Jungen auf die Anhöhe und erklomm sie dann selbst. Er verfluchte sein nutzloses Bein, das währenddessen an ihm baumelte wie ein verdorrter Zweig an einem verwitterten Baum.

»Woher kennst du den Weg?«, fragte der Junge.

Kjell stützte sich auf die Oberschenkel und kämpfte um seinen Atem: »Ich war schon ... einmal hier.«

Sie wanderten schweigend weiter, bis sie einen Überhang erreicht hatten, der genug Schutz vor einem plötzlichen Regenguss bot. Moosbedeckte Steine begrenzten den Eingang zu dem Versteck und dienten als Sichtschutz für das Bündel, das Kjell am Vortag hier abgelegt hatte. Es enthielt den allernötigsten Proviant: eine Decke, eine Schachtel Streichhölzer, einen seiner Wollpullover für Arvid, zwei Konserven, einen Dosenöffner, eine Flasche Wasser. Und eine rudimentäre Waffe. Er hatte kein Aufsehen erregen und nicht zu viel Ballast mitnehmen wollen. Zum einen, weil er über längere Strecken ohnehin nicht schwer tragen konnte, zum anderen, weil Frida oder Fornberg das Fehlen größerer Mengen Vorräte bemerkt hätten.

Mit dem Bündel in der Hand bedeutete er Arvid, ihm zu folgen. »Weiter weiß ich nicht. Wir müssten bald auf einen Pfad stoßen. Hilf mir suchen.«

Eine Stunde später war ihr Fluchtversuch zu einer ziellosen Wanderung verkommen und Arvid, dessen anfänglicher Enthusiasmus wie seine Aufregung verpufft war, stapfte lustlos neben ihm her. Der Wald hatte sich gelichtet, die Schatten der Nadelbäume waren geschrumpft, das Gelände unwegsam und steil geworden, doch nirgendwo sah Kjell auch nur den unscheinbarsten Trampelpfad. Verfluchter Einar!

Sie machten kaum Meter. Seit dem Frühstück waren sie nun unterwegs und Kjell stolperte zunehmend unkoordiniert voran. Seine Muskeln und Lunge brannten längst vor Anstrengung und sein Hemd klebte ihm am Rücken. Der Junge, der ständig auf seinen Begleiter warten musste, tat es unter halblautem, gelangweiltem Protest. Mit jedem Fehltritt wurde Kjell wütender auf alles und jeden: auf Arvid, der über dem Wunsch einer spannenden Tagesgestaltung sein Mitgefühl vergaß. Auf Fornberg, der immer gewusst hatte, was eine Gehbehinderung an diesem Ort bedeutete. Und auf sich selbst, weil er so naiv gewesen war zu glauben, dass ebendiese keine Rolle spielen und er neben sämtlichen äußeren Hindernissen auch seine körperlichen durch schiere Willenskraft überwinden würde.

Kjell blieb stehen. »Wir schaffen das nicht.«

Sie mussten umkehren. Wenn sie länger durch den Wald irrten und Fornberg ihr Fehlen beim Mittagessen bemerkte, würde er sie mit Leichtigkeit einholen. Kjell schauderte bei dem Gedanken, was dann geschehen würde.

»Ich bin durstig. Meine Füße tun weh. Und mir ist heiß«, jammerte Arvid.

»Dann zieh deine Jacke aus«, brummte Kjell barsch.

Er warf ihm die Wasserflasche aus dem Bündel zu und lehnte sich an einen Baumstamm. Wenn sie jetzt kehrtmachten und ihr Vorhaben ein andermal fortsetzten, musste Kjell in andauernder Gefahr leben, dass der Alte davon erfuhr; sei es, weil Arvid es versehentlich ausplauderte oder weil ihnen ein anderer Fehler unterlief. Mit jedem weiteren Erkundungsspaziergang erhöhte sich dieses Risiko. Fornberg würde nicht gutheißen, dass sie ihre Zeit im Wald verbrachten, und dass Kjell Gepäck und Proviant gestohlen hatte, würde ihn mit Sicherheit zur Weißglut treiben. Seine Fingerkuppen trommelten gegen die kratzige Borke. Und wenn er noch ein paar Jahre wartete? Sofort schüttelte er in Abscheu den Kopf; eine Existenz in ständiger Angst, Fornbergs Launen ausgeliefert, und irreparablen Schaden für den Jungen, der Havssun bereits jetzt nicht mehr ertrug? Was war ein solches Dasein, das der Alte Leben schimpfte, wert? Nein, er musste Arvid und sich ein für alle Mal aus dieser Misere befreien und verhindern, dass Fornberg ihnen nachstellte. Dazu gab es nur einen Weg: Er musste seinen Peiniger töten.

Kjell atmete tief durch. »Wir gehen dorthin zurück, wo wir das Bündel geholt haben, dann kannst du dich ausruhen.«

Arvid ließ sich diese frohe Botschaft nicht zwei Mal sagen und hopste neben ihm her, bis sie den Überhang erneut erreicht hatten. Dort kniete sich Kjell neben das Gepäck und suchte nach der Glasscherbe, die er mehrfach in ein Tuch eingeschlagen hatte.

Das spitz zulaufende Fragment hatte in einem dunklen Winkel zwischen Sockelleiste und Wand gesteckt, nur wenige Schritte von Kjells Zimmer entfernt. Es musste einst Teil der Glasscheibe jenes Bildes gewesen sein, das seit Gustavs gewaltsamem Tod ohne eine solche an der Wand hing. Kjell hatte ein ausgefranstes Stück Stoff um die breitere Seite gewickelt und auf diese Weise einen gläsernen Dolch angefertigt. Eigentlich hatte er ihn mitgenommen, um sich im Ernstfall gegen Wildtiere verteidigen zu können; nun würde er eine andere Aufgabe erfüllen.

Als Kjell das Tuch um die Waffe zurückschlug, fing sich ein Sonnenstrahl im Glas.

»Warum brauchst du die?«, flüsterte Arvid ehrfürchtig.

»Tue ich nicht. Ich werde sie nach Hause zurückbringen.«

Der Junge legte den Kopf schief und blinzelte ihn ratlos an. »Aber wieso? Sollten wir sie nicht bei uns haben ... hier draußen?«

Kjell schob die Waffe vorsichtig in seine Hosentasche und legte eine Hand auf Arvids Schulter. Er blickte ihm fest in die Augen. »Warte hier auf mich. Du musst mit dem Rücken zum Felsen sitzen bleiben. Das ist der Weg nach Hause«, sagte er beschwörend und wies mit dem Arm ins Tal. »Geh auf keinen Fall höher auf den Berg, sonst verläufst du dich.«

»Aber ich will mit dir kommen!«

»Das ist nicht notwendig.«

»Du kannst mich hier nicht allein lassen. Es gibt doch Bären im Wald!«

»Wir sind hier nicht in einer gewöhnlichen Höhle, Arvid. Du siehst es am Moos«, er deutete auf die leuchtend grünen Steine.

Arvid streichelte lustlos darüber. »Fühlt sich an wie grüner Pelz«, flüsterte er.

»Weil es genau das ist: ein magisches Tier, das tagsüber schläft. Hörst du die Vögel zwitschern? Und das Knacken, wenn der Wind durch die Zweige fegt? Es ist wunderschön hier. Wir befinden uns an einem verzauberten Ort. Der Waldgeist muss ihn geschaffen haben. Hier kann dir niemand etwas tun«, entgegnete Kjell fröhlich. In Wirklichkeit hasste er das, was er gesagt hatte.

Er musterte Arvid, als würde er im Geiste ein Bild von ihm malen: die mandelförmigen Augen, die in der Farbe von feuchter Erde schimmerten, die seidigen, dichten Wimpern unter den zarten Brauen, die zwei Muttermale direkt nebeneinander auf seiner linken Wange. Wie sehr er dieses Gesicht, diese Stimme, dieses kleine Geschöpf liebgewonnen hatte. Und welch wunderbare Tage in Freiheit sie bald genießen würden.

Dennoch musste er sich zu dem Lächeln zwingen, das er Arvid zeigen wollte, damit er die Wahrheit dahinter nicht sah: die grauenhafte Angst, er würde versagen. »Ich brauche die Hilfe eines mutigen Abenteurers, und du siehst mir wie einer aus. Denn falls ich bis Einbruch der Abenddämmerung nicht zurück bin, ist mir etwas dazwischengekommen und du musst ohne mich nach Hause gehen.«

»Im Dunkeln?!«, rief der Kleine voller Entsetzen.

Kjell winkte ab. »Nicht *im* Dunkeln, Arvid, sondern sobald das Licht schwächer wird. Wir sind nur eine gute halbe Stunde von zu Hause weg und bis die Nacht hereinbricht, würdest du längst zurück sein. Du musst geradeaus laufen, immer bergab. Es ist nicht weit. Falls du bis dahin hungrig wirst, öffne eine der Dosen.«

Was redest du da? Was verlangst du von ihm? Er ist erst sechs Jahre alt!

Arvids Augen füllten sich mit Furcht. »Das gefällt mir nicht, wirklich nicht. Das ist eine blöde, eine ganz, ganz blöde Idee«, wimmerte er. »Warum lässt du mich nicht mitkommen?«

Kjell wandte sich ab und tat so, als würde er in der Tasche nach etwas suchen.

»Weil ich im Haus etwas erledigen muss. Es ist nur eine Kleinigkeit, die dich langweilen würde.«

Der Junge schnappte nach Luft: »Aber –«

Kjell drehte sich zu ihm, schüttelte eisern den Kopf. »Wir müssen das so machen und wir machen das auch so. Keine

Diskussion. Überleg dir inzwischen, was du den Waldgeist fragen möchtest, wenn wir ihn gefunden haben.«

Arvids Blick zuckte über Kjells Gesicht, dann seufzte er bedrückt. »Du beeilst dich doch?«, murmelte er zögerlich.

»Ich bin bald zurück«, erwiderte Kjell mit einem breiten Grinsen.

»Versprichst du's mir?«

»Mach dir keine Sorgen. Jetzt setz dich genau so hin«, Kjell drehte ihn an den Schultern in die richtige Position. »Rühr dich nicht. Wenn du in diese Richtung läufst, kommst du nach Hause.«

Er drückte den Jungen fest an sich und machte sich auf den Weg, ohne sich noch einmal umzudrehen.

Ihm blieb gerade genug Zeit, um die Erde von seinen Schuhen und den Schweiß von seiner Stirn zu wischen, dann trat Fornberg auch schon durch die Eingangstür. Er hängte seine Jacke über einen Kleiderbügel in der Garderobe und ging ins Bad. Wasser rauschte ins Waschbecken.

Während seiner Abwesenheit servierte Kjell das Essen, schenkte ein und legte die Zeitung auf den Tisch, stellte sich vor die Anrichte und wartete. Der Alte fiel in den Stuhl, nickte ihm zu und legte die Serviette in seinen Schoß.

»Ah, das sieht ja heute wieder köstlich aus«, murmelte er mit einem Blick auf seinen dampfenden Teller. Er grinste zufrieden. »Ist es Wild?«

»Rehrücken mit Heidelbeersoße und gebratenen Schwarzwurzeln.«

Fornberg stach mit der Gabel in das Fleisch, schnitt ein Stück ab und zog es durch den Saft. Er kostete, verengte die Lider und hob die Brauen.

»Fantastisch! Ich weiß nicht, wie Frida das macht, aber sie kocht doppelt so gut wie Ingrid, obwohl sie halb so alt ist. Das würde dir auch schmecken. Vielleicht sogar Arvid. Gib ihm eine Portion, wenn er möchte, ja?«

Kjell presste die Lippen aufeinander. Frida und er würden sich mit Hering und Pastinaken-Püree begnügen müssen.

»Er wird sich freuen. Danke, Herr Fornberg«, gab Kjell mit einer kleinen Verbeugung zurück und verfluchte sich in Gedanken sofort für die untypische Geste.

Der Alte musterte ihn misstrauisch, während er kaute. »Du bist heute sehr umgänglich.«

»Warum auch nicht? Sie sind heute großzügig.« Kjell verschränkte die Hände hinter dem Rücken, die damit vor den Augen seines Widersachers verborgen waren. Er ließ die Scherbe aus seinem Ärmel in seine Handfläche fallen.

Fornberg griff nach der Zeitung und vertiefte sich in die Lektüre. Rasch war sein Glas leer. Er trank jeden Mittag zumindest noch ein zweites.

»Soll ich Ihnen nachschenken?«, fragte Kjell beiläufig.

Es kostete ihn unendlich viel Kraft, sich nicht zu verhaspeln, dennoch zitterte seine Stimme vor Aufregung.

Fornbergs Blick ruhte eine Weile auf Kjell. Schließlich faltete er die Zeitung zusammen, fuhr mit dem Daumennagel über den Knick und warf sie auf den glänzenden Esstisch, wo sie noch eine Armlänge weiterschlitterte. Er nickte, während er abwesend auf die Vitrine neben der Anrichte starrte.

Kjell nahm die Karaffe an sich und trat einen entschlossenen Schritt auf den Alten zu. Noch zwei und er würde ihn erreichen. Diese Distanz war kurz genug, um sie ohne Stock zu überwinden; er hatte den Ablauf eingeübt, bis er die Bewegungen im Schlaf beherrschte. Und dann würde er zustechen, so fest und so oft –

»Ich an deiner Stelle würde das lassen«, säuselte Fornberg und nickte hinüber zur Vitrine. »Ich kann deine Hand in der Spiegelung sehen.«

Ohne zu zögern, ließ Kjell die Karaffe fallen, machte einen beherzten Satz nach vorn, holte aus. Doch als er auf dem linken Bein landete, knickte sein Knie unter der Last seines Körpers und der Anstrengung ihres Streifzuges ein. Er stolperte. Obwohl er wusste, dass er zu weit von seinem Ziel entfernt war, stach er unbeirrt zu, das Glas zerschnitt hörbar die Luft, touchierte Fornbergs Wange, schnellte für einen zweiten Versuch in die Höhe – und kam jäh zum Stillstand.

Die Finger seines Feindes lagen, einer Schraubzwinge gleich, um Kjells Unterarm und hielten den Dolch damit in der Schwebe. Kjell schrie in Frustration. Hitzige Wut flutete seinen Körper. Das durfte doch nicht wahr sein! Er würde nicht so schnell aufgeben, wo ihm doch endlich klar geworden war, worum er kämpfen musste, wo Arvid und er doch schon so viel Leid ertragen hatten. Es durfte nicht so enden. Er würde kämpfen – für Arvid, für sich selbst – bis zu seinem letzten Atemzug.

Kjell schlug mit der freien linken Hand nach Fornberg, aber er traf ihn nur an der Schulter. Weder richtete er mit seiner verzweifelten Gegenwehr Schaden an noch lockerte sich der Griff seines Widersachers.

Der Alte sprang auf. Im nächsten Moment kollidierte seine Faust mit Kjells Schläfe, der japste, eine Pirouette drehte und die improvisierte Waffe fallen ließ. Seine Hände tauchten in den weichen Teppich. Speisezimmer, Wohnzimmer und Kamin umkreisten ihn wie ein windschiefes Karussell.

Die Serviette gegen seine Wange gepresst, betrachtete der Alte die Scherbe von allen Seiten und nickte anerkennend. Dann warf er sie zu Boden und zertrat sie unter seiner Sohle. Er schlenderte auf Kjell zu, beugte sich zu ihm hinab.

»Du Narr!«, fauchte er und schleuderte ihm damit Tröpfchen seines Speichels ins Gesicht. »Ich war gerecht und habe dich gewarnt. Aber du kannst es nicht lassen, mich herauszufordern. Denkst du, ich könnte ignorieren, was du eben versucht hast?«

Eine Hand an der Schläfe, vor und zurück schwankend, kämpfte sich Kjell auf die Knie. Er würdigte Fornberg keines Blickes.

»Und wo ist dein kleiner Schatten?«, fragte der Alte.

Als Kjell eisern schwieg, brüllte Fornberg Arvids Namen in einer Lautstärke, die Tote aufgeweckt hätte. Fünf Takte der Pendeluhr schlugen in absoluter Stille.

Während er Kjell aus zusammengekniffenen Lidern anstierte, färbte sich sein Kopf hummerrot und schwoll über seinem weißen Kragen an. »Du versuchst allen Ernstes, mich umzubringen und ihn vor mir zu verstecken? Wolltest du mit ihm fliehen?«, flüsterte er ungläubig. »Nicht einmal du bist so dumm.«

Er machte auf dem Absatz kehrt und hastete in den Flur. Eine Tür nach der anderen donnerte in ihrem Rahmen, während er unablässig nach dem Jungen schrie.

Kjell versuchte aufzustehen, verlor erneut das Gleichgewicht und kroch quälend langsam zu seinem Stock, der noch an der Anrichte lehnte. Bis er sich an seiner Krücke in die Höhe gekämpft hatte, drängte Fornbergs sonores Lachen zwischen Fridas aufgeregter Stimme aus der Küche. Ihre Worte verebbten, die Hintertür öffnete und schloss sich, dann hörte er Frida nicht mehr. Er hoffte, dass sie jeden Moment zurückkehren würde, doch es sah Fornberg ähnlich, für ihre Abwesenheit zu sorgen.

Keine Zeugen. Keine Hilfe. Nur Kjell gegen die wütende Bestie. Kälte flutete seine Glieder, bis sie sich anfühlten wie gefrorener Stahl. Selbst sein Atem stockte ihm in der Brust, als sich schwere Schritte näherten.

»Sag mir auf der Stelle, wo er ist!«, schrie der Alte noch auf dem Gang, stürmte in den Raum und blieb vor dem Esstisch stehen.

Kjells Worte kamen kurzatmig und abgehackt: »Längst … über alle … Berge.«

Fornberg nahm die Serviette von seiner Wange. Sein Blick huschte über die roten Sprenkel darauf. »Blödsinn. Du würdest ihn nicht allein gehen lassen, er ist erst eine Handvoll Winter alt«, murmelte er. »Er wartet irgendwo auf dich. Raus mit der Sprache.«

Ein Rinnsal Rot sickerte durch den Bart des Alten und sammelte sich an seinem Kieferknochen, schäumender Speichel klebte in seinen Mundwinkeln. »Wo ist er?!«

»Das wird eine … hässliche Narbe«, raunte Kjell mit einem Schmunzeln der Genugtuung.

Fornberg schleuderte sein Weinglas gegen die Tischplatte, wo es in einem prasselnden Regen tausender Scherben zerbarst. Kjell starrte auf die nassen Fragmente auf dem Esstisch. Die Szene kam ihm schrecklich bekannt vor; damals, während der Ouvertüre zu dieser schaurig dissonanten Oper, war er mit zwei gesunden Beinen an diesem Tisch gesessen. Seine Knie wurden weich, als sich ein schwerer Arm um seine Schultern schlang.

Fornberg schüttelte tadelnd den Kopf. »Du hast nichts

verstanden. Keine meiner Warnungen. Nicht eine der vielen Ermahnungen. So dankst du mir also meine Nachsicht?«

Rotweingeschwängerter Mundgeruch grub sich tief in Kjells Nase. Er drehte den Kopf zur anderen Seite und presste die Lippen in Ekel aufeinander.

»Man muss dir eines lassen: Du bist ein tapferer Mann«, raunte der Alte, die prüfenden graublauen Augen fest auf die des anderen gerichtet. »Und ich ein überaus geduldiger. Aber sogar meine Geduld stößt irgendwann an ihre Grenzen. Also tu dir selbst einen Gefallen und rede. Ich werde dich kein zweites Mal so höflich darum bitten.«

Abrupt ließ er Kjell los, trat zur Vitrine, nahm ein neues Glas heraus und schenkte sich nach, wobei er einen Gutteil des Weins danebengoss. Dann leerte er das randvolle Gefäß in einem Zug, nur, um es erneut zu befüllen. Während er es geübt aus dem Handgelenk schwenkte, sah er der wirbelnden bordeauxroten Flüssigkeit zu. »Die Frage ist nicht, ob ich ihn finde, sondern wann. Er wird essen und trinken müssen und dafür zurückkommen. Durch dein unkooperatives Verhalten verschlimmert sich die Situation. Für euch beide, wohlbemerkt.«

Dann erst sah er Kjell an, das Gesicht so gleichgültig, als würde er über einen Regenguss sprechen, der ihm ungelegen käme.

Die Pendeluhr in der Ecke des Speisezimmers tickte wie ein mechanisches Herz. Kjells Hand wanderte auf sein eigenes, menschliches, um sich zu vergewissern, dass es noch schlug. Er stand vor einer unmöglichen Wahl: Einerseits wollte er Arvid durch sein Geständnis ersparen, stundenlang allein im gefährlichen Wald auszuharren oder sich auf dem Rückweg möglicherweise zu verlaufen. Andererseits war das

Wissen um die Höhle die letzte Kostbarkeit, von der der Alte nichts wusste. Ihr Standort musste um jeden Preis verborgen bleiben – sie würden sie vielleicht noch brauchen.

Kjell biss die Zähne zusammen. »Ich sagte es bereits: Er ist außer Reichweite deiner grauenhaften Machenschaften. In Sicherheit.«

Fornberg verzog das Gesicht in Häme. »Für jemanden, der ständig lügt, bist du miserabel darin. Die Angst um ihn trieft aus jeder deiner Poren. Er ist nicht im Haus; es gibt hier keinen einzigen Winkel, den ich nicht kenne. Wo also könnte er sonst sein, als im tiefen, dunklen Wald? Lass mich ihn zurückbringen. Ich verspreche, ich werde ihm kein Haar für deine Verfehlungen krümmen, sondern ein nachsichtiger Vater sein.«

»Ein ›Vater‹, der sich lieber das Hirn weichsäuft, als sich um ihn zu kümmern!«, zischte Kjell.

Fornberg zuckte zusammen. Das Weinglas, das er an den Mund geführt hatte, sank an seine Seite, ohne seine Lippen zu berühren, und für eine Sekunde wichen Wut und Farbe aus seinem Gesicht. Dann schnellte seine Hand vor, packte Kjell am Kinn und drehte dessen Kopf zu sich. Frustration haftete an seiner Stimme, dick und klebrig wie lauwarmes Pech: »Schon heute Abend wird er wieder am Küchentisch sitzen und sein Abendbrot essen, als ob nichts geschehen wäre. Aber du wirst nicht mehr da sein, um ihm Gesellschaft zu leisten. Nicht heute, nicht morgen, nicht in den nächsten Wochen.«

Fornbergs Augen glühten wie die südliche Hochsommersonne. Seine Fingernägel gruben sich in Kjells Kiefermuskeln und pressten die Innenseiten seiner Wangen gegen seine Backenzähne. Kjell ließ den Stock fallen und ging ächzend in die Knie. Mit beiden Händen und schweißnassen Fingern versuchte er, sich aus dem unerbittlichen Griff zu befreien.

»Allein dafür, dass du versucht hast, mich zu töten, sollte ich dir die Hand abschlagen! Sag mir sofort, wo der Junge ist! Dann wird dieser Tag glimpflich für dich ausgehen. Darauf hast du mein Wort.«

»Dein Wort?«, stöhnte Kjell, kaum in der Lage, den Mund zu öffnen. »Dasselbe wie das ... nach dem Winter ... für meine Heimreise zu sorgen?«

Fornberg lachte erstaunt auf, dann ließ er ihn los. Während Kjell nach Atem ringend sein Gesicht hielt, bückte sich der Alte nach dem Stock, zerbrach ihn über dem Knie und warf die Überreste in die Flammen. Seelenruhig strich er die wirren Haarsträhnen zurück, die ihm in die Stirn gefallen waren.

»Wenn du jetzt nicht redest«, sagte er emotionslos, »wirst du es so lange nicht mehr tun, bis du vergessen hast, was Worte sind.«

Der Gedanke, Arvid womöglich Wochen oder Monate mit dem hasserfüllten Alten allein lassen zu müssen, war Kjell so unerträglich, dass er eine Sekunde lang versucht war, einzulenken. Aber es gab keine Garantie, dass ihn Fornberg tatsächlich verschonen würde, wenn er ihm Arvids Versteck verriet. Dann hätten sie ihren einzigen Zufluchtsort für nichts und wieder nichts verloren.

Kjells Knie drohten einzuknicken, als er sich in die Höhe kämpfte. »Du bekommst ihn nicht«, stieß er hervor.

Der Alte legte seine Hand mit einem geduldigen Seufzen auf Kjells Schulter. Ein herablassendes Grinsen kroch auf seine Lippen – eines, das die geflöteten Worte, die darauf folgten, genoss: »Ich habe ihn längst.«

Die Endgültigkeit und Kälte in Fornbergs Stimme rissen Kjell den Boden unter den Füßen weg. Er drängte die Tränen zurück und rang nach Luft und Fassung, während er machtlos dastand, die Hände schlaff an den Seiten, der Oberkörper gebeugt. Er suchte nach einer Erwiderung, einem Ausweg, einer Amnestie – nichts, hier gab es nichts davon. Die Hand auf seiner Schulter wog zu schwer; sie lag über jedem seiner Atemzüge, über jedem seiner Herzschläge.

Der Alte schlenderte zum Esstisch, klappte seine Brille zusammen, zog erst Jackett, dann Weste aus, hängte beides säuberlich über eine Stuhllehne und krempelte seine schlohweißen Ärmel hoch. Er starrte zu Boden, nickte nachdenklich, als hätte er etwas mit sich selbst vereinbart, und lachte seelenlos. Das Geräusch machte Kjell solche Angst, dass sein Kopf in den winzigsten Bewegungen zu zittern begann.

Mit drei unvermittelten, riesenhaften Schritten war Fornberg vor ihm und schlug zu. Seine Faust traf Kjell mitten ins Gesicht. Er fiel nach vorn in sich zusammen wie eine Marionette, deren Fäden gekappt worden waren. Blut troff ihm aus der Nase und tränkte das weiße Schaffell, auf dem er zu liegen kam.

»Frida wird erst am Abend zurückkehren«, sagte der Alte. »Ich habe also viele Stunden Zeit, mich deiner anzunehmen.«

Ein verschwommenes Abbild Fornbergs beugte sich über ihn, drehte ihn auf den Rücken und stellte seinen Fuß auf sein linkes, fragiles Schienbein. Schmerz fegte wie eine Feuersbrunst über Kjells Hirn und legte seine Gedanken in Asche. Er streckte hilflos die Arme nach dem Alten aus, rang nach Atem, brüllte markerschütternd, animalisch, bis der Raum verblasste und das Gewicht verschwand.

»Sag mir, was ich wissen will, und das hört sofort auf.«

Kjells Arme fielen an seine Seiten. Erschöpft, er war so erschöpft – schon nicht mehr hier. Er blinzelte benebelt, die Lider bleischwer, atmete stockend ein. Dann aus: »Fahr zur Hölle.« Die Luft trug seine Worte kaum.

»Ich werde dich schon zum Reden bringen – wenn auch nicht hier.« Fornberg packte ihn am Handgelenk.

Das Fell unter Kjell musste weich und warm sein, der Griff um seinen Arm eisern – er spürte nichts davon, denn er zog sich aus seinen Armen und Beinen zurück wie eine Schnecke in ihr sicheres Haus. Todmüde schloss er die Lider und ließ alles los: das tägliche Knirschen des Schlüssels in seiner Zimmertür, Gustavs Melodie, Arvids kehliges Lachen, das Gurgeln des Bächleins im Wald, den Geruch der Tannen im Sommer, das Knarzen des Schnees unter seinen Schuhen im Winter, das Rascheln Arvids bunter Zeichnungen an seiner Wand, wenn sie sich im Luftzug bewegten, den Duft von Pfefferminztee, der jeden Nachmittag durch die Küche wehte.

Seine Gedanken taten, wozu sein schrecklich regloser Körper nicht imstande war: Sie flohen unendlich weit weg, waren nirgendwo und überall zugleich, im Süden und im Norden, im Früher und im Jetzt.

»Luca!«, flötete eine engelsgleiche Stimme. Er wusste sofort, sie gehörte zu einem bezaubernden Lächeln, bei dem der Himmel voller Geigen hing. »Komm zu mir und bleib eine Weile. Hier bist du sicher. Kein Leid wird dir widerfahren, kein Schmerz wird dich finden.«

Dankbar nahm er die Einladung an. Als sich die Finsternis um ihn schloss, landete er als der, der er einst gewesen war, mit letzter Kraft am Ufer eines Sees.

ZWEI

20

Zyanblaue Hortensien

»Luca?«, rief eine dumpfe Frauenstimme. »Luca! Kommst du nun endlich essen?«

Er neigte den Kopf zur Seite und klopfte mit der Handfläche gegen seine Schläfe, bis das Wasser aus seinen Ohren ablief.

»Bin gleich da!«

Seine feuchten Sohlen brannten auf den Steinfliesen, als er vom Steg in den Schatten lief. Er rubbelte sein Haar mit dem Handtuch von der Sonnenliege trocken, dann schlang er es um seine Schultern, griff nach dem Glas Sprudelwasser auf dem Beistelltisch, an dessen Rand eine Zitronenscheibe steckte, und trank es in einem Zug aus. Die Kohlensäure kitzelte in seinem Mund und auf seinen Lippen.

»Ah!«, machte er genüsslich, aß die Zitrone und warf die abgenagte Schale in das Glas.

Auf der Terrasse, die an jeder der vier Ecken von prächtigen weißen Oleandern begrenzt wurde, wartete ein eingedeckter Tisch. Er stand unter einer mit rosa Trichterwinden umrankten Laube, die lauschigen Schatten spendete. Anna in ihrem terrakottafarbenen Leinenkleid war über einen der Oleandertöpfe gebeugt und pickte Blätter aus der Erde. Luca trocknete sich ab und schlüpfte in sein Hemd.

»Sieh dir das an! Alles gelb!«, schimpfte Anna und wies mit der offenen Hand auf den hölzernen Bottich. »Wofür haben wir einen Gärtner, wenn er zu wenig gießt?«

Während Luca durch den Garten schlenderte, knöpfte er sein Hemd zu. Die Anlage lag in einer Explosion aus Farben vor ihm: Zyanblaue Hortensien schmiegten sich an blutrote Rosen, stattliche Orangenbäume zwischen den meterhohen Zypressen streckten sich in Tontöpfen der Sonne entgegen.

Luca schmunzelte. »Vielleicht sind die Blätter deswegen gelb, weil du ständig nachgießt und diese armen Pflanzen erträнkst. Könnte das sein?«

Er rückte den Stuhl für Anna zurecht, dann warf er das Sitzkissen von seinem Platz in das Gras hinter sich, damit es nicht nass wurde, und ließ sich in den Korbstuhl fallen.

Sie furchte die Brauen. »Ich habe vielleicht keinen grünen Daumen, aber ich weiß, ob Erde trocken oder feucht ist«, gab sie entrüstet zurück.

Luca hob abwehrend die Hände. »Ich werde mit ihm reden«, erwiderte er sanft.

»Willst du dich nicht umziehen?«, fragte Anna und nickte auf seine tropfnasse Badehose.

»Auf keinen Fall. Das Wasser ist herr-lich! So klar wie heute habe ich den See selten gesehen.«

Sie schaufelte Oliven auf ihren Teller und griff nach der Focaccia. »Wir haben heute wieder einen Brief bekommen«, murmelte sie.

Luca legte eine Scheibe Pecorino auf sein Wurstbrot und biss hinein. Er kaute, nickte versichernd. »Du musst dir keine Sorgen machen. Die Sicherheitsleute haben alles unter Kontrolle. Lorenzos Empfehlung war goldrichtig.«

Auf die Weitsicht seines Freundes Lorenzo hatte er sich

schon als Halbwüchsiger verlassen können, denn er hatte einen scharfen Blick für bestehende wie mögliche Gefahren. Doch in Wirklichkeit war auch Luca mulmig zumute, denn die Briefe enthielten Drohungen. Anna hatte das erste Schriftstück dieser Art vor einem Dreivierteljahr gelesen und es zunächst für einen geschmacklosen Scherz gehalten. Um ihr die Angst zu nehmen, hatte Luca es ebenso als Lausbubenstreich abgetan.

Aber dann hatte der Postbote einen zweiten und einen Monat später einen dritten Brief zugestellt, bis die Zusendungen kein Ende mehr nahmen und Luca zu zählen aufgehört hatte. Wenigstens wusste Anna nicht, welch garstige Umschreibungen sie enthielten – Luca hatte Lorenzo schon nach der dritten Zusendung gebeten, ihr die Details vorzuenthalten und alle weiteren Briefe vor ihr zu verstecken.

Annas Zeigefinger kreiste in einer losen Haarsträhne in ihrem Nacken. Das war kein gutes Zeichen, denn sie tat das immer, wenn sie grübelte. Luca wollte nicht, dass sie grübelte, denn Grübeln bedeutete Fragen. Und die Antworten würden ihr nicht gefallen.

Er nippte an seinem Weißwein und wischte die Feuchtigkeit von der Außenseite des Glases.

»Das sind nur Einschüchterungsversuche, Liebling. Leere Worte, von denen wir nichts zu befürchten haben«, er legte eine Hand auf ihren Unterarm.

»Es sind viele davon«, murmelte Anna.

Er lachte. »Natürlich sind es viele. Ich bin die rechte Hand des Barons. Macht hat ihren Preis.«

»Was wollen diese Menschen von dir?«

Sein Blick glitt hinaus auf den schillernden See, dessen Wasser in einer Myriade oranger und gelber Punkte funkelte.

»Lass das meine Sorge sein. Wir sind hier, um den Sommer zu genießen. Mit allem, was dazugehört: das saubere Wasser dieses herrlichen Sees, köstliches Essen aus der Region, Ruhe und Entspannung …«, seine Finger strichen über ihren Handrücken und verwoben sich mit ihren. Er zwinkerte ihr zu. »Vielleicht lässt du mich dir nach dem Essen dabei helfen.«

Sie rollte mit den Augen und schob seine Hand weg. »Wie kannst du in einer solchen Situation daran denken? Ich verstehe nicht, warum es Lorenzo noch immer nicht gelungen ist, den Verantwortlichen für die Briefe festzusetzen. Oder zumindest dessen Identität auszuforschen.«

Luca verzog enttäuscht das Gesicht. »Liebling, wenn mir Lorenzo verspricht, sich darum zu kümmern, glaube ich ihm das. Er hat mich noch nie im Stich gelassen. Aber Recherchen brauchen Zeit. Meist stecken weit verzweigte, zwielichtige Netzwerke hinter solch ehrlosen Methoden.«

Er biss sich auf die Zunge, denn prompt vertieften sich die Sorgenfalten auf Annas Stirn.

»Zwielichtig?«, wiederholte sie tonlos.

Luca winkte ab. »Nichts, was uns gefährlich werden könnte.«

Sie zog die Brauen zusammen und musterte ihn, während er schweigend sein Brot aß und den Wein austrank. »Das ist jetzt der dritte Brief innerhalb kurzer Zeit. Du bist doch nicht in irgendetwas hineingeraten?«

Der letzte Bissen legte sich in seinem Hals quer. Er würgte ihn hinunter. »Jetzt geht aber deine Fantasie mit dir durch.«

Luca sah sie mit funkelnden Augen an. Anna behauptete immer, dass sie schwarz wie die Nacht wurden, wenn er wütend war. »Unser Wohlstand erfordert nun einmal gewisse Opfer – Drohbriefe sind eines davon. Und nun reden wir bitte über etwas anderes. Die morgige Geburtstagsfeier mindert meine Urlaubsstimmung schon genug.«

Anna legte ihr Besteck auf den Teller, faltete ihre Serviette zusammen und umschloss seine Hand mit ihren. »Ach Luca ... geht das schon wieder los? Du fängst jedes Jahr damit an und es ist immer dieselbe Nörgelei. Ich wünschte, du würdest damit aufhören.«

Er schob seinen Teller in die Mitte der Tafel und lehnte sich auf die Tischplatte. »Das liegt daran, dass mich die Horde Bälger deiner Schwester jedes Jahr erbarmungslos in Beschlag nimmt«, erwiderte er mit einem langen Seufzen.

Sie grinste. »Sei doch froh über die Abwechslung. In der Regel haben Eheleute Kinder.«

Er glaubte, Vorwurf in ihrer Stimme zu hören, und störte sich daran. Alles war gut, wie es war – wie konnte sie nur daran denken, ein Kind in ein wirtschaftlich so marodes Land zu setzen? Davon abgesehen saß ihm Ferrante im Nacken wie eine durstige malariaverseuchte Stechmücke. Eine Schwangerschaft wäre eine katastrophale Neuigkeit gewesen. Er konnte Anna nicht mehr ansehen und wandte sich ab.

»Luca? Was ist los?«

Er stand auf und drehte ihr den Rücken zu, schüttelte den Kopf. »Nichts.«

»Es ist doch wegen der Briefe, nicht wahr? Worauf hast du dich eingelassen?«, fragte sie alarmiert.

»Ich sagte, ich will darüber nicht sprechen.«

Anna schnaubte. »Das müssen wir aber. Wenn es dich betrifft, dann betrifft es auch mich.«

Er sah sie über die Schulter hinweg an und strich sich eine störrische schwarze Locke aus der Stirn, die knapp vor seinem Auge baumelte.

»Müssen? Wir müssen in vier Tagen im Landesinneren sein. Sonst nichts. Die Sache wird sich bald erledigt haben, da bin ich mir sicher. Und jetzt … gehe ich wieder ins Wasser. Wo es ruhig ist und du mir mit deiner Überängstlichkeit nicht auf die Nerven fallen kannst.«

Er war schon in Bewegung, zog sich sein Hemd aus, ohne stehenzubleiben, knüllte es zusammen und warf es auf die Sonnenliege.

»Du läufst nicht allen Ernstes weg!«, rief sie ihm nach.

Luca rannte unbeirrt auf den Steg zu. Seine Füße schlugen in einem frenetischen Rhythmus gegen den Stein, dann sprang er ab und streckte die Arme nach vorne durch. Wasser schäumte vor ihm und spritzte nach allen Seiten weg.

»Luca! Du kannst nicht ewig im Wa-«, hörte er sie noch rufen.

Schon füllte das Rauschen wieder seine Ohren.

21

Das Zirpen der Zikaden

Wo der Wind das Wasser zu Bergen und Tälern zusammenschob und das Haus im Glitzern der Wellen verschwand, drehte sich Luca auf den Rücken, breitete die Arme aus und ließ sich treiben.

Sein Blick ging hoch in den Himmel, den die Abenddämmerung in ineinander übergehende Bahnen aus Blau, Weiß und Orange tauchte. Hier umgab ihn nichts als das kühle Nass und das Gluckern der Wellen, hier rauschte nur der Atem in seinen Lungen und sein Blut pochte in seinen schwerelosen Schläfen.

Als er zum Anwesen zurückkehrte, hatte das Hausmädchen den Terrassentisch abgeräumt. Wo sich Anna und er zuvor gelabt hatten, stand eine große weiße Vase mit blauem Zwiebelmuster. Die Blütenblätter der Sonnenblumen darin leuchteten im sanften Abendlicht.

Luca suchte erst im Garten, dann im Haus nach Anna. Als er in allen Schlafzimmern nachgesehen hatte, gab er es auf und zog sich lustlos an. Gestern hatten sie darüber gesprochen, bei Gelegenheit einen Ausflug in den Nachbarort zu unternehmen. Wahrscheinlich war sie jetzt ohne ihn gefahren – schon bei der Hinreise war sie von dem Fischerdorf begeistert gewesen, das sie romantisch und charmant fand, er hingegen ärmlich und desolat.

Zurück auf der Terrasse nahm er seine Schachtel Zigaretten vom Fenstersims, schüttelte eine hinaus und rauchte sie an. Er spazierte den Gartenweg entlang durch die Anlage. In der Ferne, bei einer Gruppe haushoher Zypressen, drehte sich Lorenzo suchend im Kreis. Als er Luca sah, kam er im Laufschritt auf ihn zu.

»Da bist du ja endlich! Warst du die ganze Zeit über im Wasser?«, rief Lorenzos Baritonstimme.

Er hatte schon früh große Teile seines Haupthaares eingebüßt, war von stämmiger und gedrungener Gestalt, und was sein Körper nicht in Größe investiert hatte, war in das Wachstum seiner Nase geflossen.

Luca schüttelte den Kopf. »Ich habe einen Moment für mich gebraucht.«

Lorenzo steckte die Hände in die Hosentaschen. »Keine gute Idee. Anna ist jetzt nämlich der Meinung, dass du ein Idiot bist, der lieber schwimmen geht, als Probleme zu besprechen.«

Während Luca an seiner Zigarette zog, zuckte er mit den Schultern. »Wenn sie so zickig sein will, soll sie doch. Wo ist sie?«

»Sie sieht sich das Nachbardorf an.«

»Doch nicht etwa ganz allein?«

Lorenzo lachte. »*Ragazzo*! Ich würde sie doch nie allein fahren lassen. Sie hat einen der Sicherheitsmänner mitgenommen. Warum bist du so aufgekratzt? Ist es wegen des Briefs?«

Luca verdrehte die Augen und strich sein nasses Haar mit einer Hand zurück. »Ich kann dieses Wort nicht mehr hören. Aber ja – der von heute ist grauenhaft.« Er bedeutete Lorenzo, ihm zu folgen.

Die Halme kitzelten zwischen Lucas Zehen, als seine bloßen Füße durch das kühle Gras glitten. »Ferrante sollte mittlerweile klar sein, dass ich auch ohne solche Methoden alles Menschenmögliche tue, um seine Agenden umzusetzen. Ich habe bisher jeden seiner Aufträge erfüllt.«

Lorenzo strich mit dem Handrücken über die Blütenköpfe der Hortensien, als er daran vorbeiging. »Warum setzt er dich dann so unter Druck?«

Luca brummte missmutig. »Weil ich den Baron davon überzeugen soll, einen Erlass zu unterschreiben, der für Ferrante besonders wichtig ist. Bisher ist mir das nicht gelungen.«

Lorenzo sah ihn überrascht an. »Ich dachte, der Baron frisst dir aus der Hand.«

»Das dachte ich auch. Aber die Jahre haben ihn wohl weich gemacht. Er ist ein hoffnungsloser Philanthrop geworden, der meinen Argumenten nicht mehr zugänglich ist«, Luca schüttelte missbilligend den Kopf. »Er will die Einkaufspreise nicht weiter senken. Er steht hinter den Kleinbauern und ihrem Weizen und befürchtet, dass sie dann keine Chance mehr gegen die Großproduzenten haben werden.«

Der Baron hatte Luca zum Abendessen eingeladen. Bei diesem Anlass in vier Tagen würde er die letzte Gelegenheit haben, ihn umzustimmen. Aber Luca hatte nicht die leiseste Idee, wie er das anstellen sollte.

»Hat er damit recht?«, fragte Lorenzo.

»Natürlich hat er damit recht! Aber wir müssen größer denken. Ein niedriger Einkaufspreis bedeutet eine höhere

Marge für den Export. Die Kleinbauern werden sich dieser Zukunft stellen müssen. Was sich nicht anpasst, verschwindet. So ist das Leben.«

Er nahm einen letzten tiefen Zug von der Zigarette, dann brannte die Hitze des Tabaks zwischen seinen Fingern und er warf den Stummel auf die Fliesen.

»Man sollte meinen, gerade du wärst ein Advokat der Armen und Schwachen«, brummte Lorenzo und trat die Glut aus.

Luca neigte den Kopf. Seine Augen glitten über Lorenzos Gesicht, der ihn mit einer Mischung aus Vorwurf und Verwunderung ansah. »*Ich* habe mich angepasst. Jeder kann das, wenn er sich anstrengt«, er verzog verächtlich die Miene.

Lorenzo zuckte mit den Schultern. »Sogar das nützt dir im Moment nichts. Was wohl aus deinem schönen Haus am See wird, wenn Ferrante nicht bekommt, was er will?«, er wies mit einer großzügigen Bewegung über das Anwesen. »Hoffentlich bleibt es bei materiellen Verlusten.«

Das Zirpen der Zikaden schwoll zu einem ohrenbetäubenden Brummen an, das durch Lucas Trommelfelle drang und in seinem Kopf vibrierte. Sein Blick huschte durch den Garten. Vielleicht lauerten ihm Ferrantes Männer bereits auf.

»Ich habe von ihm nichts zu befürchten«, stieß er hervor. »Wir arbeiten seit Jahren zusammen. Ich habe jeden seiner Aufträge erfüllt. Ferrante würde sich ins eigene Fleisch schneiden, wenn er mir … Er braucht mich.«

Lorenzo schlenderte weiter. Er lächelte gequält. »Vielleicht solltest auch du größer denken, *amico*. Er hat das perfekte Druckmittel.«

Hätte Luca die Schachtel Zigaretten nicht auf dem Terrassentisch liegen gelassen, würde er sich die nächste anstecken.

»Aber ich mache mir keine Sorgen; du weißt, welche Knöpfe du beim Baron drücken musst«, murmelte Lorenzo.

Luca schüttelte den Kopf und stakste auf hölzernen Beinen weiter. »Und wenn nicht, ließe sich vielleicht ein Kompromiss schließen. Eine Lösung, mit der alle Parteien …« Er brach ab, als er Lorenzos ungläubigen Gesichtsausdruck bemerkte.

»Ferrante und Kompromisse? Glaubst du den Blödsinn, den du von dir gibst?«

Lucas Blick ging ins Nichts.

»Ich habe dir schon nach seiner ersten Schmiergeldzahlung gesagt, dass die Geschäfte mit Ferrante keine gute Idee sind. Aber du wolltest es nicht hören«, sagte Lorenzo vorwurfsvoll.

»Du brauchst mich nicht zu belehren. Wie hätte ich ahnen können, dass sich Ferrante über die Jahre eine solche … Organisation aufbauen würde? Er war damals nur ein Geschäftsmann unter vielen. Völlig unbedeutend«, zischte Luca.

Lorenzo furchte die Brauen. »*Wir* waren damals die unbedeutenden Rädchen im Getriebe der Welt«, er schmunzelte. »Im Gegensatz zu dir bin ich das immer noch. Aber dafür sagt mir niemand, was ich tun soll.«

»Ich würde liebend gerne mit dir tauschen«, erwiderte Luca.

Lorenzo blieb abrupt stehen und grinste schief. »Erzähl das jemand anderem. Du Luxusgeschöpf genießt dieses Leben.« Er musterte Luca vom Scheitel bis zu den Füßen. »Und du bist ein guter Blender. Sogar barfuß im zerknitterten Hemd und in einer alten Hose siehst du aus wie der Aristokrat, der du gerne wärst. Als hättest du dein Leben lang nichts anderes gekannt. Es ist kein Zufall, dass Ferrante dich ausgesucht hat.«

Sie gingen schweigend durch den Garten, über den sich der graue Schleier der Nacht legte und allmählich die Farben ihrer Kraft beraubte.

»Wir könnten das Land verlassen«, murmelte Luca in die laue Luft.

Lorenzo schüttelte warnend den Kopf. »Wenn stimmt, was man so hört, dann hasst Ferrante Abtrünnigkeit mehr als Misserfolg.«

Luca kniff die Augen zusammen und musterte sein Gegenüber. »Du hast erstaunlich viel Einblick in seine Organisation.«

Lorenzo hob die Brauen. »Als ob du der einzige Mann mit gewissen Kontakten wärst.« Er legte im Gehen eine Hand auf Lucas Schulter und drückte sie versichernd. »Jetzt atme tief durch. Noch ist nichts verloren. Dir bleiben immer noch ein paar Tage, um dir eine Strategie zu überlegen.«

»Ich überlege mir seit Wochen eine Strategie. Ich werde auch in diesen vier Tagen keine finden.«

Sie hatten ihre Runde durch den Garten beendet und traten an den Steg, wo sich Luca mit den Unterarmen auf das Geländer stützte. Er sog den Duft nach Zypressen und Algen tief in seine Lunge. »Kannst du zumindest Anna in Sicherheit bringen?«

Seine Worte trieben einen Moment lang auf dem See, bevor die Schwere und Dringlichkeit darin sie in die Tiefe riss.

Aus dem Augenwinkel sah Luca, wie der andere mit dem Kiefer malmte. »Wenn Ferrante davon erfährt, wird ihm das nicht gefallen.«

Luca schüttelte den Kopf. »Ich werde ihre Sicherheit nicht wegen deiner Spekulationen gefährden. Es ist besser, wenn sie nach unserem Urlaub nicht mehr nach Hause zurückkehrt. Nur für alle Fälle.« Er drehte sich zu Lorenzo. »Du musst einen Ort für sie finden, der sich Ferrantes Einfluss entzieht. Ist mir egal, wo – und wenn er am Ende der Welt liegt. Hauptsache, es ist ein sicherer Hafen.«

Lorenzo seufzte widerwillig. »Aber beschwere dich später nicht bei mir, dass ich dich nicht gewarnt hätte.«

Luca starrte eine Weile auf das gegenüberliegende Steilufer, in das sich bunte Hausfassaden drückten, dann glitt sein Blick hinab auf die flüssige Schwärze, die sich vor ihm ausbreitete. »Falls ich den Baron nicht überzeugen kann, komme ich nach.«

22

Verbindlichkeit schafft Vertrauen

Die Stimme klang spröde wie alte graue Farbe, die in Spänen von morschem Holz blätterte. »Wollen Sie, dass Anna die Wahrheit über Sie erfährt?«

»Wahrheit?«, wiederholte Luca benommen.

»Denken Sie, dass sie Ihre Zusammenarbeit mit uns gutheißen würde?«

»Wo bin ich?«, murmelte Luca.

»Wäre sie noch an Ihrer Seite, wenn sie wüsste, dass Sie nicht von so hohem Stand sind, wie Sie ihr gegenüber behauptet haben?«

»Geben Sie ihm ein paar Minuten«, flüsterte eine weitere Männerstimme, jünger als die erste.

Die Müdigkeit lag bleiern über Luca. Sie drückte ihn so fest in einen weichen Stuhl, dass er sich kaum bewegen konnte. Er blinzelte verwirrt. Die Erinnerung kehrte zäh zu ihm zurück: Sein Dienstgeber, der Baron, hatte dem Erlass nicht zugestimmt. Nach Lucas Heimkehr hatten Lorenzo und er bei einem Glas Wein besprochen, wie Luca außer Landes zu Anna gelangen konnte, die vor ihm abgereist war. Nach nur ein paar Schlucken war er so schläfrig geworden, dass er immer wieder auf dem Sofa eingenickt war. Er hatte noch ins Schlafzimmer gehen und sich hinlegen wollen, aber er erinnerte sich nicht daran, dort angekommen zu sein. Jetzt lag sein Kinn auf seiner Brust und sein Kopf fühlte sich an wie ein Felsbrocken.

»Wo bin ich?«, wiederholte er dünn und verwaschen.

»Ich würde sagen, in der Höhle des Löwen«, raunte die jüngere Stimme.

Sie kam Luca bekannt vor, aber in seinem dröhnenden Kopf lief alles durcheinander. Er sah Annas Gesicht vor sich. Am Morgen ihres letzten Urlaubstages, vor dem Treffen mit dem Baron, hatte er sie darum gebeten, nicht mit ihm gemeinsam nach Hause zurückzureisen. Sie verlangte zu wissen, warum das notwendig wäre. Er versuchte, sie zu beruhigen, und versicherte ihr, dass es sich um eine reine Vorsichtsmaßnahme handelte. Aber Anna weigerte sich, ohne ihn zu fahren.

In einem verzweifelten Versuch, sie dazu zu bringen, das zu tun, was seiner Meinung nach das Beste für sie war, wurde Luca laut und bestimmend. Anna erstarrte zunächst, kalkweiß im Gesicht, und fiel ihm dann in Tränen aufgelöst um den Hals. Er versprach ihr, dass alles gut werden würde. Die blanke Angst in ihren Augen tat ihm mehr weh, als es Ferrante jemals könnte.

Ein ungeduldiges Räuspern.

»Dorovani? Sind Sie bei uns?«, fragte die splittrige Stimme gereizt.

Luca ächzte. Mit einer gigantischen Anstrengung hob er den Kopf und starrte mit zusammengekniffenen Lidern in das Halbdunkel vor sich. Am Schreibtisch ein paar Schritte entfernt saß eine Gestalt, deren Gesicht in Schatten getaucht war. Eine Leselampe mit mintgrünem Lampenschirm aus Glas diente als schummrige Lichtquelle.

Ein Paar Hände in weißen Ärmeln unter einem dunkelblauen Jackett, geschmückt von goldglänzenden Manschettenknöpfen, schob sich in den Lichtkegel und legte sich übereinander. Sie trugen bemerkenswert viele Ringe, bei weitem mehr, als er selbst besaß. »Ist Ihnen bewusst, welche weitreichenden finanziellen Auswirkungen die Ablehnung des Erlasses für meine Organisation hat? Wie katastrophal der Verlust unseres Einflusses auf den Baron ist?«

Ferrante. Luca schüttelte verwirrt den Kopf. So sehr er versucht hatte, den Baron umzustimmen, er war auf Granit gestoßen und am Ende einer hitzigen Auseinandersetzung nicht nur von dessen Grund und Boden verwiesen, sondern aus dessen Diensten entlassen worden.

»Sie werden verstehen, dass mir die immensen monetären Einbußen, die nun auf uns zukommen, Sorgen bereiten. Ich habe eine Reihe von Abmachungen getroffen, die auf der Zusage des Barons fußten. Im Gegensatz zu Ihnen halte ich die Versprechen, die ich meinen Geschäftspartnern gebe, immer ein. Verbindlichkeit schafft Vertrauen; Vertrauen ist das A und O.«

Die gesichtslose Stimme seufzte bekümmert. »Und ich war mir bis zuletzt sicher, dass wir dieselben Werte teilen. Ihre Überlegungen, das Land zu verlassen, haben mich daher – gelinde ausgedrückt – irritiert.«

»Signore Ferrante … Ich … nein, ich … ich kann das erklären«, stotterte Luca.

Woher wusste Ferrante, was er vorgehabt hatte? Das Gespräch darüber hatte unter vier Augen mit Lorenzo stattgefunden, das Sicherheitspersonal hatte dafür gesorgt, dass sie unter sich gewesen und nicht belauscht worden waren. Außer …

Ein eiskalter Schauder lief Lucas Rücken hinab.

Ferrantes Stimme wurde zu einem rauen Flüstern: »Wir sind eine ehrenwerte Gesellschaft. Sie haben uns bei Ihrer Vereidigung Treue bis in den Tod geschworen. Man kehrt sich nicht ohne Weiteres von uns ab.«

Ein stämmiger Mann trat aus dem Halbdunkel und flüsterte Ferrante etwas zu. Einen Herzschlag lang gab das Licht das auffällige Profil der gedrungenen Gestalt preis.

Luca begriff schlagartig, warum Lorenzo versucht hatte, ihm die Flucht auszureden, und warum er so gut über Ferrante Bescheid wusste.

»Feigling«, krächzte Luca schwach. »Wie lange hintergehst du uns schon?«

Lorenzo stützte sich mit beiden Händen auf die Tischplatte und beugte sich vor.

»Du verstehst nicht«, entgegnete er. »Ich habe Signore Ferrante gebeten, bei seinen weiteren Schritten auch deine Sichtweise zu bedenken. Das ist in deinem Interesse. Kein Grund, so feindselig zu sein.«

»Nicht mit Drogen betäubt zu werden und in einem düsteren Raum zu erwachen, *das* ist in meinem Interesse!«, zischte Luca. »Also sag mir nicht, was gut für mich ist, du Sohn einer räudigen Hündin!«

Ferrante seufzte gelangweilt, erhob sich und schlenderte von einem Ende des Raumes zum anderen. »Ihren Hals aus der Schlinge ziehen zu wollen, indem Sie Ihre Frau in Sicherheit bringen und danach selbst türmen …«, Ferrante schüttelte missbilligend den Kopf und sog die Luft zwischen den Zähnen ein. »Ich fürchte, dass wir jemanden mit dieser Geisteshaltung in unserer Organisation nicht gebrauchen können. Wir wollen die Gesichter unserer Männer sehen. Nicht deren Rücken.«

Luca atmete schwer. »Anna«, keuchte er und heftete den Blick auf Lorenzo. »Wo ist sie?!«, brüllte er. »Was hast du mit ihr gemacht?!«

Lorenzo hob beschwichtigend die Hände. »Sie ist wohlauf. Und wenn du kooperierst, wird das auch so bleiben.«

»Kooperieren? Wobei?«

Lorenzo drehte sich zu Ferrante um. »Möchten Sie ihm sagen, worum es geht?«

Ferrante winkte gelangweilt ab. »Dieses Gespräch ermüdet mich. Sie werden sich um alles Weitere kümmern.« Während er mit einer Hand die Türklinke hinunterdrückte, richtete sich Ferrantes Zeigefinger wie ein Speer auf Luca. »Und Sie, Dorovani, Sie können von Glück sagen, dass jemand für einen so ehrlosen und ungehobelten Mann wie Sie in die Bresche gesprungen ist. Ich habe mehr von Ihnen erwartet als diese traurige Darbietung.«

Mit diesen Worten verließ er den Raum.

»Du lässt mich auf der Stelle gehen!«, fauchte Luca, sprang auf, machte einen Schritt auf den anderen zu.

Lorenzo schüttelte warnend den Kopf, hob sein Jackett an und enthüllte dadurch einen Revolver, der in einem Holster an seiner Seite steckte. »Bitte setz dich wieder.«

Während Luca schwer atmend auf seinen Platz niedersank, schlenderte Lorenzo ungerührt zurück in die Dunkelheit und tauchte mit einem schlichten hölzernen Stuhl in der Hand daraus auf, den er mit einem trommelfellzerreißenden Kreischen über den gefliesten Boden hinter sich her zog. Dann ließ er sich Luca gegenüber nieder und beugte sich zu ihm. »Es tut mir leid, dass es so gekommen ist. Ich habe mich nach Kräften für dich eingesetzt, aber mehr lag nicht in meiner Macht.«

»Sag mir, wo sie ist!«

»Und was würde dir dieses Wissen nützen? Du wirst sie ohnehin nicht wiedersehen.«

Luca spuckte ihm ins Gesicht.

Lorenzo atmete tief durch. Während der weißschäumende Speichel seine Wange hinablief, zog er seelenruhig ein Taschentuch aus seinem Jackett und wischte sich damit ab. Er stand auf, schob den Stuhl in sichere Entfernung und breitete sich darauf aus, als ob er die nächsten Stunden darauf verbringen wollte.

»Du undankbares Aas. Hast du nicht gehört, was Ferrante gesagt hat?« Lorenzo schüttelte ungläubig den Kopf. »Er wollte dich töten. Nur meinetwegen begnügt er sich damit, dass du im Exil verschwindest. Du wirst dich heute noch auf die Reise dorthin machen.«

Luca fühlte die Farbe aus seinen Wangen verschwinden. »Was, wenn nicht?«, flüsterte er.

Lorenzo legte die Stirn in Falten und presste die Lippen aufeinander. »Ich will weder dir noch Anna wehtun müssen.«

»Ich verstehe nicht ...«, krächzte Luca. »Warum tust du das? Etwa wegen des Geldes? Du weißt, dass ich dir ausgeholfen hätte, wenn du etwas gebraucht hättest.«

»Darum geht es nicht. Nimm es nicht persönlich. Es war mein Auftrag, sicherzustellen, dass du deine Arbeit machst. Ich habe dich davor gewarnt, vor Ferrante wegzulaufen. Er hätte mir nicht geglaubt, wenn ich behauptet hätte, von eurem Vorhaben nichts gewusst zu haben. Wir säßen jetzt nebeneinander. Was wäre daran besser? Sag mir ins Gesicht, dass du an meiner Stelle nicht dasselbe getan hättest.«

Luca schüttelte müde den Kopf. »Und damit einen meiner ältesten Freunde verraten? Dazu wäre ich nicht fähig.«

Lorenzo schmunzelte. »Es muss schön sein, sich in einem so goldenen Licht zu sehen. Ich würde dir gern glauben, aber du warst und bist dir selbst immer der Nächste. Die Krux ist, Luca, die Welt verändert sich rapide. Ferrante legt großen Wert auf eine stabile Zukunft für seine Organisation. Was auch immer kommen wird, ich werde Teil eines Netzwerkes sein, das für mein Überleben sorgt, anstatt ein Verlierer dieser turbulenten Zeit. Du hast es selbst gesagt: Was sich nicht anpasst, verschwindet. Es sollte dich also nicht wundern, dass ich nach deiner Maxime handle – es sollte dir schmeicheln.«

Die Worte kamen Luca wie blanker Hohn vor. Er starrte zu Boden. »Hast du vergessen, was wir gemeinsam durchgemacht haben? Die Nächte in schäbigen Baracken, an deren Wänden zentimeterdicker Schimmel wucherte? Unsere Expeditionen durch den Hafen auf der Suche nach Fischkadavern? Als dich diese riesige Ratte in den Finger gebissen hat und deine Hand auf die Größe eines Fußballs angeschwollen ist? Du warst davon überzeugt, dass du die Pest hättest.«

Lorenzo lachte leise, dann seufzte er. »Ich habe mir diesen Auftrag nicht ausgesucht. Ferrante wusste, dass deine Zusammenarbeit mit dem Baron zusehends in Stocken geriet. Er war der Meinung, dass ein unauffälliges Paar Augen auf dich notwendig wäre.«

»Du hättest es mir sagen müssen. Mir einen Hinweis unter Freunden geben«, murmelte Luca.

»Und riskiert, dass ich auffliege? Mach dich nicht lächerlich«, sagte Lorenzo belustigt. »Sei lieber froh, dass ich anstelle von Ferrantes Bulldoggen hier bin. So kommst du zumindest unverletzt davon.«

»Kann ich mich von Anna verabschieden? Sie muss doch

erfahren, wo ich bin.« Seine Stimme klang nicht halb so tapfer, wie er gehofft hatte.

Der andere schüttelte eisern den Kopf. »Ich bedaure, das ist nicht möglich. Bis du an deinem Zielort angekommen bist, bleibt sie in unserer Obhut. Danach kann sie gehen, wohin sie will. Ich verspreche dir, dass ihr nichts zustoßen und sie nicht für deine Fehler bezahlen wird. Mehr war nicht herauszuholen«, er stand auf und kam auf Luca zu. »Wir müssen uns jetzt auf den Weg zum Bahnhof machen.«

Lucas Blick huschte über sein Gegenüber. Als er die Entschlossenheit in Lorenzos Zügen bemerkte, schnürte Kälte seine Kehle zu. »Wo ist dieses Exil? Kann ich von dort aus Kontakt zu ihr aufnehmen? Was wird aus ihr?«

Lorenzo schwieg eine Weile. »Weißt du, *ragazzo* …«, sagte er schließlich, schnaufte leise, »all das hättest du dir vorher überlegen müssen. Aber das war noch nie deine Stärke. Du wirst mich jetzt wie ein zivilisierter Mann begleiten, ohne eine Szene zu machen. Ich will weder meine Waffe benützen, noch will ich dich nach draußen schleifen müssen. Auf den letzten Metern unseres gemeinsamen Weges werde ich dich nicht einer solchen Würdelosigkeit aussetzen.«

23

Schichten und Schichten von Kleidung

Luca trat seine Reise in finsterer Nacht und in einem löchrigen Mantel an, der nicht seiner war und nach Mottenkugeln roch.

Am Bahnhof steckte ihm Lorenzo Proviant in die Tasche und reichte ihm eine Flasche Wasser. »Komm auf keine deiner überhasteten Ideen. Du fährst bis zur Endstelle. Dort wird dich jemand abholen.«

Wie betäubt stieg Luca in den Waggon. Schwache Deckenleuchten spendeten orangegelbes Licht, kaum hell genug, um die Gesichter der Passagiere zu erhellen. Er ließ sich auf einer der unbequemen Holzbänke nieder, drückte sich an die Wand und starrte auf seine nackten Hände. Die blasse Linie an seinem rechten Ringfinger kam ihm unwirklich vor; Lorenzo hatte ihn gezwungen, ihm seinen Ehering zu geben. Für Anna, hatte er behauptet, doch Luca glaubte ihm nicht.

Er war sich noch nicht einmal sicher, ob es ihr tatsächlich gut ging, und konnte niemanden mehr damit beauftragen, nach ihr zu suchen. Jäh durchfuhr es ihn heiß und kalt vom Scheitel bis zur Sohle: Er besaß keine Münze mehr. Keinen Pass. Keine Schlüssel zu seinem Haus. Was hier geschah, war ein Albtraum. Ein bizarrer, absurder Albtraum.

»Wohin fahren wir?«, flüsterte Luca zaghaft in den Waggon.

»Norden«, gab ein grimmig dreinblickender Mann zurück, der eine Tätowierung auf seinem Handrücken trug.

Während das Krachen der Räder Luca bald beständig hin und her schaukelte und er lustlos auf seinem Panini mit trockenem Schinken und geschmacklosem Käse herumkaute, veränderte sich nicht nur die Landschaft, sondern auch die Sprache der Zugestiegenen, bis er nicht einmal mehr wusste, welche es war.

Bei jedem Halt hoffte er verzweifelter, dass es sich um die Endstelle handelte, damit ihn seine Reise nicht allzu weit von zu Hause wegführte und er zumindest in einem der Nachbarländer unterkam. Doch der Zug ratterte jedes Mal weiter wie ein stures, metallisches Ungeheuer.

Mit der Morgendämmerung streckte sich Gebirgskette um Gebirgskette von einem Ende des wolkenverhangenen Horizonts zum anderen. In der Ferne erahnte er ein paar schmutzig braune Flecken, die Wälder sein mochten, aber er sah keine Straßen oder Dörfer. Und vor allem keinen Tupfen Grün.

So viel Schnee! Er hasste Eis und Kälte. Er war ein Mann der Wärme und des Sommers, schon als kleiner Junge hatte er bei Temperaturen gefroren, die sein Umfeld als angenehm warm empfunden hatte.

Erst bei erneutem Einbruch der Dunkelheit kam der Zug endgültig zum Stehen. Als sich die Tür öffnete, fuhr Bewegung durch den Waggon und der Tross trottete ins Freie. Luca schloss sich ihm an. Namen wurden aufgerufen, Identitäten kontrolliert und zu einer Gruppe arrangiert, die sich in einer Kolonne entfernte. Nur von ihm wollte niemand etwas wissen. Luca sah dem Trupp lange nach. Er wäre gern Teil einer solchen Kolonne gewesen, hätte gerne gewusst, wohin er gehörte, und die Reise endlich beendet.

Nachdem sich der Trubel gelichtet hatte, stand er ratlos am Bahnsteig und blickte sich suchend um. Der kleine Bahnhof war von nichts als Weiß umgeben, in der Ferne lag eine Handvoll Gebäude lose um einen Kirchturm verstreut.

Ein uniformierter Mann mit farblosen Zügen schlenderte auf ihn zu.

»Luca Doro ...?«, fragte er. Weder brachte er seinen Nachnamen heraus noch machte er sich die Mühe, es ein zweites Mal zu versuchen.

Als Luca nickte, stellte sich der Mann neben ihn. Er trug eine schwarze Mütze, unter der ein paar weiße Strähnen hervorblitzten, und einen Backenbart von gleicher Farbe. Seine Augen waren so hell wie der Schnee unter seinen Füßen. Lucas tiefschwarzes Haar und seine gebräunte Haut mussten gegen ihn wie ein Negativ wirken.

»Wo sind wir?«, fragte Luca in der Hoffnung, dass ihn zumindest dieser Mann verstand.

Die tiefen Falten in dem gleichgültigen Gesicht bewegten sich nicht.

Luca konnte weglaufen. Aber was würde aus Anna werden, wenn er sein Reiseziel nicht erreichte, und wohin hätte er auch gehen, wen um Hilfe fragen können? Niemand hier verstand ihn, er besaß weder Nahrung noch Wasser oder ausreichend warme Kleidung. Er schlang die zitternden Arme um den Oberkörper und trat von einem Bein auf das andere, verfluchte lautstark die abartige Kälte.

Als wenig später der nächste Zug in den Bahnhof einfuhr, schnaufend zum Stillstand kam und seine Türen öffnete, hallte ausgelassenes Gelächter über die schneebedeckten Berge und gleich darauf stimmten fröhliche Begrüßungen ein, die sich zu unbeschwerten Plaudereien wandelten. Männer, Frauen und Kinder, in Schichten und Schichten von Kleidung gehüllt, stiegen ein und aus. Eine Gruppe Schulmädchen warf ihm erst verstohlene Blicke zu, dann musterten sie ihn mit unverhohlener Neugierde, tuschelten und kicherten miteinander.

Wo auch immer er hinfahren musste, es konnte nichts allzu Schreckliches sein, wenn hier normale Menschen unterwegs waren. Er grinste voll seliger Erleichterung.

Er war weit davon entfernt, sich geschlagen zu geben. Sehr bald schon würde er in seine Heimat zurückkehren und dort Lorenzo als den Verantwortlichen dieses perfiden Plans zur Rechenschaft ziehen. Er würde Anna finden, ihr die Wahrheit sagen und sich mit ihr zusammen ein ehrliches Leben aufbauen.

Nachdem sie eingestiegen waren, bedeutete ihm der weißblonde Mann, am Fenster Platz zu nehmen, und ließ sich mit einem Ächzen in den Sitz neben ihn fallen. Er nahm eine Wasserflasche aus seiner Umhängetasche und reichte sie Luca, zog eine Zeitung aus dem Netz an der Rückwand des Vordersitzes, schlug sie mit einem tiefen, dunklen Seufzen auf und begann zu lesen.

Luca wollte wach bleiben und die nächste Etappe seiner Fahrt verfolgen, aber die Wärme des Waggons und der weich gepolsterte Sitz lullten ihn nach der langen Reise ein, bis jegliches Ankämpfen dagegen zwecklos war.

Als sich Stille um ihn herum ausbreitete wie dichter Novembernebel, schrak er hoch. Sein Genick war steif vom langen Lehnen am Fenster und wo seine Stirn gegen die

Glasscheibe gepresst gewesen war, fühlte er einen kühlen, glatten Fleck. Er streckte sich und sah sich um. Sein Blick fiel auf eine Gruppe junger Männer, die sich angeregt unterhielten, während sie ihre Sachen packten. Der Zug war zum Stillstand gekommen, die Frauen und Kinder nirgendwo zu sehen. Er hatte alle Haltestellen verschlafen.

Sein unbekannter Begleiter legte die Zeitung zusammen, stand auf und bedeutete ihm, dasselbe zu tun. Während die Gruppe vor ihm immer wieder in Salven von schallendem Gelächter ausbrach, verließ Luca in Schweigen gehüllt den Waggon. Er betrachtete die Lederkoffer in den Händen der jungen Männer, die manche von ihnen ausgelassen schwenkten. Darin lagen bestimmt ihre Papiere: ein Pass, ein Fahrschein. Eine Fotografie ihrer Familie.

Luca hingegen war hier ein Niemand, der seine Identität nicht beweisen konnte. Ein Brennen aus seinem Magen stieg ihm durch die Kehle hoch bis in den Mund.

Er steckte die leeren Hände tief in die Taschen und konzentrierte sich darauf, einen Schritt nach dem anderen zu machen. Auf das Geräusch seiner Sohlen, wenn sie sich in die immer steiler werdende geschotterte Straße gruben. Auf das Schnaufen des uniformierten Mannes hinter ihm. Auf die Fröhlichkeit und Leichtigkeit vor ihm und das Prickeln seiner Ohren in der Kälte.

Nach einer guten Stunde Fußmarsch erreichte die Kolonne ein umzäuntes Gebiet, in dessen Mitte sich ein großes flaches und mehrere kleinere Gebäude befanden. Ein Tor wurde ihnen geöffnet und schloss sich wieder, als es der Letzte von ihnen passiert hatte.

24

Sold

Während die Neuzugänge das Tor zur Mine durchschritten, schloss Toivo Fornberg kaum hundert Meter von ihnen entfernt seine dunkelgraue Flügelmappe aus Karton, steckte sie sich unter den Arm und verließ sein Büro. In der Mappe lag, sicher verwahrt vor dem dichten Schneetreiben, die obligatorische Namensliste der Neuzugänge.

Endlich hatte sich die Kolonne vor der Baracke in Reih und Glied formiert. Sie kam um beinahe eine Stunde zu spät. Er hasste Verspätungen, aber gegen den steten Schneefall war kaum etwas auszurichten und daher niemand zu beschuldigen.

Eine Handvoll Neuzugänge, die er jeden Moment einzeln aufrufen würde – eine Handvoll Männer im besten Alter – waren aus allen Teilen des Landes angereist, um in seiner Mine nach Gelbkies zu schürfen, der an die Fabrik verkauft werden würde. Dort wurde daraus jenes Metall hergestellt, das seiner Familie schon seit Generationen Reichtum bescherte: Kupfer.

Er machte sich in seiner Funktion als Direktor dieser Mine bereit, die Arbeiter in Empfang zu nehmen, und öffnete die Mappe mit den fein säuberlich geschriebenen und alphabetisch sortierten Namen, auf der sich sofort die Schneeflocken niederließen. Er wischte die Kristalle mit der Handkante zur Seite, während seine Augen über die Buchstaben glitten: *Ahlgren, Dorovani* (ein Ausländer?), *Ekdahl, Hansen, Holm, Karlsson, Lindholm, Sandin, Wahlberg …*

Plötzlich trug der pfeifende Wind Wörter an seine Ohren, die er nicht verstand, zunächst leise, dann immer lauter. Er blickte auf und sah einen der Männer an den Stallungen vorbei auf ihn zurennen, dicht gefolgt von Emil Larsen, der ihm ohne Unterlass zurief, stehen zu bleiben. Aber der Fremde, dessen Augen finster wie die Nacht funkelten und dessen nasses Haar pechschwarz in seiner Stirn klebte, wurde nicht langsamer.

Toivo hasste auch solche unvorhergesehenen Zwischenfälle.

Der Unbekannte blieb direkt vor ihm stehen und schleuderte ihm einen Singsang an Worten entgegen, beide Hände in die Seiten gestemmt, dann wieder frei in der Luft, kleine und große Kreise ziehend, Gesten zu seinem Mund und an seine Stirn. Erst als Toivo beschwichtigend die Arme hob, verstummte der aufgebrachte Mann.

Larsen kam auf dem Schotter zu einem schlitternden Stopp und rang vornübergebeugt nach Atem, die Hände auf den Knien.

»Was geht hier vor?«, fragte Toivo über Larsens Husten und Keuchen hinweg. »Wer ist dieser Mann? Warum gebärdet er sich so?«

Der Fremde trat einen Schritt zurück. Nun huschte sein zorniger Blick zwischen Larsen und Toivo hin und her.

»Verzeihen Sie … Herr Direktor. Ich wollte diesbezüglich … in aller Ruhe … mit Ihnen sprechen, aber er hat keinerlei Benehmen.«

Am besten vermerkte er diesen Vorfall, nur um sicherzugehen. »Wie ist sein Name?«

»Luca Dirovano ...«, keuchte Larsen.

Der Fremde richtete sich bei diesen Worten auf, wiederholte sie kopfschüttelnd mehrere Male, wobei er jede einzelne Silbe betonte, dann starrte er zu ihm hoch.

»Ah«, machte Toivo abfällig.

Das konnte ja eine abenteuerliche Zusammenarbeit werden. Er hakte den Namen auf seiner Liste ab, schrieb ›ungehobelt‹ daneben und musterte den Fremden. Er war beinahe zwei Köpfe kleiner als Toivo und sah kräftig aus; sein agiler Körperbau war ein Vorteil im engen und niedrigen Stollen.

»Also, Herr ...«, er las langsam von der Liste ab, »Do-ro-va-ni, wo ist das Problem?« Toivo schloss seine Mappe.

Luca gab erneut einen Schwall Kauderwelsch von sich.

»Würden Sie das bitte in unserer Sprache wiederholen?«, fragte Toivo.

Der Fremde kräuselte die Lippen und zuckte mit den Schultern. »*Che cosa?*«

Toivo sah Larsen fragend an. Ungeduld stieg in ihm hoch.

»Ich kann das erklären«, erwiderte Larsen langsam.

Er kniff die Lider zusammen. »Das würde ich Ihnen auch raten. Ich hoffe für Sie, dass es einen triftigen Grund dafür gibt, warum Sie mir einen Ausländer vor die Nase setzen, der unsere Sprache nicht beherrscht. Wie soll er hier arbeiten, wenn er die Anweisungen nicht versteht?«

Hinter Luca und Larsen schlug eines der schwer beladenen Pferde aus und bäumte sich unter lautem Wiehern auf. Es verlor einen Teil seines Gepäcks, das einer der Arbeiter gerade festzuzurren versuchte, und einige der Holzkisten krachten auf den gefrorenen Boden, zersplitterten und gaben ihren Inhalt frei: Spitzhacken und Schuhe und Hemden und eine Kiste Karbidlampen, von denen Toivo wusste, dass sie nun alle zerbrochen waren.

Er drückte die Flügelmappe gegen Larsens Brust, der sie verdattert mit beiden Händen entgegennahm. So wichtig es ihm auch war, seinen Betrieb unter Kontrolle zu haben – dieser merkwürdige Fremde und die Zugverspätung hatten an seinem Geduldsfaden gesägt. Der Schaden an der Ausrüstung hatte ihn schließlich durchtrennt. Noch bevor der Tag richtig begonnen hatte, war Toivo mieser Laune. Dabei gehörte die Ankunft der Neuen zu seinen Lieblingsmomenten: so viele unbekannte Gesichter. So viel Potenzial.

»Wissen Sie was? Sie machen sich jetzt zur Abwechslung nützlich und weisen die Neuzugänge ein! Bringen Sie dieses Chaos in Ordnung. Und wenn Sie damit fertig sind, schicken Sie diesen seltsamen Fremden zu mir. Sind diesmal zumindest alle gekommen, die sich angemeldet haben?«

Larsen nickte knapp, ohne seinen Vorgesetzten anzusehen.

»Gut, dann kann ich endlich die Unterlagen fertigstellen. Wir haben genug Zeit verloren. Und geben Sie diesem Mann um Himmels willen ein Handtuch, er ist völlig durchnässt! Wenn er sich die Grippe einfängt, wird der Arzt eine seiner horrenden Rechnungen ausstellen.« Er schüttelte empört den Kopf. »Unglaublich, wie schlecht ausgerüstet manche Arbeiter zu uns kommen.«

Er schloss die Tür des kleineren Gebäudes auf, stampfte den Schnee draußen auf der Fußmatte von seinen Schuhen, hängte seine dicke Jacke auf den Kleiderständer und legte den Stapel Unterlagen auf den Schreibtisch. Er zog einen braun eingebundenen Wälzer aus dem Regal und warf ihn mit einem dumpfen Knall auf die Mitte der Tischplatte, dann schlug er ihn mit einem leisen Seufzen auf und griff nach seiner Füllfeder. Langsam und gewissenhaft notierte er die Namen der Neuzugänge in dem Register, um eine Liste für ihre Besoldung anzulegen, auch den von Luca Dorovani. Er verstand sie als sein größtes Kapital und würde dafür sorgen, dass es ihnen an nichts mangelte und sie hier ein annehmbares Leben führten.

Als alles getan war und er zufrieden der Tinte beim Trocknen zusah, fiel sein Blick auf das goldglänzende Namensschild, das schief vor ihm stand. Er stupste es mit dem Zeigefinger an, bis es sich wieder in der richtigen Position befand.

»Besser so?« Er drehte sich zu dem Gemälde hinter ihm um, das das Porträt eines blassen, blonden Mannes mit weißem Stehkragen und schwarzem Jackett zeigte, der einen silbernen Nasenzwicker trug und so streng aussah, als würde er alles missbilligen, was in diesem Raum vor sich ging. Sein Blick bohrte sich sogar jetzt noch in Toivos Hinterkopf. Er sollte das Bild abhängen – aber wie hätte das gewirkt?

»Sold. Pah, was für eine absurde Idee, nicht wahr?«, murmelte er gedankenverloren. Der beißende Sarkasmus ätzte in seiner sonst so sonoren Stimme. Er lehnte sich mit einem Wink zurück. »Ich weiß, ich weiß! Du würdest dich im Grab umdrehen, wenn du die Mine jetzt sehen könntest. Nichts von dem, was ich hier tue, wäre in deinem Sinne, Vater. Rein gar nichts.«

Ein Klopfen an der Tür riss ihn aus dem Selbstgespräch. Larsen trat mit dem Fremden ein, um dessen Schultern ein Handtuch geschlungen war.

Toivo lächelte Luca an und wies auf einen der Stühle bei

dem Beistelltisch in der Ecke, auf dem ein Schachbrett stand, dann räusperte er sich und wandte sich an Larsen. »Würden Sie mich nun endlich aufklären, was hier vor sich geht?«

Er legte die Hände auf die Arbeitsfläche, Fingerkuppe an Fingerkuppe wie ein anklagender Pfeil. Diese winzige Geste genügte, und der um viele Jahre ältere Larsen legte hilflos den Kopf in den Nacken und starrte an die Zimmerdecke, als suche er dort nach einer Antwort.

»Er ist nicht ... völlig freiwillig hier.«

»Und was konkret soll das heißen?«, fragte Toivo entnervt.

»Man ist an mich herangetreten. Die Sache ist nicht von mir ausgegangen. Man fragte mich, ob wir ... nun ja«, Larsen verfiel in Stottern und Stammeln, »ob wir Verwendung für ihn hätten.«

»Um was zu tun?«

Er konnte es sich denken, aber er wollte es von seinem Gegenüber hören, das sich mit Kräften aus der Sache herauszuwinden versuchte.

Larsen warf einen verstohlenen Blick zu Luca hinüber und flüsterte dann: »Um ihn verschwinden zu lassen.«

Toivo sah ihn angewidert an und beugte sich vor. »Verschwinden? Im Stollen oder was?«, erwiderte er entrüstet. »Wie kommen Sie auf die Idee, dass ich mit dieser Praktik einverstanden wäre?«

Der andere zuckte mit den Schultern. »Ich dachte, wir besprechen alles, wenn er sich hier eingelebt hat. Denn, sehen Sie, früher war es doch ... gang und gäbe, sich dieser Mittel zu ...« Er sprach den Satz nicht zu Ende.

Toivo neigte den Kopf und starrte ihn aus funkelnden Augen an. Die Antwort kam eisern und mit aller Strenge: »Ich bin nicht mein Vater.«

Er nahm seine Lesebrille ab, klappte sie zusammen und steckte sie in seine Westentasche, dann stützte er das Kinn auf seinen Daumen und legte den Zeigefinger auf die Lippen.

»Mein Kontakt dachte wohl, dass die Dinge hier immer noch so liefen«, murmelte Larsen kleinlaut.

»Und Sie haben es nicht der Mühe wert gefunden, diesen Irrtum aufzuklären?«

Toivos Blick durchbohrte sein Gegenüber und ließ ihm nicht die Gelegenheit, sich von ihm abzuwenden.

»Anfangs …«

»Aber?«

»Aber das Geld …«, er rang nach Luft, als könne er dadurch die passenden Worte einatmen und wieder in der richtigen Reihenfolge ausspeien.

»Antworten Sie mir in vollständigen Sätzen! Welches Geld?«, knurrte Toivo und bemerkte dabei, wie ihm die Geduld mit diesem Mann ausging, der beinahe sein gesamtes Leben für seinen Vater gearbeitet hatte und nun nicht imstande war, sich neuen Regeln anzupassen.

Larsen schrumpfte zusammen wie ein Luftballon, der mit einer hauchdünnen Nadel angestochen worden war.

»Man hat mir – uns! – Geld angeboten. Sehr viel Geld. Als Gegenleistung dafür, dass er hierbleibt.«

Toivo seufzte und schloss für einen Atemzug die Lider. »Diese Zeit ist lang vorüber. Wer ist er? Woher kommt er?«

Er warf Luca, der das Gespräch aufmerksam verfolgte, ein entschuldigendes Lächeln zu.

»Von sehr weit her, eine tagelange Reise.«

Als er diese Worte hörte, hob Toivo eine Braue und bedeutete seinem Stellvertreter, fortzufahren. Prompt wurde Larsen sicherer: »Sehen Sie, mir war klar, dass Sie nicht damit einverstanden sein würden, wenn ich Ihnen im Vorhinein von dieser Möglichkeit erzählt hätte. Aber als ich hörte, dass er ein einflussreicher Mann ist, habe ich sofort an Sie gedacht.«

»Na, das wird ja immer besser«, erwiderte Toivo tonlos und stützte die Stirn in die Hand.

Das hatte Larsen wohl kaum, sonst hätte er seinen Plan schon viel früher erklärt. Ganz davon abgesehen, dass er bisher nicht eine Krone von diesem Geld gesehen hatte. »Und Sie waren der Meinung, ich würde nicht bemerken, dass irgendetwas an der Sache merkwürdig ist?«

Larsen verfiel erneut in sein enervierendes Gestammel: »Doch, aber ... ist es nicht in Ihrem Sinne? Wegen der ... Sie wissen schon ... der Situation. Weil Sie allein sind ... gewissermaßen.«

Toivo schüttelte irritiert den Kopf. »Was reden Sie da? Weder ist das in meinem Sinne noch bin ich allein!«

Larsen seufzte knapp, als ob sein Vorgesetzter etwas Sonnenklares nicht verstehen würde, und sah ihn voller Mitleid an. »Aber es ist stiller, als Sie es sich wünschen«, erwiderte er vorsichtig. »Und ich dachte, Sie freuen sich über Gesellschaft. So hätten alle etwas davon.«

Toivo lachte ungläubig. Er fühlte seine Fingerspitzen zittern und presste die Handflächen mit aller Kraft auf die Tischplatte, dann richtete er seinen eiskalten Blick auf Larsen. Seine Stimme war kaum mehr als ein Flüstern: »Warum sollte ich mich über die Gesellschaft irgendeines Fremden freuen, der gegen seinen Willen hierher verschleppt wurde und kein Wort von dem versteht, was ich sage?«

Larsen verzog keine Miene. »Vielleicht spielt er Schach oder Karten, dafür braucht er nicht reden zu können. Und ich glaube nicht, dass er nur irgendjemand ist.« Er musterte Luca, nun ungeniert, nickte schließlich zu ihm hinüber. »Sehen Sie ihn doch an: der wache Blick. Die Körperhaltung. Er sitzt da wie ein feiner Herr. Wer sollte einen solchen Aufwand betreiben, um ihn loszuwerden? Und warum das Geld? Überlegen Sie doch. Vielleicht ist er ein *Aristokrat*«, raunte er mit einem verschwörerischen Blick zu seinem Vorgesetzten.

Luca richtete sich auf seinem Stuhl auf und lehnte sich weit nach vorne. Seine zu Schlitzen verengten Augen huschten von einem Gesicht zum anderen. Toivo stutzte. Hatte er das Wort verstanden?

»Dann kann er umso weniger hierbleiben. Ich will mir keine Feinde machen.« Er trommelte mit den Fingern gegen die Tischplatte. »Nicht auszudenken, was sich daraus entwickeln könnte. Sie müssen ihn zurückbringen.«

»Aber wohin zurück? Ich habe keine Informationen über seine Nationalität – die gesamte Abwicklung ist über mehrere Mittelsmänner gelaufen. Oder verstehen Sie, welche Sprache er spricht?«

Sie sahen einander ratlos an. Luca musterte sie voller Misstrauen. Dann sprang er auf und stieß eine Salve an offensichtlichen Beschimpfungen aus.

Toivo hob eine Handfläche in seine Richtung und nickte ihm beschwichtigend zu. »Wir müssen herausfinden, woher er kommt und wohin er will. Bis dahin ist er unser Gast. Er wird mit aller Freundlichkeit und Aufmerksamkeit betreut werden.«

Larsen nickte zögerlich, seine Miene schlagartig versteinert. »Natürlich. Wie Sie wollen«, presste er hervor.

»Über Ihr Verhalten reden wir noch. Und besorgen Sie mir eine Karte.«

Bis Toivo bekam, wonach er verlangt hatte, vergingen viele Tage, in denen beständig dichte Flocken vom Himmel rieselten. Der Schnee hatte den Zugverkehr zum Erliegen gebracht und die Mine damit vom Rest des Landes abgeschnitten. Das geschah manchmal hier im Norden und in der Regel dauerte es nicht allzu lange, bis die Wege wieder befahrbar waren. Dieses Jahr jedoch hielt sie ein besonders unbarmherziger Winter in seinem frostigen Griff.

Sofern es Toivo möglich gewesen war, hatte er die Mahlzeiten mit dem Fremden eingenommen und nebenbei mit großer Geduld versucht, ihm die Grundbegriffe seiner Sprache zu vermitteln. Zumindest eine Sache hatte er in dieser Zeit bezüglich seines unfreiwilligen Gastes begriffen: Wie Luca sich benahm, wie er sich bewegte – allein wie er Messer und Gabel hielt –, legte nahe, dass er ein gebildeter Mann war; vielleicht einflussreicher, als es sich Toivo in seinen kühnsten Träumen ausmalen konnte. Wenn er Luca gut zu essen und zu trinken gab und ihm hofierte, besserte sich dessen Laune rapide. Toivo hatte das Gefühl, dass er in solchen Momenten recht anregende Gespräche mit ihm führen könnte, wenn sie einander nur verstünden.

Nach schier endlosen Tagen, in denen die Mine und alle Prozesse, an deren Ablauf sie beteiligt war, stillgestanden hatte, breitete Toivo triumphierend eine Landkarte auf seinem Schreibtisch aus und strich sie sorgfältig mit den Handflächen glatt.

Larsen und er hielten den Atem an, als sie Lucas ausgestrecktem Zeigefinger folgten, der zielstrebig auf einem Punkt der Karte zu liegen kam.

»Das ist tatsächlich von sehr weit her«, brummte Toivo ernüchtert.

Er tippte an das andere Ende des Papiers, auf dem weder Havssun noch die nächste oder übernächste Stadt verzeichnet waren. Luca schlug die Hand vor den Mund und schüttelte den Kopf, als hätte er einen Geist gesehen.

Larsen nickte. »Eine weite Reise zurück. Vor allem unter diesen unwirtlichen Bedingungen. Falls die Züge überhaupt fahren, laufen sie Gefahr, wegen des Schneefalles auf der Strecke hängen zu bleiben.«

Toivo stützte sich auf den Tisch und musterte den erblassten Südländer, der unaufhörlich mit dem Vorderfuß auf den Boden tappte, die Arme dabei vor der Brust verschränkt.

»Im Moment kaum zu bewerkstelligen, da bin ich ausnahmsweise einer Meinung mit Ihnen«, murmelte er.

Sein Blick glitt über den Fremden, der mit einer Selbstverständlichkeit und Präsenz im Raum stand, als gehöre ihm dieses Büro mitsamt allem, was sich darin und darum befand.

»Zumindest wissen wir jetzt, welche Sprache er spricht«, sagte Toivo mit einem Seufzen. »Das sollte die Kommunikation vereinfachen. Können Sie sich darum kümmern, dass wir schnellstmöglich ein Wörterbuch und etwas Lektüre bekommen?«

Nachdem er Larsens winziges Nicken aus dem Augenwinkel registriert hatte, führte Toivo Luca mit einem milden Lächeln zu einem der Stühle neben dem Beistelltisch. Aus seiner Schreibtischlade nahm er eine Flasche Schnaps, stellte zwei Gläser mitten auf die Karte und schenkte ein. Eines davon hielt er dem Fremden entgegen, der es bereitwillig annahm und ihm zuprostete.

Toivo erwiderte die Geste und warf erneut einen Blick auf die Karte, auf der eines der Gläser eine feuchte Mondsichel hinterlassen hatte. Mit seinem Gast kam zumindest Bewegung und Abwechslung in Toivos ewig gleiche Tage. Vielleicht hatte Larsen recht; vielleicht bedeutete diese neue Bekanntschaft einige Wochen nette Gesellschaft, bis Luca die Heimreise antreten konnte. Wenn sie genug Zeit hatten und mit viel Glück sogar mehr als das: Freundschaft.

Toivo stürzte sein Getränk hinunter. Der Alkohol brannte zuerst an seinem Gaumen und ließ ihn dann taub zurück. Er spürte den stechenden Blick des Mannes auf dem Gemälde in seinem Nacken und hörte erneut seine hochbetagte, krächzende Stimme.

Niemand wird sich jemals für dich interessieren. Selbst im fortgeschrittenen Alter hast du nichts von der Welt gesehen.

»Herr Dorovani wird eine Weile hierbleiben müssen«, murmelte Toivo. »Über den Winter, bis die Straßen und Gleise zuverlässig und durchgehend passierbar sind.«

Toivo würde sich diese Chance nicht entgehen lassen, wo doch die Welt endlich zu ihm gekommen war.

25

Ein Teil dieses Glanzes

Die Kutsche schaukelte im Wind. Sie hatten die Mine vor einer halben Stunde hinter sich gelassen und waren zunächst gut vorangekommen, doch jetzt stemmten sich die Pferde mit aller Kraft gegen den Eissturm, der die Anhöhe hinab- und ihnen damit entgegenfegte.

Toivo hüllte sich fester in seine Jacke und musterte Luca, der ihm gegenübersaß und die Arme um den Oberkörper geschlungen hatte. Die intensive Bräune, mit der er nach Havssun gekommen war, hatte er verloren.

Der Ältere zog eine dicke Decke unter dem Sitz hervor und streckte sie seinem Gegenüber entgegen, lächelte. »Nicht, dass Sie sich auf den letzten Metern noch erkälten.«

Lucas felsenfester Widerstand gegen einen längeren Aufenthalt war verschwunden, als Toivo ihm den eingeschneiten Bahnhof und die von meterhohen Schneewehen bedeckten Gleise gezeigt hatte. In den darauffolgenden Wochen hatte Luca damit begonnen, die ihm zur Verfügung gestellten Lernunterlagen zu studieren. Zwar hatte er Schwierigkeiten mit Grammatik und Satzbau, doch er hörte Toivos Erzählungen und Erklärungen so aufmerksam zu, dass er bald das grundlegendste Vokabular verstand und je nach Tagesverfassung – und Motivation – anwandte.

Sobald er sich mitteilen konnte, bat er Toivo, einen Brief für ihn aufzugeben, aber noch führte kein Weg von der Mine in die Stadt. Toivo versprach ihm jedoch, sich so bald als möglich darum zu kümmern.

Während sie auf besseres Wetter warteten, spielten sie jeden Nachmittag mehrere Partien Schach, und wenn sie diesem Zeitvertreib überdrüssig waren, trommelte Toivo eine Handvoll Arbeiter zusammen, um sich in einer größeren Runde mit einer Partie Pharo zu unterhalten. Der Fremde hatte ihnen nach und nach das Regelwerk beigebracht. Ob es korrekt war, konnte Toivo nicht beurteilen, doch das Spiel unterhielt ihn viel zu sehr, als dass er sich darüber Gedanken machte. Er empfand diesen kulturellen Austausch und das gleichsame Nehmen wie Geben als beflügelnd und verbrachte viele amüsante Abende mit Luca und den anderen Männern.

Als die Tage zu Wochen wurden und Lucas Studium immer stattlichere Früchte trug, erschien es Toivo unpassend, seinen Gast weiterhin in den Baracken der Mine unterzubringen. Also entschloss er sich dazu, ihn dort aufzunehmen, wo sich die Tische regelmäßig unter der Last der Speisen bogen und Tag und Nacht heimelige Kaminfeuer loderten – oft das einzig Warme und Helle in der Dunkelheit des schwarzweißen Winters –: in seinem eigenen Heim, das nur eine gute halbe Stunde von der Mine entfernt lag.

Die Kutsche hielt vor einem hölzernen Tor an, das sich vor dem Weiß der Welt abzeichnete. Der in einen dicken Mantel gehüllte Kutscher stieg behände ab, schloss das Tor auf, führte das Gefährt hindurch und verriegelte die Konstruktion hinter ihnen. Luca presste seine Wange gegen die Scheibe und sah dem Bauwerk nach, bis es außer Sichtweite war. Er warf dem Älteren einen fragenden Blick zu.

»Keine Sorge. Sie bekommen einen Schlüssel«, erwiderte Toivo.

Lucas Gesicht erhellte sich.

Das Gespann kämpfte sich den Hügel hoch. Hätte Toivo nicht gewusst, dass dort das Hauptgebäude Wind und Wetter trotzte, so hätte er es im Schneegestöber selbst übersehen. Luca starrte mit zusammengekniffenen Lidern auf das immer größer und klarer hervortretende imposante Anwesen.

»Wenn sich der Sturm gelegt hat, können Sie sich alles in Ruhe ansehen«, meinte Toivo und beugte sich zum Aussteigen vor.

Der gepflasterte Weg zum Haupteingang war trotz des Streusalzes vereist, weswegen sie sich vorsichtig vorankämpften. Dann endlich, als sie auch die rutschigen Stufen zur massiven Eingangstür überwunden hatten, traten sie in die wohlige Wärme von Toivos Heim. Er klopfte den Schnee von Kleidung und Stiefeln, nahm auf einer Schuhbank im Vorzimmer Platz, schälte sich aus der Jacke und schlüpfte in seine Hausschuhe. Der Jüngere tat ihm all das wortlos nach, denn auch für ihn stand ein Paar bereit. Sie betraten gemeinsam das Wohnzimmer, wo ein mächtiges Kaminfeuer brannte.

»Ich möchte Ihnen jemanden vorstellen, Herr Dorovani«, verkündete Toivo und bat ihn mit einem Winken herein. »Das ist meine Frau Elina.« Unüberhörbarer Stolz schwang in seiner Stimme mit, als er sich der Dame an seiner Seite zuwandte.

Die zarte Erscheinung mit milchiger Haut, rotblondem Haar und blassen blauen Augen legte ihre Porzellanfinger in Lucas Hand und lächelte schüchtern. Ihre Wangen erröteten im Schein der Flammen. Luca deutete eine höfliche, aber steife Verbeugung an.

Als Toivo vergnügt in die Hände klatschte, brachte er Bewegung in die zur Statue ihrer selbst geratenen jungen Dame. Sie hakte sich bei Toivos Arm unter und schlenderte an seiner Seite ins Speisezimmer, wo er ihr half, auf einem der Stühle am gedeckten Esstisch Platz zu nehmen. Dann bedeutete er Luca, ihm zu folgen. Je näher sie der Küche kamen, desto lauter klapperten die Kochtöpfe, und intensiver wurden die rauchigen Aromen von gebratenem Fleisch. Noch im Türrahmen rief Toivo mit dröhnender Stimme: »Es duftet himmlisch!«

Jenseits des Dunstes war eine gedrungene, alte Frau zu erahnen, die eine weiße Schürze trug und mit beiden Händen einen Kochlöffel in steten Kreisen durch einen Topf zog. Ihr graues Haar war zu einem Dutt hochgesteckt. Als Toivo eintrat, klopfte sie den Löffel an dem Behältnis ab und legte ihn quer darüber.

»Ach, Herr Fornberg, Sie alter Charmeur«, gab sie lachend zurück. Als sie den Mann hinter Toivo erblickte, verschwand ihr sorgloser Gesichtsausdruck und ihre Züge verhärteten sich.

»Unser hochgeschätzter Gast aus dem Süden. Er heißt Luca Dorovani«, erklärte Toivo. Und dann, eben jenem zugewandt: »Ingrid ist als unsere Haushälterin und Köchin die gute Seele dieses Anwesens. Wenn Sie etwas brauchen, zögern Sie nicht und geben ihr jederzeit Bescheid.«

Ingrid streckte ihre feiste Hand aus. Luca sah sie einen Herzschlag lang an, bevor er sie schüttelte. Ein Gewitter zog über ihr Gesicht, sie ließ ihn los und setzte die Rührbewegung so energisch fort, dass das schlichte weiße Häubchen auf ihrem Haupt in Schieflage geriet. Toivo bedeutete dem anderen, mit ihm auf den Gang hinauszutreten.

»Sie mag … keinen Gästen?«, flüsterte Luca. Er hob eine Braue und bedachte zunächst Ingrids Rücken und dann Toivo mit einem irritierten Blick.

Der andere grinste. »Sie liebt Gäste.« Er setzte sich wieder in Bewegung. »Aber sie mag keine Fremden.«

Luca nickte nachdenklich und folgte Toivo, der mit großen Schritten durch die Räumlichkeiten führte.

»Das ist mein Arbeitszimmer. Ich bewahre hier alle Akten die Mine und den Haushalt betreffend auf. Diesen Raum abzusperren, rührt aus der Macht der Gewohnheit«, sagte er schulterzuckend, während er seinen Schlüsselbund aus der Westentasche angelte. Als er aufschloss, fügte er hinzu: »Nehmen Sie das bitte nicht persönlich. Diese Sache ausgenommen bin ich kein misstrauischer Mensch.«

Luca schob den Kopf durch den Türrahmen und sah sich um. Ein Schreibtisch aus Walnussholz stand vor dem zweiflügeligen Fenster, das von dunkelroten Seitenteilen aus Brokat geschmückt wurde. An beiden Seiten des Raumes erstreckten sich mit Büchern und Ordnern beladene Regale und in einer Ecke befand sich eine Bar mit allerlei Spirituosen und funkelnden Gläsern, Cognacschwenkern und einer silbernen Zigarrenschachtel.

»Sehr schön. Sehr ordentlich«, sagte Luca, die Stimme voller Bewunderung.

Toivo nickte eifrig. »Ordnung und Disziplin sind zwei unterschätzte Tugenden«, entgegnete er und unterdrückte den Drang, einen mahnenden Zeigefinger zu heben. »Diese

Worte aus Ihrem Mund bedeuten mir viel. Ich danke Ihnen, Herr Dorovani.«

Gemeinsam schlenderten sie an einer weiteren Tür auf der gegenüberliegenden Seite vorbei. »Dieses Zimmer steht leer. Im Moment wird es als Abstellraum verwendet.« Toivo hörte, wie wehmütig er klang, und ging rasch weiter.

»Hier ist eines der Badezimmer. Ein anderes befindet sich im Nebengebäude«, fuhr er bemüht fröhlich fort und wies auf das Türblatt. »Wir haben erst seit ein paar Monaten fließendes Wasser und seit wenigen Wochen Elektrizität, aber ich kann Ihnen jetzt schon sagen, dass es in Bezug auf Komfort und Lebensqualität ein Unterschied wie Tag und Nacht ist.«

Luca sah ihn an, die Brauen in Erstaunen hochgezogen. »Das alles? Hier?«

Toivo nickte stolz und rieb mit dem Daumen über die Kuppen von Zeige- und Mittelfinger. »Es war nicht einfach, das machen zu lassen – ein sündteurer Spaß. Zwar hat das Geld nicht für eine Heizung gereicht, aber wir wollten das Haupthaus dennoch modernisieren. Wenn es etwas gibt, das man in diesen Breitengraden braucht, sind es Licht und ein warmes Bad.«

Er blieb vor einer weiteren Tür stehen, die er im Gegensatz zu vielen anderen öffnete. »Und das ... wird für die nächste Zeit Ihr Quartier sein. Ich hoffe, dass Sie sich hier wohlfühlen werden.«

Er konnte selbst kaum glauben, dass sein Wochen andauerndes Projekt endlich fertiggestellt war und was sich mittlerweile in diesem Raum befand: Unter dem Fenster stand ein breites Bett aus geöltem Walnussholz mit weißer Bettwäsche, über der eine dunkelblaue Wolldecke ausgebreitet war. Am kunstvoll geschnitzten Kopfende lagen zwei seidenweiche Kopfkissen. Neben dem edlen Kleiderschrank befand sich ein Schreibtisch mit dick gepolstertem Stuhl und einem einzelnen Schlüssel auf der Tischplatte, daneben ein leeres Regal, und auf einem Ofen in der Ecke stand ein Teekessel.

Toivo hatte veranlasst, dass das Zimmer präsentabel genug hergerichtet wurde, um seinen exotischen Gast zu beeindrucken. Als ihn Luca voller Unglauben anblickte, grinste Toivo zufrieden; das war ihm also gelungen.

»Viel besser als der Baracke«, erwiderte der Jüngere mit einem Augenzwinkern. »Ich werde bezahlen meinen ... Schulden, wenn ich wieder bin zurück.«

Toivo schüttelte nachdrücklich den Kopf. »Das besprechen wir später.« Er setzte sich mit großen Schritten erneut in Bewegung.

Am Ende des Ganges blieben sie vor einer Tür mit einem Fenster stehen. Toivo wies durch die Scheibe hindurch auf ein Nebengebäude.

»Man sieht es im Schneetreiben kaum, aber dort hinten befinden sich die Dienstbotenwohnungen. Heutzutage werden sie kaum noch genutzt und im Moment teilt sich Ingrid das Gebäude mit dem Stallburschen. Ich habe ihr schon oft angeboten, ins Haupthaus zu übersiedeln, doch sie wollte nicht. Manchmal bringe ich dort Saisonarbeiter unter, aber nur ungern; es gibt noch keinen Strom und es ist zugig. Rechts davon erkennt man eine Ecke der Ställe – der dunkle Fleck neben der Weide für die Pferde. Und sehen Sie den kleineren daneben?«, er deutete darauf. »Schafe. Wir haben nur noch ein paar, mehr aus Liebhaberei als aus Notwendigkeit. Sogar die wenigen Tiere machen viel Arbeit und wir kaufen das Fleisch ohnehin größtenteils zu, aber wenn es hart auf hart kommt, sind ein paar wärmende Felle und eine Nahrungsquelle Gold wert.«

Schließlich kehrten sie ins Speisezimmer zurück, an das das Wohnzimmer durch einen bogenförmigen Durchgang angeschlossen war. Ein Ohrensessel, ein ausladendes Sofa und eine Récamiere umringten den Couchtisch vor dem Feuer. Auf einem Beistelltisch mit zwei Stühlen abseits des großen Sofatisches vor dem Fenster stand, wie eine Kopie von Toivos Büro in der Mine, ein Schachbrett, auf dem sich alle Figuren in Position befanden.

Lucas Blick schweifte durch den Raum. Er nickte anerkennend. »Sie haben eine schöne Zuhause.«

Toivo wagte nicht zu blinzeln. Ein Aristokrat aus dem Süden stand in seinem Wohnzimmer. Dieser Fremde verfügte über die Fähigkeit, eine Kathedrale binnen Sekunden mit seiner Ausstrahlung zu fluten. Wie gebannt musterte er Luca, der an seinem Ohrensessel lehnte, als ob er nie woanders gewesen wäre, und dem Raum durch seine bloße Gegenwart etwas Aufregendes und Wichtiges verlieh.

Dann fügte sich etwas in Toivos Kopf mit einem *Klick* zusammen: Er wollte etwas davon haben. Er musste ein Teil dieses Glanzes werden, sich damit schmücken, darin baden.

Mit seinem Blinzeln riss er sich aus den Gedanken. Auf seinem Gesicht hatte sich ein seliges Lächeln ausgebreitet: Wie sehr er sich wünschte, dass dieser Winter noch lange andauern möge.

26

Grammatik

»Herr Dorovani?«, Elina klopfte sanft an Lucas Tür, die einen Spaltbreit offen stand.

Als sie seine Zustimmung hörte, drückte sie das Türblatt mit dem Rücken auf und trat ein. Luca sah sie überrascht an, rückte seinen Stuhl zurück und erhob sich.

Sie lächelte. »Ich habe Ihnen etwas zur Stärkung gebracht. Nervennahrung, wo Sie schon so lange lernen«, sie sprach langsam, damit er ihr folgen konnte.

Er musterte das Tablett vor ihrem Körper, auf dem die Flüssigkeit in der dampfenden Tasse durch das sanfte Zittern ihrer Hände konzentrische Kreise bildete.

»Haferkekse und Pfefferminztee«, sagte sie. »Ich hoffe, Sie mögen beides.«

Er nickte eifrig und stellte die Tasse und den Keksteller auf seinen Schreibtisch.

»Danke, Frau Fornberg«, erwiderte er mit einem warmen Lächeln. Er hob den Zeigefinger, wandte sich nach dem aufgeschlagenen Buch um, blätterte hastig darin und studierte es angestrengt. Mitsamt der Lektüre, die er aufgeschlagen vor sich hielt, drehte er sich zu ihr um und las stockend vor: »Das ist sehr nett von ...«, er sah sie fragend durch die dichten Wimpern hindurch an und las weiter, als Elina ermutigend nickte, »sehr nett von … Ihnen?« Er schnaufte leise.

»Sie lernen schnell«, erwiderte Elina und Luca grinste zufrieden.

Sie umfasste den Griff des Tabletts und ließ es an ihre Seite sinken. Im Lauf der Wochen hatte sie Luca so oft es ging aus der Ferne beobachtet und ihn bewundert wie die Schönheit einer Blume: Seine geschmeidigen Bewegungen waren die eines Panthers, seine langen, schlanken Finger wohlgeformt, und das so eigenwillig gewellte Haar glänzte je nach Lichteinfall rotbraun bis pechschwarz.

Sie versuchte, sich zu konzentrieren, und zwang sich dazu, weiterzusprechen, aber ihre Zunge fühlte sich taub und unbeweglich an. »Wenn Sie etwas brauchen, sagen Sie es mir oder Ingrid. Keine falsche Scheu. Wir wollen Ihnen alle helfen. Was lernen Sie gerade?«, sie deutete auf die Seiten.

Er blätterte erneut darin und reichte ihr das Buch.

»Oh. Anreden«, sie kicherte, lehnte das Tablett an den Schreibtisch und legte die freie Hand auf ihre Brust. »Elina. Frau Fornberg …«, sie schüttelte den Kopf, »ist zu viel.«

»Luca«, entgegnete er und nickte ernst.

Als er ihr direkt in die Augen sah, rutschte das Lehrbuch aus ihrer Hand. Luca bekam es gerade noch zu fassen, bevor es zu Boden polterte, und legte es auf den Tisch.

Sie bedankte sich und richtete sich mit einem verlegenen Räuspern auf. »Sind unsere Sprachen sehr verschieden?«

Er neigte den Kopf und runzelte die Stirn.

»Ist unsere Sprache … schwierig für Sie?«, fragte Elina erneut und deutete zwischen ihnen beiden hin und her.

Luca lachte und nickte erschöpft. »Kann man das sagen. Aber ich möchte … verstehen.«

Ihr Blick blieb an dem feinen Feuchtigkeitsfilm auf seiner rosigen Unterlippe hängen und wanderte dann hoch zu den Lachfalten in seinen Augenwinkeln.

»Ja ... Grammatik ist immer schwierig und langweilig«, murmelte sie, doch über ihr hastig pochendes Herz hörte sie kaum, was sie sagte. Sie steckte sich eine rotblonde Haarsträhne hinter das Ohr.

»Ich mag auch nicht Grammatik«, erwiderte er mit einem bekümmerten Seufzen. Er zögerte, dann sagte er etwas in seiner Sprache, das so melodisch und rund klang, als hätte er ein Gedicht rezitiert.

»Was bedeutet das?«, flüsterte sie ehrfürchtig.

Luca zuckte verschwörerisch mit den Brauen und schmunzelte. »Danke für die ... Nervennahrung.«

Sie bückte sich nach dem Tablett, nickte ihm zu und verließ das Zimmer. Als sie die Tür schließen wollte, hörte sie seine Stimme: »Lassen Sie offen bitte. Ich mag nicht geschlossen Türen. Zu eng.«

Als sie sich auf dem Weg in die Küche erneut nach ihm umwandte, sah sie ihn tief über seine Bücher gebeugt mit konzentriertem Blick am Schreibtisch sitzen, das Kinn in die eine Hand gestützt, die Feder locker in der anderen. Dann, als wüsste er, dass sie ihn beobachtete, blickte er auf und lächelte sie an.

27

Postwendend

»Wie? Wie ist das möglich?«

Toivos Finger schwebten unschlüssig über den Figuren, bevor er zögerlich einen seiner Bauern bewegte.

Luca grinste und machte seinen nächsten Zug. »Jahrelange Übung«, meinte er lakonisch.

Toivo starrte auf das Spielbrett und versuchte, die Absichten seines Gegners zu durchschauen. Er ließ seinen weißen Läufer vormarschieren und gewann so Lucas Turm, den er mit einem triumphierenden *Peng* auf seine Seite des Tisches stellte. Breit grinsend schlug er mit der Handfläche auf die Schachuhr.

»Sie hatten so viel Zeit für Schachspiele?«

Luca beobachtete das Brett, das Kinn auf die Hand gestützt, und nickte nachdenklich. Er ließ seinen Springer wandern und nippte an seinem Wein, ohne das Spielbrett aus den Augen zu lassen.

Toivo rieb sich indessen die klammen Hände, schlenderte zum Kamin hinüber, stellte das Schutzgitter beiseite und stocherte mit dem Schürhaken im Feuer.

»Heute wird es nicht richtig warm«, brummte er und warf ein Holzscheit hinein.

Funken stoben nach allen Seiten, als es auf den glosenden Stücken landete. Behände ging er in die Hocke und fachte die Glut mit dem Blasebalg an.

»Wir haben allein in den letzten zwei Monaten so viel Holz verheizt wie im gesamten vergangenen Winter davor«, seufzte Toivo und warf Luca einen mitleidigen Blick über die Schulter zu. »Es tut mir leid, dass es ausgerechnet in diesem Jahr so unwirtlich ist.«

»Unwirtlich ist das falsche Wort. Das sind ... arktische Temperaturen, Herr Fornberg. Elender Schnee«, murmelte der Jüngere mit finsterer Miene.

Toivo lachte schallend. »Sie haben sich nur noch nicht an das Klima gewöhnt«, er kehrte an den Tisch zurück und schlug die Beine übereinander. »Aber es wird nicht mehr lange dauern, dann können Sie die Heimreise antreten. Spätestens in einem Monat.«

»Das haben Sie schon vor einem Monat gesagt.«

»Das Wetter entzieht sich meinem Einfluss. Ich bin mir sicher, bald wird es wieder tauen«, erwiderte Toivo tonlos, als er auf seine Handvoll verbleibender Figuren starrte.

Vermutlich würde er auch diese Partie verlieren. Er nahm seine Brille ab und führte einen Bügel an den Mundwinkel.

Luca verzog das Gesicht. »Ich hoffe, dass ich dann noch über die Mittel verfüge, um Sie für Ihre ...«, er hielt inne und suchte nach dem richtigen Wort, »Ihre Großzügigkeit angemessen zu entlohnen. Wenn sich mein Aufenthalt zieht weiter in die Länge, ich kann dafür nicht garantieren. Ich bin hier seit viele, viele Monate«, brummte er mit einem finsteren Blick zu seinem Gastgeber.

»Viele*n* Monate*n*. Und Sie drohen mir doch nicht etwa?«, fragte Toivo belustigt.

»Niemals«, erwiderte Luca eisig.

Toivo schmunzelte. »Der Winter wird nicht ewig dauern, mein Freund. Sie können sich gern erneut vom Zustand der Straße und Schienen überzeugen, wenn Sie mir nicht glauben. Ich lasse jederzeit die Kutsche für Sie bereitmachen.« Er griff nach seinem Glas, musterte den anderen über den Rand hinweg, nahm einen Schluck.

»Schon gut. Das wird nicht nötig sein«, gab Luca gelangweilt zurück.

Toivo ließ seine Spielfigur wandern. Prompt bewegte Luca seinen Springer. »Schach«, sagte er bestimmt.

Der Hausherr rollte mit den Augen. Er brachte seinen weißen König außer Gefahr. Nach Lucas nächstem Zug schwebte Toivos Hand eine Weile über dem Spielbrett, dann griff er nach seiner Königin und schlug mit ihr den gegnerischen schwarzen Springer. Der Jüngere grinste breit. Toivo fluchte, als er seinen Fehler in der nächsten Sekunde erkannte.

»Schachmatt«, warf Luca ein und drehte beide Handflächen nach oben. »Noch einmal?«

Toivo hob abwehrend die Hand. »Ich habe heute mehr Niederlagen erlitten, als ich verkraften kann.«

Luca stellte die Figuren grinsend auf ihre Positionen zurück. Wie sie es stets nach den Partien zu tun pflegten, schlenderten sie mit ihren Gläsern zum Kamin, wo sich Luca nahe dem Feuer hinflätzte und sich Toivo auf seinem Stammplatz im Ohrensessel niederließ.

»Wollen Sie noch etwas trinken?«, Luca deutete auf die Karaffe und schwenkte den kümmerlichen Rest seines Weines hin und her.

Toivo schüttelte den Kopf. Er lehnte die Stirn an die

samtweiche Polsterung seiner Sitzgelegenheit. »Zu viel Genuss ist nicht gut für meine Gicht, sonst liegt mir mein Hausarzt wieder in den Ohren«, er seufzte genervt, als er an Gustavs regelmäßige mahnende Vorträge über einen gesunden Lebensstil dachte. »Aber bitte bedienen Sie sich. Es ist genug für die nächsten Jahre da.«

Luca schenkte sich nach, dann streckte er die Handflächen gegen das Feuer. »Sagen Sie mir, Herr Fornberg, warum Sie freiwillig leben in so eine Gegend?«

Er schmunzelte. »Sie tun ja so, als wäre es scheußlich hier. Ich kann es Ihnen nicht verübeln, wo Sie doch den wunderschönen Sommer in Havssun nicht erlebt haben. Aber zu Ihrer Frage: Hof und Mine sind seit Jahrzehnten in Familienbesitz. Das ist eine Verpflichtung, die ich nicht ohne Weiteres aufgeben kann. Ich musste nach dem Tod meines Vaters einiges verändern und nun ist es endlich so, wie ich es mir vorstelle. Nach all der Arbeit gebe ich das nicht aus einer Laune heraus auf.« Das war nur die halbe Wahrheit, denn Toivo dürstete nach wie vor nach tragfähigen Verbindungen mit der Welt, zumal ihn die meisten Bekanntschaften nach einer Weile langweilten.

Luca stand auf und schlenderte zum Kamin. »Was haben Sie denn verändert?«

Toivo lachte leise. Er verwob seine Finger ineinander und legte die Hände in den Schoß.

»So gut wie alles, wenn man Havssuns ursprünglichen Zweck bedenkt. Vor langer Zeit war die Mine ein Straflager. Mein Vater verstand die dort Inhaftierten bedauerlicherweise als Leibeigene. Manche davon hat er auf den Hof geholt, wenn er Hausarbeiter brauchte«, Toivo schüttelte missbilligend den Kopf. »Er an meiner Stelle hätte jemanden wie

Sie bis zu Ihrem Tod in der Mine schuften lassen, selbst wenn es ihm nur eine einzige Krone eingebracht hätte.«

Der Jüngere verzog das Gesicht in Abscheu. »Daher also das Tor und der Wachturm. Sie hätten es niederreißen sollen.«

Toivo zuckte mit den Schultern. »Es ist nützlich. Heutzutage hält das Tor vor allem unerwünschte Besucher jeglicher Art fern. Früher war auch etwas anderes wichtig: Ist es geschlossen, führt kein Weg aus dem Gebirgskessel hinaus, in dem der Hof liegt, denn die Berge sind tückische Biester.« Er hörte die Worte seines Vaters aus seinem eigenen Mund kommen: »Wenn dem Arglosen nicht Schnee und Frost nach dem Leben trachten, so tun es Wölfe und Bären. Die nächste Stadt ist Stunden entfernt. Was hier geschieht, bleibt hier.«

Toivos Augen brannten von der Hitze und der trockenen Luft des Feuers, weil er vergessen hatte zu blinzeln. Er rubbelte über seine Lider.

»Deswegen bin ich kein Freund von Überraschungen. Unvorhergesehenes ist schwierig zu handhaben«, Toivo zuckte mit den Schultern. »Unser Leben folgt einem sehr beständigen Ablauf – das muss es.« Er beschrieb mit dem Zeigefinger einen Kreis nach dem anderen: »Dieselben Pflichten werden um dieselbe Uhrzeit erledigt. Meine Kutsche holt mich jeden Morgen zur gleichen Zeit von hier ab und bringt mich jeden Abend pünktlich zurück nach Hause.«

»Das wäre kein Leben für mich«, murmelte Luca. Er stieß sich vom Sims ab und schlenderte ziellos durch den Raum.

»Sie sind viel gereist?«

Luca nickte. »Wann und wohin ich wollte.«

Er blieb vor einem Ölgemälde neben dem Kamin stehen, das ein betagtes Ehepaar zeigte, und betrachtete es. Die

Herrschaften standen nebeneinander, ohne sich zu berühren, und blickten ungerührt drein. Ein kleineres Gemälde daneben zeigte den jungen Toivo mit seinem lange verstorbenen älteren Bruder auf einem Hügel. Beide lehnten mit den Ellenbogen auf dem Lauf ihrer Gewehre, zu ihrer Seite waren zwei Pferde an einem Baum angebunden. In weiter Ferne flog eine Schar Wildgänse vorbei.

»Sie haben doch ein Pferd. Warum nehmen Sie das nicht, um in die Arbeit zu kommen?«, fragte Luca.

Toivo lachte melodisch. »Das ist mir in meinem Alter zu unbequem und zu kalt. Ich überlege schon seit einer Weile, es aufzugeben. Es ist so ruhig hier, dass wir es kaum brauchen. Alle Nachrichten, die den Haushalt betreffen – ob sie nun von Elina oder von Ingrid kommen –, laufen ohnehin über mich. So ich nicht selbst in die Stadt fahre, gebe ich sie in der Mine an einen Angestellten weiter, der das für mich übernimmt«, er hielt inne, als er bemerkte, dass er abschweifte. »Reiten Sie, Herr Dorovani?«

Luca, der gerade von seinem Wein trank, schüttelte den Kopf.

»Tatsächlich? Das wundert mich«, Toivo lehnte sich nach vorne, runzelte die Stirn. »Ich dachte, das wäre in den Kreisen, in denen Sie verkehren, üblich.«

Der Jüngere schwieg eine Weile, das Gesicht versteinert. Er musterte den anderen aus tiefschwarzen Augen, dann erhellten sich seine Züge. »Ist es auch. Aber ich verrate Ihnen jetzt ein Geheimnis, auch wenn Sie über mich lachen werden: Als ich klein war, sieben oder acht Jahre alt, bin ich während Unterricht gefallen von Pferd. Großes Pferd, kleiner Junge. Seitdem ...«, er grinste und hob abwehrend die Hände.

Toivo lachte und fiel in seinen Stuhl zurück.

Luca ließ sich auf seinem Stammplatz nieder. Er sah Toivo forschend ins Gesicht. »Darf ich Ihnen eine persönliche Frage stellen?«

»Versuchen Sie es.«

»Warum machen Sie so viele Dinge so anders als Ihr Vater?«

»Das ist eine lange Geschichte. Eine von der Sorte, an die man sich ungern erinnert«, murmelte er.

Und dann tat er es doch, weil sie in jedem Gemälde, in jedem Teppich und in jedem Möbelstück dieses Hauses hing.

Toivo hatte sich als Kind mit einem der Hausarbeiter angefreundet, weil der ihn gegen seinen älteren Bruder verteidigt hatte, der ihn ständig verspottet und drangsaliert hatte. Als sein Vater erfuhr, dass sein jüngster Sohn nicht für sich selbst einstehen konnte, ließ er Toivos Vertrauten wegbringen. Erst Jahre später entnahm er den Aufzeichnungen seines Vaters, dass Toivos Freund wenige Tage nach der Abreise vom Hof im Stollen umgekommen war. Ein maulfauler Grobian, den der kleine Toivo auf den Tod nicht ausstehen konnte, hatte danach seinen Platz im Haushalt eingenommen. Ach, was hatte er diesen Mann gehasst, dessen Name Kjell gewesen war.

»… nicht auch Vorteile?«

Toivo blinzelte und blickte in Lucas fragendes Gesicht. »Was sagten Sie?«

»Ich sagte, der Weg Ihres Vaters war vielleicht nicht so schlecht«, Luca stand behände auf und schritt zur Vitrine, eine Hand in der Hosentasche, die andere um den Stiel des Glases gelegt. »Hatte er nicht auch Vorteile?« Er öffnete die Glastür. Seine Finger glitten über die unzähligen Flaschenhälse und hielten abrupt inne, dann zog er eine Flasche heraus und schnupperte an der Öffnung. Zufrieden schenkte er sich nach und setzte sich wieder auf den Hocker vor dem Feuer.

Ein Scheit fiel im Kamin krachend in sich zusammen.

»Wieso denken Sie das?«, erwiderte Toivo, die Worte zu seinem Missfallen heiser und zittrig.

»Schneller. Unkomplizierter. Weniger Ausgaben und daher mehr Gewinn für Sie.« Luca grinste breit und rieb mit dem Daumen über die Kuppen von Zeige- und Mittelfinger.

»Vielleicht ist diese Einstellung einer der Gründe, warum Sie hier sind. Wäre das möglich?«, fragte Toivo eisig.

Lucas Grinsen war wie weggefegt. Stattdessen reckte er das Kinn in die Höhe. Indem er sich so darum bemühte, Haltung zu bewahren, wirkte er verwundet. »Ich hatte Feinde. Wie sagt man? Mächtige Feinde.«

Kein Funken war mehr von der Erhabenheit und Großspurigkeit übrig, die er noch vor einer Sekunde zur Schau gestellt hatte.

Toivo hob verblüfft eine Augenbraue. All die Wochen über hatte er eine Sache nicht bedacht. Er hörte sich die Frage wie von selbst stellen: »Gibt es in Ihrer Heimat noch etwas für Sie, Herr Dorovani?«

Luca bedachte ihn mit einem langen und gefassten Blick. »Wenn ich heimkehre, werde ich wieder einnehmen die Position, die ich aufgeben musste, und alles zurückbekommen«, presste er hervor, griff nach seinem Wein und stürzte ihn in einem Zug hinunter.

Er starrte seinen Gastgeber an, der versuchte, etwas in seinem Spiel zu lesen, eine Bestätigung oder ein Dementi, doch Luca gab nichts mehr preis.

»Ich wollte kein Salz in Ihre Wunden streuen«, sagte Toivo mit einem versöhnlichen Lächeln. »Verzeihen Sie mir.«

Luca zog die Brauen tief. Einen Herzschlag lang ließ er die Schultern hängen, dann richtete er sich erneut auf und fragte: »Wo wir gerade davon sprechen ... Sie geben meine Briefe doch auf, sobald es geht?«

Toivo nickte versichernd. Er wusste, was er gesehen hatte, der Blick hinter die Fassade seines Gastes hatte ihm dazu gereicht.

»Postwendend«, erwiderte er tonlos. »In wenigen Wochen können Sie nach Hause fahren.«

Später, als sich die Nacht mit erdrückender Schwere über den Hof gelegt hatte und die Hand des Winters erneut um das Gebäude zudrückte, um alle Wärme und damit alles Leben darin auszulöschen, saß Toivo an seinem Schreibtisch und starrte auf den aufgeschlagenen Wälzer vor sich. Der säuberlich geschriebene Name in der Liste unzähliger anderer wirkte wie die Überschrift eines Gedichtes. *Luca Dorovani.*

Eine Hand ruhte an Toivos Kinn und strich über seinen weißblonden Bart, die andere lag neben der gold- und schwarzglänzenden Füllfeder, die ihn magisch anzog.

Die drögen Abende im verlassenen Wohnzimmer, wenn Elina wieder einmal früh zu Bett gegangen war und Toivo daher Kreuzworträtsel löste wie ein Pensionär, die ewig gleichen Gespräche mit Gustav über ekelerregende Verletzungen und Erkrankungen, der stetige Monolog Elinas über die neueste Mode, über Klatsch und Tratsch aus den Illustrierten – das alles könnte ein Ende nehmen. Toivo hatte in diesem hochgebildeten Mann, diesem Adligen, einen Gesprächspartner gefunden, mit dem er sich auf Augenhöhe unterhalten konnte. Vielleicht sogar einen Vertrauten und Wegbegleiter. Ja, gewiss, es würde sich einrichten lassen –

Toivo würde Luca davon überzeugen, wie gut es Fortuna mit ihm gemeint hatte, indem sie ihn nach Havssun geführt hatte. Sein Gast würde es früher oder später verstehen.

In seiner Heimat besaß er nichts mehr. Das und die Furcht, dorthin zurückzukehren, hatte Toivo heute in seinem Gesicht gelesen. Hier hingegen würde es ihm an nichts mangeln, er würde alles bekommen, was er begehrte. Alles. Solange er bei ihm blieb.

Siedend heiß fielen ihm Lucas Briefe ein. Er schloss eine Schreibtischlade auf und nahm eines der Kuverts heraus, drehte es an den gegenüberliegenden Ecken zwischen den Fingern. Jemand wartete auf diese Nachricht und auf den Menschen, der sie geschrieben hatte: Anna Dorovani. Seine Frau? Seine Schwester? Gab es vielleicht sogar ... Kinder? Toivo stieß die Luft laut durch die Nase und schüttelte verärgert den Kopf. Wenn dem so war, würde Luca niemals freiwillig bei ihm bleiben.

Er gestattete sich den Gedanken nur mit angehaltenem Atem: und ... nicht freiwillig? Seine Wangen wurden heiß. Schlug er mit dem, was er im Begriff zu tun war, nicht genau den Pfad ein, von dem er sich geschworen hatte, ihn niemals zu betreten, von dem er erst vor wenigen Stunden mit so viel Missbilligung erzählt hatte? Wäre er dann noch um einen Deut besser als sein Vater, dem er stets seine harte Hand, seine Unerbittlichkeit, seine Brutalität vorgeworfen hatte?

Unsinn, er war mitnichten wie sein Vater! Was Toivo vorhatte, war etwas völlig anderes aus gänzlich unterschiedlichen Gründen. Sein Vater hatte seine Arbeiter wie menschliche Rohstoffe behandelt, die es zu verwerten und auszuschöpfen galt, Toivo hingegen würde seinem Gast jeden Wunsch von den Lippen ablesen, ihm ein neues Zuhause geben, großmütig und gnädig. Niemand konnte ihm das vorwerfen. Es war nur gerecht so; er hatte endlich ein wenig Glanz und Größe verdient.

Er zerriss Lucas Brief an diese Anna. Die Papierfetzen rieselten auf die Tischplatte und blieben in einem weißblauen Mosaik liegen.

Mit einem tiefen Atemzug legte er ein Lineal über Lucas Namen und strich ihn mit tiefschwarzer Tinte aus.

28

Zwei gesunde Beine

Während die Hänge des Gebirgstales um Havssun weiß blieben, lockte der Frühling den Schnee des Waldrandes in die Bäche und schmolz die Eiszapfen an den Dachrinnen zu leise tröpfelnden Rinnsalen.

Toivo hatte Luca vor einem Monat darum gebeten, ab und zu kleinere Aufgaben und Reparaturen im Haushalt zu übernehmen. Er dürfe sich jedoch auf keinen Fall dazu gezwungen fühlen, ihm zur Hand zu gehen – er würde ihn lediglich dazu einladen und ihn mit allem Respekt darum ersuchen, seinen Teil beizutragen. Luca hatte zähneknirschend eingewilligt, sofern es nur darum ging, schmutziges Geschirr in die Küche zu tragen und quietschende Scharniere zu schmieren.

Bezüglich seiner Heimreise hatte Toivo ihn immer weiter mit fadenscheinigen Argumenten vertröstet: Die Gleise wären immer noch nicht frei – obwohl der Schnee längst zurückgewichen war. Sie hätten noch nicht genug Proviant für eine so lange Reise – obwohl die Speisekammer aus allen Nähten platzte. Sogar jetzt noch, am Rande des Frühlings, behauptete er, die Züge würden aufgrund von Schäden im Gleisbett durch den harten Winter nicht bis zu seinem Anschlussbahnhof fahren. Da beschloss Luca, nicht länger untätig zu bleiben.

Also hatte er Glaskonserven, Trockenfleisch und ausreichend Wasser gepackt und einen silbernen Schöpflöffel sowie Teile des Tafelsilbers in der Absicht gestohlen, sie in der Stadt zu verhökern. Er würde eine Zeit lang eine sichere Unterkunft brauchen, bis der nächste Zug in den Süden abfuhr, und benötigte dafür Geld.

Gleich nach dem Frühstück war er losgegangen und stand eine Viertelstunde später vor dem Tor. Doch der Schlüssel, den Toivo ihm gegeben hatte, sperrte nicht auf. Er versuchte es drei Mal, bis das Metall so laut knirschte, dass er fürchtete, es im Schloss abzubrechen, dann ließ er ab, starrte ratlos auf die Holzbretter.

Wie sollte er jemals zu Anna zurückkehren? Er blickte hoch zu dem leerstehenden Wachturm und schlug mit beiden Handflächen immer und immer wieder gegen das Holz, brüllte seine Verzweiflung heraus, bis ihm die Stimme versagte. Sein Zorn verlor sich in der endlosen Weite der Wälder und auch das nahe gelegene Bächlein gurgelte unberührt davon vor sich hin.

Er wollte nicht ins Haus zurückkehren, nicht bis zum Abend warten, um seinen Gastgeber, der diese Bezeichnung nicht verdiente, auf den Schlüssel anzusprechen. Was würde er damit anstoßen, wo Toivo ihn doch offensichtlich hier festhalten wollte? Stattdessen suchte er bis in den Nachmittag hinein zu beiden Seiten des Tores nach einem Weg über die Felsen, um das Hindernis zu überwinden und abseits der Straße zunächst zurück zur Mine zu gehen, dann zum Bahnhof, über den er angekommen war, und von dort aus den Gleisen in die Stadt zu folgen.

Auf seiner Suche stieß er nicht nur auf das Flüsschen und eine stattliche Weide an dessen Ufer, sondern auch auf eine mit üppigem Moos ausgekleidete Höhle, in der sich ein Lagerfeuer machen und rasten ließ. Nachdem er weder müde noch hungrig war, wanderte er weiter.

Erst tief im Wald fand er eine geeignete Stelle, um die Felsen zu überwinden, doch je höher er kletterte, desto rutschiger wurde der Stein; seine Schuhe und seine weißen, vor Kälte tauben Fingerkuppen, fanden kaum Halt. Als ein poröser Grat unter seiner Stiefelspitze zerbröselte, stürzte Luca in die Tiefe und schlug bei der Landung so fest mit der Schläfe auf, dass er Sterne sah. Eine Weile stolperte er orientierungslos und mit wachsender Übelkeit durch die Wildnis und fand benommen und schwindelig den Weg zurück ins Haus, wo er sich auf das Wohnzimmersofa schleppte.

Den Rest des Nachmittags erlebte er bruchstückhaft unter höllischen Kopfschmerzen und nahm kaum wahr, wie Toivo ihn in sein Zimmer brachte. Luca war erst wieder einigermaßen bei sich, als es am frühen Abend an seiner Tür klopfte und ein alter Mann mit einer Ledertasche den Raum betrat. Hinter ihm folgte Toivo und nahm mit emotionslosem Gesicht am Schreibpult Platz, wo er die Arme vor dem Tafelsilber verschränkte, das anklagend neben Lucas restlicher Ausrüstung auf der Tischplatte ausgebreitet lag.

Der alte Mann mit den blauen Augen schaltete das Licht ein und nickte ihm zum Gruß zu. »Mein Name ist Doktor Benson«, sagte er und trat an das Bett. »Wie geht es Ihnen, Herr Dorovani?«

Luca drückte das feuchte Handtuch auf seiner Stirn fester gegen seine Haut.

»Kopfschmerzen«, stöhnte er und kniff die Lider zusammen. Die helle Hängeleuchte blendete ihn und er deutete linkisch zur Decke. »Machen Sie um Gottes willen das Licht aus!«

Toivo entzündete die Öllampe auf Lucas Schreibtisch mit einem genervten Seufzen und legte den Lichtschalter um.

»Gibst du mir die Lampe, Toivo?« Benson wandte sich an Luca: »Seien Sie so gut und sehen Sie in die Flamme.«

»Wozu?«, brummte Luca.

»Ich möchte mir Ihre Pupillen ansehen, um meine Vermutung zu bestätigen.« Er kniff die Lider zusammen, hob die Lampe vor Lucas Gesicht und blickte abwechselnd in dessen Augen.

»Kommen Sie mir nicht zu nah mit diesem verfluchten Ding!«

Benson gab Toivo die Öllampe zurück. »Übelkeit, Benommenheit, Erinnerungslücken?«

»Alles davon«, murmelte Luca.

»Sie haben eine Gehirnerschütterung. Schonen Sie sich und halten Sie eine Woche Bettruhe.« Er wandte sich ab.

Luca fuhr hoch, zuckte zusammen, verzog das Gesicht. »Eine Woche?!«, erwiderte er entsetzt und sank erneut nieder.

Toivos Ledergürtel knarzte, als er sich aufrichtete. Er lachte sonor, griff nach dem Schöpflöffel, drehte ihn in der Hand, den Blick darauf gerichtet. »Stört Sie das, weil Sie gezwungen sind, eine weitere Woche an diesem schrecklichen Ort zu bleiben? Oder weil Sie meinen Besitz so lange nicht verschachern können?« Er warf die Schöpfkelle auf die Decke neben Lucas Füße. »Die schenke ich Ihnen, wenn sie Ihnen so gefällt.«

Benson, die Züge erst gleichgültig, dann gefärbt von Ablehnung, wandte sich wortlos zur Tür, woraufhin Toivo eine Hand auf seinen Unterarm legte. »Bitte bleib. Ich will, dass du das hörst.« Er stand auf und stemmte sich mit beiden Händen auf das Fußende des Bettes. »Sagen Sie, Luca: Bedankt man sich in Ihrer Heimat auf diese Weise für eine so überbordende Gastfreundschaft und Hilfsbereitschaft, wie wir Sie an den Tag gelegt haben – indem man die Wertsachen ehrlicher Leute plündert und sich fortstiehlt? Wenn dem so ist, entstammen Sie einem Volk von Barbaren.«

Lucas Augen glitzerten zornig. »Sie haben mir den falschen Schlüssel für das Tor gegeben.«

Toivo warf die Arme in die Luft. »Auch mir unterlaufen Fehler! Sie hätten doch nur etwas sagen müssen.« Er wühlte in seiner Hosentasche und zog einen Schlüssel hervor, der dem zum Verwechseln ähnelte, den er Luca bei seiner Ankunft auf dem Hof gegeben hatte. Er hielt ihn neben sein Gesicht. »Ich hätte es begrüßt, wenn Sie zu mir gekommen wären, anstatt Gefahr zu laufen, sich bei Ihren akrobatischen Einlagen den Hals zu brechen.« Er warf den Schlüssel auf den Schreibtisch.

Luca starrte das Stück Metall lange an. Seine Wangen wurden heiß. Hatte er Toivo so falsch eingeschätzt? Hielt er ihn womöglich gar nicht hin?

»Dann … Das heißt, ich kann gehen?«, fragte Luca kleinlaut.

Toivos Lippen kräuselten sich in Irritation. Er lachte spöttisch. »Natürlich können Sie gehen! Was denken Sie, wer ich bin? Der nächste Zug kommt in zwei Wochen. Am Freitagmorgen gegen neun Uhr. Unter normalen Umständen würde ich Sie selbstverständlich mit der Kutsche hinbringen – aber Sie, mein Freund, sehen zu, dass Sie auf eigene Faust zum Bahnhof kommen. Wie Sie eindrucksvoll demonstriert haben, verfügen Sie schließlich über zwei gesunde Beine.«

Und damit ließen sie Luca allein.

29

Ein gewisser Ruf

Zwei Wochen später – die Schatten waren noch lang und kalt – stand Luca mit einer Handvoll Arbeiter am Bahnhof, in seiner Hosentasche ein paar Kronen für Fahrkarte und Proviant, die ihm Toivo wortlos in die Hand gedrückt hatte, und wartete.

Sie hatten in den vergangenen Tagen kaum ein Wort gewechselt. Ingrid hatte ihm regelmäßig vernichtende Blicke zugeworfen – was zum Teil daran liegen mochte, dass sie das entwendete Silber in stundenlanger Arbeit hatte aufpolieren müssen. Nur Elina hatte nach wie vor freundliche Blicke für ihn übrig und wirkte eher amüsiert als schockiert über seinen versuchten Diebstahl.

Luca fiel ein Stein vom Herzen, als die Dampflok endlich in den Bahnhof schnaufte. Wie bei seiner Ankunft vor einem guten halben Jahr sprudelte auch heute eine Gruppe Arbeiter aus den Türen. Während er wartete, bis alle Fahrgäste ausgestiegen waren, trabten leere sowie mit Kisten und Fässern beladene Pferdekarren an. Neben den Arbeitern, die den Zug entluden und die Last der Pferde in die hinteren Waggons schlichteten, blitzte auch Emil Larsens weißer Schopf vor dem Grün der Wälder, der Anweisungen gab und den Trubel mit Argusaugen überwachte. Als sich ihre Blicke trafen, setzte Larsen sein schmieriges Grinsen auf.

Luca nahm am Fenster Platz und hielt dem freundlichen Schaffner mit dem Schnauzbart und den Lachfältchen, der für jeden Passagier ein nettes Wort hatte, frohen Mutes seine Kronen hin.

Der Uniformierte griff zunächst nach dem Geld, sah Luca an, stutzte. Sein Gesicht verlor schlagartig sein Lächeln. »Sie nicht«, blaffte er.

»Was soll das heißen?«

»Steigen Sie aus.«

»Aber ich habe Geld. Ist es nicht genug?«, Luca deutete verdattert auf die Münzen in seiner Hand.

Der Schaffner bedeutete ihm aufzustehen. »Wir befördern eine gewisse Klientel nicht. Auf dieser Linie fahren auch Frauen und Kinder.«

Luca kniff die Lider zusammen. »Was?!«, rief er entrüstet und spätestens da drehten sich alle Köpfe nach ihm um.

»Sie haben's doch gehört. Raus mit Ihnen, Dorovani«, sagte Larsens blecherne Stimme hinter ihm. Seine Hand lag auf Lucas Rückenlehne.

»Aber ich habe nichts getan!« Er blickte mit offenem Mund von Larsen zu dem Schaffner; einer war wütender als der andere. Und die wenigen Fahrgäste, die ihn nicht mit grimmiger Miene betrachteten, taten es mit belustigter.

»Machen Sie, dass Sie hier wegkommen, Sie unsäglicher Störenfried!« Larsen griff nach seiner Schulter.

Luca stieß seine Hand zur Seite. »Rühren Sie mich nicht an!«

Er stand auf, die Knie wackelig, die Finger zittrig, der Puls bis hinter seiner Stirn. Um ein Haar hätte er zugeschlagen, doch er besann sich rechtzeitig; stattdessen schleuderte er dem Schaffner seine Münzen entgegen und empfand Genugtuung über das silberhelle Klimpern, als sie sich im gesamten Waggon verteilten.

Er würde keinen Tagesmarsch in die Stadt auf sich nehmen, sondern zum Hof zurückkehren und dieses Problem mit Fornberg ein für alle Mal klären.

Als er aus dem Zug und den geschotterten Weg zur Mine hochstapfte, hörte er das Getuschel hinter sich. *Dorovani,* flüsterten sie. Und: *Dieb.*

Stunden später stieß er atemlos mit beiden Händen Havssuns Eingangstür auf, lief in die Küche, riss den Schrank mit den Gläsern auf, hielt eines unter den rauschenden Wasserhahn und trank den kühlen Inhalt in einem Zug aus.

Ingrid, die am Fenster saß und eine riesige dampfende Schüssel Kartoffeln schälte, blickte auf. Eine Weile ruhten ihre Knopfaugen auf seinen, Widerwillen und Abscheu darin, dann widmete sie sich erneut ihrer Arbeit.

»Und die nächste, die nichts als Verachtung für mich übrig hat! Was ist das für ein Irrenhaus?!«, brüllte Luca und fegte das leere Glas vom Tisch.

Ingrid zuckte zusammen. An ihr Gemüsemesser geklammert, musterte sie die Scherben auf dem Boden, Lucas Hand, sein Gesicht, dann den Türrahmen hinter ihm.

»Was geht hier vor?«, fragte Toivos Bariton.

Luca wirbelte herum und starrte in angriffslustig funkelnde Augen in einem Gesicht, das keinerlei Überraschung zeigte.

»Ich könnte Sie dasselbe fragen.«

Als Ingrid ihre Schüssel auf den Esstisch stellte und Anstalten machte, den Raum zu verlassen, gab Toivo ihr ein

Zeichen und lächelte. »Es gibt hier nichts, das Sie nicht erfahren dürften, meine Liebe.« Er wandte sich an Luca, wies auf einen Stuhl, rückte einen für sich selbst zurecht, lehnte sich weit zurück, die Finger hinter dem Nacken ineinander verschränkt.

»Sie waren als Passagier wohl nicht willkommen?«

Luca stieß die Luft aus der Nase. »Was haben Sie getan?« Erschrocken stellte er fest, wie müde und hilflos seine Worte klangen.

Toivo hob die Brauen. »Kommen in dieser Gegend Gerüchte auf, halten Sie sich nun einmal hartnäckig. Die Meinung eines Arztes wiegt viel.«

Lucas tönerne Stimme hallte in seinen Ohren wider. »Oder die eines wohlhabenden Geschäftsmannes. Als ob nicht ein einziges Wort von Ihnen genügen würde, um mich mit dem Zug fahren lassen zu können. Warum verwehren Sie mir die Heimreise?«

Toivo schüttelte bekümmert den Kopf. »Sie gehen sehr streng mit mir ins Gericht. Benson ist mein Zeuge, dass ich Ihnen selbst nach Ihrem schäbigen Verhalten entgegengekommen bin, anstatt Sie mit Fug und Recht wegen Diebstahls anzuzeigen. Wenn es nach ihm ginge, wären Sie noch in derselben Nacht hochkant vom Hof geflogen. Weder habe ich Ihnen jemals Schaden zugefügt noch Ihnen Steine in den Weg gelegt.«

Luca lachte spöttisch. »Sie haben mich monatelang vertröstet.«

Ingrid schnaufte, biss sich aber auf die Lippe. Falten gruben sich tiefer in ihre Stirn.

Toivo warf ihr einen Blick zu und nickte wissend. »Wir haben uns monatelang um Sie *gekümmert*«, sagte er gekränkt.

»Sehen Sie sich an: Sie sind wohlauf. Sie haben sogar eine neue Sprache gelernt. Ihr Schicksal hätte sich wahrlich dramatischer gestalten können.« Er räusperte sich, beugte sich zu Luca und legte die Hände übereinander auf die Tischplatte. Dann säuselte er: »Jetzt, wo Ihnen ein gewisser Ruf vorauseilt, müssen Sie sehr vorsichtig sein, wie Sie sich verhalten. Wir wollen doch nicht, dass Sie Schwierigkeiten mit der Polizei bekommen. Das wäre bedauerlich.«

Wut schwelte in Fornbergs Augen. Luca atmete tief durch. Er würde sich nicht so leicht einschüchtern lassen, schließlich hatte er es schon mit weitaus mächtigeren Kontrahenten zu tun gehabt.

»Dann habe ich ja unfassbares Glück, dass Sie auf meiner Seite sind. Ich gehe davon aus, dass Sie sich noch eine Weile so aufopferungsvoll um mich kümmern werden wie bisher?«

Nach langer Pause entgegnete Fornberg, als meinte er es: »Mit großer Freude.«

In diesem Moment ging Elina an der Küchentür vorbei.

Luca schmunzelte geradeso. Wenn der Alte Spielchen spielen wollte, würde er ihm ein ebenbürtiger Gegner sein und ihn dort treffen, wo es ihm am meisten wehtat.

30

Das Kupferrot ihrer Haare

Auch Wochen später wagte Luca nicht, zum Bahnhof zurückzukehren und sein Glück erneut zu versuchen. Während er zur Untätigkeit verdammt war, verstrichen die Monate und der Sommer erreichte Havssun. Von außen betrachtet taten sie es reibungslos wie ein präzises und gut geöltes Uhrwerk, doch in den Momenten zwischen den Sekunden streute Luca Sand ins Getriebe: Wenn er Elina etwas reichte, ließ er seine Hand einen Atemzug länger als notwendig auf ihrer liegen. Er vertauschte Salz und Zucker in den Vorratsgefäßen und beobachtete mit diebischer Freude, wie Ingrid an ihrem Verstand zweifelte, weil der Kaffee wie das Tote Meer schmeckte. Und als Benson zu Besuch kam, fabulierte Luca so lange mit glühender Begeisterung von der heilenden Kraft des Mondes und der Schädlichkeit der Schulmedizin, bis der alte Arzt entnervt ins Nebenzimmer hastete.

An einem Tag jedoch ließ Luca nicht mehr nur Sand in Havssuns Zahnräder rieseln, sondern kippte einen Eimer Schotter darüber aus. Oh, und wie wunderschön es war, diesen Hof krachen zu hören.

Elina seufzte erschöpft. Sie legte den Kopf auf Lucas

Schulter und zog die seidene Bettdecke über ihre Brüste und sein Becken.

»Das ist unvergleichlich«, murmelte er, doch er meinte nicht etwa sie; seine Fingerkuppen glitten über die Seide des Leintuchs. Was hätte er jetzt für eine Zigarette gegeben?

Als schöbe er damit seinem Gewissen einen Riegel vor, verwob er die Finger ineinander, legte den Kopf auf die Handflächen und blickte hoch zu den Deckenbalken. Alles, was an diesem Ort geschah, das geschah nicht ihm, und alles, was er hier tat, das tat nicht er. Dieser Mann, der damals im kühlen Nass des Sees geschwommen war und der Anna später versprochen hatte, dass alles gut werden würde, war nicht derselbe wie jener, der sich gerade in diesem Bett räkelte. Er tat, was nötig war, und spielte eine Rolle, die er ablegen würde, sobald er dieses Tor zum letzten Mal durchschritt. Dieses bedeutungslose körperliche Vergnügen war Teil davon.

»Was hast du? War es nicht gut?«, fragte Elina, die Stirn tief gefurcht.

Sie lag mit dem Rücken zum Fenster, sodass er sein Gesicht mit der Hand vor der Sonne abschirmen musste, als er den Kopf zu ihr drehte. »Doch, es war gut. So gut, dass ich mich frage, was eine so leidenschaftliche junge Frau bei einem alten Mann am Ende der Welt zu suchen hat und warum dir das reicht.«

Sie wirkte ertappt. »So schlimm ist es hier nun wirklich nicht. Die Stadt ist nur ein paar Stunden mit der Kutsche entfernt.«

Luca rutschte hoch zum Kopfende des Bettes und musterte sie. Hätte sie nicht eine andere Verbindung eingehen können? Wollte sie etwa niemand anderer? Gehörte sie zu diesen Übriggebliebenen, deren Eltern froh waren, dass sie endlich irgendein Mann heiratete, auch wenn er über zwanzig Jahre älter war als sie?

»Also, warum bist du hier? Warum ausgerechnet Toivo?«

»Das ist eine lange Geschichte.« Ein Schatten wanderte über ihr Gesicht.

»Mich interessiert nur die Kurzfassung.«

Sie schwieg eine Weile, die blassen Arme fest um den Oberkörper geschlungen. Dann antwortete sie mit vor Scham leuchtend roten Ohren: »Ich war schon einmal verlobt und hatte ein Verhältnis mit unserem Stallburschen.«

Luca lachte schallend. »Was du nicht sagst!«

Sie sah ihn aus glänzenden Augen an, die durch ihre Farbe und die Feuchtigkeit darin wässrig schienen. »Anstatt seinen Mund zu halten, hat dieser Hitzkopf im ganzen Dorf damit geprahlt. Die Geschäfte meines Vaters und der Ruf der Familie wurden durch den Tratsch der Leute geschädigt. Zuletzt behauptete man, ich hätte eine uneheliche Tochter«, sie rang um Fassung, die Stimme dünn und zittrig, »also hat mich mein Vater Toivo vorgestellt. Viele Stunden fern der Heimat.«

Luca legte eine Hand auf ihre Schulter, um sie zu trösten. Sie musste die Geschichte zu Ende erzählen. Vielleicht ließ sich gerade dieses Wissen nutzen. Anstatt sie darauf aufmerksam zu machen, dass sie aus dieser vergangenen Torheit offensichtlich nichts gelernt hatte, hauchte er: »Wir alle machen Fehler, Elina. Und falls es dir ein Trost ist: Ich weiß, wie du dich fühlst, weit weg von deinem Zuhause.«

Sie nickte dankbar und ihre Worte gewannen an Festigkeit. »Auch über Toivo haben die Leute geredet – über den alleinstehenden, wohlhabenden Geschäftsmann, der immer noch keine Kinder hatte, weil er mit seinen Frauen so wählerisch war, und der langsam zu alt für die Familiengründung wurde.«

»Also habt ihr beide davon profitiert.«

Sie zuckte mit den Schultern. »Ich kann nichts Schlechtes über ihn sagen; seine Reife macht ihn aufmerksam, sein Wohlstand großzügig. Ich bin seit zwei Jahren hier und er legt mir immer noch nach Kräften die Welt zu Füßen. Alles, was er sich dafür von mir wünscht, ist ein Kind. Ein Stammhalter. Aber er ist zu anständig, das auszusprechen. Ingrid hat es mir erzählt.«

Luca lachte spöttisch. »Das hätte ich mir denken können. Sie hat ihre Augen und Ohren überall.«

Ingrid sorgte zuverlässig dafür, dass sich Elina niemals unbeaufsichtigt im selben Raum aufhielt wie Luca, und wenn sie Donnerstagvormittag freihatte, blieb Fornberg auf dem Hof. Heute aber würde Elina den Tag bei ihrer Freundin Greta in der Stadt verbringen. Sie hatte Fornberg beiläufig das Schreiben über ihre Verabredung zum Mittagessen gezeigt, die Kutsche jedoch für eine spätere Uhrzeit bestellt, sodass ihr Zeit mit Luca blieb. Greta gegenüber würde sie behaupten, dass eine Panne die Abfahrt verzögert hätte. Fornberg, der ungern von zu Hause aus arbeitete, weil er lieber den Arbeitsfluss der Mine unter Kontrolle hatte, hatte die Verabredung mit Erleichterung aufgenommen und war nach einem schnellen Frühstück aufgebrochen.

»Ich werde Greta auf ewig dankbar sein«, Luca grinste. Elina war sein Lichtblick in Havssun. Dann huschte ein Schatten über sein Gesicht: »Ich verstehe nicht, was Toivo von mir will.«

Sie lächelte ein zartes, im Abgang spöttisches Lächeln, als

könne er etwas Offensichtliches nicht sehen. »Deine Gesellschaft. Einen Zeitvertreib.«

Luca schnaufte. »Das ist unmenschlich. Ich muss nach Hause.«

»Und das habe ich ihm auch gesagt. Er hat unwirsch reagiert. Von mir lässt er sich nicht reinreden. Höchstens von Gustav, aber mit ihm kannst du nicht rechnen.« Elina neigte den Kopf, strich mit der Rückseite ihres Zeigefingers über Lucas glattrasierte Wange, schmunzelte. »Du hättest das Silber dort lassen sollen, wo es hingehört.«

Er rollte mit den Augen.

»Lass Toivo in dem Glauben, du fändest Gefallen an unserem Zuhause. Dann wird er sich schon beruhigen und irgendwann das Interesse an dir verlieren. Ingrid hat mir erzählt, dass er deswegen keine Freunde hat, weil ihn die meisten Menschen schnell langweilen. Es ist immer dasselbe mit ihm.«

»Und was tue ich, bis es so weit ist?«, brummte Luca.

Elina lächelte verschmitzt. »Ich wüsste da ein oder zwei Dinge.« Sie biss sich auf die Lippe, deren sanftes Zittern er gerade so ausmachen konnte. »Du kannst dich darauf verlassen, dass *ich* an einem Mann wie dir niemals das Interesse verlieren werde.«

Er beugte sich über sie und liebkoste mit seiner Zungenspitze die kleine Vertiefung zwischen ihren Schlüsselbeinen, die pudrig und süß wie Talkum roch und nach Salz schmeckte wie der Ozean. Dann küsste er sie auf das blasse Rosa ihres Mundes, zunächst sanft und unschuldig, schließlich fordernd und gierig. Schon war sie Wachs in seinen Händen. Er genoss den Moment eine Weile, entzog sich ihr, schwang die Beine über die Bettkante und bückte sich nach seiner Kleidung, die er zusammengeknüllt neben ihre Sachen auf den Boden geworfen hatte.

»Du musst dich auf den Weg machen. Wenn du dich zu sehr verspätest, wird dir Greta die Geschichte mit der erfundenen Panne nicht glauben.«

Er stand auf, schlüpfte in sein hellblaues Hemd und knöpfte es zu, als hätte er alle Zeit der Welt, während er sie mit geneigtem Kopf ansah wie ein frecher Schuljunge. Mit Genugtuung folgte er ihrem Blick, der über seinen nackten Oberkörper wanderte.

Elina verzog missmutig das Gesicht, rollte sich auf den Bauch und stützte die Wangen auf die Hände. »Wann wiederholen wir das?«

»Gar nicht. Das war eine einmalige Sache. Ein kleines Andenken an mich, wenn ich nicht mehr hier sein werde.«

Sie sprang aus dem Bett und ging zu ihm. »Sag das nicht!«, rief sie enttäuscht. »Wir finden bestimmt wieder einmal Zeit.«

Ein Lächeln umspielte seine Lippen. »Du bist unersättlich. Aber wir können keine Liaison führen, mein Täubchen. Es ist zu riskant; was, wenn Toivo uns entdeckt? Oder wenn du schwanger wirst?«

Elina schüttelte entschlossen den Kopf. »Erstens warst du doch vorsichtig. Und zweitens können wir doch auch … andere Dinge tun.«

Luca grinste breit. »Andere Dinge?«, säuselte er und ließ eine ihrer Haarsträhnen durch seine Finger gleiten. »So wie diese?«

Er zog sie an der Hüfte zu sich, bis er ihre nackten Brüste durch sein Hemd hindurch spürte. Dann legte er eine Hand in den Nacken ihres filigranen Halses und die andere in die sanfte Mulde ihres unteren Rückens, direkt über ihrem Becken.

Während seine Fingerkuppen genüsslich über ihre weiche Porzellanhaut wanderten, von der Schulter über ihre harten Brustwarzen bis zu ihrem Nabel und dann noch ein wenig tiefer, sah er in ihre leuchtend blauen Augen. Die blonden Härchen auf ihren Unterarmen stellten sich auf, ihre Lider fielen flatternd zur Hälfte zu. Das Kupferrot ihrer Haare glänzte im Gegenlicht.

»Weißt du, was mir an dir gefällt?«, flüsterte er in ihr Ohr. »Ihr seid so schrecklich zugeknöpft in deinem Land. Aber du? Du tust, was du willst, ob verpönt oder nicht.«

Auf diese Weise mit Elina zu verkehren, war ein so betörendes Gefühl, dass es ihn trunken vor Macht und Wollust zurückließ. Er konnte sich kaum von ihr lösen. Das Beste daran war, dass Toivo noch nicht einmal zu wissen brauchte, was geschehen war. Lucas Kenntnis darüber genügte.

»Ich muss gehen. Unser Abenteuer bringt mich noch um den Verstand«, hauchte er.

Als er sie zum Abschied küsste, schlang sie die Arme um seinen Nacken und presste sich gegen ihn. Einen Wimpernschlag lang war er versucht, den Moment auszudehnen und ihr Vergnügen zu bereiten, bis ihr die Knie einknickten. Dann besann er sich und löste ihre enge Umarmung.

»Elina ... verzeih mir ... Ich bin untröstlich, aber ... wir müssen damit aufhören.« Er strich mit dem Zeigefinger über das weiche Rot ihrer Lippen. »Das war ein würdiger Abschiedskuss. Wie sehr ich diesen Stallburschen beneide.«

31

Frei wie ein Adler

Mit dem Lauf der Jahreszeiten wechselte Havssun seine Kleider und ein gnädiger Herbst löste den lauen, trockenen Sommer ab, bevor er schließlich erneut dem langen Winter den Weg ebnete.

Luca schrieb Briefe und bat Toivo, sie weiterzuleiten, aber es kam nie wieder zu einer Diskussion über seine Abreise. Wann immer Toivo oder Elina ihn um etwas baten, ob es sich um einen Handgriff im Haushalt oder bloße Gesellschaft handelte, so kam er der Bitte ohne Umschweife nach.

Begleitet von der ein oder anderen Flasche Wein stellte sich Luca als ausgesprochen mitreißender Erzähler heraus. Wenn er lautmalerisch und mit vollem Körpereinsatz von seinen Reisen in die Ferne und seinen Begegnungen mit skrupellosen Geschäftsleuten berichtete, verwandelte er ein endloses verschneites Wochenende im Handumdrehen in eine Zeit voll Abenteuer und Wunder. Besonders ausschweifend schilderte er seine Zusammenarbeit mit einem Mann, den er als ›fetten Baron‹ bezeichnete. Lucas Gesicht spiegelte dann sekündlich eine andere Emotion wider, von Abscheu über Enttäuschung zu Häme war alles dabei, und Toivo sah den Baron in voller Körperfülle vor seinem geistigen Auge zum Leben erweckt.

Darüber hinaus schwärmte Luca von Erfindungen und Entdeckungen in seiner Heimat, beispielsweise diese neumodischen ›Zigaretten‹, die schneller zu rauchen und noch dazu günstiger und handlicher als Toivos Zigarren waren.

Toivo honorierte die Geselligkeit seines Gastes über alle Maßen; er schenkte ihm dosenweise Kautabak, denn Zigarrenrauch bezeichnete Luca als ›widerwärtig‹, überhäufte ihn mit Kostbarkeiten – eine Schachtel feinster Pralinen aus dem Ausland, eine Kaffeetasse, die mit Glanzgold überzogen war, eine azurblaue Seidenkrawatte – und ließ mehrere Anzüge für ihn schneidern, damit ihre dreiköpfige Tischgesellschaft die Eleganz ausstrahlte, die er als angemessen empfand.

Ihr erstes Weihnachten zu dritt gipfelte in einem Festmahl sondergleichen, das an Opulenz schwer zu überbieten war; Ingrid servierte Platten, Schüsseln und Schalen, bis die weiße Tafeldeckel des Festtagstisches unter den gut gefüllten Tellern verschwand: Rentiersuppe, Fleischbällchen mit brauner Soße, Preiselbeeren und Kartoffelpüree, Moltebeerencreme, dazu dunkles, malziges Bier für die Herren, Weißwein für die Dame und zum Abschluss Kümmelschnaps für alle.

Bei der dritten gemeinsamen Tasse Kaffee ließ Toivo seinen Blick schweifen. Die Szene wirkte durch Lucas Anwesenheit mit ein wenig Fantasie wie ein barockes Gemälde.

Und als Toivo annahm, es könne nicht mehr besser werden, setzte ein weiterer besonderer Tag seinem beschaulichen Leben die Krone auf: Es war ein Wintermorgen mit blitzblauem Himmel und das Jahr 1885 kaum zwei Monate alt.

Toivo schlich auf Zehenspitzen zu Elina und ließ sich vorsichtig auf der Bettkante nieder. Nach einem Kuss auf ihre verschwitzte Stirn strich er das feuchte rotblonde Haar aus ihrem Gesicht. Sein Blick fiel an ihre Seite. In die weichen Daunen wie auf Watte gebettet, blitzte dort das unwirklich perfekte Marzipangesicht des Neugeborenen aus einem weißen Kokon hervor. Auf seinem geröteten Kopf lagen ein paar feine blonde Strähnen.

»Er ist wunderschön. Makellos«, flüsterte Toivo versonnen.

Seine Stimme war ungewöhnlich brüchig. Er räusperte sich und blinzelte heftig, dennoch stahlen sich ein paar Tränen aus seinen Augen und kletterten in Windeseile seine Wangen hinab, um sich in seinem Bart zu verstecken. Er wischte sich verstohlen über die flatternden Lider und schlug die Hand vor den Mund.

»Du kannst ihn halten, wenn du möchtest«, erwiderte Elina und schob das Kind zu ihm.

Als er ihn in seine Ellenbeuge legte, gab der Säugling klägliche Laute von sich. Toivo verzog erschrocken das Gesicht. Mit offenem Mund starrte er auf die winzigen Lippen des Neugeborenen und auf die so unfassbar zarten Wimpern, und als es die Fäuste freistrampelte, erblickte er voller Entzücken die kleinen Finger mit Miniaturen von Fingernägeln.

»Hin und her«, murmelte Elina mit dünner Stimme.

Sie schaukelte mit den Armen, Toivo tat es ihr nach und suchte bei ihr nach Zustimmung, woraufhin sie müde nickte und eine Hand auf seinen Unterarm legte. »Das machst du sehr gut.«

Toivo lächelte, während er seinen Sohn zärtlich im Arm

wiegte. Sein Stolz wuchs mit jedem Herzschlag, den das kleine Leben in seinen Händen machte.

»Wie soll er heißen, Liebes?«

»Das überlasse ich dir.« Ihre Augen lagen inmitten graublauer Ringe in ihrem schneeweißen Gesicht. Mit dem Zeigefinger der freien Hand strich er liebevoll über ihren Handrücken, dann drehte er sich nach der Tür um.

Gustav, der im Rahmen stand, schlang ein Handtuch über seine Schulter und wies mit einem knappen Nicken nach draußen.

»Mach es kurz«, flüsterte er. »Elina muss sich ausruhen.«

Toivo hob den Zeigefinger und bedeutete ihm, er würde gleich zu ihm stoßen.

Gustav hatte ihm schon draußen gesagt, er solle Elina nach der langwierigen und schwierigen Geburt nicht länger als nötig beanspruchen.

»Arvid. Nach meinem Großvater«, verkündete Toivo entschlossen mit einem zufriedenen Lächeln.

»Stark wie ein Baum, frei wie ein Adler«, murmelte Elina.

Toivo nickte eifrig. »Das ist gut. Mehr als gut. Perfekt!«

Sie drückte sich mit einem langen Gähnen in ihr Kissen zurück. »Willkommen in Havssun, Arvid Fornberg«, flüsterte sie schläfrig.

Toivo streichelte ihre Hand und beugte sich über sie, um ihre Stirn erneut mit einem behutsamen Kuss zu bedecken. »Ich würde ihn gern zu Luca bringen. Ist das in Ordnung?«

Sie murmelte ihr Einverständnis, während ihr die Lider zufielen.

Im Wohnzimmer ließ sich Gustav im Ohrensessel nieder, fischte die erstbeste Lektüre aus dem Zeitungshalter heraus und vertiefte sich darin.

Luca saß vornübergebeugt auf dem Sofa vor dem Feuer, die Ellenbogen auf den Oberschenkeln abgestützt, die Hände zwischen den Knien. Er tappte abwechselnd mit dem linken und rechten Fuß auf den Boden. Als er Toivo auf sich zukommen sah, wanderten seine dunklen Augen zu dem weiß umhüllten Bündel in dessen Armbeuge. Er stand auf, aber verzog keine Miene.

»Das ist mein Sohn Arvid«, flüsterte Toivo.

Luca brachte ein schmales Lächeln zustande.

»Sehen Sie«, kicherte Toivo und zog das dicke Tuch um Arvids Kopf zurück. »Er hat meine Haare! Ha! Ist das nicht großartig?«

Luca starrte wie gebannt auf den zarten goldenen Flaum auf Arvids Kopf. Die Anspannung wich aus seinen Zügen und er atmete tief aus. »Fantastisch! Jetzt ist Ihre Familie endlich vollzählig. Ich freue mich für Sie. Und dann auch noch so ein hübscher Junge. Ich gratuliere.«

»Möchten Sie ihn halten?«

»Ich weiß nicht, Herr Fornberg … Ich habe kaum Erfahrung mit Kindern«, entgegnete er und trat einen Schritt zurück.

Arvid, der auf dem Arm seines Vaters hin und her geschaukelt wurde, gab klägliche gurrende Laute von sich. Toivo hielt inne und wartete, bis sich der Säugling beruhigt hatte.

»Ach, das habe ich auch nicht«, meinte Toivo, als sein Sohn verstummt war. »Kommen Sie. Ihr werdet in Zukunft ohnehin Zeit miteinander verbringen. Und bitte – genug der Förmlichkeiten. Du gehörst doch mittlerweile zur Familie. Toivo.«

Er drückte Lucas Schulter kameradschaftlich, dann klopfte er sie mit solch beschwingter Kraft, dass er den Jüngeren um ein Haar von den Füßen fegte.

Luca nahm Arvid zögerlich entgegen. Er hielt ihn wie ein rohes Ei, die Arme steif, der Körper angespannt.

»Du musst ihn schaukeln«, erklärte Toivo und machte es ihm vor, woraufhin Luca die Bewegung imitierte.

Er verfiel in schallendes Gelächter. »Gut so! Du bist ein Naturtalent.«

Arvid krähte sein Missfallen und sein Gesicht färbte sich krebsrot.

»Er wird Hunger haben, Toivo. Sein Ausflug hat lang genug gedauert«, murmelte Gustav, den Blick auf die Zeilen seiner Illustrierten geheftet.

»Dann bringe ich ihn besser zu seiner Mutter zurück. Und was euch beide angeht«, er bedachte Luca und den Arzt mit einem langen Blick. »Ihr nehmt heute alles, was ihr möchtet. Alles! Esst und trinkt, so viel ihr wollt – heute ist ein Tag zum Feiern!«

Mit seiner begeisterten Ankündigung brachte er den kleinen Arvid endgültig zum Schreien und eilte, das brüllende Neugeborene auf dem Arm, zurück zu Elina.

Was auch immer die Zukunft noch bringen würde, sein Lebensziel hatte Toivo mit Arvids Geburt nach so vielen Jahren des Zweifelns an seiner Manneskraft endlich erreicht. Nichts würde dieses Glück jemals zerstören.

32

Keinen Tag länger

Nach Arvids Geburt tat Luca sein Möglichstes, um in Toivos Gunst zu bleiben und die Weichen seines Aufenthaltes in eine Richtung zu lenken, die ihn bald in seine Heimat zurückführen würden. Das beinhaltete auch, sich gewissenhaft um den Säugling zu kümmern; etwa, ihn aus seinem Bettchen zu nehmen, wenn Elina gerade am Mittagstisch saß, oder auf ihn achtzugeben, wenn sie sich nach einer durchwachten Nacht am Tage hingelegt hatte.

Toivo hielt, trug und herzte seinen Sohn, so oft er konnte, und fand jeden Unsinn, den er anstellte, großartig. Selbst als der Kleine in einem unbeobachteten Moment zum kalten Kamin krabbelte, die Asche mit großem Vergnügen auf das Schaffell davor schaufelte und sich selbst von Kopf bis Fuß damit bedeckte, nahm Toivo es mit Humor. Nie erhob er die Stimme.

Doch obwohl sich Havssuns Bewohner verhielten, als wären sie gute Freunde – Ingrid ausgenommen, denn sie konnte Luca immer noch nicht ausstehen –, machte Toivo nach wie vor keinerlei Anstalten, für Lucas Rücktransport zu sorgen.

Der kleine Arvid war ein knappes Jahr alt, da wollte Luca einen erneuten Versuch unternehmen, die Heimreise anzutreten. Weil er das Geld für seine Fahrkarte in seinem Zorn im Abteil verteilt hatte, nachdem man ihn vor langer Zeit aus dem Zug geworfen hatte, besaß er keine Krone mehr, und bat Elina um ein paar Münzen.

»Toivo regelt die Finanzen. Ich habe kein Geld«, sagte sie, während sie einen Teelöffel geschabten Apfel in Arvids weit aufgerissenen Mund schob. »Ich müsste ihn danach fragen. Aber wenn du willst, tue ich das.«

Luca schüttelte hastig den Kopf. »Er hat seinerzeit sehr unschön reagiert, als ich abreisen wollte. Außerdem will ich nicht, dass er sich darüber Gedanken macht, warum du dich für mich einsetzt.«

Sie blickte ihn verwundert an. »Ach, das meinst du. Das ist doch so lange her, Luca. Er wird es nie herausfinden, weil er es nicht wissen *will*. Schließlich mag er dich viel zu gern. Du hilfst uns doch andauernd mit Arvid. Toivo hat mittlerweile längst eine bessere Meinung von dir, da bin ich mir sicher.«

Luca zuckte mit den Schultern. »Schlafende Hunde soll man nicht wecken. Ich komme sehr gut allein zurecht.« Zumindest hoffte er das.

Er beschloss, den weiten Weg in die Stadt zu Fuß auf sich zu nehmen und sich dort als Tagelöhner durchzuschlagen, bis er genug Geld für eine Fahrkarte beisammenhatte.

Doch als er die Stadt nach vielen Stunden Marsch erreicht hatte – oder das, was die Einheimischen so nannten, denn Luca befand, es sei ein besseres Dorf –, beäugte man ihn, als wäre er ein Verbrecher. Es schien, als wäre seit dem Vorfall im Zug kein Tag vergangen. Wie konnte es sein, dass ihm sein Ruf auch mehr als ein Jahr später noch vorauseilte? Sorgte Toivo etwa dafür, dass die Schande auf Lucas Namen nicht in Vergessenheit geriet?

Luca fragte dennoch höflich nach Arbeit: beim Metzger, beim Krämer, beim Hufschmied und im Gasthaus. Doch man hörte ihn nicht an und sah ihm kaum ins Gesicht. Niemand wollte etwas mit ihm zu tun haben.

Der Bäckermeister, der sein Geschäft neben dem Wirt hatte, rannte nach Lucas letztem erfolglosen Gesuch auf die Straße und polterte, er würde die Polizei rufen, wenn Luca nicht sofort die Stadt verließe. Luca versuchte, erst ihn und bald eine neugierige Menschentraube davon zu überzeugen, dass er ein rechtschaffener Mann und ein fleißiger Arbeiter wäre, der sich für keine Aufgabe zu gut sei. Doch während ihm seine Redekunst in seiner Heimat jede Tür geöffnet hatte, versagte sie in der Fremde; mit jedem seiner Worte wurde der Zorn des Bäckers größer und das Raunen der Bürger lauter.

»Rechtschaffen, meinst du? Pah! Wir wissen alle, wer du bist!«, brüllte der Bäcker mit hochroten Wangen und schwang die mehlbedeckte Faust. »Herr Fornberg hat uns erzählt, was du getan hast. Einmal ein Dieb, immer ein Dieb!«

Als der Bäcker auf ihn zustürmte, rannte Luca weg, ohne sich noch einmal umzudrehen. Er blieb erst stehen, als die Häuser weit hinter ihm lagen. Wo sollte er noch Zuflucht finden? Die Stadt war seine letzte Hoffnung gewesen.

Er sah sich gezwungen, nach Havssun zurückzukehren; beschämt, verzagt und verzweifelt. Wie sollte er ohne Toivos Unterstützung nach Hause kommen?

Ein weiteres endloses Jahr verging, in dem Luca wartete und hoffte, und Arvid feierte seinen zweiten Geburtstag.

»Genau so habe ich mir das vorgestellt. Gut siehst du aus!«, rief Toivo mit weit von sich gestreckten Armen.

Luca blickte unsicher an sich herab. Toivo hatte ein weißes Hemd für ihn ausgesucht, dazu eine dunkelbraune Wollweste mit cremefarbenen Längsstreifen.

»Elina wird sicher gleich mit Arvid kommen. Wir können inzwischen auf diesen Anlass anstoßen«, Toivo machte einen Schritt auf die Vitrine zu, um die Gläser zu holen.

Er verzog das Gesicht, humpelte weiter und blieb stehen.

»Was ist mit dir?«

Toivo winkte ab. »Ich hatte in der Nacht einen Gichtanfall.« Er versuchte einen weiteren Schritt und hielt unschlüssig inne.

»Lass mich dir helfen«, Luca eilte auf ihn zu und legte Toivos Arm um seine Schultern.

Toivo zögerte einen Moment, dann lehnte er sich auf den Jüngeren. Sie gingen gemeinsam zum Ohrensessel, wo sich Toivo ächzend niederließ. »Danke. Sehr aufmerksam von dir.«

Luca quittierte das Lob mit einem winzigen Nicken, ging zur Hausbar hinüber und schenkte ihnen beiden ein, während der Ältere die Kette seiner Taschenuhr an einem seiner Knöpfe anbrachte und den Chronometer in die Westentasche steckte.

Luca setzte sich auf das Sofa neben ihm. »Ich halte das nach wie vor für keine gute Idee«, murmelte er, schlang den freien Arm um die Rückenlehne und nippte an seinem Getränk.

»Bitte fang nicht wieder damit an. Ich möchte, dass du dabei bist«, erwiderte Toivo sanft.

»Es ist völlig unangebracht«, Luca schüttelte mit Nachdruck den Kopf. »Das ist nicht mein Platz«, er bedachte den anderen über seinen Glasrand hinweg mit einem skeptischen Blick.

Toivo lachte schallend. Er nahm einen großen Schluck. »Luca, ich bitte dich, natürlich ist das dein Platz! Du hast so viel für uns getan, seit du unter meinem Dach lebst. Wir hatten anfänglich unsere Differenzen, aber ich bestehe darauf, dass auch du auf diesem Gemälde abgebildet wirst. Ich will an die ersten Jahre mit Arvid zurückdenken können und immer auf dich deuten, wenn ich meinen Enkeln von meinem Freund aus dem Süden erzähle«, entgegnete er bestimmt, strich sich über den exakt gestutzten Vollbart und stellte das Glas mit so viel Schwung auf den Beistelltisch, als wolle er mit diesem Geräusch jegliche Einwände unterbinden.

»Warum ist Ingrid dann nicht auf dem Gemälde? Sie arbeitet seit Jahrzehnten für dich und hat sicher mehr für dich getan, als ich es jemals könnte.«

»Das ist etwas anderes und das weißt du auch. Sie ist eine Angestellte.«

Luca schnaubte. Ingrid war eine Angestellte, der es jederzeit freistand, ihren Dienst niederzulegen und abzureisen. Er trank eisern schweigend von seinem Wein.

Nach einer Weile seufzte Toivo und stellte die Beine nebeneinander. »Bist du denn nicht mehr glücklich hier?«

Luca schüttelte vage den Kopf. »Warum fragst du mich das? Es kümmert dich ohnehin nicht – schließlich ignorierst du meine Versuche, heimzukehren. Dabei würde es dein Schaden nicht sein: Ich habe dir unzählige Male zugesichert, dass ich dich für deinen Aufwand entlohnen werde.«

Toivo grinste, stellte sein Glas ab und lehnte sich weit nach vorn. In seiner Stimme schwang ein eisiger Hauch mit: »Ich weiß längst, dass du kein Geld und keine Macht mehr hast. Aber darum geht es mir nicht. Wie du siehst, habe ich genug von beidem. Was auch immer du besitzt, ich will und brauche es nicht.«

Luca stand auf, legte eine Hand in den Nacken und starrte auf das Lammfell, das sich weiß und weich wie der Pulverschnee im Garten unter seinen Füßen ausbreitete. Ein weiteres Machtspielchen also. Er hatte seinen Aufenthalt so satt; zwar lebte er in Luxus, aber ohne seine Freiheit waren all seine Kostbarkeiten keine Lira wert.

Er drehte sich auf der Ferse herum, stapfte zur anderen Seite des Raumes und wieder zurück, nur um sich erneut in Bewegung zu setzen.

»Gut. Dann reden wir endlich darüber«, stieß er hervor, die Worte flach und hastig. »Ich habe lange genug mitgespielt. Was hätte ich auch sonst tun sollen? Du leihst mir kein Geld und hast deinen Einfluss genutzt, damit ich in der Stadt keine Arbeit finde, um mein Leben in die Hand zu nehmen. Wir haben beide darüber hinweggesehen und so getan, als wäre ich dein Gast, aber im Grunde bin ich dein Gefangener.«

Toivos irritierter Blick folgte ihm auf seinem Weg durch den Raum. Als er schließlich antwortete, trieften seine Worte vor Entrüstung: »Du bist doch kein Gefangener!«

»Was dann? Ein Zwangsarbeiter? Ein … ein Diener?«, entgegnete Luca, die Arme stramm an den Seiten, die Schritte ausladend und federnd wie ein Tiger in einem Gehege.

»Ein Freund, der uns aushilft«, gab Toivo ungläubig zurück.

Luba blieb abrupt stehen und stieß ein bitteres Lachen aus. »Du sperrst also alle deine Freunde ein?«

»Das ist doch lächerlich«, erwiderte Toivo kopfschüttelnd. »Ich habe dir alle notwendigen Schlüssel gegeben, damit du zu jeder Zeit gehen kannst, wohin du wi-«

Lucas Worte schnitten durch den Raum und zerstückelten den Satz: »Bis zum Bahnhof etwa? Wo man mich aus dem Zug wirft? Du unternimmst nichts, um mir die Rückreise zu erleichtern. Ein Wort, Toivo! Ein Wort von dir würde genügen. Wolltest du nicht andere Wege gehen als dein Vater? Was ist aus diesem hehren Vorsatz geworden?« Die Frustration lag so satt und üppig in seiner Stimme wie ein im Barrique gereifter Rotwein am Gaumen.

Das Pendel der Uhr schlug drei Takte in absoluter Stille.

Dann krochen die Worte bedrohlich ruhig von Toivos Mund durch den Raum, kletterten die Wände hoch und streckten sich als dünner Film über die Decke, wo sie sich auf die Lauer legten und auf ihre Brüder und Schwestern warteten: »Das hier … hat nichts … mit meinem Vater zu tun.« Er stemmte sich an der Lehne seines Sessels hoch, bis er auf Luca herabsah, und formte mit den Armen eine Mauer vor seinem Körper.

Lucas Tonfall wurde ob der in Toivos Augen glänzenden Wut beschwörend: »Ich habe diese Scharade bereitwillig über Jahre mitgemacht und alles getan, was du von mir verlangt hast: dir zugehört. Dir die Zeit vertrieben wie ein Hofnarr. Deinen Sohn betreut. Du warst einsam und gelangweilt, als ich zu dir gekommen bin. Darum geht es doch, nicht wahr? Das wolltest du von mir – Unterhaltung. Aber mittlerweile bist du Teil deiner eigenen Familie und brauchst meine Gesellschaft nicht mehr.«

Toivo runzelte die Stirn. »Du siehst die Sache viel zu emotional. Hier bist du in Sicherheit. Die Leute, die sich deiner so nachdrücklich entledigen wollten, werden nach deiner Rückkehr dafür sorgen, dass du erneut verschwindest. Dann für immer.«

Luca ließ sich auf dem Sofa nieder. Bis zu einem gewissen Grad musste er ihm zustimmen. Er konnte nicht in dasselbe Leben zurückkehren, das er verlassen hatte; Ferrante würde ihn nicht vergessen haben. Aber wie erging es Anna? Seinen Nichten und Neffen, seinen Freunden?

»Du bist vielleicht ein Hitzkopf, aber ein Dummkopf bist du nicht. Du weißt, dass ich recht habe«, erwiderte Toivo mit einem breiten Grinsen. »Ist es also nicht besser, wenn du hier für eine Weile in Frieden und ohne Sorgen leben kannst? Eine Art Neuanfang auf Zeit?«, er unterstrich seine von Stolz erfüllten Worte mit einer ausladenden Handbewegung.

Luca griff nach seinem leeren Glas, um sich an irgendetwas festzuhalten. »Eine Weile, ja. Natürlich. Aber nicht für so viele Jahre. Meine Frau muss sich schreckliche Sorgen um mich machen. Und ich fürchte um ihr Wohlergehen – sie hat offenbar keinen meiner Briefe erhalten«, er faltete flehend die Hände. »Ich bin dir dankbar für alles, was du für mich getan hast, und werde deine Großzügigkeit und Gastfreundschaft mein Leben lang in Erinnerung behalten. Aber wir können unser Zusammenleben hier nicht ewig so weiterführen. Ich bitte dich. Lass mich gehen.«

Toivo sah ihn lange an, zunächst mit Bedauern, schließlich mit blankem Gesichtsausdruck. Er setzte sich.

»Wie schade, dass du uns verlassen willst, wo Arvid und du euch so gut versteht. Seit du dich um ihn gekümmert hast, als er so krank war, fremdelt er nicht mehr bei dir. Nicht einmal mit Ingrid ist er so innig«, er legte die Hände ineinander in den Schoß. »Du bist ihm ein guter Freund. Und uns eine unvorstellbar große Hilfe. Wenn du nur noch ein paar Monate ...«

Luca stieß die Luft durch die Nase aus. Was interessierte ihn dieses Kind? Sollte sich Fornberg doch eine Kinderfrau für seinen Sohn anschaffen. »Kannst du mich nicht verstehen oder willst du es nicht? Ich bin nicht hier, um deine Probleme zu lösen.«

Toivo hob beschwichtigend die Hände. »Ich werde dir deine Mühen abgelten und dich als Gegenleistung in jeglicher Hinsicht dabei unterstützen, wieder Fuß zu fassen, wo auch immer du willst. Ein Haus. Ein Grundstück. Geld. Darauf hast du mein Wort«, er räusperte sich und hielt kurz inne. »Bitte hilf uns, bis Arvid drei Jahre alt ist. Feiere noch ein Weihnachtsfest mit uns. Danach werden sich unsere Wege für immer trennen. Ich verspreche es dir.«

Luca verengte die Lider, musterte sein Gegenüber misstrauisch, während das Holz im Kamin knisterte und knackte.

»Oder du reist mit dem nächsten Zug ab«, sagte Toivo beiläufig und zuckte mit den Schultern, »schlägst dich mit leeren Taschen durch den halben Kontinent und stehst zu Hause – falls du je dort ankommst – vor dem Nichts. Ein Landstreicher, dem man nach dem Leben trachtet. Wie willst du deine Frau finden? Was kannst du ihr bieten, falls es dir gelingt?«

»Du lässt mir keine Wahl«, flüsterte Luca. »Immer noch nicht. Für das, was du hier tust, sollte man dich einsperren.«

Toivo erhob sich gemächlich und schlenderte auf ihn zu, jeder Schritt eine genau kalkulierte Demonstration von Macht. Erst eine Elle vor Luca blieb er stehen, hielt seinen Blick, bis sich dieser unwohl fühlte.

»Mein Freund, das Schicksal hat dir keine Wahl gelassen, als es dich zu mir geführt hat«, säuselte Toivo. Er kräuselte die Lippen. »Ich war von Anfang an geneigt, dir zu helfen.

Und du solltest dich mit solchen Äußerungen zurückhalten – mich kennt man mit einer weißen Weste, dich als Dieb. Du kannst dir also ausrechnen, wen die Beamten liebend gern einsperren würden.« Toivo grinste so breit, dass er die Zähne bleckte.

Luca starrte auf die im Schein des Feuers orange leuchtende fleischige Pranke. Ein Jahr war eine überschaubare Zeit, und was blieb ihm auch anderes übrig, als weiter abzuwarten und sich zu fügen?

Toivos Stimme war ein Flüstern direkt in Lucas Kopf: »Dir wird es auch die nächsten Monate an nichts mangeln, solange du uns mit deiner Gesellschaft beehrst wie bisher. Das versichere ich dir. Erleichtere uns das Leben und ich sorge für dein Wohlergehen.«

»Keinen Tag länger«, knurrte Luca und schlug mit festem Händedruck ein.

»Na, siehst du«, Toivo lachte dröhnend. »Wir können doch über alles reden. Nichts kann so schlimm sein, als dass es sich nicht durch ein gutes Gespräch aus der Welt schaffen ließe.«

33

Nachtnebelschwarz

Aber wie sehr hatte sich Toivo darin getäuscht, dass sich jedes Problem ausdiskutieren und lösen ließe, denn bei einer Sache kam jedes Wort zu spät.

Nach und nach war das Blau aus den Augen seines Sohnes gewichen – so langsam, dass Toivo es zunächst nicht bemerkt hatte, doch als er ihm eines Abends seine liebste Gutenachtgeschichte, *Das Schneeglöckchen*, vorlas, fiel es ihm schlagartig auf.

So eine Veränderung sei nicht weiter verwunderlich, beruhigte Elina, nachdem Toivo sachte die Tür hinter dem schlafenden Kind zugezogen hatte, viele Babys hätten anfangs blaue Augen, die sie später verlören. Toivo wollte es glauben, doch auch Arvids Haar war nach und nach dunkler geworden, bis es einen sattbraunen Farbton angenommen hatte, der in der Sonne rötlich schimmerte. Elina beharrte darauf, dass der Junge nach ihren Vorfahren käme, die rotblond gewesen seien.

Zwar hatte sich Toivo monatelang eingeredet, dass ihre Begründungen plausibel wären, plausibel sein mussten, aber jetzt, Anfang Oktober, konnte er den nagenden Zweifel in seinem Hinterkopf nicht mehr zum Schweigen bringen.

Denn Arvids Augen waren nicht hellbraun, nicht grau, sondern dunkel wie der Schreibtisch aus Walnussholz in Toivos Arbeitszimmer.

Und dennoch saßen sie alle beim Abendessen, weil er als der Hausherr es so wollte: Toivo am Kopfende kaute lustlos an seinem Kaninchen und spülte es mit einem großen Schluck Rotwein hinunter, während Elina zu seiner Linken das Fleisch in winzige Stücke zerteilte und es wie eine Maus aß, die an einem Stück Brot nagte. Sie musste wissen, dass er sie beobachtete, denn sie hatte den Blick auf ihr Besteck geheftet.

Als sich Toivo räusperte, fuhr sie zusammen.

»Wie kommst du mit Arvid zurecht, Luca? Benimmt er sich anständig dir gegenüber? Er ärgert dich doch nicht?«

Lucas Stimme war so neutral, dass Toivo sie nicht deuten konnte: »Er ist ein sehr lieber Junge. Ich kann beim besten Willen nichts Schlechtes über ihn berichten.«

»Bitte sag es mir, wenn es ein Problem gibt«, erwiderte Toivo sanft, drehte sich zu Elina und fuhr fort: »Hast du auch den Eindruck, dass Luca Arvid aus dem Weg geht?«

»Überhaupt nicht!«, rief sie erstaunt. »Wie kommst du denn darauf?«

Toivo verengte die Lider und griff nach seinem Besteck, um damit das Kaninchen weiter zu attackieren. »Meine Tür steht immer für dich offen, Luca.«

Der Jüngere nickte. »Es gibt keinerlei Schwierigkeiten mit deinem Sohn.«

Deinem Sohn. Toivo hielt die Luft an, zählte bis fünf. Atmete langsam aus. Sie aßen eine Weile in Schweigen weiter.

»Und zwischen euch ist auch alles in Ordnung?«, fragte Toivo und blickte sie argwöhnisch an. Er wollte die Antwort in ihren Gesichtern lesen.

Die beiden wechselten einen Blick, dann ergriff Luca das Wort: »Selbstverständlich. Warum fragst du?«

Toivos Stimme wurde leise und bestimmt, er sprach mit der Autorität, die es ihm immer leicht gemacht hatte, sich durchzusetzen. »Weil es offensichtlich ist, dass hier etwas vorgeht, von dem ich nichts weiß; sobald ihr euch im selben Raum aufhaltet, ist die Luft zum Schneiden dick. Wenn es eines gibt, das ich unter meinem Dach nicht dulden werde, sind es Lügen und Intrigen. Was auch immer es ist: Sagt es mir. Dann finden wir eine Lösung. Aber haltet mich nicht zum Narren.«

Er trank aus und stellte sein Glas ab. Aus Lucas versteinertem Gesicht konnte er nichts lesen, es war eine nichtssagende Maske, hinter der er die Wahrheit verbarg.

»Liebster, du siehst Probleme, wo keine sind. Wir alle kommen gut miteinander aus«, Elina beugte sich zu Toivo und legte die Finger sachte auf seinen Handrücken.

Luca lächelte höflich. »Ich habe mit dir schon vor Monaten alles besprochen, was es von meiner Seite aus zu sagen gab. Darüber hinaus gibt es nichts zu bereden.«

Toivo hätte ihm am liebsten seinen Rotwein ins Gesicht geschüttet, um dieses offensichtlich falsche Lächeln abzuwaschen, und ihn mit beiden Händen an den Schultern gerüttelt, bis er ihm die Wahrheit sagte; bis er die Beichte aus seinem Mund hörte, damit Toivo sie nicht selbst aussprechen musste.

Elina hob kaum merklich das Kinn. Ihr schnippischer Unterton war ihm zutiefst suspekt: »So ist es.«

Toivo hatte längst Gewissheit, doch er wagte kaum, seine Befürchtung zu Ende zu denken. Allein die vage Vorstellung davon, was hier vor sich ging, machte ihn weißglühend wütend, fuhr als Sturm über Havssun und als nachtnebelschwarzes Beben durch seine Glieder.

Er zog sein letztes Stück Kaninchen mit den Zähnen von der Gabel, doch es bereitete ihm keinen Genuss. Nichts von den Ereignissen, die sich hinter diesen Mauern zugetragen hatten, durfte jemals nach außen dringen. Er hatte sich von Anfang an zum Affen gemacht, indem er diesen Ausländer bei sich aufgenommen und in sein Leben integriert hatte. Die Familie, die Toivo so herbeigesehnt hatte, war nicht seine, Arvids Geburtsurkunde eine Lüge.

Toivo wollte diesen katastrophalen Fehler ungeschehen machen und die Zeit zu jenem Tag zurückdrehen, als er Luca zum ersten Mal begegnet war. Natürlich war das unmöglich.

Aber … was, wenn nicht?

34

Hirsch und Rotkohl

Die Tage der gemeinsamen Kartenspiele und Schachpartien waren ebenso gezählt wie die ausschweifenden Diskussionen über Politik und Weinbau vor dem Kamin. Selbst Arvids sonst silberhelles Lachen klang selten und verhalten durch das Haus.

Nach ihrem Gespräch beim gemeinsamen Abendessen hatte Toivo Luca mit Grabesstimme dazu angehalten, künftig mit Ingrid in der Küche zu essen und ihr beim Servieren der Mahlzeiten zur Hand zu gehen.

Was Luca scheinbar gleichgültig akzeptiert hatte, beunruhigte ihn zutiefst. Um Havssun so schnell wie möglich zu verlassen, hatte er Elina bei nächster Gelegenheit nach ihrem Schlüssel für das Tor gebeten, weil sein eigener eines Morgens nicht mehr in seiner Schreibtischlade lag. Er würde sich zu Fuß nach Hause durschlagen, wenn es sein musste.

»Mein Schlüssel ist auch verschwunden«, flüsterte Elina mit zittriger Stimme in Lucas Ohr, während sie sich gemeinsam in die Ecke seines Zimmers drängten.

Lucas Blick huschte zur geschlossenen Tür, als würde sie sich jeden Moment öffnen. »Dann sprich ihn darauf an. Du musst einen Schlüssel für mich organisieren. Sein Misstrauen ist mir nicht geheuer«, zischte er.

Sie schüttelte hastig den Kopf. »Und wie soll ich das anstellen? Er ist so griesgrämig in letzter Zeit, dass er mir nicht einmal mehr ins Gesicht sieht. Wir müssen warten, bis sich seine Laune gebessert hat.«

Luca hätte wegen ihrer Widerrede am liebsten gegen die Wand getreten. »Als ob er dir jemals einen deiner Wünsche abschlagen würde! Wenn du ihn fragst, wird alles gut gehen. Stell dich nicht so an und tu das für mich. Noch länger zu warten, ist keine Option.«

»Ich kann dir nicht helfen«, krächzte Elina.

Luca packte sie an der Schulter, hob den Zeigefinger vor ihre Augen und fauchte: »Du schuldest es mir! Du hast mir viel zu spät von der Schwangerschaft erzählt. Wärst du gleich damit rausgerückt, wäre mir früher klar gewesen, dass Arvid von mir sein muss! Dann wäre ich seit Jahren nicht mehr hier.«

Sie schüttelte ihn ab und wich zurück. »Ich schulde dir gar nichts, wo ich es doch nicht einmal selbst wusste«, entgegnete sie empört. »Und jetzt beruhig dich. Wir müssen das aussitzen. Alles wird bald wieder normal werden. Toivo hat nur eine schlechte Phase. Vielleicht laufen die Geschäfte schleppend.«

Seit dieser Unterhaltung verbrachte Elina die meiste Zeit mit einem Buch vor dem Wohnzimmerfenster und starrte auf die Zeilen. Hie und da erwachte sie aus der Paralyse und beschäftigte sich mit Arvid, brachte ihn aber schnell zu Ingrid.

Ein Gespräch mit Toivo zu führen, war schier unmöglich geworden, denn wenn er nicht gerade durch das Haus torkelte, schloss er sich in seinem Arbeitszimmer ein. Wann auch immer Luca versuchte, mit ihm über den Schlüssel zu reden, ignorierte er ihn.

Auf diese Weise brach Lucas letzter Winter in Havssun an. Arvid würde in wenigen Monaten drei Jahre alt werden. Bis dahin wollte Luca Toivo keine Angriffsfläche bieten, also machte er sich weiterhin nützlich, wo immer er konnte.

Weil Ingrid heute aufgrund eines Todesfalls in ihrer Familie nicht im Haus war, und sich Elina unpässlich fühlte, hatte Luca Arvid zu Bett gebracht. Nun schob er den Servierwagen ins Speisezimmer und überprüfte das Besteck auf dem eingedeckten Esstisch auf Flecken und Fingerabdrücke, obwohl er wusste, dass es glänzend poliert war. Er rückte hier ein Messer zurecht, zupfte dort das Tischtuch in Position und wartete schließlich mit hinter dem Rücken verschränkten Händen neben der Anrichte.

Mit dem Schlag der Pendeluhr traten die Herrschaften ein: der Hausherr wie so oft in letzter Zeit mit unsicherem Gang, hinter ihm Elina mit lautlosen Schritten. Toivo ließ es sich nicht nehmen, den Stuhl für seine Frau zurechtzurücken, und setzte sich danach an die Stirnseite des Tisches. Während er die Arme weit zu beiden Seiten auf das Tischtuch legte, wirkte sie substanzlos. Ihr zu einem Seitenscheitel frisiertes Haar fiel ihr ins Gesicht, als wolle sie sich dahinter verstecken.

Luca schenkte beiden Wein ein, stellte die Bleikristallgläser auf ihre Plätze, servierte den Hauptgang, den Ingrid gestern vorgekocht und den er aufgewärmt hatte, und wartete erneut, bis man ihn entlassen würde wie all die Wochen und Monate zuvor. Ein Tag weniger in diesem Irrsinn, in dieser unerbittlichen Kälte und in dieser unmenschlichen Einsamkeit.

Toivo griff nach Messer und Gabel, dann hielt er inne,

musterte Luca und wies mit einer schwammigen Handbewegung auf den leeren Stuhl. »Bitte – setz dich zu uns.«

Luca hob erstaunt die Brauen und nahm zögerlich Platz. Ungewöhnlich, dass er ihn im selben Raum haben wollte.

Eine Weile klimperte nur Besteck auf Porzellan, dann räusperte sich Toivo in die Stille hinein. »Deine Zeit bei uns ist bald vorüber, mein Freund.«

Luca atmete auf. »Und ich freue mich auf den Süden. Auf die reifen Tomaten, die wie Kirschen schmecken. Auf das goldene Licht.«

Toivo nickte gedankenverloren. »Das Licht, ja ... Du solltest nicht mehr hier sein. Längst nicht mehr«, murmelte er.

»Selbst ein rauschendes Fest muss irgendwann enden«, entgegnete Luca behutsam. Er ertappte sich dabei, wie er in Toivos Zügen nach Verständnis für seinen Wunsch zur Heimreise suchte, obwohl er wusste, dass er keines bekommen würde.

Toivo wandte sich an Elina. »Meine Teuerste, du bist heute so still. Ist alles in Ordnung?«

»Mir ist nicht wohl«, erwiderte sie gegen die Tischplatte.

»Ja, tatsächlich? Woran mag das nur liegen? Doch nicht an unserer heutigen Tischgesellschaft?«, Toivo schüttelte ratlos den Kopf, eine Hand am Kinn, sein Blick eiskalt.

Elina schwieg.

»Heimweh kann so grausam sein«, Toivo zwinkerte ihm zu.

Die Haare in Lucas Nacken stellten sich auf.

Toivo plapperte unbekümmert weiter: »Die Sonne muss dir fehlen, das ist eine große Veränderung. Die Dunkelheit schlägt sich bestimmt auf dein Gemüt und du kommst auf seltsame Ideen. Wer könnte dir das verübeln? Ein gut aussehender Mann wie du ist es bestimmt gewohnt, dass seine

Bedürfnisse befriedigt werden«, er drehte sich wieder zu Elina, die mit ihrem Fleisch kämpfte. »Was sagst du dazu, Liebes? Sieh ihn dir an und widersprich mir, wenn ich mich irre.«

Sie starrte auf das Stück Hirsch, das auf ihrer silbernen Gabel aufgespießt war und dessen Saft langsam auf den Teller tropfte.

»Na, komm, Elina, nicht so schüchtern. Er hat bestimmt nichts dagegen«, Toivo lächelte Luca an. »Hast du doch nicht, oder?«

Luca presste die Handflächen auf das Tischtuch, schüttelte vage den Kopf. Was zur Hölle ... Sie zwang das Kinn hoch und blickte ihn für einen Sekundenbruchteil an. In ihren Augen stand eine Warnung. Das Veilchen darunter schrie sie ihm entgegen. Heiß und kalt durchfuhr es ihn vom Scheitel bis zur Sohle.

»Der kürzeste aller Blicke. Wie anständig du bist, Liebes«, Toivo tätschelte breit grinsend ihren Handrücken. »Diese glänzende Haarpracht. Diese langen, schlanken Finger. Die Statur! Aber was erzähle ich dir? Das weißt du längst«, er lehnte sich weit zurück, atmete tief durch. »Du hast schließlich alles gesehen. Sogar das, was jetzt bedeckt ist.«

»Ich möchte mich zurückziehen«, krächzte sie und stand auf wackeligen Beinen auf.

Toivo schlug auf den Tisch. Teller und Gläser sprangen in die Höhe und klirrten bei ihrer Landung. Elina fuhr zusammen, hielt wie versteinert inne. Sie starrte Toivo an. Das Weiße in ihren Augen drängte das Blau darin zurück.

»Setz dich!«, grollte Toivo wie tausende Donner auf einmal, die Stirn tief gefurcht, die Knöchel seiner geballten Faust weiß. »Ich bin noch nicht fertig mit euch!«

Arvids klägliches Weinen drang aus dem Kinderzimmer.

Ihr Körper bebte, als sie auf ihren Stuhl zurücksank. Toivo hingegen tupfte seine Mundwinkel mit der Serviette ab, faltete den Stoff und legte ihn neben seinen Teller. Er strich ihn mit beunruhigender Sorgfalt glatt.

»Für wie dumm haltet ihr mich?«, knurrte Toivo und sah sie beide abwechselnd an. Er stand so abrupt auf, dass sein Stuhl zu Boden polterte, und brüllte aus voller Lunge: »Ein Junge mit schwarzen Locken und Augen hier im Norden?! Wo wir alle hell sind?! Die ganze Familie, seit Generationen?!«

Sein Gesicht lief dunkel an, bis es in der Farbe reifer Hagebutten leuchtete, Tröpfchen seines Speichels sprühten über den Esstisch. Erneut schlug er mit der Faust darauf, wirbelte zu Elina herum und brüllte: »Wie konntest du mir das antun? Wie konntet *ihr* mir das antun?!«

»Mama! Maaaama!«, weinte Arvid.

Elina schlug die Hand vor den Mund. »Lass mich nach ihm sehen!«, flehte sie.

»Paaaapa!«

Toivo schleuderte sein Weinglas gegen die Wand, das mit einem prasselnden Klirren zerbarst und einen roten Fleck an der Wand hinterließ. Luca starrte ungläubig auf die Scherben. Er musste weg, irgendwohin, egal wohin, hinaus, Hauptsache hinaus. Er sprang auf, machte einen Satz von Toivo weg, aber der packte ihn an der Schulter und riss ihn zu sich. Lucas Blick glitt über den schmalen Streifen Rotkohl, der in seinem Bart hängen geblieben war, direkt unter seiner Unterlippe, dann ballte Toivo die Faust und schlug zu. Ein weißer Blitz fuhr durch Lucas Schläfe, er fiel auf den Rücken, sah doppelt. Toivo war zu stark, unglaublich stark, erbarmungslos drückte er ihn mit säulenbreiten Armen an den Schultern nieder.

Luca brüllte in Angst. Elina saß einer Wachsfigur gleich am Tisch; matte Augen, die nichts sahen, auf einen unsichtbaren Punkt auf der blütenweißen Tischdecke geheftet.

Dann verschmolz die Umgebung zu einer Masse aus Gerüchen, aus Tönen und Vibrationen: geatmeter Rotwein. Ein schweres Rasierwasser. Das Geräusch, das er oft aus der Küche hörte, wenn Ingrid Fleisch weichklopfte, blauweiße Punkte vor und orangerotes Pulsieren hinter seinen Augen. Schließlich ein Knirschen in seinem Kiefer. Kieselsteine in seinem Mund. Der penetrante, metallische Geschmack von Eisen. Rauschen in seinen Ohren, das anschwoll, bis es Toivos Keuchen und Elinas Schreien überlagerte.

Urplötzlich verschwand das Gewicht auf seiner Brust. Er wälzte sich zur Seite, hustete, spuckte seine losen Zähne aus.

Toivo schrie Elina nieder, seine Stimme dumpf wie durch eine dicke Glaswand: »Scher dich fort und lass dich nie wieder blicken! Sieh zu, wie du allein zurechtkommst!«

»Was ist mit Arvid? Was wird aus *Arvid*?!«, kreischte sie unter Tränen.

Immer und immer wieder schrie sie den Namen des Jungen mit sich überschlagender, bald heiserer, Stimme, schallgewordene Furcht.

Sie legte die Hand auf Toivos Schulter, doch er stieß sie weg, wies auf die Tür.

»Bitte! Arvid! Nimm ihn mir nicht weg. Ich flehe dich an, um Himmels willen, Toivo!«

Luca stemmte sich mit aller Kraft hoch, Zentimeter für Zentimeter. Wenn er nur auf die Beine käme, konnte er das Ruder herumreißen. Alles würde sich klären lassen, es war noch nicht zu spät. Doch kaum hatte er neuen Mut gefasst, bohrte sich Toivos Schuhspitze so fest in seinen Magen, dass die Luft aus seinen Lungen entwich und er das Bewusstsein verlor.

Lucas Gesicht pochte. Sein Rücken war kalt. Etwas Warmes tropfte von seiner Nasenspitze. Er zwängte die Lider auf. Wie spät war es? Wie viel Zeit fehlte ihm? Nach und nach traten Formen aus der Leere: Rechen, eine Axt, Schaufeln, Sägen und Hämmer. Jedes Werkzeug war an seinem Platz in einem Regal abgelegt oder an der Wand aufgehängt. Er hatte sie alle selbst dort abgestellt und Ordnung in diesen Schuppen gebracht.

Als er versuchte, den bleischweren Kopf zu heben, gehorchte er ihm kaum. Durch die Nase bekam er keine Luft. Er öffnete den Mund, stöhnte. Die Atemzüge brannten in seinem Rachen.

»Sieh an, da ist er ja wieder«, säuselte Toivo.

Er hockte neben der Tür wie eine böse Seele aus dem Jenseits und lehnte sich an die Holzbretter, Haar und Gesicht leuchtend weiß gegen das Dunkel.

Luca schlang die Arme um den zitternden Leib und hob den Kopf zäh wie durch Pudding in die Höhe. Er trug nur sein dünnes Hemd und eine Weste, dieselbe Kleidung wie im beheizten Haus. Jetzt war sie durchnässt und von Schnee bedeckt. Alles um ihn drehte sich und bewegte sich ineinander. Wie war er hergekommen?

»Was … was wird das hier?«, knurrte Luca, ohne den Kiefer richtig zu öffnen.

Ein Lispeln lag in seinen Lauten. Da fiel ihm mit aller Wucht wieder ein, warum. Er griff in seinen Mund und tastete, suchte. Seine Finger hielten inne und er starrte Toivo voller Entsetzen an.

»Meine Zähne! Du bist doch irre!«, zischte er.

Jedes Wort zerstäubte einen roten Sprühnebel, der in der Dunkelheit verschwand.

Toivo atmete schwer, aber nicht einmal eine Antwort war er ihm noch wert.

Lucas Stimme überschlug sich: »Warum hast du mich hierher gebracht? Lass mich gehen! Ich will nur heim.«

Flüssigkeit gluckerte in einer Flasche. Toivo schüttelte den Kopf. »Nach allem, was du getan hast? Vergiss es«, flüsterte er heiser.

Luca wischte sich mit dem weißen Ärmel über den Mund, tiefdunkel kam er zurück. »Wir hatten eine Abmachung!«

»Hatten wir das?« Toivo baute sich nach und nach zu seiner vollen Größe auf, bis er den gesamten Türrahmen einnahm. »Ich weiß beim besten Willen nicht, wovon du sprichst. Ich weiß noch nicht einmal, wer du bist und was du hier zu suchen hast.«

Luca wurde übel. Seine Hände bebten, aber nicht mehr von der Kälte.

»Jemand wie du verdient die Freiheit nicht.« Toivo spuckte auf den Boden. Seine Schritte entfernten sich.

»Bitte, ich will nur …«

»Du hattest deine Chance.« Schon lag seine Hand auf der Türklinke.

»Heim«, hauchte er.

Dann traten ihm Tränen in die Augen. Er blinzelte sie weg, aber sie kamen immer wieder.

Toivo hielt inne. »Mach dir keine Sorgen. Du wirst dieses Anwesen bald verlassen.« Er warf die leere Flasche nach draußen, wo sie gegen den hartgefrorenen Schnee schlug. Er schwankte, hielt sich am Türrahmen fest. »Du wirst in der

Mine für mich arbeiten. Und nachdem du der Meinung bist, dass es sinnvoller wäre, meine Arbeiter nicht zu bezahlen, werde ich es bei dir so handhaben. Wie war das noch? Schneller? Unkomplizierter? Mehr Gewinn für mich? Erinnerst du dich?«

Die Regale und Gerätschaften drehten sich um ihn. Luca schloss die Lider und schüttelte atemlos den Kopf.

Ein diabolisches Grinsen lag in Toivos Worten, als er raunte: »Du wirst im Stollen stehen, bis dir deine Glieder nicht mehr gehorchen und du tot umfällst. Man wird dich vergessen. Dann hast du das bekommen, was du von Anfang an verdient hättest.«

Luca kämpfte sich auf die Knie und streckte dem anderen die Hände entgegen, die er kaum ruhig halten konnte. »Das ist doch Irrsinn. Lass mich durch das Tor gehen, jetzt und sofort, und du wirst nie wieder von mir hören!«

Toivo sah ihn mit versteinertem Gesicht an. »Mit viel Glück hat der Berg Mitleid mit dir und begräbt dich bald unter sich. Ich habe jedenfalls keines.«

Luca suchte hastig nach Worten. »Wie kannst du ... Du hast damit begonnen. Du wolltest einen Freund, also hast du dir einen gestohlen!«, stieß er hervor und ignorierte die Schmerzen in seinem Kiefer. »Was dachtest du denn, wie sich jemand in meiner Lage verhält? Ein Gefangener am Ende der Welt? Was hatte ich sonst außer Elina?« Seine Stimme überschlug sich in Zorn und Angst über das Schicksal, das der andere für ihn ausbedungen hatte.

»Halt den Mund! Du wirst ihren Namen nie wieder aussprechen!«, fauchte Toivo und stolperte auf ihn zu.

»Du hast doch ohnehin nicht den Schneid, dir die Finger meinetwegen dreckig zu machen! Du lässt mich lieber wegbringen, damit es jemand anderer tut. Feigling!«

Toivo sprang einen Satz nach vorne, taumelte. Silberhelles Klirren schnitt durch die eiskalte Luft. Er stutzte, dann bückte er sich nach dem Metallrohr, gegen das er mit dem Schuh gestoßen war, und nahm es an sich. Seine Fingerspitzen glitten zärtlich über die glänzende Oberfläche. Luca riss die Augen auf. Seine Sohlen schlugen panisch gegen den Boden, als er zurück bis an die Wand des Schuppens rutschte. Er sah Toivo noch ausholen, dann hob er schützend die Arme vor den Kopf und drehte sich zur Seite, keine Zeit mehr für etwas anderes als diese letzte sinnlose Bewegung.

DREI

35

Stählerne Stille

Arvid hockte vor dem vertrockneten Blumenstrauß, der zu seinen Füßen vor sich hin dörrte und sich seit gestern keinen Millimeter bewegt hatte. Er stupste die einst prächtig leuchtenden violetten und rosa Blüten an, die sich nun in einem kränklichen Braun an den krummen Stängel klammerten und selbst bei dieser sanften Berührung zerbröselten.

Erschrocken zog er die Hand zurück und warf einen Hilfe suchenden Blick zu dem Türblatt direkt vor ihm, das in den Sonnenstrahlen sattbraun glänzte. Er starrte hoch auf die abgewetzte Messingklinke, als könne er sie durch die Kraft seiner Gedanken herunterdrücken und damit endlich dieses elendige Hindernis überwinden. Als sie sich nicht regte, pochte er sachte gegen das Holz, wartete, legte zögerlich die Handflächen darauf, presste ein Ohr gegen die warme Oberfläche und lauschte angestrengt.

Nichts – so wie gestern. Und vorgestern. Und davor.

Er wippte auf die Fußballen zurück, balancierte eine Weile in dieser Position, kniete sich dann hin.

»Ich habe dir neue Blumen gebracht. Blaue«, sagte er laut und entschlossen genug, damit es die Tür durchdrang.

Er legte den Strauß behutsam neben die welken Disteln, die einen jämmerlichen Anblick boten und mit denen er aus ganzem Herzen mitfühlte. »Es sind die mit den gezackten Lampenschirmen. Weißt du noch? Die wir früher einmal für Mutter gepflückt haben? Ich erinnere mich nicht mehr an den Namen. Du hast ihn mir damals gesagt. Ich habe dir zugehört. Ich höre dir immer zu. Er fällt mir bloß nicht mehr ein.«

Glockenblumen? Becherblumen? Sein Kinn und seine Lippen zitterten. Er presste sie fest aufeinander, wütend über die aufwallenden Tränen.

»Kjell? Du bist doch noch … da?« Seine Stimme war so piepsig, dass er sich dafür schämte.

Er hielt den Atem an, damit ihm keine noch so leise Antwort entging, doch über dem Flur vor Kjells Zimmer lag nichts als stählerne Stille. Mit einem lauten Seufzen setzte er sich auf den Boden und lehnte den Hinterkopf an das Türblatt.

»Sag mir bitte, dass Vater nicht recht hat«, flüsterte Arvid.

Bis zum Abend hatte Arvid in der Höhle gewartet, ohne spielen zu gehen, den Blick immer in Richtung Haus gerichtet. Mit dem Dosenöffner war er nicht zurande gekommen, also hatte er sich bei Einbruch der Dämmerung mit knurrendem Magen auf den Heimweg gemacht.

Obwohl er sich vor dem Wald mit seinen tiefen Schatten und finsteren Winkeln fürchtete, ging er tapfer weiter, immer bergab und geradeaus, bis er über den Hintereingang in das Haus stürmte. Es würde bestimmt bald Essen geben und Kjell daher wie jeden Abend am Küchentisch auf ihn warten, damit sie ihn gemeinsam eindecken konnten. Arvid lief mit stolzgeschwellter Brust in den Raum, wo Frida gerade mit einem Auflauf im Backofen hantierte. Sie sah ihn überrascht an. Von Kjell hingegen fehlte jede Spur.

»Wo ist er? Wo ist Kjell?«, stieß Arvid atemlos hervor.

Sie schüttelte den Kopf. »Ich dachte, er wäre bei dir.«

Es gab bestimmt eine harmlose Erklärung für Kjells Verschwinden. Vielleicht war er in sein Zimmer gegangen, um sich nach dem Spaziergang auszuruhen, vielleicht holte er gerade Feuerholz aus dem Unterstand neben dem Haus. Oder aber er saß vor dem Kamin auf dem Sofa, weil ihm kalt geworden war. Ja, das musste es sein! Kjell war oft kalt. Arvid hastete weiter.

Noch im Türrahmen des Wohnzimmers erstarrte er; Vater las Zeitung in seinem Ohrensessel vor dem Feuer und rauchte eine Zigarre. Das tat er sonst nie, er hielt sich vor dem Essen immer im Arbeitszimmer auf. Kjell war nicht hier. Die Angst warf ihren Schatten auf Arvids Herz.

»Ah, junger Mann. Komm nur herein, keine falsche Scheu. Schön, dass du mich nach so langer Zeit wieder mit deiner Anwesenheit beehrst«, säuselte er, die Worte verwaschen, aber zufrieden. »Du suchst bestimmt –«

»Kjell?!«, stieß Arvid hervor.

Im nächsten Moment schnappte er entsetzt nach Luft, weil er ihn nicht hatte unterbrechen wollen. Vater hasste es, wenn man ihm ins Wort fiel.

Heute grinste er. »Das war ein ereignisreicher Tag für uns alle.«

»Wissen Sie, wo er ist?«, flüsterte Arvid.

Vater steckte die Zigarre in die Mulde des Aschenbechers zu seiner Rechten, faltete die Zeitung zusammen, legte sie in seinen Schoß und verwob die Finger darüber. Er musterte ihn nachdenklich. »Du hast ihn sehr gern, nicht wahr?«

Arvid wusste nicht, was er darauf antworten sollte, und biss sich auf die Lippe.

Die Kälte in Vaters Worten jagte Arvid Gänsehaut über die Arme: »Das solltest du nicht.«

Er beugte sich zum Aschenbecher und paffte so lange an seiner Zigarre, dass Arvid dachte, er hätte alles Wichtige gesagt und wolle ihn nun aus dem Zimmer haben. Doch als er in die Dunkelheit des Ganges zurückwich, schüttelte Vater mit Nachdruck den Kopf und winkte ihn mit dem Zeigefinger zu sich.

»Du weißt, dass ihr nicht in den Wald gehen sollt, weil es zu gefährlich ist. Warum also hast du ihn begleitet?« Er hob die Brauen.

Arvid beschlich das Gefühl, einen unverzeihlichen Fehler begangen zu haben. Ein heißer Knoten bildete sich in seinem Magen und er suchte hastig nach einer Antwort, aber er hatte keinen anderen Gedanken als den, dass er eine Erwiderung finden musste. Er starrte auf seine Schuhspitzen und stellte entsetzt fest, dass feuchte Erde und braune Tannennadeln daran klebten. Wenn Vater den Schmutz bemerkte, würde er zornig werden. Mit bleischweren Gliedern schlurfte er wenige Schritte in den Raum.

»Und sieh mich an, wenn ich mit dir spreche. Dass Kjell keine Manieren hat, ist schlimm genug«, forderte Vater mit Grabesstimme.

Er zwang den Blick gegen einen tonnenschweren Widerstand hoch in das Gesicht seines Vaters, das dem einer Metallbüste glich.

»Es tut mir … es tut mir leid«, flüsterte Arvid, ohne die geringste Ahnung zu haben, was es denn war, das ihm leidtat. »Wir haben nur … einen Ausflug gemacht. Ich … ich habe nichts Schlimmes daran gefunden, mit ihm zu gehen.«

Vater musterte ihn, dann verzog er den Mund. Es dauerte eine Weile, bis Arvid seine Mimik als Lächeln erkannte.

»Natürlich nicht. Du bist nur ein Kind, das seinem Freund gefolgt ist wie ein kleiner Soldat seinem Befehlshaber. Beeindruckend, wenn man darüber nachdenkt.« Er stieß eine dichte Rauchschwade durch die Nase und sah dadurch aus wie der mächtige chinesische Drache aus einem von Arvids Büchern. »Ein Ausflug also? Was hofftet ihr, dort draußen zu finden?«

Arvid wollte nichts von dem Waldgeist erzählen, zu kindisch kam ihm die Idee nun vor, und so zuckte er mit den Schultern.

Vater seufzte bekümmert. »Ohnehin nebensächlich. Ich störe mich vor allem daran, dass er dich allein in der Dunkelheit des Waldes zurückgelassen und dich damit in Gefahr gebracht hat. Ich war krank vor Sorge um dich. Hattest du denn keine Angst?«

Der Junge schüttelte entschieden den Kopf. »Ich habe nie Angst!«, entgegnete er trotzig.

Vater lachte sonor.

Er war tatsächlich tapfer gewesen. Und stark. Und mutig – ein echter Abenteurer eben. Er hatte Kjell davon erzählen wollen. Tränen drängten in seine Augen. Er schluckte sie hinunter, wütend auf Kjell, der nicht bei ihm war, wütend auf Vater, der ihn auslachte, und wütend auf sich selbst, der er weinte wie ein Kleinkind.

Vater legte die Zigarre in den Aschenbecher und kam schwankend auf Arvid zu. Der Junge blieb mit angehaltenem Atem im Raum stehen, die Arme stocksteif an den Seiten, den Blick fest auf diesen ihm seltsam fremden Mann gerichtet, der erst eine Elle vor ihm zum Stillstand kam.

»Ich wollte dich in Sicherheit bringen, weil Kjell es nicht mehr konnte. Doch er hat sich standhaft geweigert, mir zu sagen, wo du – mein eigener Sohn – dich befindest. Und so war ich gezwungen, zu warten, bis du endlich zurückkehrst.«

»Warum sollte er so etwas Schreckliches tun?«, stieß der Junge ungläubig hervor.

Vater legte eine Hand auf seine Schulter. »Weil du ihm gleichgültig bist. Er ist nur nett zu dir, weil er es sein muss. Bei vielen Dingen erzählt er dir nicht die Wahrheit. Kjell ist ein Blender. Er lügt, wenn er den Mund aufmacht.«

Arvid kräuselte die Lippen. »Er würde mich nie anlügen.«

»Du glaubst mir nicht?«, Vater neigte den Kopf und grinste verschmitzt. »Hinterfrage seine Erklärungen, dann wirst du sehen, wovon ich spreche.«

Arvid sah ratlos hoch in die farblosen und kalten Augen, die so anders aussahen als die seines Freundes. Er verstand nichts mehr, er brauchte Kjell, der ihm erklärte, was Vater damit meinte, was all das zu bedeuten hatte. Ohne ihn wusste er nicht, was richtig und was falsch war und wie er sich verhalten, was er sagen sollte.

Vater legte die andere Hand auf Arvids Schulter und drückte beide, doch er tat es bei Weitem nicht so behutsam wie Kjell und die Berührung fühlte sich scheußlich an. »Du solltest damit anfangen, Menschen an ihren Taten zu messen statt an ihren Worten. Ich mag manchmal zu hart mit dir sein. Das bedaure ich«, sein Blick wanderte an Arvid herab und blieb an seinen schmutzigen Schuhen hängen, verfinsterte sich. »Aber du kennst die Regeln. Habe ich ein einziges Mal eine Ankündigung nicht eingehalten?«

Arvid suchte in dem riesigen schwarzen Loch, das in seinem Geist klaffte, nach einer Antwort.

»Hast du keine eigenen Worte, wenn Kjell nicht bei dir ist?«

Der Junge schwieg.

Vater pfiff durch die Zähne. »Mein Junge! Du stehst vor mir, als würdest du mich fürchten – unmöglich, wo du mir doch gerade erklärt hast, dass du niemals Angst hast. Und warum solltest du auch?«, er schnaufte, nickte nachdenklich. »Es sei denn, Kjell arbeitet gegen mich. Sag mir: Welche Schauergeschichten hat er dir über mich erzählt?«

Der Schweiß brach Arvid aus. Das hier war wichtig, er durfte nichts falsch machen, wenn er die Frage beantwortete. Als er es tat, schluckte der große Raum seine Stimme: »Dass er hierbleiben muss. Für immer. Weil er einen schlimmen Fehler gemacht hat. Und Sie ihn nicht gehen lassen.«

Vater schüttelte ungläubig den Kopf, dann brach er in schallendes Gelächter aus. »Das ist absoluter Unfug! Er kann den Hof verlassen, wann immer er will. Er tut es nicht, weil ihm außer mir niemand Arbeit gibt. Oder meinst du, irgendjemand sonst wäre so großherzig, einen Diener anzustellen, der am Stock geht?« Er verstummte. »Er verdreht die Wahrheit und setzt dir Flausen in den Kopf. Es wird dir guttun, wenn ihr euch eine Weile nicht seht.«

Arvids Augen weiteten sich. Er schnappte nach Luft. »Was meinen Sie damit?«

Vater schlenderte zu seinem Platz zurück. Er klopfte die Asche seiner Zigarre in den Aschenbecher und steckte den Stummel zwischen die Lippen, dann wandte er Arvid den Rücken zu und rauchte schweigend weiter.

Als er erneut das Wort ergriff, schnitt seine Stimme wie eine Rasierklinge durch den Raum: »Er hat nach dem Mittagessen das Bewusstsein verloren. Aus dem Nichts heraus, hier, in diesem Raum. Die Anstrengung eures sinnlosen Abenteuers war wohl zu viel für ihn. Wenn du eher zurückgekehrt wärst, wüsstest du das.«

Arvid stieß einen Schreckensschrei aus und machte einen Satz nach vorne. »Geht es ihm gut? Sagen Sie mir, wo er ist. Bitte!«

Vater drehte sich zu ihm um und hob beschwichtigend die Hände. »In seinem Zimmer. Ich kümmere mich um seine Genesung. Wenn du jetzt essen gehen würdest«, er blickte auf den Teppichboden hinter Arvid, schnaubte. »Sei so gut und sag Frida Bescheid, dass sie den … Morast, den du eingeschleppt hast, sauber machen soll. Und dann putzt du deine Schuhe. Zeig sie mir, wenn du fertig bist.«

Arvid, der nur die Hälfte gehört hatte, schüttelte entsetzt den Kopf, als ob sich Kjells Zustand durch diese Bewegung schlagartig verbessern würde. Er presste die zitternden Handflächen übereinander auf sein Herz. Und dann gelang es ihm nicht mehr, seine Tränen zurückzuhalten. Je mehr er versuchte, vor Vater nicht zu weinen, desto mehr wurden es.

»Aber … wie kann das sein? Er war gesund, als wir losgegangen sind! Er war wie immer. *Alles* war wie immer!«, wimmerte er.

Vater griff ohne Gefühlsregung nach seiner Zeitung und ließ sich in den Ohrensessel fallen, der unter seinem Gewicht krachte.

»Kein Grund, hysterisch zu werden«, murmelte er, ohne ihn anzusehen. »Er war nie guter Konstitution. Jetzt reiß dich zusammen. Dein Kjell ist nicht eine dieser Tränen wert.«

Arvid wischte mit dem Handrücken über seine schamroten Wangen und schniefte. »Kann ich … Kann ich ihn … besuchen?«

Vater schlug seine Zeitung auf und heftete den Blick auf das Papier. »Auf keinen Fall«, brummte er abwesend. »Er wird sehr viel Ruhe brauchen, um sich zu erholen. Und nichts als Ruhe werden wir ihm gönnen.«

Die Tür zu Kjells Zimmer blieb von da an geschlossen. Aber weil Arvid es nicht lange ertrug, von ihm getrennt zu sein, wollte er ihn am nächsten Vormittag heimlich besuchen gehen. Als Kjell nicht auf sein Klopfen antwortete, versuchte Arvid, einen Blick durch das Fenster zu erhaschen, doch die zugezogenen Gardinen erwiesen sich als undurchdringbare Barriere. So malte er Bild um Bild, eines schöner und bunter als das andere, und schob es unter der Tür hindurch, bis ihm das Papier ausging und sich Vater weigerte, neues zu besorgen.

Mangels einer besseren Idee und obwohl er nicht durfte, ging Arvid Blumen pflücken: erst am Waldrand, dann tiefer im Wald bei dem Bächlein, am Fuße der Weide und sogar neben dem Weg zum Tor, wo ihn der Wachmann zwar ansah, aber nicht auf sein Winken reagierte. Er wagte nicht, Vater darum zu bitten, Kjell die Pflanzen zu geben, oder Frida nach einer Vase dafür zu fragen, also legte er den Strauß vor Kjells Zimmertür ab und bat Frida, ihn dort zu lassen. Nun lagen die Disteln und Gräser seit Tagen an derselben Stelle wie eine Opfergabe vor einem hölzernen Schrein.

Sonnenlicht flutete den Gang durch das Fenster neben Arvid. Er zog die Beine an die Brust und schlang die Arme darum, schloss die Lider und legte die Wange auf die Knie. Das ekelhaft fröhliche Zwitschern der Vögel drang herein.

»Wusstest du, dass Frida eine grottenschlechte Erzählerin ist? Sie kennt die Personen unserer Geschichten nicht.

Ich muss ihr ständig alles erklären«, Arvid rollte mit den Augen und schnaufte.

Er streckte sich nach dem vertrockneten Blumenstrauß und zerrieb ihn zwischen den Handflächen. Grünbraune Flocken rieselten zu Boden. »Von deinem Murmelspiel hat sie auch noch nie gehört. Sie hat mich ausgelacht, als ich ihr gesagt habe, dass ich der Herr der Murmeln bin«, flüsterte er beschämt, während er die Überreste der Blumen zu einem Häufchen zusammenkehrte.

»Ich weiß, ich erzähle dir jeden Tag dasselbe. Hier tut sich ja auch nicht viel ohne dich. Aber was ich dir noch nicht erzählt habe ... Vater hat seit unserem Ausflug ab und zu einen richtig komischen Blick. So habe ich ihn noch nie gesehen. Auch heute wieder. Ich ...«, er keuchte, schluckte hastig. »Ich habe Angst. Du musst ganz schnell gesund werden und mir helfen«, seine Stimme brach. »Ich brauche dich.«

Kaum hatte er es ausgesprochen, hörte Arvid ein Schleifen auf der anderen Seite der Tür, als ob ein Kartoffelsack an einer Wand zu Boden rutschte, gefolgt von einem kraftlosen Fluchen. Arvid sprang auf die Beine.

»Kjell!«, rief er und hämmerte mit der flachen Hand gegen die Tür. Sein Atem ging hastig, sein Blick raste über die Maserung. »Was ist mit dir? Geht es dir gut?«

»Toivo hat dir doch nicht etwa ... Hat er dir ... etwas getan?«, murmelte eine verwaschene Stimme jenseits der Tür.

Sie war dünn und brüchig und Arvid erkannte sie nicht.

Er schüttelte verwirrt den Kopf. »Nein. Aber ... aber er hat so viele hässliche Dinge über dich gesagt. Dass du jederzeit weggehen könntest, wenn du willst. Dass du dich nur um mich kümmerst, weil du es musst. Dass du lügst. Und ... und dass ich dir egal bin.«

Seine Finger glitten über das raue Holz, bohrten sich hier in ein Astloch, folgten dort einer helleren Linie. Er presste die freie Hand auf die Lippen, damit sie endlich aufhörten zu zittern. »Er sagt, dass du ihm nicht erzählen wolltest, wo ich bin, damit er mir nicht helfen kann. Kjell … ich will das nicht glauben … aber … warum ist denn sonst niemand von euch gekommen, um mich zu holen?«

Arvid lauschte den stockenden Atemzügen auf der anderen Seite der Tür, den Kopf voller Fragen und Gedanken, die nach und nach zu einem Fiepen verschmolzen. Er presste das Ohr gegen das Holz, um keine Silbe zu verpassen. Anstatt einer Antwort hörte er Kjell schluchzen. Das Geräusch erschütterte ihn bis ins Mark.

»Nicht weinen«, flüsterte er atemlos. »Du wirst bestimmt wieder gesund. Und wenn es dir wieder gut geht, erklärst du mir alles. So wie immer.«

Die Stille zermürbte ihn.

»Ich weiß, dass ich nicht darf, aber … kann ich hineinkommen? Nur für einen Moment.«

Doch er bekam keine Antwort mehr. Minutenlang kämpfte er mit dem ermüdenden Nichts vor sich, dann fasste er einen Entschluss: Er musste nachsehen, ob Kjell etwas brauchte. Vielleicht war er hingefallen, hatte sich verletzt und sprach deswegen so merkwürdig. Wenn er ihn endlich wieder in die Arme schließen könnte, ginge es ihnen beiden besser und alles wäre gut.

Er nahm seinen Mut zusammen, drückte die Klinke hinunter und lehnte sich gegen das Türblatt. Es rührte sich nicht.

»Wieso hast du abgesperrt?!«, brüllte Arvid gegen das Holz, die Töne grell und hässlich, und rüttelte mit zusammengebissenen Zähnen an der Klinke.

Vor ihm brauchte er sich nicht zu verstecken. Sie waren Freunde. Sie hatten keine Geheimnisse voreinander.

»Mich kannst du doch hineinlassen. Bitte! Bitte, lass mich zu dir! Ich will dir nur helfen!«

Mit seinem Flehen, auf das Kjell nicht reagierte, übermannte ihn die Erschöpfung, er lehnte seine Stirn gegen das Holz, hauchte: »Kjell.«

»Geh weg … ich … ich kann nicht.«

»Bist du hungrig? Oder durstig? Dann bringe ich dir etwas. Oder leiste dir Gesellschaft. Ich kann dir etwas vorlesen. Oder erzählen. Du bist doch sonst die ganze Zeit all-«

»Hör auf! Hör endlich auf damit! Du machst alles nur noch schlimmer! Sieh zu, dass du fortkommst!«, schrie der Mann, der behauptete, Kjell zu sein.

Arvid stolperte zurück und fiel nach hinten um, als hätten ihn die Worte in den Magen getreten, das Herz rasend vor Schreck.

Er hatte ihn nicht wütend machen wollen. Hals und Brustkorb wurden ihm eng und heiß, zogen und zerrten, und sein Gesicht war nass. Die Blumen auf dem Boden verschwammen zu einer Ansammlung blaugrüner Farbflecke. Er schniefte, wandte sich unschlüssig zur Eingangstür. Er wollte tun, was Kjell sagte, aber er konnte ihn nicht so zurücklassen. Irgendetwas hier lief fürchterlich falsch.

»Alles ist in Ordnung«, murmelte der Mann auf der anderen Seite der Tür teilnahmslos, dann fügte er etwas in einer Sprache hinzu, die Arvid nicht verstand, und dann: »Tu, was dein Vater sagt, Junge. Geh spielen. Mach dir um mich keine Sorgen. ’s wird schon wieder.«

Arvid würgte den Kloß hinunter, der sich in seinem Hals festgesetzt hatte. Kjell nannte ihn schon lange nicht mehr

›Junge‹, er schrie ihn nie an, und seine Stimme klang golden und warm, nicht silbrig und kalt. Wer auch immer hier mit ihm sprach – es war gewiss nicht Kjell.

Er rappelte sich auf. Mit tränenerstickter Stimme stellte er die Frage über die Schulter hinweg, bereit, schnell wie der Wind davonzulaufen und den Mann jenseits der Tür hinter sich zu lassen, vor dem er so durchdringende Angst empfand: »Was ist mit dir passiert?«

Die nachfolgende Stille war nicht halb so niederschmetternd wie das fragmentierte Flehen, das er einen Atemzug später hörte: »Bitte ... wenn du mir helfen willst ... komm nicht ... mehr ... her.«

36

Akt des Widerstandes

Waren Stunden vergangen? Wochen, Monate? Für Kjell bedeutete die Abfolge von Hell und Dunkel vor seinen geschlossenen Lidern ebenso wenig wie die kleine Stimme auf der anderen Seite seiner Tür, die tiefe direkt neben seinem Ohr und der gehässige Kanon in seinem Kopf.

Wenn er in seinen spärlichen wachen Stunden die Lider aufschlug und zum Fenster hochblickte, hatte sich die Sonne abends jedes Mal weiter westlich dem Horizont genähert, bis ihr Rot für ihn verschwunden war.

Wie so viele Jahre zuvor kratzte er Kerben in die gekalkte Mauer, diesmal mit dem Fingernagel, jeden Morgen eine, manchmal auch zwei, wenn er sich irrte – und er irrte sich oft. So ernst er diese Tagesaufgabe auch nahm, so sehr er sich auch bemühte, dadurch den Anschein von Ordnung und Kontrolle zu erwecken, er konnte sich damit nicht über die tausend kleinen Scherben hinwegtäuschen, in die er zersprungen war und von denen er wusste, er würde sie nie wieder zusammensetzen können.

Der Sommer zog ins Land, als ob sich auf diesem Hof am Ende der Welt nichts verändert hätte. Fest entschlossen fegte er durch Havssuns Baumkronen und Tannenwipfel, hinterließ bald trockene Halme und dürre Zweige über staubiger Erde – und für Kjell eine offene Zimmertür.

»Geh«, hatte Fornberg gesagt, der sich im Rahmen ausgestreckt hatte wie eine wuchernde Giftpflanze, und eine umfassende Geste nach draußen beschrieben. »So lange, so oft, so weit du willst.«

Und dann hatte er dreckig gegrinst.

Als Kjell Arvid wiedersah, der zwischenzeitlich ein gutes Stück gewachsen war, schreckten sie voreinander zurück. Der Junge erzählte stockend und ohne ihm ins Gesicht zu sehen, wie oft er sich mit ihm durch die Tür hindurch unterhalten und dass Kjell ihn angeschrien hatte. Nichts davon war ihm im Gedächtnis geblieben. Der allererste Satz, den Kjell nach seiner Abwesenheit aussprach, war ein schroffes Verbot, das er nicht begründete: Arvid durfte Kjells Zimmer nie wieder betreten.

Weil Kjell auch danach kaum freundliche Worte gefunden hatte, wichen sie einander viele Tage später immer noch aus; Kjell nahm seine Mahlzeiten allein in seiner Kammer oder nach allen anderen in der Küche zu sich und Arvid hielt sich im Garten oder in seinem Zimmer auf.

Manchmal ertrug Kjell es nicht, drinnen zu sein, weil ihm alle Räume drückend und luftleer schienen. Dann flüchtete er in den Garten, wo er sich sicherer fühlte, und sah den Schafen beim Grasen zu.

Er lehnte auch heute wieder am Zaun der Weide und beobachtete die Tiere, als er Schritte hörte und sich jemand in seinem Rücken räusperte; zu tief für Arvid und zu hell für Fornberg. Er wusste sofort, wer es war.

»Bleib weg von mir«, zischte Kjell, ohne sich umzudrehen.

Einar lachte. »Warum so feindselig?«

»Stell dich nicht dumm. Du warst dabei«, knurrte Kjell, den Blick stur geradeaus gerichtet.

Der junge Mann lümmelte sich neben ihn auf den Holzbalken und stützte den Kopf auf die Handflächen. »Wovon redest du?«

»Du weißt genau, was ich meine. Im Frühjahr. Du warst bei mir, als Fornberg … und danach«, murmelte Kjell und brach ab.

»Und was hab ich deiner Meinung nach dort, wo auch immer ich war, getan?«

Die Lider zu Schlitzen verengt, drehte sich Kjell nach ihm um. Der junge Arbeiter hatte sich nicht verändert: Kein Fältchen war seit ihrer letzten Begegnung vor gut zwei Jahren hinzugekommen.

Kjell wühlte in seinem Gedächtnis. Seine Züge verloren ihre Spannung, er schüttelte verwirrt den Kopf. »Du warst … bei mir«, wiederholte er hilflos.

»Ich war die letzten Monate im ganzen Land unterwegs. Aber nicht in Havssun«, erwiderte Einar sanft. »Du redest wirres Zeug.«

Warum konnte dieses halbseidene Aas nicht zumindest dazu stehen, dass es auf Fornbergs Seite war? Kjells Fingernägel bohrten sich in das warme Holz unter seinen Händen, und er sog die Luft ein, dann warfen die Berge das Echo seiner Worte zurück: »Du hättest ihn aufhalten müssen! Stattdessen heckst du mit ihm in aller Heimlichkeit Pläne aus, wie ihr uns quälen könnt!«

Schrecken und Sorge zeichneten Einars Gesicht. Kjell stierte ihn mit einem Blick an, der ihn in Flammen aufgehen lassen sollte, und riss sich los.

Einars Oberlippe kräuselte sich. »Euch quälen?«, flüsterte er ungläubig. »Was in aller Welt ist nur in dich gefahren?«

»Du hast hier nichts mehr zu suchen! Scher dich zum Teufel!«, brüllte Kjell.

Er stützte sich auf den Querbalken und versuchte, sein linkes Bein zu belasten. Nutzlos. Es trug ihn nicht, es gehorchte ihm nicht und er spürte weder seinen Strumpf noch die Schuhsohle darunter oder den Untergrund, auf dem er ging. Stattdessen nagten Schmerzen zu jeder Zeit an seinen Gedanken; selbst im Schlaf waren sie nicht satt. All die winzigen Fortschritte, die er sich über die Jahre hinweg mühselig erarbeitet hatte, die Fähigkeit, einen oder zwei Schritte ohne seine Krücke zu gehen, waren von einem Moment auf den anderen zerschlagen worden. Warum hatte Kjell so viel für eine Zukunft riskiert, die sie nicht bekommen, für ein Leben, das sie niemals führen würden? Idiot! Was war er nur für ein sagenhafter Idiot gewesen zu versuchen, ihr Schicksal zu verändern.

Während er sich auf das Geländer gestützt mit zusammengepressten Zähnen zu seinem Stock schleppte, blitzte Einars blaue Hose in seinem Augenwinkel. »Glaubst du wirklich, dass ich so eine Unterstellung auf mir sitzen lasse?«

Er hatte keine Kraft für Gegenwehr und konnte heute wie früher nichts tun, um Einar davon abzuhalten; so folgte ihm der junge Mann, während sich Kjell seinen Weg zum Waldrand bahnte, sein Arm auf dem Stock zitternd vor Anstrengung. Auf einem Felsen, der sein Lieblingsplatz geworden war, weil er das Nebengebäude von dort aus nicht sehen konnte, schrumpfte er zu einem Häufchen Elend zusammen. Er fühlte sich wie der Stummel einer Kerze, die mit schwacher Flamme brannte und um jedes bisschen Helligkeit und Wärme kämpfte. Zeigen wollte er das weder Einar noch sich selbst und wandte sich ab.

»Du warst in diesem Raum. In meinem Zimmer. Als der Alte versucht hat … mich zum Reden zu bringen. Wegen Arvid«, krächzte Kjell heiser. »Ich erinnere mich an dein Gesicht. An deinen Namen. Du warst dabei. Und du hast …«, er konzentrierte sich mit aller Kraft. Doch er fand die Antwort nicht, denn seine Gedanken liefen ins Leere.

Einar ließ sich neben ihn ins Gras fallen und fuhr mit beiden Händen über seinen rasierten Schädel. Er seufzte ungeduldig. »Jetzt denk doch nach. Du kannst mir noch nicht einmal sagen, was du mir vorwirfst. Warum sollte ich gemeinsame Sache mit dem Alten machen? Was hast du mir je getan, dass ich dir Böses wollen würde?«

Als Kjell zögerte, nahmen Einars Worte Fahrt auf. »Frag Frida, wenn du mir nicht glaubst!«, rief er und deutete mit ausgestrecktem Arm auf das weit entfernte Haus. »Sie wird dir bestätigen, dass ich seit Monaten nicht hier war. Und Arvid auch – er hätte mich gesehen.«

War es denn möglich, dass er sich Einars Anwesenheit in dem inständigen Wunsch, ein vertrautes Gesicht wäre bei ihm, nur eingebildet hatte? Er konnte es nicht ausschließen; der einst robust gewebte Stoff seines Verstandes zerfranste an allen Ecken und Enden.

»Du hast keinen Grund, hier zu sein«, flüsterte Kjell mit zittriger Stimme.

Der junge Mann schirmte seine Augen vor der tiefstehenden Sonne ab und musterte ihn. Sorgenfalten bildeten sich auf seiner Stirn. »Ach ja? Und warum unterhalten wir uns dann?«

Würde es Schaden anrichten, wenn er Einar erzählte, was er versucht hatte? Selbst wenn der Arbeiter dem Alten gegenüber loyal war, so wäre dieses Wissen nichts Neues für

Fornberg. Aber gab er Einar mit diesen Informationen nicht ein Stück Macht? Kjell schüttelte erschöpft den Kopf. Er konnte diese Fragen neben unzähligen anderen nicht beantworten; er war sich an manchen Tagen nicht einmal mehr sicher, welches Jahr sie hatten. Alles war so weit weg und so kompliziert.

»Na, komm. Vielleicht kann ich dir helfen, deine Gedanken zu entwirren. Damit du wieder weißt, wo oben und unten ist. Du kannst doch sonst mit niemandem reden außer mit deinen Schafen«, Einar grinste breit. »Und die antworten dir nicht. Oder ist es schon so weit mit dir gekommen?«

Die Herde hatte zumindest einander. Wenn ihnen kalt war, drängten sie sich zusammen, wenn eines der Tiere geschlachtet wurde, trauerten die anderen und sie kommunizierten unablässig durch allerhand Laute. Kjell hingegen sprach oft so lange mit niemanden, dass er erschrak, wenn er seine eigene Stimme hörte. Jetzt, wo ihm jemand ein offenes Ohr bot, schienen ihm die möglichen Konsequenzen seiner Redseligkeit in Anbetracht des Horrors in seinem Kopf lächerlich.

Die Worte kamen ohne sein Zutun aus seinem Mund: »Ich habe versucht, den Alten umzubringen, um mit Arvid zu fliehen.«

Sein müder Blick blieb an seiner Krücke hängen. Er hatte einen neuen Stock vom alten Fornberg bekommen, einen aus glänzend poliertem dunklen Holz und mit silbernem Griff. Das verfluchte Ding, das ihm kaum eine Hilfe war, erinnerte ihn als schauerliches Andenken jede wache Stunde an diesen fatalen Frühlingstag.

Seine Finger zitterten über sein Gesicht, dann hoch über seinen Haaransatz und wieder zurück. Ein paar holprige

Atemzüge blieb er so sitzen, die Schläfen in die Hände gestützt, die Augen auf den beruhigend warmen, rauen Stein unter ihm geheftet. Ein bleischweres Gewicht legte sich auf seine Brust. Die Angst packte ihn seit ihrem Fluchtversuch ständig und entzog sich seiner Kontrolle.

»Was ist mit dem Kleinen? Geht es ihm gut?«, Einars Stimme kam aus weiter Ferne.

Kjell brachte ein kaum verständliches Murmeln zustande: »Er weiß wenig. Wir kommen zurecht.«

Beide Behauptungen waren himmelschreiende Übertreibungen: Arvids Sommerbräune konnte nicht kaschieren, wie schmal und blass er geworden war, und Kjells Kontakt zu ihm beschränkte sich auf das Allernötigste. Er hatte beschlossen, nie wieder eine solch innige Nähe zu Arvid zuzulassen. Schließlich war ihre enge Freundschaft ihrer beider Wundpunkt, den der Alte mit Vergnügen gegen sie zu verwenden wusste. Die Bande zwischen ihnen mussten gekappt werden. Besser, wenn Kjell es aus Liebe tat, denn Fornberg aus Hass.

Was Einar dazu gesagt hätte, wenn er im Bilde ihrer Misere gewesen wäre, hörte Kjell in seinen eigenen Gedanken: *Mit dieser Entscheidung hast du euch beide dieser Hölle schutzlos ausgeliefert.*

Er atmete tief aus, fühlte die Tränen mit aller Hartnäckigkeit aufwallen. Minutenlang starrte er in den blassgelben Himmel, den die untergehende Sonne mit einem letzten zarten Silberstreifen verzierte, und lauschte der Stille zwischen ihnen.

»Wie kannst du nachts ruhig schlafen? Warum lässt du das geschehen?«, brach es schließlich aus Kjell heraus, obwohl er die Antwort fürchtete wie der Teufel das Weihwasser. »Warum lässt du uns hier allein?«

Einar sah ihn mitleidig an. »Du bist nicht allein«, erwiderte er sanft.

Kjell schloss die Augen und stieß die Luft aus der Nase. »Herrgott noch mal! Natürlich sind wir das. Du tauchst alle heiligen Zeiten aus dem Nichts aus, wie es dir gerade gefällt. Zu mehr bist du nicht gut. Nenn mir einen plausiblen Grund, warum du nicht zur Polizei gehen und melden kannst, wessen du Zeuge geworden bist. Einen einzigen!«

Einars Miene blieb unbewegt. Er sah ihn so lang an, dass Kjell hoffte, er würde die Frage endlich beantworten, selbst wenn er ihm gestehen würde, dass er Fornberg tatsächlich die Treue geschworen hatte.

Doch dann glitzerten Einars blaue Augen vor Bedauern. »Dir auf diese Art zu helfen, lag nie und liegt nicht in meiner Macht. Und das weißt du. Du wirst von mir nie eine glaubwürdige Antwort auf diese Frage bekommen. Also hör auf, sie mir zu stellen. Es führt zu nichts.«

Irgendwann vielleicht, dachte Kjell.

»Niemals«, raunte Einar.

Kjell biss die Zähne zusammen. Als er sich flüstern hörte, prickelte sein Gesicht vor Aufregung: »Warum fühlt sich unsere Unterhaltung an wie ein Selbstgespräch?«

Der junge Arbeiter wippte auf die Knie. Sein Blick wanderte über Kjells Züge, als würde er einen Roman lesen, dessen Inhalt ihn zutiefst aufwühlte. »Dir ist längst klar, warum das so ist. Warum ich gerade neben dir sitze. Und warum du der Meinung bist, ich sei mit dir in diesem Raum gewesen. Du musst zu Ende denken, was du glaubst, gesehen zu haben. Und die einzig logische Antwort zulassen. Aber das kannst du nicht. Weil du weißt, was dann mit mir geschieht, und das würdest du nicht ertragen – weswegen du ignorieren wirst, was ich gerade gesagt hab.«

Kjell runzelte die Stirn. Eine Sekunde lang hielt er die Quintessenz dessen, was Einar gesagt hatte, in den Händen, doch dann rieselte die Erkenntnis wie Sand durch seine Finger und löste sich im freien Fall auf.

Er kehrte zu dem Frühlingsnachmittag ihrer Flucht zurück und versuchte erneut, das Rätsel um Einar zu lösen, aber die Bruchstücke, die das Chaos in seinem Geist willkürlich preisgab, ließen sich nicht mehr zu einer durchgängigen Erinnerung zusammensetzen. Auch sie entzogen sich ihm und glichen einem Traum, der beim Erwachen im Gedächtnis hing und den man verlor, je länger man darüber nachdachte.

Hastig bückte er sich nach dem Stock, um sich mit beiden Händen daran zu klammern. Das dunkle Holz zwischen seinen weißen Fingerknöcheln glänzte, als wolle es ihm die Antworten zuflüstern, die er ebenso herbeisehnte wie fürchtete. Er schüttelte eilig den Kopf, um die garstigen Worte zurückzudrängen, die ihm auf der Zunge lagen, doch sie hatten ihren eigenen Willen.

»Arvid hockte über Stunden mutterseelenallein in einer klammen Höhle«, murmelte er tonlos und seltsam abwesend. »Von der ich ihm eingeredet hatte, es sei ein besonderer Ort. Ich hatte ihm ein Abenteuer versprochen«, er lachte trocken. »Und was für eines.« Er sank zusammen, stützte die Unterarme auf die Knie. Als er die Lider zusammenpresste, quollen Tränen aus seinen Augen. »Ich wollte ihn beschützen. Aber am Ende habe ich ihn der größten Gefahr ausgesetzt. Wenn der Alte ihm etwas …« Er atmete tief durch. »Ich hätte es nicht verhindern können. Wie konnte ich ihn allein lassen? Mit diesem … Monster?« Entgeistert starrte er Einar an, ließ den Stock fallen, als hätte ihn dieser zur Gesprächigkeit animiert.

Einar war blass vor Entsetzen. Seine Stimme schwang in Kjells Körper wie die Basssaite einer Gitarre: »Hör mit dieser Selbstkasteiung auf. Du hast mit allem für ihn gekämpft, das du hattest. Dass der Preis für diesen Akt des Widerstandes fürchterlich hoch war, ist nicht deine Schuld.« Er deutete auf Kjells Bein.

Kjell wischte beschämt mit dem Ärmel über sein Gesicht. »Es wird heilen. In ein paar Monaten«, sagte er sanft.

Einar lehnte die Gehhilfe an den Stein und schwieg lange. »Wird es nicht. Weder das eine«, er wies auf den Stock, »noch das andere«, dann legte er den Zeigefinger an seine eigene Schläfe.

Das Gebirge verdeckte den orangen Kreis der Sonne bereits zur Hälfte. Sie sahen ihr in Schweigen gehüllt zu, bis auch die obere Kante verschwunden war und eine kühle Brise das verbliebene Tageslicht löschte.

Einar heftete seine stechend blauen Augen jäh auf Kjells. »Euch läuft die Zeit davon. Der Alte wird nicht warten, bis Arvid groß und stark genug ist, um ihm gefährlich zu werden. Du musst ihn töten.«

Kjells Lippen schrumpften zu zwei dünnen Linien zusammen. »Ich kann ihn nicht bezwingen. Er ist zu stark. Zu schnell …«, sein heiseres Krächzen verlor sich in den wogenden Baumkronen.

»Nicht auf diese Weise. Finde seine Schwachstellen, schlage ihn mit seinen eigenen Waffen. Du kannst dich nicht auf sein Wort verlassen, aber auf seine Wut«, er stand auf, streckte sich, rollte die Ärmel seiner Jacke hinunter. »Oder was schwebt dir sonst vor? Frida kannst du ja wohl kaum um Hilfe bitten. Sie würde ihm brühwarm weitererzählen, dass du sie eingeweiht hast. Willst du das riskieren?«

Kjell wusste, dass Einar damit recht hatte, doch ihre miserablen Optionen so schonungslos präsentiert zu bekommen, setzte ihm dennoch zu. Er räusperte sich, um den Kloß loswerden, der in seinem Hals feststeckte. »Warum liegt dir so viel daran, meine Hoffnungen zunichtezumachen?«

Einar rupfte einen langen Grashalm aus und steckte ihn in einen Mundwinkel.

»Du tust mir Unrecht. Ich hab nicht deine Hoffnungen im Visier, sondern deine Illusionen.«

Er zwinkerte Kjell zu, vergrub die Hände tief in den Taschen und schlenderte durch das hohe Gras davon.

»Wann kommst du zurück?«

»Wenn du mich wieder brauchst. Ob ich hier bin, ist nie meine Entscheidung!«, rief Einar über die Schulter. Er blieb stehen, wandte sich um, grinste: »Sondern deine!«

Kjell sah ihm mit blankem Geist nach, bis er hinter dem Abhang verschwunden war.

37

Wann ist ein andermal?

Der warme Sommerregen klopfte an das Küchenfenster zu Kjells Rechten. Die Zeitung in seinen Händen fungierte als Requisite; seit dem Mittagessen versuchte er, den Inhalt des Artikels zu erfassen, aber wenn Arvid gefragt hätte, was er las, so hätte er ihm nicht einmal die Überschrift nennen können. Er verengte die Lider und drehte sich ins Licht, konzentrierte sich, aber die Buchstaben tauschten immer noch Plätze und er kam nie weiter als bis zum ersten Absatz.

Ein Klopfen am Türrahmen. Vorsichtige Schritte kamen näher.

»Hei, Kjell«, sagte Arvid. Die Anspannung allein in diesen zwei Worten war unüberhörbar wie ein falschgestimmtes Instrument in einem Orchester.

»Arvid«, grüßte Kjell abwesend, ohne von seiner Lektüre aufzublicken.

»Willst du mit mir eine kleine Runde durch den Garten spazieren? Wir gehen langsam und ich helfe dir.«

Die Sorge in der kleinen Stimme machte ihn traurig, doch er sah sich außerstande, sie ihr zu nehmen. Er konnte sich nicht um Arvid kümmern, ihm nicht zuhören, ihm keinen Mut zusprechen. Er hatte keine Kraft dazu.

»Es regnet. Und ich möchte lesen.«

»Aber du magst Regen. Und du solltest aufstehen; du sitzt schon seit Stunden hier. Zu mir sagst du immer, ich muss an die Luft und mich bewegen.«

»Ich sagte nein.«

»Dann ... möchtest du etwas essen? Suppe von gestern? Die verträgst du und sie würde dir bestimmt guttun. Ich kann dir etwas aufwärmen. Dafür brauchen wir Frida nicht, sie hat mir gezeigt, wie es geht.«

Arvid legte die Hand auf seinen Unterarm. Kjell erstarrte einen Herzschlag lang. Dann schob er sie weg.

Der Junge wich zurück, den Blick auf seine Füße gerichtet. Mit hängenden Schultern stand er im Raum, die Schuhspitzen nach innen gedreht, und wisperte: »Warum bist du so zu mir? Was habe ich dir getan?«

Kjells Augen hingen am Fenster, das der Regen mit dünnen gepunkteten Linien überzog. Er wusste noch nicht einmal, wo er mit den Erklärungen hätte anfangen sollen; die Bürde der Lüge raubte ihm alle Worte.

Er faltete die Zeitung zusammen und legte sie auf den Küchentisch. »Du hast mir nichts getan. Ich bin nicht hungrig. Und ich habe keine Kraft für einen Spaziergang. Der Boden ist aufgeweicht. Ich würde hinfallen.«

»Würdest du nicht, wenn ich auf dich aufpasse«, sagte Arvid, erbarmungslos in seinem Versuch, seinen Freund wieder zu demjenigen zu machen, der er längst nicht mehr war.

»Ich stolpere über Türschwellen und Teppiche«, brummte Kjell, den Blick stur auf das Fensterkreuz gerichtet. »Wir gehen ein andermal.«

»Das sagst du seit Wochen.«

»Weil es seit Wochen so ist.«

Arvid schnaufte. »Und wann ist ein andermal?«

Kjells Miene verfinsterte sich. Anstatt zu antworten, zuckte er mit den Schultern.

»Und wenn ich nur hier sitze? Und furchtbar still bin?«

»Wenn du in der Küche sein willst, werde ich dir nicht im Weg stehen und in mein Zimmer gehen.«

»Aber ich will doch gar nicht in der Küche sein! Mir ist egal, wo ich bin, solange ich …«, die Stimme des Jungen verkümmerte zu einem Flüstern, »bei dir bin.«

Da sah Kjell zu ihm hinüber. »Ich möchte allein sein«, erwiderte er sanft.

Arvid kräuselte die Oberlippe. »Was tust du denn die ganze Zeit allein?«

Kjell suchte nach Worten. Nachdenken? Gesprächen wie diesen aus dem Weg gehen? Versuchen zu vergessen? »Lesen«, stieß er schließlich hervor.

Der Junge faltete flehend die Hände vor dem Gesicht. Als läge in diesem Satz die Lösung aller Probleme, rief er: »Aber die Zeitung ist doch vom März. Wir haben August! Weißt du das nicht?«

Kjells Blick huschte ertappt zu Boden. Seine Ohren wurden heiß, die Hände kalt.

»Du musst keine Ausreden erfinden, du kannst mir die Wahrheit sagen. Ich würde es verstehen«, entgegnete Arvid im Brustton der Überzeugung.

»Du hast keine Vorstellung, wovon du redest.«

»Wie denn auch, wenn du mir nicht sagst, was ich so falsch gemacht habe, dass ich nicht einmal mehr bei dir sitzen darf?«

Kjell hob abwehrend die Hände.

»Ist es immer noch wegen der Sache beim Wandern?

Aber das ist doch Monate her. Du musst nicht so nachtragend sein. Außerdem habe ich alles so gemacht, wie du wolltest: Als du nicht zurückgekommen bist, bin ich heimgegangen. Ohne Umwege. Was war so schlimm daran?«

»Nichts war schlimm daran. Du hast alles richtig gemacht.«

Der Junge verzog das Gesicht, als würde er jeden Moment in Tränen ausbrechen. »Dann liegt es daran, dass ich in dein Zimmer kommen wollte. War es das, was du nicht in Ordnung fandest? Du warst sehr wütend danach. Ist das der Grund?«

Arvid, der Kjells Schweigen offenbar als Zustimmung deutete, ergriff erneut das Wort: »Das war doch nur, weil ich dir helfen wollte. Weil du ... du hast so geklungen, als bräuchtest du dringend Hilfe und da dachte ich ... ich dachte, ich sehe besser nach.«

»Ich weiß, dass du es gut gemeint hast. Daran liegt es nicht«, murmelte Kjell tonlos.

Arvids Worte lieferten sich ein Kopf-an-Kopf-Rennen, bis sich seine Stimme überschlug: »Aber warum bist du dann so böse auf mich? Sag es mir! Dann bitte ich dich um Entschuldigung und ... du verzeihst mir und ... wir verstehen uns wieder. Dann ist alles wieder gut. Nicht wahr?«

Der Blick in Arvids Gesicht, in dem neben Angst und Unverständnis auch Wut stand, machte Kjells Hände schwitzig und sein Herz schwer. Aber was sollte er ihm sagen? Dass es ihn jede verbliebene Unze Kraft kostete, an diesem Tisch zu sitzen? Dass er morgens nicht mehr aufstehen würde, wenn ihn Fornberg nicht auf die Füße zerrte? Dass ihm die Schmerzen in seinem Bein beinahe den letzten Rest seines Verstandes raubten?

»Ich bin dir nicht böse, weil du nichts falsch gemacht hast«, flüsterte Kjell zu seinen Händen auf der Holzplatte. »Belassen wir es dabei. Bitte.«

»Warum darf ich dann nicht mehr in dein Zimmer, seit du krank warst?«, fragte Arvid. »Ich war früher immer bei dir. Den ganzen Tag. Das war doch schön.«

Kjell schloss die Lider. Sein Mund wurde trocken. Er fand keine Antwort, die er einem Kind zumuten konnte. Um zu erklären, was geschehen war, gab es kein passendes Märchen.

Er schüttelte müde den Kopf. »Einfach so.«

Als er Arvid nach Atem ringen hörte, blickte Kjell erschrocken auf.

»Rede endlich mit mir! Sag mir doch die Wahrheit!«, schleuderte ihm der Kleine entgegen, das Gesicht rot vor Zorn, die funkelnden Augen schwarz wie die Nacht. »Sag, dass du mich nicht mehr bei dir haben willst! Es ist so offensichtlich.« Er zählte es an den Fingern ab: »Du siehst mich nicht mehr an. Du willst nicht mehr mit mir essen – und keine Zeit mehr gemeinsam verbringen! Selbst Vater spricht an einem Tag mehr mit mir, als du es in einer Woche tust. Er ist richtig umgänglich geworden.«

Kjell schnaubte. »Dein Vater ist wahrhaftig kein Heiliger«, sagte er abfällig.

Der Junge lehnte sich zurück und verschränkte die Arme vor der Brust. »Aber du bist einer, ja?«

Als Kjell Fornbergs Worte aus Arvids Mund kommen hörte und dessen Gestik in den unschuldigen Gliedern sah, wurde sein Magen flau und kribbelig und ihn überkam heißkalte Angst darüber, den Jungen auf diese Weise zu verlieren.

»Das habe ich nie behauptet«, knurrte Kjell.

Die sonst so sanfte Stimme des Kindes wurde scharf und gefährlich; der Alte hatte auch daraus eine Waffe geschmiedet. »Vielleicht hat Vater doch recht mit den schäbigen

Dingen, die er über dich gesagt hat. Ich dachte, wir wären Freunde. Aber ich hätte es besser wissen sollen. Schließlich halten Freunde ihre Versprechen.«

Kjells Faust donnerte auf die Tischplatte. »Schluss jetzt! Denkst du allen Ernstes, ich habe aus Jux und Tollerei zugelassen, dass du allein im Wald hockst und dich fürchtest? Kennst du mich so wenig, dass du mir eine solche Grausamkeit zutraust? Was habe ich jemals nicht für dich getan? Wann habe ich jemals nicht deine Bedürfnisse über meine gestellt?«

Der Junge stolperte bis in den Gang zurück, die Augen weit vor Schreck.

Kjell wusste, wie ungerecht und grob die Dinge waren, die er Arvid an den Kopf knallte, doch er konnte nicht mehr aufhören. »Du hast keine Vorstellung davon, was mich dieser Tag gekostet hat. Was ich daran gesetzt habe, zu dir zurückzukehren!«, schrie er unter Tränen. »Ich habe alles versucht. Alles riskiert. Für dich. Für uns! Und versagt. Sieh mich an! Sieh mich an, wie jämmerlich ich versagt habe!«, fahrig wies er an sich hinab, auf den glänzenden Stock und sein zerstörtes Bein.

Mit dem Ausatmen sackte er in seinem Stuhl zusammen und schlug die Hände vor sein glühendes Gesicht. Er hatte seine Verzweiflung nicht an Arvid auslassen, ihm diese Seite von sich nicht zeigen wollen. Es war sicherer, die Tage allein zu verbringen – sicherer für ihn selbst, sicherer für den Jungen. Sobald ihn seine Beine wieder trugen, würde er in sein Zimmer gehen, die Tür fest hinter sich schließen und bis zu seinem Tod wie in den letzten Wochen nichts sehen, nichts hören und nichts fühlen.

»Ich konnte ihm nicht sagen, wo du bist«, flüsterte Kjell.

Und dann flehte er mit so bebenden Lippen, dass er die Worte kaum herausbrachte: »Und bitte frag nicht, warum.«

Arvid, der wie angewurzelt auf dem Gang stand, brach in geräuschloses Schluchzen aus, das seinen Körper in Wellen durchschüttelte.

Jetzt also. Jetzt musste Kjell gehen. In Gedanken sah er sich schon den Stuhl zurückschieben, auf die Tischplatte gestützt aufstehen und den Raum verlassen. Doch als er sich vorstellte, wie er Arvid mit seinem Elend allein ließ, drehte sich ihm der Magen um. Wenn er den Jungen auf diese scheußliche Weise von sich stieß, würde er ihm nie vergeben.

Gab es nicht einen Mittelweg? Wenn es nicht schon wie früher werden würde, konnte es nicht zumindest wieder besser werden? Was nützte es, ein paar Jahre Lebenszeit zu gewinnen, wenn sie dabei nebeneinanderher existierten – ohne Verbindung zueinander, ohne Anteilnahme füreinander, nur vereint in leiser Trauer um das, was einst gewesen war?

Es war an Kjell, die Hand anzunehmen, die ihm der Junge heute gereicht hatte. Er blieb auf seinem Platz sitzen.

»Ach, Arvid ... Ich hätte dich nicht anschreien dürfen. Es tut mir leid. Versteh doch ...«, Kjell brach hilflos ab, suchte nach einer Erklärung. Was hatte er nur angerichtet? »Du musst keine Angst vor mir haben. Du kennst mich!«

»Nein, Kjell ... Du warst nie ... so. In einem Moment schreist du, dann weinst du. Was ist denn nur mit dir? Früher konnten wir immer über alles reden. Da konnte ich dich alles fragen!«, der Junge schüttelte so fest den Kopf, dass seine Locken nach allen Seiten flogen.

»Ich bin immer noch dein Freund.« Kjell hatte gehofft, seine Worte würden tröstlich klingen, aber Ungeduld und Erschöpfung schwangen darin. »Ich verspreche dir – auch wenn es gerade nicht so aussieht –, dass ich dir nicht böse bin. Ich werde dir nie böse sein. Jetzt komm zu mir, bevor du in deinem Kummer wegrennst und wir für die nächsten Wochen erneut keine Silbe mehr miteinander wechseln.«

Der Junge blickte zögerlich zu ihm hoch. Seine Stirn lag in Falten, die Wangen waren gerötet, die Augen glasig.

»Bitte. Vertrau mir noch ein einziges Mal. Lass es mich erklären.«

Während Arvid zum Küchentisch schlurfte, zweifelte Kjell einen Wimpernschlag aus tiefster Seele daran, die richtigen Worte zu finden, und sprach schließlich dennoch die deutlichsten und klarsten seit sehr langer Zeit: »Du bist mir das Wichtigste auf der Welt. Du kannst alles andere an mir infrage stellen, aber darauf kannst du dich immer verlassen. Alles, was ich tue, tue ich für dich.«

Arvid nickte zögerlich. Kjell zwang sich zu einem aufmunternden Lächeln.

»Du wirst sehen, bald bin ich wieder ganz der Alte. Dann wird dir meine Nörgelei wie früher auf die Nerven gehen: Räum dein Zimmer auf, putz dir die Zähne, mach deine Aufgaben, kämm dich ...« Er zwinkerte Arvid zu und stieß ihn mit dem Ellenbogen sanft in die Seite.

Die Züge des Jungen erhellten sich nicht.

Kjell sah ihn lange an. Einen Wimpernschlag lang hatte Arvids Gesicht nichts Kindliches mehr an sich. Er war mittlerweile zu verständig und Kjell zu elend, als dass er dem Jungen weismachen konnte, alles wäre in Ordnung. Vielleicht würde es Arvid helfen, wenn Kjell ihm einen flüchtigen Blick hinter seine Fassade gewährte. Er versuchte seit so vielen Jahren, die Wahrheit vor ihm zu verbergen, dass er vergessen hatte, wie hilfreich sie sein konnte.

»Ich will ehrlich zu dir sein, Arvid. Es ist für mich sehr anstrengend, hier zu sitzen und mich mit dir zu unterhalten. Seit diesem Tag im Wald … Seit unserer Wanderung habe ich nicht viel Kraft. Und ich bin … Ich bin ein wenig verwirrt und wollte nicht, dass du das bemerkst. Du sollst meinetwegen keine Angst haben oder dir Sorgen machen. Deswegen habe ich dich zurückgewiesen. Das tut mir sehr leid.« Kjell räusperte sich. »Aber sieh, wozu das geführt hat. Wie viele Gedanken du dir jetzt erst recht machst. Wir dürfen niemals damit aufhören, miteinander zu reden. Ich verspreche dir, dass ich mir mehr Mühe geben werde, und bitte dich um Verzeihung. So herum ist es richtig; denn du hast nichts getan, das vergeben werden müsste.«

Arvid schluckte. »Ich verzeihe dir nur, wenn ich dir von jetzt an wieder Gesellschaft leisten darf«, flüsterte er. Sein vorsichtiger Blick glitt zu dem freien Platz direkt neben Kjell, blieb dann an dessen Augen hängen. »Schon gut. Ich kann auch einen anderen nehmen.«

»Das wirst du nicht«, erwiderte Kjell mit flacher Stimme.

Arvid wich zurück. »Aber … ich dachte …«

»Du nimmst selbstverständlich den einzig richtigen.« Er schob den Stuhl neben sich zurück, grinste breit und klopfte auf die Sitzfläche.

In Arvids Gesicht ging die Sonne auf. Er plumpste auf den Platz an der Seite seines Freundes. Während seine Augen über Kjells Stock huschten, baumelte er mit den Füßen. »Heißt das, wir können wieder mehr miteinander unternehmen?«

»In einer Weile.«

Der Junge schnaufte enttäuscht und stützte das Kinn auf die Hände. »Und was soll ich bis dahin den ganzen Tag ohne dich machen?«

»Was du die letzten Wochen ohne mich getan hast.«

»Können wir nicht heute Abend gemeinsam lernen? Du liest vor und ich schreibe. Das haben wir schon ewig nicht mehr gemacht.«

»Für ein Diktat kann ich mich nicht gut genug konzentrieren. Und ich habe dir ohnehin beinahe alles beigebracht, was ich weiß. Du könntest ein Rätselheft lösen, wenn ich deine alten Lösungen ausradiere. Oder malen. Mehr kann ich dir gerade nicht geben.«

Er sah den Jungen abwartend an. Einst hätte Arvid seinen Blick gehalten, heute wich er ihm aus.

»Ich bin noch da. Nicht mehr so wie früher, aber ich bin da«, sagte Kjell, zu einem Gutteil, um es sich selbst zu versichern. »Wir müssen beide auf andere Gedanken kommen. Bring mir eines deiner Bücher, dann suche ich dir ein Kapitel heraus, das du lesen kannst. Und morgen reden wir darüber.«

Arvid furchte die Stirn. »Aber meine kenne ich alle schon. Kann ich eines von deinen holen?«

»Nein!«, entgegnete Kjell erschrocken. Und dann, sanfter: »Nein. Ich habe sie nicht mehr.«

Arvid starrte ihn blank an. »Wo sind deine Bücher denn?«

»Ich will nicht, dass du jemals wieder in mein Zimmer gehst. Das musst du mir hoch und heilig versprechen.«

»Ich weiß.« Während der Junge an seiner Unterlippe nagte, huschte sein Blick über Kjells Züge. »Was ist in deinem Zimmer?«

Kjell schüttelte langsam den Kopf. Dann sagte er die Wahrheit: »Nichts.« Er schwieg eine Weile und lächelte gequält. »Es ist der einzige Ort, den ich für mich habe.«

Arvid seufzte resigniert. »Versprochen. Auch wenn ich es blöd finde.«

Er hüpfte von seinem Stuhl, verließ die Küche und kehrte mit einem Buch zurück. Weil es das dünnste aus Arvids Regal war, nahm Kjell es mit einem Schmunzeln entgegen.

»Ah! Eine gute Wahl – Andersens Märchen«, er tippte auf den abgewetzten Einband. »Du kannst *Die Schneekönigin* lesen, das ist eine schöne Geschichte. Die wird dir gefallen«, er blätterte nach der Seite und knickte sie zu einem Eselsohr um, dann schlug er die Lektüre wieder zu und hielt sie dem Kind hin.

»Wir sehen uns morgen Früh. Gute Nacht«, sagte er mit einem endgültigen Nicken.

»Nacht, Kjell«, murmelte der Junge und tappte aus der Küche.

Kjells Blick ging zum Fenster hinaus. Bald wandelte sich das Nieseln in einen Wolkenbruch und der Regen lief in Strömen die Fensterscheibe hinab. Begleitet vom Trommeln der Tropfen griff er nach der Zeitung, um sich in einem erneuten Versuch einen Reim auf das Kauderwelsch darin zu machen.

38

Neumondnacht

Auch wenn Arvid und Kjells Umgang miteinander nicht dieselbe Leichtigkeit zurückbekam wie vor ihrem Fluchtversuch, näherten sie sich dennoch genug aneinander an, um die gemeinsamen Stunden zu genießen, anstatt zu fürchten.

Nach ihrer Unterhaltung in der Küche änderte sich Arvids Verhalten schlagartig: Von nun war er es, der der dezimierten Schafherde jeden Morgen Essensreste brachte, frisches Wasser in den Trog goss und ausmistete. Arvid hatte nie gefragt, ob er die Aufgabe übernehmen sollte, sondern es einfach getan. Aber er wurde auch aufmerksamer gegenüber Kjell: Er half ihm beim Aufstehen und Gehen, wenn er einen schlechten Tag hatte, und brachte ihm unaufgefordert Getränke. Nickte Kjell auf dem Wohnzimmersofa ein, konnte er sicher sein, er würde sorgfältig zugedeckt erwachen. Manchmal lag auch ein Stück Schokolade auf dem Couchtisch.

Kjell sah Arvids Anteilnahme mit gemischten Gefühlen: einerseits mit Sorge, weil der Junge eine Rolle übernahm, für die er noch zu klein war, andererseits mit Dankbarkeit und Erstaunen, aber auch mit Genugtuung. Fornberg würde die Verbindung zwischen ihnen niemals zerstören können, wenn sie sogar einen solch grausamen Bruch überstanden hatte.

Bald umklammerte der Winter den Hof und schickte unablässig Kälte durch das Haus, die selbst die beständig lodernden Kamine nur mäßig vertrieben.

Ein kariertes und mit Zahlen gefülltes Heft lag vor Kjell auf dem Schreibtisch, ein Bleistift ruhte locker in seiner Hand. Mit der anderen strich er behutsam über seinen Unterschenkel. Auch ein dreiviertel Jahr nach ihrem Fluchtversuch war sein Bein nutzlos geblieben, und obwohl ihm die Eiseskälte unerbittlich in die Knochen kroch, fühlte er sich fiebrig.

Arvid rutschte auf seinen dicken Wollsocken vom Gang in den Türrahmen des Kinderzimmers und quietschte aufgeregt.

Kjell sah überrascht auf.

Der Junge strahlte über das ganze Gesicht, während er in seinem viel zu großen Pullover von einem Bein auf das andere hüpfte.

»Ich hab's gefunden«, raunte er verschwörerisch.

»Wovon auch immer du sprichst, ich bin noch nicht mit deinen Aufgaben für heute fertig«, tadelte Kjell und fuhr damit fort, Bruchrechnungen zu notieren.

»Aber ich habe das Bild gefunden!«

»Welches Bild?«, murmelte Kjell gelangweilt, den Blick auf das Heft vor ihm gerichtet.

»Na, das Bild, das früher im Wohnzimmer gehangen ist. Über dem Kamin. Das muss es sein. Der Abdruck auf der Tapete hat genau die richtige Größe!«

Kjells Bleistiftmine brach ab. »Was?«

Arvids rehbraune Augen glänzten und seine Mundwinkel zuckten. Er hatte die Hände zu kleinen Fäusten geballt, die er an die Brust drückte, und wippte von einer Seite zur anderen. Eine Stoffbahn klemmte unter seiner Achsel.

»Es war in Vaters Arbeitszimmer. Oben auf dem Schrank. Die Tür war einen Spaltbreit offen und das Licht noch an, also bin ich hineingeschlichen und habe mich umgesehen. Er hat wohl vergessen, abzuschließen.«

»Du bist *was*? Hast du den Verstand verloren?!«

Der Bleistift rutschte aus Kjells Hand und rollte in die Mitte des Heftes. Er fuhr herum, um die eingerollte Leinwand aus Arvids Armbeuge zu reißen, blieb bei der hastigen Bewegung jedoch mit dem Fuß am Tischbein hängen. Während er sich mit der Rechten gerade so an der Tischplatte festhielt, um nicht vom Stuhl zu fallen, packte er die Stoffbahn mit der Linken und riss sie an sich.

Der Junge sah ihn beleidigt an. »Ich wollte es mit dir gemeinsam ansehen. Komm schon, Kjell! Es ist doch nur ein Bild. Das ist gar nicht schlimm.«

»Und wenn es die Zeitung wäre – es ist weggeschlossen und das wird seinen Grund haben.«

Kjell verfluchte sich im Stillen, denn er hatte unbeabsichtigt endgültig ein Mysterium aus dem Gemälde gemacht. Prompt leuchteten die Augen des Jungen erneut vor Begeisterung und Neugierde auf.

»Nein, Arvid, das ist kein Spiel!«, zischte Kjell. Er stutzte. »Wo ist dein Vater?«

Arvid deutete mit dem Daumen über seine Schulter. »Vor dem Feuer eingeschlafen. Wir können es uns hier ansehen, das merkt er nicht. Er hat viel getrunken.«

Kjell humpelte zur Tür und bedeutete dem Jungen, ihm zu folgen.

Das freudestrahlende Leuchten in Arvids Gesicht erlosch. »Was machst du denn?«, fragte er bestürzt.

»Es zurückbringen. Mit dir.«

»Ja, aber ... Aber, Kjell! Willst du denn gar nicht wissen, was auf dem Bild ist?«

»Nein. Und du auch nicht. Jetzt komm.«

Arvid ließ die Arme schlaff an die Seiten fallen und folgte Kjell mit gesenktem Haupt auf den Gang hinaus. Gemeinsam schlichen sie ins Arbeitszimmer, Kjells Schritte trotz aller Bemühungen dumpf, Arvids hingegen lautlos.

»Du legst es genau dorthin zurück, wo du es gefunden hast«, flüsterte Kjell, während er die Türklinke hinunterdrückte.

Er hatte Fornbergs Arbeitszimmer seit Jahren nicht betreten. Nichts davon war noch so, wie er es aus seiner Erinnerung kannte. Das System, mit dem der Alte seine Unterlagen früher akribisch genau abgelegt hatte, war offenkundig durcheinandergekommen, denn in jeder Ecke stapelten sich Bücher und einzelne eng beschriebene Seiten lagen lose auf dem Schreibtisch verstreut. Der schummrig erleuchtete Raum war erfüllt von einer garstigen Komposition aus staubigem Papier, kaltem Rauch und Alkohol, die Luft schwer, als ob seit Wochen kein Fenster geöffnet worden wäre.

»Kjell, bitte«, flehte Arvid mit hilflosen Blicken abwechselnd zum Schrank hoch und zu seinem Freund. »Lass es mich ansehen und ich werde mir nie wieder etwas anderes wünschen.«

Kjell zog die Tür hinter ihnen zu, presste die Lippen aufeinander und nickte auffordernd auf den Schrank.

»Aber vielleicht war meine Mutter auf dem Bild. Ich muss doch wissen, wie sie aussieht!«

Die Augen dunkel wie eine Neumondnacht auf die des Kindes geheftet, hob Kjell den Arm und richtete seinen

Zeigefinger auf das Möbelstück. Arvid zog die Brauen, so tief er nur konnte, bedachte den anderen mit einem zornigen Blick und schüttelte wild entschlossen den Kopf.

Kjell schnaubte ungeduldig. »Los jetzt, bevor dein Vater aufwacht und uns hier findet.«

Arvid würde den Stoff in jenem Moment ausrollen, in dem sich seine Finger darum schlossen – Kjell konnte es in seinem Gesicht so klar lesen wie die gestrigen Schlagzeilen. Aber er sah keine Möglichkeit, das Gemälde an einem anderen, sicheren Ort aufzubewahren und der Schrank war zu hoch, als dass er es selbst wieder zurücklegen hätte können.

Als er dem Jungen die Leinwand reichte, starrte sie dieser an, als wäre sie der wertvollste Schatz im ganzen Universum.

»Wenn dein Vater erfährt, dass du das Bild gesehen hast …«, zischte Kjell, dann brach er ab.

Alles, was er sagen würde, bedeutete für Arvid ein noch spannenderes Geheimnis. »Leg es wieder auf den Schrank und lass uns gehen. Du bringst uns beide in unglaublich große Schwierigkeiten.«

»Es tut mir leid. Du weißt, dass ich das nicht will. Aber ich muss das machen. Ich muss. Es geht um *Mutter.*«

Kjell sah seltsam betäubt zu, wie Arvid die Leinwand auf den Boden legte, sie ehrfürchtig ausrollte und sich danebenhockte.

So fühlte sich also der Anfang vom Ende an. Kjell schloss die Lider. Arvid würde ihn auf dem Gemälde erkennen und sich in Windeseile alles zusammenreimen: dass er seinen Eltern nicht im Geringsten ähnlich sah, sondern Lucas Abbild war. Dass Kjell ihn von Anfang an belogen hatte, dass Fornberg vor nichts zurückschreckte und was das für den Jungen bedeutete. Sie würden sofort von hier flüchten müssen, im tiefsten Winter, ohne einen Plan, ohne Proviant, ohne die Berge überqueren zu können. Sie würden im Nirgendwo erfrieren – falls sie das Anwesen verlassen konnten, falls Fornberg nicht innerhalb der nächsten Minuten … Und auch nur, wenn Arvid nach all diesen Offenbarungen noch mit ihm fliehen wollte.

Ihm wurde heiß und kalt zugleich, Schweißperlen traten ihm auf die Stirn. Er zwang sich dazu, die Gedankenkette nicht weiterzudenken, sich diesem aberwitzigen Karussell nicht hinzugeben, aber er konnte es nicht aufhalten, es drehte sich gnadenlos weiter: Sein Sohn würde nie einen einzigen Atemzug unter freiem Himmel getan, nie eine Stadt gesehen oder einen Beruf erlernt haben, nie einen Ball besucht, nie Freunde gefunden, nie geliebt ha-

»Sieh mal, da fehlt ein Stück!« Arvid stieß ihn mit dem Ellenbogen an.

Kjell riss die Augen auf. Die Leinwand war an den Rändern ausgefranst, als ob sie jemand mit einem Messer aus dem Rahmen gesäbelt hätte. Und dort, wo Luca abgebildet sein sollte, war der dicke Stoff im Zickzack abgeschnitten. Nur das Überbleibsel seines weißen Hemdärmels blitzte auf dem ockerfarbenen Hintergrund.

Kjells Knie gaben vor Erleichterung nach und er stolperte gegen den Schrank hinter ihnen.

Arvid sprang erschrocken auf. »Was ist mit dir? Geht es dir gut?« Er stützte ihn am Unterarm.

»Nein, es geht mir nicht gut! Du hast keine Ahnung, was du gerade getan hast.«

»Aber das ist wichtig für mich. Das weißt du.«

»Das ist der einzige Grund, warum ich diesen Irrsinn zulasse. Jetzt sieh dir das Bild wenigstens an, bevor wir es wegräumen. Du wirst es kein zweites Mal zu Gesicht bekommen«, brummte Kjell und kreiste mit seinem Stock über die Leinwand.

Arvid musterte den ernsten blonden Mann mit dem Vollbart, dem weißen Hemd mit schwarzer Krawatte und der goldenen Kette, die von einem Knopfloch seiner dunkelgrünen Weste zu seiner Tasche führte.

»Ist das Vater?«, er warf Kjell einen irritierten Blick zu. »Er sieht so anders aus.«

Das Gemälde bildete den Alten als zivilisierten Hausherrn aus guten Kreisen ab, der nichts mit dem aufgedunsenen, cholerischen Toivo Fornberg gemein hatte, den sie in den letzten Jahren erleben mussten.

»Nicht so fett wie jetzt«, raunte Kjell.

Arvid kicherte verstohlen.

Fornbergs Hand lag auf der Schulter einer jungen Frau, die zu seiner Linken saß. Ihr rotblondes Haar umspielte in Wellen ihre Schultern, die blauen Augen blickten emotionslos, ihre Haut schimmerte wie Porzellan unter dem schlichten aquamarinfarbenen Kleid mit dem schneeweißen Kragen und ihre Lippen spielten mit dem Gedanken eines Lächelns.

»Und das ist … Mutter?«, hauchte Arvid andächtig.

Kjell stützte sich mit beiden Händen auf den Stock und nickte. »Deine Mutter Elina. Und sieh dir das Kind an, das sie auf dem Arm hält. Das bist du.«

Der Junge verengte die Lider, brachte das Gesicht näher an das Gemälde und strich über das Abbild des Kleinkindes auf dem Arm der jungen Frau. »Er sieht nicht aus wie ich. Du musst dich irren.« Er neigte den Kopf, sah dann, eine Antwort erwartend, zu Kjell hoch.

»Ich irre mich nicht, Arvid.«

»Aber das kann doch nicht sein. Er ist blond und blauäugig. Und was ist dieser weiße Fleck? Was war dort?«, Arvid wies auf die Leinwand.

»Woher soll ich das wissen? Wahrscheinlich nichts. Ein Tischtuch, ein Stuhl. Komm jetzt, das reicht.«

Arvid rollte das Gemälde zusammen und kletterte flink wie ein Eichhörnchen über ein Regal auf den Schrank, schob die Leinwand behutsam nach hinten an die Wand und landete geräuschlos auf dem Boden.

Kjell fürchtete, dass ihnen Fornberg auf dem Gang auflauern würde, sobald sie die Tür wieder öffneten, doch nach wie vor drang lautes Schnarchen aus dem Wohnzimmer und so kehrten sie unbeschadet in Arvids Zimmer zurück.

Als die Tür hinter ihnen mit einem Klicken ins Schloss gefallen war, schüttelte Kjell erst den Kopf, dann den gesamten Körper. »Was du heute getan hast, war völlig inakzeptabel. Töricht. Und gefährlich!«, stieß er hervor.

»Aber … ich wollte sie sehen. Um es zu verstehen«, flüsterte der Junge.

»Du musst nicht immer alles wissen und verstehen«, zischte Kjell und ließ sich in den Stuhl fallen.

Tränen sammelten sich in Arvids Augen. So viele, dass sie im Nu übergingen, über seine Wangen kullerten und auf seine Wollsocken tropften, wo sie dunkelgraue Kreise hinterließen. »Es tut mir leid. Wirklich!«, stieß er hervor, während er seine Hände knetete. »Bitte sei mir nicht böse! Du weißt, ich ertrage das nicht.«

Er schlurfte hinüber zum Bett und warf sich in die Daunen.

»Ich hatte dir ausdrücklich verboten, es dir anzusehen, und du hast dich darüber hinweggesetzt. Du wirst damit leben müssen, dass mich das wütend macht«, Kjell fuhr damit fort, Rechenbeispiele zu notieren.

»Aber du hast gesagt, du wirst mir nie böse sein!«, schluchzte Arvid in sein Kopfkissen.

Kjell hielt inne. »Was erwartest du von mir, wenn du mit voller Absicht das Gegenteil von dem tust, worum ich dich bitte, und damit unsere …«, er brach ab.

Unsere Sicherheit gefährdest, hatte er sagen wollen.

»Hör auf damit, in den Privatsachen deines Vaters herumzustochern wie in einer Schüssel deiner verhassten Erbsen.«

Als Arvid eifrig nickte, das Gesicht tief in den Daunen vergraben, wackelte das Bett.

»Sieh mich an«, sagte Kjell versöhnlich.

Der Junge stützte sich auf die Unterarme, wühlte in seiner Hosentasche nach einem Taschentuch und putzte sich die Nase. Kjell brachte ein tröstendes Lächeln zustande, als sich die geröteten Augen des Kindes auf seine hefteten.

»Vertraust du mir?«

Arvid nickte entschlossen.

Kjell sprach langsam und betonte jedes Wort: »Dann tu, worum ich dich bitte. Alle meine Verbote haben ihre Gründe, auch wenn ich sie dir manchmal nicht erklären kann.«

Der Junge schwieg eine Weile, dann griff er nach einem weißen Kreisel auf seinem Nachttisch und drehte ihn zwischen den Fingern.

»Warum denkst du, dass ich dieses Kind bin?«

Kjell blätterte auf der Suche nach neuen Aufgaben im Lehrbuch. Sein Zeigefinger folgte den Zeilen.

»Weil ich weiß, dass die Frau auf dem Bild deine Mutter war und sie dich an diesem Tag auf dem Arm gehalten hat. Du hast dich eben verändert. Das kommt vor.«

Manchmal konnte er selbst nicht glauben, dass er auf diesem Gemälde abgebildet war. Ob er sich heute noch darauf erkannt hätte?

Arvid schickte den weißen Kreisel auf die Reise und sah ihm zu, bis er umkippte und ziellos über den Boden kullerte. Er ließ ihn eine weitere Runde drehen. »Das ist alles so merkwürdig. Ich sehe nicht aus wie dieses Kind. Und nicht wie Mutter. Warum fehlt ein Teil der Leinwand? Man schneidet doch kein Stück aus einem Gemälde«, murmelte er.

»Was weiß ich. In jeder Familie gibt es Geheimnisse.«

»Aber warum hilfst du mir nicht, sie zu lüften?«

Kjell blickte von seinen Unterlagen auf und musterte Arvid, der ihn in einer Mischung aus Unverständnis und Enttäuschung ansah.

»Was du über das Bild und deine Mutter erfährst, habe nicht ich zu entscheiden, sondern dein Vater. Ich bin in keiner Position, mich dieser Anweisung zu widersetzen«, entgegnete er mit splittriger Stimme.

»Wenn du mir etwas erzählst, würde ich dich bestimmt nicht verraten. Das weißt du doch, oder?« Arvids Blicke huschten über Kjells Gesicht.

»Natürlich weiß ich das, aber darum geht es nicht. Wir brauchen hier nicht noch mehr Geheimnisse. Und mehr sage ich nicht zu der Angelegenheit.«

Arvid schnappte nach Luft. »Aber später kannst du doch –«

Kjell hob eine Hand, um das Gespräch zu beenden. »Kann ich nicht«, er tippte mit der anderen auf das karierte Heft. »Du versuchst dich jetzt an deinen Bruchrechnungen.«

Als er mit Arvid den Platz tauschte und sich auf dessen Bett niederließ, pikte etwas von unten gegen seine Oberschenkel und er stand wieder auf. Er schob die Buntstifte, auf die er sich gesetzt hatte, zur Seite und sank erneut nieder.

»Was haben deine Stifte im Bett zu suchen?«

Er presste den Zeigefinger auf die stumpfe Mine eines dunkelgrünen Buntstiftes, mit dem der Junge vor allem Walddrachen malte. Wenigstens konnte sich Arvid nicht daran verletzen, wenn er in seinem Zimmer herumtollte.

»Wie oft muss ich dir noch sagen, dass du deine Zeichensachen in Ordnung halten und sie in die Lade legen sollst? Oder hast du schon wieder deinen Anspitzer verloren?«, nörgelte Kjell. Sein Blick schweifte über das Chaos an Spielsachen auf dem Boden. »Kein Wunder bei dieser Unordnung! Wenn du mit den Rechnungen fertig bist, räumst du dein Zimmer auf.«

Kjell legte eine Handvoll Stifte auf die Tischplatte, stellte den Stock zwischen seine Knie und starrte auf das Schneetreiben vor dem Fenster.

Arvids halblauten Protest hörte er nur dumpf. Havssun war heute wieder ein wenig mehr aus den Fugen geraten. Wenn dem Jungen bewusst wurde, dass er weder seiner Mutter noch Fornberg ähnlich sah, würde er Fragen zu seiner Herkunft stellen. Spätestens dann würde Havssun in sich zusammenfallen wie ein Kartenhaus.

Kjell starrte auf einen der Buntstifte, der neben Arvids Ellenbogen lag. Geistesabwesend griff er danach und schloss die Faust darum. Er musste den Alten dazu bringen, den Jungen freizulassen. Was auch immer er dafür wollte – Kjell würde es ihm geben. Selbst seine letzten Jahre würde er bereitwillig allein in Havssun ertragen, wenn er damit seinem Sohn die Freiheit erkaufte.

Und wenn das nicht reicht? Weil es nie reicht?

»Arvid«, sagte Kjell, als wäre der Name ein Schwur, »gib mir deinen Anspitzer. Ich bringe das alles für dich in Ordnung.«

39

Alles an uns

Toivos müder Blick wanderte hoch von den ewig roten Zahlen seines Registers und glitt über die Bücherinseln, die auf dem Boden seines Arbeitszimmers im Haupthaus verstreut waren. Ordentlich sortiert hätte jedes Buch Platz gefunden, doch jetzt lag millimeterdicker Staub auf den nackten Holzbrettern, und wo die Regale ihren Inhalt ausgespien hatten, klafften Löcher in den Schränken.

In den letzten Jahren war der Gewinn seines Betriebes nach und nach ins Bodenlose gefallen, denn er hatte aus Gleichgültigkeit viele Missgriffe die Mine betreffend gemacht: Ein- und Verkaufspreise falsch kalkuliert, personelle Fehlentscheidungen getroffen und zuletzt Larsens Vorschläge durchgewunken, von denen sich viele als ruinös herausgestellt hatten. Nun stand Toivo vor einem hausgemachten finanziellen Desaster; seine Rücklagen waren zu erbärmlichen Beträgen geschrumpft und er würde Frida bald weder bezahlen noch für ihrer aller Verköstigung aufkommen können.

Hätte Toivo eine Wahl gehabt, so hätte er sich auf seine Firma konzentriert und wäre über Mittag im Büro geblieben. In der Zeit, die er für die Anfahrt brauchte, wüsste er einiges zu erledigen. Aber damit hätte er auf seinen Mittagsrundgang auf dem Hof verzichtet, und so harmlos Kjell inzwischen wirkte, insgeheim spann er bestimmt die nächste Intrige. Wenn er ihn aus den Augen ließe, würde hier endgültig alles vor die Hunde gehen. So blieb ihm nichts anderes übrig, als die Arbeit in seiner Mittagspause auf dem Hof zu erledigen und nebenbei eine kleine Mahlzeit hinunterzuschlingen.

Er kniff die Lider zusammen. Das Holz eines Schrankes zu seiner Linken glänzte wie sonst keines im Raum. Merkwürdig. Wann hatte er zuletzt Akten von dort geholt?

Ein zögerliches Pochen riss ihn aus den Gedanken. Mit einem derben Fluch ließ er die Feder fallen und ging zur Tür, doch schon nach ein paar Schritten fuhren brennende Schmerzen in seinen Fußballen. Gustavs Mahnungen hallten in seinen Ohren: *Zu viel Fleisch und Alkohol bekommen dir nicht, du bezahlst jeden Bissen mit Gicht und jeden Schluck früher oder später mit einer zirrhotischen Leber.* Toivo hätte damals wie heute mit den Augen gerollt, wenn Gustav noch ein Teil seines Lebens gewesen wäre.

Als er die Tür öffnete, stand mit Kjell ein anderer Geist auf dem Gang, eine Hand am Türrahmen abgestützt und das linke Bein so angewinkelt, dass nur die Schuhspitze den Boden berührte. Die andere lag auf dem Griff seines Stockes. Zwar sah er nicht aus, als würde er ihn attackieren wollen, doch Toivo ließ sich seine Hosentaschen zeigen und musterte schließlich sein versteinertes Gesicht, aus dem heraus ihn ein Paar erloschener Augen inmitten dunkler Ringe anblickte. Seine aschfahle Haut stand in schauerlichem Kontrast zu seinem stumpfen schulterlangen Schopf, der das Licht früher in tausenden Punkten reflektiert hatte.

Toivo winkte ihn hinein, humpelte zu seinem Arbeitsplatz und zog seinen Schuh aus. Schwungvoll legte er das Bein unweit von seinem Teller mit den abgenagten Rippchen auf den Schreibtisch, wies auf einen Stuhl in der Ecke und verschränkte die Hände hinter dem Nacken. Fragend hob er die Brauen.

Während Kjell zögerlich niedersank, musterte er Toivo abschätzend. Erst nach einer Weile tasteten sich seine Worte behutsam voran, als würden sie auf einem Drahtseil balancieren, das hunderte Meter über einer Manege gespannt war: »Herr Fornberg ... Was geschieht mit Arvid, wenn er herausfindet, wer er ist? Schicken Sie ihn zu seiner Mutter zurück, wenn das hier ... vorbei ist?«

Toivo brummte missmutig und rieb an seiner knolligen Nasenspitze. »Selbst wenn ich das wollte, ich habe nicht die leiseste Ahnung, was aus ihr geworden ist.«

»Dann also in ein Internat ... oder ein Waisenhaus?« Kjell nickte eifrig, als wolle er die Antwort damit vorwegnehmen.

Toivo stützte das Kinn auf die Hand. Mit Genugtuung sah er im Gesicht des anderen, wie sehr er seine Reaktion fürchtete. Das Schweigen zog sich eine Weile hin.

Kjell räusperte sich. »Arvid hat dieses Schicksal nicht verdient. Sie möchten vielleicht erwägen, einen Schlussstrich zu ziehen. Er ist ein guter Junge. Ein wirklich guter Junge, der Ihnen keine Schwierigkeiten machen wird. Lassen Sie es mich ihm erklären. Ich bitte Sie.«

Toivo schüttelte perplex den Kopf. »Wie stellst du dir das vor? Selbst wenn er nicht über dich und Havssun redet, wäre bald hinlänglich bekannt, dass er nicht mein Sohn ist. Was ich seit Jahren zu verhindern versuche, würde eintreten. Das kannst du nicht allen Ernstes von mir verlangen.«

Kjell stand auf, die Hand an der Stirn, hinkte zur Tür und dann zurück in die Mitte des Raumes, getrieben wie ein eingesperrtes Raubtier, das unregelmäßige *Tock-tock-tock* seiner

Krücke auf dem Boden eine schleppende Melodie. Abrupt blieb er stehen.

»Grausam wie eh und je verwehren Sie ihm also seine Zukunft«, sagte er mit fester Stimme; doch der Stock zitterte in seiner Hand, als er ihn weit von sich zu seiner Rechten stellte, und so ausladend die Geste auch war, so leise pochte die Krücke – machtlos und müde wie Kjells Gestalt. »Aber so muss es nicht enden.«

Toivo seufzte. Er humpelte um den Schreibtisch herum und lehnte sich auf der anderen Seite dagegen. In seinen Worten lag ein Hauch von Bedauern. »Ich habe dir zu keiner Zeit zugesagt, dass es für Arvid irgendwann ein Leben außerhalb Havssuns geben würde. Für die Hoffnungen, die du dir machst, bin ich nicht verantwortlich.«

»Natürlich nicht. Sie sind nie für etwas verantwortlich. Ich sollte seit Jahren nicht mehr hier sein. Wir hatten eine Vereinbarung«, flüsterte Kjell.

Toivos Ohren wurden mit einem Mal heiß, als stünden sie in Flammen. Er atmete tief durch. »Die ich warum genau hätte einhalten sollen? Wir haben ein tadelloses Leben geführt, bis du zu uns gestoßen bist.«

Kjell fletschte die Zähne. Die Gläser in ihrer Vitrine und die Zigarren in ihrer Kiste vibrierten mit seiner Antwort, als er sie an die andere Seite des Zimmers schleuderte: »Ich wollte nie Teil dieses Lebens sein! Weder Ihres noch Elinas! Sie waren es, der einen Käfig aus Havssun gemacht und Arvid und mich in ein Korsett aus Lügen gezwängt hat!«

Toivo fühlte den Sturm anrollen, der ihn vor Jahren überwältigt und an den Punkt geführt hatte, an dem sie sich jetzt befanden. Er fuhr bis in seine Fingerspitzen und breitete sich als rote Wolke in seinem Kopf aus.

Seine Stimme triefte vor Spott: »Großartige Idee, Kjell. Warum solltest du auch darauf achten, was du sagst? Tu dir keinen Zwang an, sprich dich aus.«

Kjell schloss einen Herzschlag lang die Lider. »Wann ist es endlich genug?«

Toivo hatte sich geschworen, diesen Weg zu Ende zu gehen, auch wenn er ihn leid und müde war, und er wusste, dass er ihn geradewegs in die Hölle führte. Sein Zorn machte es ihm leicht – er hatte ihn über Jahre hinweg kultiviert wie eine Pflanze. Jetzt, ein Monstrum des Hasses, legte er ihm Worte in den Mund: »Der Junge und du, ihr seid für mich ein und derselbe. Und deswegen wird er dein Schicksal teilen. Deine Blutlinie, in der nichts als perfider Verrat fließt, wird unterbrochen. Dann erst ist es genug.«

Kjells geballte Faust öffnete sich und sank an seine Hüfte, seine Wangen verloren den kümmerlichen Rest ihrer Farbe. Er wankte zu einem Regal und hielt sich daran fest, starrte durch Toivo hindurch. Doch als Toivo erwartete, er würde in Wehklagen ausbrechen und ihn anflehen, seine Entscheidung zu überdenken, klärte sich der Nebel in Kjells Blick und seine Augen füllten sich mit Feuer. Er richtete sich zu seiner vollen Größe auf und stand mit der Stärke vergangener Tage im Raum.

Dann brüllte er: »Wage es nicht, Arvid zu bedrohen!«

Toivo wich erstaunt zurück. Wieso war er noch in der Lage zu Widerstand, wo er doch seit Jahren täglich mit seinem verheerendsten Fehler konfrontiert wurde? Warum hatte ihn selbst die Bürde, sich um den fleischgewordenen Grund seines Leides zu kümmern, nicht in die Knie gezwungen?

»Du bist so blind vor Hass, dass du nicht mehr weißt, was du sagst!«, zischte Kjell. »Als er als Säugling vom Sofa gefallen ist und sich den Kopf am Tisch angeschlagen hat, was hast du da getan? In rabenschwarzer Nacht und bei dichtem Schneefall bist du mit deinem kostbaren Kind zu Gustav geritten. Du würdest die Narbe an seinem Hinterkopf immer noch sehen, wenn du endlich die Augen aufmachen würdest. Sein erstes Wort? Was war das? Besinne dich. Er ist immer noch derselbe Junge. Und er hat sich seinen Vater beileibe nicht ausgesucht. Weder den einen noch den anderen.«

Toivo stemmte die Hände in die Seiten. In einem kläglichen Versuch, seine zitternde Stimme zu überspielen, räusperte er sich. »Diese unschuldigen Zeiten sind eine Ewigkeit her. So lange, dass sie nicht mehr wichtig sind.«

Kjell schüttelte müde den Kopf. »Dass du mir ein möglichst qualvolles Dasein bescherst, ist das eine«, murmelte er heiser und sackte gegen das Bücherregal hinter sich. »Aber du würdest es nicht übers Herz bringen, dem Jungen ... Du bist vieles, aber ... *das* ... bist du nicht.«

Toivo sank in seinen weichgepolsterten Schreibtischstuhl. Er ertrug die Erinnerungen an diese Zeit kaum, bevor sich die Welt gehäutet und eine leere Hülle zurückgelassen hatte. Die Finger ineinander verschränkt, starrte er auf die unzähligen Kerben in der Tischplatte. Sie stammten von den Ringen derjenigen Männer, die hier seit vielen Dekaden Havssuns Bücher gewälzt hatten. Auch von seinen.

Papa. Arvids erstes Wort war Papa gewesen. Sein Magen zog sich zusammen. Etwas in seiner Brust drückte mit aller Kraft zu. Er hatte niemals jemand anderer sein wollen als genau das: Arvids Papa. Und ausgerechnet diesen einzigen Wunsch hatte ihm der Mann aus dem Süden gestohlen.

»Er ist auch Elinas Kind«, flüsterte Kjell. »Ihr habt ihm gemeinsam seinen Namen gegeben. Du warst überglücklich an diesem Tag.«

»Du begibst dich auf hauchdünnes Eis«, knurrte Toivo.

Kjell bewegte kaum den Mund: »Und wenn schon. Was hast du mir noch nicht angetan? Ich fürchte dich nicht.«

Toivo zog sein Register zu sich, blätterte um und griff nach seiner Feder. Beschwingt begann er zu schreiben, so sorgfältig und sicher wie eh und je.

»Das hast du gerade eindrücklich bewiesen.« Er sah Kjell zu, wie dessen Fingerkuppen in einer waagrechten Linie über das Auf und Ab der Buchrücken in den Regalen wanderten. Es schien ihn zu beruhigen. Er wirkte, als wäre er sehr weit weg. »Aber das ist weder verwunderlich noch eine Kunst – schließlich vergisst du Dinge«, fuhr Toivo fort. »Und woran du dich erinnerst, das bringst du durcheinander. Sobald du dich unbeobachtet fühlst, führst du Monologe ohne Punkt und Komma. An schlechten Tagen schwingst du Reden, bei denen Napoleon vor Neid erblasst wäre.«

»Unsinn.«

Toivo lachte leise. »Arvid war mehr als einmal Zeuge dieses traurigen Schauspiels. Er wird dir bestätigen, was du für eine bösartige Unterstellung hältst.« Er rollte seine Füllfeder zwischen Daumen und Zeigefinger und beobachtete den kleinen Lichtpunkt, der darüber glitt. »Oder fragst du lieber Einar?«, säuselte er beiläufig.

Kjells Hand erstarrte zwischen zwei Bänden des *Handlexikons für allgemeinnütziges Wissen*.

Toivo legte die Feder mit einem hämischen Grinsen beiseite. »Du weißt nicht einmal mehr, dass du mir von deinem großen Geheimnis erzählt hast. Damals, als du so verzweifelt versucht hast, dich meiner zu entledigen.«

Kjell drehte sich um. Sein Blick zuckte ungläubig über Toivos Gesicht.

Die Worte drangen schneidend aus Toivos tiefstem Inneren: »Dabei wäre mir viel daran gelegen, dass du die Stunden nach deinem Attentat im Gedächtnis behalten hättest. Denn wenn du noch wüsstest, wie du als winselndes Nichts vor meinen Füßen gelegen bist und mir das Wissen über Einar angeboten hast, um mich zu besänftigen, würdest du dich heute nicht gebärden, als wärst du unberührbar.«

»Hör auf«, krächzte Kjell.

»Dass du denkst, dein peinlicher Appell an meine Menschlichkeit und meine einst ach so innige Verbundenheit mit deinem Kind würden auch nur das Geringste ändern, zeugt von deinem fortschreitenden Verlust der Wirklichkeit.« Toivo legte die Hände auf das Register auf seinem Schreibtisch und räusperte sich. »Einar ist Teil dieses Problems – ein Symptom, wie Gustav sagen würde. Ich wurde neugierig, was es mit diesem Mann auf sich hat. Deiner Beschreibung seines Aussehens nach klang es so, als hätte sich einer meiner ehemaligen Hausarbeiter auf deine Seite geschlagen.«

Er schmunzelte und stand auf, schlängelte sich zwischen den Hindernissen auf dem Boden zu einem der Regale. Mit einem nachdenklichen Brummen glitt sein Blick über die Buchrücken, dann hielt er abrupt inne und zog ein Exemplar mit dunkelblauem Leineneinband hervor. Er legte es auf sein aufgeschlagenes Register, setzte sich auf den Schreibtischstuhl und winkte Kjell mit dem Zeigefinger zu sich, der mit zögerlichen Schritten zu ihm tappte.

»Also habe ich Nachforschungen angestellt. Mit ... ich würde sagen ... amüsantem Ergebnis«, murmelte Toivo, während er blätterte.

Eine Schwarzweiß-Fotografie war jeder Seite des Registers

angeheftet, darunter befand sich eine Liste von Daten und Zahlen: Vorname, Nachname, Geburtsdatum, Eintrittsdatum, Austrittsdatum und eine Reihe weiterer Informationen. Die Seiten raschelten eine Weile unter Toivos Fingern, dann hielt er inne und drehte das Buch zu Kjell. Er tippte auf die Fotografie eines jungen Mannes mit unfassbar hellen Augen und kurz geschorenen Haaren, der ohne Gefühlsregung in die Kamera blickte. »Bitte. Die Akte deines einzigen Freundes.«

Kjell beugte sich über das Buch, kniff die Lider zusammen. »Hansen, Ulrik«, las er halblaut vor, »geboren den 29. Juli 1868. Eingetreten mit Februar 1887, ausgetreten mit April 1888.«

Toivo faltete seine Lesebrille zusammen, steckte sie in seine Brusttasche und lehnte sich zurück.

Eine Weile schwiegen beide. Kjells Blick huschte unablässig von der Fotografie zu Hansens krakeliger Unterschrift am Ende der Seite und zurück. Dann runzelte er die Stirn und schüttelte verwirrt den Kopf.

»Warum sollte er über seinen Namen lügen?«

Toivo lächelte spöttisch. »Na komm, das kannst du besser. Du weißt, welches Jahr wir haben?«

»Achtzehnhundert ...« Er hielt inne.

»Zweiundneunzig«, vervollständigte Toivo geduldig. »1892. Er ist also seit vier Jahren nicht mehr hier.« Toivo wackelte verschwörerisch mit den Augenbrauen und blickte versonnen aus dem Fenster. »Was bedauerlich ist, denn er war ein fleißiger Arbeiter. Ein pflichtbewusster, schüchterner Bursche, der mir kaum jemals richtig ins Gesicht gesehen und weder mit mir noch mit Frida mehr als drei Worte gewechselt hat. Eine gute Eigenschaft, wenn du mich fragst. Der Ulrik, den ich kenne, hätte es im Traum nicht gewagt, mir einen Schlüssel zu stehlen, um sich in dein Zimmer zu schleichen.«

Toivo schlug das Buch mit beiden Händen vor Kjells Nase zu, schließlich streckte er es ihm mit einem breiten Grinsen durch die aufgewirbelte Staubwolke entgegen.

»Nimm es mit, wenn du willst. Sieh dir den Eintrag in Ruhe an. Du wirst feststellen, dass damit alles seine Ordnung hat. Aber vielleicht solltest du Einar ein paar Fragen stellen, wenn er dir das nächste Mal über den Weg läuft.«

Kjell dachte mit ganzer Kraft nach. Seine Züge waren vor Anstrengung verzerrt, die Lippen farblos. Seine Augen glitzerten wie unter Fieber, als versuche er, ein Rätsel zu lösen, das keinen Sinn ergab.

»Du lügst«, stieß er hervor. »Du weißt, dass er noch hier arbeitet. All das ist ein abgekartetes Spiel. Mir war von Anfang an klar, dass etwas an ihm faul ist.«

Toivo beugte sich naher zu Kjell und neigte mitleidig den Kopf. Er schürzte scheinbar gekränkt die Lippen. »Ich? Ein Lügner? Mein lieber Freund, bist es nicht du, der lügt, wenn er den Mund aufmacht?«

Kjell starrte auf den Einband des Buches in Toivos Hand, dann tappte er mit den Schritten eines Greises zur Tür.

Toivo lachte leise. »Endlich habe ich alles an dir.«

Kjell hob die Hand auf die Klinke und wandte sich um. Trotz und Widerstand in seinen Worten prallten als schallende Ohrfeige gegen Toivos Wange. »Du irrst. Sogar in diesem Drecksloch haben Arvid und ich gefunden, was dir für alle Zeiten verwehrt bleiben wird.«

Der fürchterliche Zorn, der Toivo permanent diktierte, was er zu tun und zu sagen hatte, ließ ihn schlagartig los. Dahinter fand er ein Quäntchen Mitleid, einen Anflug von

Reue und eine Flut der Scham. Er legte die zittrigen Hände als ein kleines Dreieck auf die Tischplatte, Fingerkuppe an Fingerkuppe. Die Geste hatte ihm sein Leben lang geholfen. Heute tat sie es nicht.

Kjell drückte die Tür mit der Schulter auf. Er lächelte müde. »Du wirst nie alles an uns haben. Auch dann nicht, wenn du mich eines Tages im Wald aufknüpfst. Und damit bist du zum Scheitern verdammt.«

Atemlos lauschte Toivo dem Klopfen des Stockes, bis Kjells schleifende Schritte auf den Holzdielen des Gangs verklungen waren.

40

Gut, oder?

Nachdem Kjell Toivos Arbeitszimmer verlassen hatte, trugen ihn seine Beine noch fünf Schritte, bevor sie weich wie Gummi wurden und er sich schwer atmend gegen die Wand lehnte.

In der Sicherheit des halbdunklen Ganges lauschte er einer Unterhaltung, die aus der Küche drang.

»Er weiß, wie sehr ich Erbsen hasse!«, rief Arvid in halbherzigem Protest. »Und er wird es sicher erlauben. Bitte, Frida.«

Blutlinie. Kjells Fingerknöchel um den Griff seines Stockes färbten sich weiß. Er schloss die Augen. Die Stimmen aus der Küche wurden dumpf und mischten sich mit dem Brummen in seinem Kopf.

»Du findest eine Lösung. Es wird einen Weg geben«, hörte er sich flüstern.

»Drei Löffel, Arvid«, erwiderte Frida entnervt.

»Ein Löffel Erbsen … und dafür drei Löffel Karotten!«

Kjell folgte dem Gespräch, bis sich sein Herzschlag beruhigt hatte und sich die beiden geeinigt hatten, dann atmete er tief durch, zog seinen Pullover zurecht und betrat die Küche, in der es nach Fisch und Gemüse roch.

»Hei, Kjell!« Arvid strahlte ihn vor Freude an. »Ich muss heute keine Erbsen essen. Ich bekomme Karotten.«

Kjell zwang sich zu einem Lächeln. »Schön. Guten Appetit euch beiden. Ich bin nicht hungrig.«

Er drehte sich rasch um, damit er nicht sehen musste, wie Arvids Begeisterung verschwand, und ging zur Hintertür, wo er nach seinen festen Schuhen griff.

Der Junge lief ihm nach. »Ist dir nicht gut? Du bist doch nicht wieder krank?«

Kjell band sich hastig die Schnürsenkel zu. »Ich muss an die Luft.«

Der Kleine sah ihm zu, wie er in den Mantel schlüpfte. »Ist das mit den Erbsen in Ordnung?«

»Nicht jetzt, Arvid.«

Der Junge reichte ihm seinen Schal und half ihm am Ellenbogen über die Schwelle und die zwei Stufen nach draußen.

»Kann ich mitkommen?«

Kjell wich seinem Blick aus und stakste ein paar Schritte in den Garten.

»Bitte mach das nicht«, sagte Arvid in seinem Rücken. »So beginnt es immer. Und dann redest du tagelang nicht mit mir. Sieh mich an.«

Die klare Luft rauschte durch Kjells Nasenlöcher und brannte in seiner Lunge. Am liebsten wollte er sich hier und jetzt in den Schnee fallen lassen und darauf warten, dass die Kälte neben seinem Körper auch seine Gefühle betäubte, den Blick hoch in den wolkenverhangenen Himmel gerichtet, der auch heute Neuschnee ankündigte. Er wollte frieren, bis er den Terror vergaß, bis der nadelstichige Frost alle Erinnerungen an den Alten, an seine Kammer, an Einar, ja selbst an

Arvid und Anna, aufgefressen hatte. Er könnte ein paar Flaschen Wein stehlen, tief in den Wald gehen und sich dort besinnungslos saufen, um es sich leichter zu machen. Er würde von einer zärtlichen, weichen Schneeschicht bedeckt werden, die es gut mit ihm meinte, und die Augen für immer schließen. Friedlich. Würdevoll. Schmerzlos. Selbst zu bestimmen, wie er aus dem Leben schied, war seine letzte und einzige Freiheit.

Wenn Arvid seinen Spuren folgte und ihn fand? Er würde aussehen, als würde er schlafen. Ein Bild, das für den Kleinen – ach, so klein war er doch gar nicht mehr, schon sieben Jahre alt, er war doch sieben? – sicherlich keinen Schrecken hatte. Mit jedem Atemzug erwärmte er sich mehr für den Gedanken. Einfach gehen und dann ... dann wäre all das vorbei. Arvid würde seinen Weg finden.

Hörst du dich reden?, schalt ihn sein Gewissen in jenem Tonfall und mit jenen Worten, in denen es Einar getan hätte, wenn er hier gewesen wäre.

»Aber welche Wahl bleibt mir denn?«, murmelte er, den Tränen nahe.

Du hast immer eine Wahl. Jetzt nimm dich zusammen! Du sitzt nicht allein in diesem unglaublich großen Haufen Scheiße.

Kjell schlug die Hände vor das schamheiße Gesicht und sich damit die Gedanken aus dem Kopf. Er drehte sich nach Arvid um. Es überraschte ihn nicht, dass er immer noch im Türrahmen stand und auf eine Antwort wartete, während er von einem Bein auf das andere trat, die Arme fest um den Oberkörper geschlungen.

»Iss in Ruhe auf. Gut kauen, Arvid ... sonst liegt dir das Essen im Magen. Zieh dich warm an, wenn du hinausgehst. Den dicken Pullover.« Absurd und nebensächlich kamen ihm die Ermahnungen vor, die wie von selbst seinen Mund verließen, wo Fornberg dem Jungen doch nach dem Leben trachtete.

»Mache ich.« Die Tür fiel ins Schloss.

Die Luft klärte Kjells Gedanken. Er zog die Schultern hoch und ging behutsam den halbverschneiten Weg zum Stall entlang. Eine einzige vereiste Stelle würde ihn aus dem Gleichgewicht bringen, denn das Profil seiner Stiefel war mit den Jahren flachgeschliffen und seine Krücke fand wenig Halt.

Manchmal kommandierte Fornberg Arvid zum Schneeschaufeln und Streuen ab, manchmal half der Hausherr selbst mit. Kjell hatte oft mit Genugtuung zugesehen, wie der Alte fluchte, während er die Schaufel in die Schneemassen rammte und sich sein Gesicht dabei minütlich dunkler färbte. Ab und zu war die oberste Schneeschicht zu einer Platte zusammengefroren, die Fornberg besonders hasste, weswegen Kjell diesen Umstand besonders mochte.

Arvid hatte ein paar Meter abseits des Pfades einen riesigen Schneemann gebaut und wollte noch diese Woche eine Schneefrau direkt daneben aufstellen, vielleicht eine Familie an Schneemännern oder sogar eine kleine Armee. Zumindest war das sein erklärtes Ziel dieses Winters. Der Schnee knarzte unter seinen Sohlen, als er den halbgeräumten Weg verließ und durch den Tiefschnee stapfte. Das Fortkommen war hier beschwerlich und kostete ihn viel Kraft, aber er versank bis zu den Knien und konnte sogar den Stock loslassen, ohne dass er umfiel.

Er hob den Riegel von der Stalltür und zwängte sich durch den Spalt. Prompt hopste ein Lamm auf ihn zu. Als er es zur Seite schob, versteckte es sich zwischen den anderen Tieren, die sich in eine Ecke drückten, um einander zu wärmen. Hier drinnen war es behaglich, die Luft würzig von Heu und Schafwolle und der Boden mit weichem Stroh ausgekleidet. Ab und an rieben die Tiere ihre dicken Körper gegeneinander, eines von ihnen trank mit lautem Plätschern aus dem Bottich in der Ecke.

Fornberg würde Arvid und ihn aus einer Laune heraus vom Antlitz der Welt wischen.

»Gottverdammt!«, brüllte Kjell aus voller Lunge und schleuderte den Melkschemel zu seiner Rechten gegen die Mauer.

Holz barst, eines der Beine brach heraus und polterte mit den anderen Teilen zu Boden. Während die Schafe laut blökend auf die Weide flohen, stolperte Kjell mit dem Rücken gegen die Wand und rutschte daran hinab. Er zog die Knie an den Körper, vergrub den Kopf in den Armbeugen und weinte lautlos. Havssun füllte seine Gedanken wie ein Krebsgeschwür. Hier gab es nichts für sie – keine Sicherheit, keine Hoffnung, keinen Trost. Keine Zukunft. So sehr er sich auch einzureden versuchte, dass der Alte nicht siegreich aus dieser seit bald einem Jahrzehnt gefochtenen Fehde hervorgehen würde, so klar wusste er um seine täglich schwindenden Chancen. Er konnte sich weder auf seine Beine verlassen noch auf seinen Verstand. Was also war noch übrig?

Eines der Lämmer knabberte an seinen Haaren. Er streichelte es hinter den Ohren und schubste es, woraufhin es zu seiner Mutter zurückhopste, dann setzte er sich auf einen Strohballen und schlang die Arme um den Körper. Draußen leuchtete ein blitzblauer Streifen Himmel über dem Weiß der Weide. Seine Augen verloren sich lange Zeit darin.

Als er Arvid wie einen wildgewordenen Eber durch den Schnee pflügen hörte, wischte er mit dem Ärmel hastig über sein Gesicht und presste die kalten Finger auf die Lider.

»Ich hab etwas für dich!«, rief der Junge noch bevor er den Kopf durch die Stalltür gesteckt hatte.

Seine Locken lugten unter seiner Mütze hervor, zwischen seinen roten Wangen strahlte ein löchriges Lachen. Arvid war stolz darauf, dass er seine Milchzähne verlor, und zeigte bei jeder Gelegenheit seine Zahnlücken.

»Hier. Ist noch warm«, der Junge drückte einen kleinen kupfernen Topf gegen Kjells Brust, dann plumpste er neben ihn auf den Strohballen.

Kjell hob den Deckel und wedelte die dichte Dampfwolke, die über dem Gefäß aufstieg, zur Seite.

»Frida hat Suppe zu Fisch und Gemüse gegeben, weil ich mich daran erinnert habe, dass du Suppe gut verträgst. Also hat sie einen Eintopf daraus gemacht.« Mit einem breiten Grinsen zog Arvid Löffel und Serviette aus der Manteltasche und streckte ihm beides entgegen. »Gut, oder?«

Kjell lachte erstaunt. Das war nicht so schwer, wie er dachte – Arvids Fröhlichkeit war ansteckend. Er setzte den Deckel zurück auf den Topf, stellte ihn auf den Boden und drückte den Jungen fest an sich. Als er auch nach einer Weile nicht losließ, wand sich das Kind aus der Umarmung.

»Du bist heute … komisch.«

Kjell nickte. »Ich weiß.« Er griff nach dem Kochgeschirr, nahm dem Jungen Besteck und Serviette ab und begann zu essen.

»Ich mag es nicht, wenn du komisch bist. Dann ist entweder etwas Schlimmes passiert, oder es wird noch passieren.« Arvid musterte ihn wie ein Detektiv, der einen Mordfall lösen wollte. »Kjell?«

»Hm?«, machte er, während er ein Stück Fisch zerteilte.

»Deine Augen sind rot«, stellte der Junge betreten fest.

Kjells Besteck schabte gegen das Kupfer. »Ich weiß.« Er tupfte seinen Mund ab und aß weiter.

»Und du wolltest nicht mit uns essen.« Arvid kaute auf seiner Unterlippe.

Kjell klopfte den Löffel am Rand des Gefäßes ab und wischte ihn mit der Serviette sauber. Er schloss das halb volle Gefäß, schob es zur Seite und steckte die Hände in die gegenüberliegenden Ärmel. »Wir müssen uns unterhalten«, sagte er sanft.

Der Junge kniff die Lippen zusammen und hielt den Atem an. Dann platzte er heraus: »Das mit der Figur … das war ein Versehen! Ehrlich.«

»Welche Figur?«

Der Junge blickte sich nervös im Stall um. »Es geht nicht … um die Figur?«, kiekste er.

Kjell hob die Brauen. »Jetzt schon.«

Arvid starrte auf seine Stiefel und erwiderte dann kleinlaut: »Die von diesem komischen Pferd auf dem Fensterbrett im Wohnzimmer. Sie ist runtergefallen, als ich sie mir ansehen wollte. Ein Bein des Pferdes ist abgebrochen. Und ein Ohr. Und … die Lanze des Reiters.«

»Wann hattest du vor, mir das zu sagen?«

Arvid zuckte mit den Schultern und schwieg eine Weile. »Denkst du, dass sie … sehr wertvoll ist?«, fragte er schließlich zögerlich.

»Alles, was dein Vater besitzt, ist wertvoll.«

Arvid verzog das Gesicht. »Entschuldige«, flüsterte er.

Kjell lachte. »Bei mir brauchst du dich nicht zu entschuldigen, es ist nicht meine Figur. Du musst es deinem Vater sagen.«

Der Junge sah ihn erschrocken an, dann blickte er zu Boden und griff nach einem Strohhalm, der aus dem Ballen ragte. »Kannst das nicht du machen? Du weißt doch, wie er ist. Immer, wenn mir ein Missgeschick passiert, schreit er mich an. Dabei ist es nie Absicht«, murmelte er, während er den Halm zwischen den anderen herauszupfte, zusammenknotete und auf den Boden warf.

Nach allem, was er heute gehört hatte, empfand Kjell es als fahrlässig, Arvid wegen einer potthässlichen Figur Fornbergs Rage auszusetzen. »Ich rede morgen mit ihm. Tu mir den Gefallen und halte dich in Zukunft von kostbaren Dingen fern.«

Arvid nickte betreten.

Während der Junge mehrere Halme ineinandersteckte und sie zu einem Kreis bog, richtete Kjell den dicken Wollschal über dessen Mantel, damit ihm kein Lufthauch unter die Kleidung kroch, und zog die Mütze tiefer über seine Ohren.

»Ich wollte dir etwas anderes sagen. Du hast viele Fragen zu deiner Familie, zu deiner Mutter und zu mir«, meinte Kjell. »Ich habe Verständnis dafür, aber deine Neugierde bringt uns in schwierige Situationen. So wie die Sache mit dem Gemälde.«

Arvid legte den Ring aus Stroh in seinen Schoß und blinzelte konzentriert. »Das Bild ist dir wirklich wichtig.«

»Mir ist es egal. Aber es ist Teil einer Geschichte, die nicht für dich bestimmt ist. Du denkst, du weißt, was du tust, aber deine Entscheidungen können schweren Schaden anrichten.« Der Fischeintopf rumorte in seinem Magen. Kjell fädelte die zitternden Hände aus den Ärmeln, drückte sie gegen seinen Bauch und hielt inne, bis die Übelkeit nachließ. »In manchen Momenten kann ich nicht dein Freund sein. Wenn ich dir gewisse Dinge nicht verbiete, bekomme ich große Probleme mit deinem Vater.«

»Was hat Vater damit zu tun?«, fragte Arvid bestürzt.

Kjell atmete tief durch. Seine Antwort balancierte auf einem sehr schmalen Grat. Sagte er zu viel, würde der Junge noch mehr Angst vor Fornberg bekommen, sagte er hingegen zu wenig, würde er den Ernst der Lage nicht verstehen.

»Ich musste ihm versprechen, dass ich dir bestimmte Geschehnisse, die die Familie betreffen, nicht erzählen werde.«

Arvid öffnete den Mund einen Spaltbreit, dann zog er die Brauen zusammen. »Das heißt ... du kennst die Wahrheit? Du weißt, warum das Gemälde unvollständig war?«

Kjell nickte. »Ich habe alle Antworten«, er legte eine Hand auf Arvids Knie. »Du glaubst ja gar nicht, wie sehr ich sie dir geben möchte. Und das werde ich auch. Im Frühjahr – versprochen. Aber bis es so weit ist, musst du aufhören, Fragen zu stellen. Bitte, Arvid. Das ist wichtig.«

Der Junge musterte ihn eine Weile. »Warum erst im Frühjahr?«

»Du wirst es verstehen, wenn es so weit ist.«

Arvid nickte mit hängenden Schultern. Kjell verübelte ihm seine Enttäuschung nicht, schließlich bedeutete ein halbes Jahr eine Ewigkeit für ein Kind in Arvids Alter und der dunkle Winter verlängerte sie gefühlt um ein Vielfaches.

Doch Kjell durfte Havssuns Geheimnisse erst dann lüften, wenn es ihnen möglich sein würde, in absehbarer Zeit danach zu fliehen. Wenn er ihn jetzt schon einweihte, würde der Junge weder diese große Neuigkeit noch seine Aufregung über einen so langen Zeitraum hinweg verbergen können und sie früher oder später allein durch sein Verhalten verraten.

Kjell wusste noch nicht, wie sie fliehen würden, doch einer Sache war er sich sicher: Die Natur musste erst ihre Unwirtlichkeit ablegen, denn Arvid sollte sich notfalls in der Höhle im Wald verstecken können – war sie doch der einzige Ort, von dem Fornberg nichts wusste. Im Frühling würde es dort nicht mehr so kalt sein, dass man Gefahr lief, zu erfrieren.

»Kannst du mir wenigstens sagen, warum das Gemälde nicht mehr über dem Kamin hängt?«

Kjell schüttelte eisern den Kopf. »Das meiste, das du über Havssun weißt und wovon du denkst, dass es wahr ist, ist eine eng verknüpfte Lüge. Sobald du eine einzige Antwort hast, hast du auch alle anderen. Worüber du dir jetzt so viele Gedanken machst, wird schlagartig Sinn für dich ergeben. Dann wirst du begreifen, warum dieser Ort niemals ein Zuhause für uns sein kann.«

Ein zentnerschweres Gewicht fiel von Kjells Schultern ab. Er atmete auf und lehnte sich zurück an die Wand des Stalles. Wie fantastisch es sich anfühlte, nicht mehr lügen zu müssen! Er wusste, dass von jetzt an alles leichter werden würde.

Der Junge sah ihn verständnislos an. »Was meinst du damit?«

»Irgendwann, Arvid, werden wir nicht mehr in Havssun sein. Sondern draußen.« Er deutete erst auf den Kleinen, dann auf sich selbst: »Du und ich.«

»Draußen?«, flüsterte der Junge atemlos.

Kjell wiederholte es mit aller Unumstößlichkeit und betonte es mit einem langsamen Nicken: »Draußen. Wir beide.« Er legte die Hände auf Arvids Schultern und sah ihm fest in die Augen. »Bis dahin hat dieses Gespräch nie stattgefunden. Unter keinen Umständen darfst du ein einziges Wort darüber verlieren. Weder zu deinem Vater noch zu Frida und nicht einmal mir gegenüber. Ich weiß von nichts«, sagte Kjell beschwörend, hob einen Zeigefinger und hielt ihn vor sein

Gesicht. »Keine Fragen mehr. Nicht über dein Aussehen, das Gemälde oder deine Mutter, keine Blicke, keine Andeutungen. Nichts davon. Wir machen ein Geheimnis daraus, das nur dir und mir gehört. Das müssen wir bewahren. Es ist das Kostbarste der Welt. Verstehst du?«

Arvid nickte eifrig.

»Wiederhole es«, forderte Kjell und der Junge gab hastig wieder, was er ihm soeben erklärt hatte.

Kjell lächelte. »Gut. Im Frühjahr wirst du die Wahrheit erfahren.« Und mit brüchiger Stimme fügte er hinzu: »Wir haben genug gelitten.«

41

Dieselbe Seite der Tür

Monate vergingen, bis Kjell an einem besonderen Wintermorgen rief: »Du bist heute unfassbare acht Jahre alt!«

Voll Stolz überreichte er dem Jungen einen neuen Drachen, den er in der Heimlichkeit seines Zimmers aus Zeitungspapier und gesammelten Zweigen gebastelt hatte. Sogar ein paar Federn vom letzten Suppenhuhn baumelten an einem Bindfaden und gaben dem Drachen einen Schweif.

»Nicht mehr lang«, raunte Kjell und zwinkerte ihm zu.

Arvid strahlte.

Sie ließen den Winter ohne Zwischenfälle hinter sich, merkwürdig leicht und erstaunlich glücklich. Arvid fieberte dem Tag entgegen, der ihm die ersehnten Antworten bringen sollte, und so flogen die Wochen an ihnen vorbei.

Kjell, der nach und nach an Kraft und Lebensmut gewann, verbrachte erneut einen Gutteil seiner Zeit vor der aufgeschlagenen Zeitung und starrte mit tief gefurchter Stirn auf die Buchstaben. Er widmete sich so konzentriert seiner Lektüre – oder seiner Grübelei, da war sich Arvid nicht sicher –, dass er kaum auf dessen Fragen reagierte und erschrak, wenn ihn der Junge sachte anstupste.

Von einem Tag auf den anderen legte er diesen Zeitvertreib jedoch beiseite und lachte Arvid beim Frühstück so gelöst an, als ob er sich von einer tonnenschweren Last befreit hätte. Sogar seine Stimme bekam jene Wärme zurück, die der Junge so schmerzlich vermisst hatte.

Als Kjell Arvid eines Morgens aufweckte, flüsterte er ihm ins Ohr, sich mit ihm auf der Bank vor dem Haus zu treffen, sobald Vater abgefahren war.

»Spürst du es auch?«, fragte Kjell mit einem breiten Grinsen an ihrem Treffpunkt und reichte Arvid eine Wolldecke. »Der Winter ist vorübergezogen. Ich habe es schon in aller Herrgottsfrühe bemerkt. Hör genau hin; heute ist der erste Tag, an dem die Vögel zwitschern.«

Kjell meinte, er hätte es auch am Tau gespürt, der durch seine zerschlissenen Halbschuhe presste und seine Strümpfe schwarz färbte, und es am fahlen Blaurosa des Gebirges und am graugrünen Glanz der Blätter gesehen. Und an der Luft, die weder stach noch durch sämtliche Schichten seiner Kleidung kroch, und ihre eiskalten Zähne nicht mehr in seine Knochen schlug.

»Das bedeutet, dass ich dir heute ausnahmslos alle Fragen beantworten werde«, schloss Kjell feierlich. »Hier ist der perfekte Platz für eine Unterhaltung unter vier Augen. Wir sind weit genug von der Hintertür entfernt und sehen den Weg. Nur für den Fall.«

Arvid nickte, obwohl er nicht wusste, was ›der Fall‹ war. Die Wahrheit musste so aufregend sein, dass nicht einmal Frida sie wissen durfte.

Kjell musterte ihn, wie man ein friedlich schlafendes Kleinkind betrachten würde, dann erzählte er langsam und behutsam, als ob er jedes Wort erst auf Makel untersuchen müsste, bevor er es aussprechen konnte. »Du erinnerst dich an den weißen Fleck auf dem Gemälde im Arbeitszimmer deines Vaters? Es war tatsächlich der Ärmel einer anderen Person und kein Tischtuch.«

»Ich wusste es!«

Kjell schlang den rechten Arm um ihn und zog ihn zu sich wie an jenem Abend, als sie die Nordlichter beobachtet hatten, und Arvid drückte sich gegen seine Brust. Damals war sie weich gewesen, nicht hart wie jetzt, doch Kjell roch immer noch genau wie früher: nach Seife, nach Heu und nach warmer Erde.

»Es war ein zweiter Mann. Ein Fremder – ein Südländer.« Er steckte seine freie Hand in seine Jackentasche, zögerte. »Er ist dein Vater. Deswegen siehst du nicht aus wie Toivo. Du hast viel von diesem Fremden, sogar das Grübchen – hier.«

Kjell tippte mit dem Zeigefinger auf sein eigenes Kinn, auf dem ein dichter Bart stand.

Arvids Herz schlug höher. Er stammte also nicht von Toivo Fornberg ab, nicht von dem grobschlächtigen Mann, den er fürchtete und verabscheute. Etwas Warmes breitete sich in seinem Brustkorb aus.

»Du wirkst nicht überrascht«, sagte Kjell und runzelte die Stirn.

Arvid zuckte mit den Schultern. »Es ist mir lieber so. Er ist kein guter Mensch.«

»Aber du hast doch verstanden, was ich dir gerade erzählt habe?«

Der Junge richtete sich auf, drehte sich zu Kjell, schob die Unterlippe vor und erwiderte entrüstet: »Ich bin nicht schwachsinnig.«

Wo Kjell normalerweise gelacht hätte, blieb seine Miene

heute starr. »Habe ich auch nicht behauptet. Aber das sind große Neuigkeiten und es gibt noch mehr davon. Ich will sicher sein, dass du mir folgen kannst.«

Der Junge sank wieder an Kjells Schulter. »Weiter.«

»Toivo hatte den Fremden, der in eine Notlage geraten war, bei sich aufgenommen, aber als er später in seine Heimat zurückkehren wollte, ließ er ihn nicht mehr gehen«, erzählte Kjell, den Blick ins Nichts gerichtet. Die Beiläufigkeit verschwand aus seiner Stimme, Anstrengung und Kälte nahmen ihren Platz ein: »Aus Rachsucht und Unvernunft fing der Mann aus dem Süden eine Affäre mit deiner Mutter an. Toivo wurde klar, dass du nicht sein Kind bist. Es kam zu einem furchtbaren Zwischenfall und er schickte deine Mutter fort.«

»Mutter lebt?«, Arvid sprang auf.

Mit der Bewegung riss er die Decke von ihrer beider Beine. Kjell bückte sich danach und drückte sie an sich, als müsse er sich daran festhalten. »Vermutlich. Ich weiß nicht, wo sie jetzt ist.«

Arvid schnappte nach Luft. »Du hast gesagt, sie ist gestorben, als ich sehr klein war«, flüsterte er vorwurfsvoll.

Sein Blick huschte über Kjells Gesicht, über den dunklen Vollbart mit den einzelnen weißen Haaren und die grauen Schläfen, die unter seiner Haube hervorblitzten, und blieb an seinen tiefliegenden Augen hängen. Neben Scham sah Arvid noch etwas anderes darin, das er nicht verstand: Trauer. Was machte ihn so traurig? Er hatte mit alledem doch nichts zu tun.

»Ich habe gelogen«, murmelte Kjell, den Blick auf das Bündel in seinen Händen geheftet.

Arvid kniff die Lider zusammen und wich zurück. Sein Freund hatte ihm stets geduldig und nachsichtig Antworten auf seine abertausenden Fragen nach dem Warum und Wieso der Welt gegeben. Er war selbst dann wohlwollend geblieben, als diese nach und nach hartnäckiger geworden waren. Und nun sollte er ausgerechnet bei dieser Sache, von der er wusste, dass sie ihm das Hochheiligste auf der Welt war, gelogen haben?

»Aber … warum?« Als Arvid sich die Frage hervorstoßen hörte, schrie die Anklage darin so laut, dass seine Wangen heiß wurden. Was hätte es ihm bedeutet, Mutter wohlauf zu wissen, wie viele Stunden Grübeln hätte ihm das erspart!

Kjell hob die Hände abwehrend vor die Brust. »Das war nicht meine Entscheidung. Toivo hat mich dazu gezwungen.«

Arvids Kopf surrte bei der Vorstellung, dass Mutter irgendwo auf ihn wartete. Und dann war da noch etwas anderes: »Dich gezwungen? Warum? Und … wieso ist sie nicht zu mir zurückgekommen?«

»Toivo hat wohl einen Weg gefunden, seine eigene Wahrheit in die Welt zu setzen und sie davon abzuhalten, dich wiederzusehen.«

»Sie hätte sich mehr anstrengen müssen«, murmelte Arvid und machte ein paar zögerliche Schritte zur Bank zurück.

Kjell sah ihn mitleidig an. »Ich bin mir sicher, dass sie alles in ihrer Macht Stehende getan hat, um zu dir zurückzukehren.«

Arvids Augen füllten sich mit Tränen. Wie unendlich viel besser wäre sein Leben gewesen, wenn sie ihm den Rücken gestärkt hätte? Er sank neben Kjell nieder und zog die Decke an einem Zipfel wieder über seine Beine.

Wenn er mit Kjell eines Tages von hier weggehen würde, wie er gesagt hatte, dann konnten sie sich gemeinsam auf die Suche nach Arvids Eltern machen. Das waren fantastische

Nachrichten! Aber wieso benahm sich sein Freund dann, als fände er kein Körnchen Freude und keinen Funken Trost darin?

»Warum darfst du mir nicht die Wahrheit über sie erzählen?«, fragte Arvid.

»Damit du dich nicht auf die Suche nach ihr machst. Ein Junge, der so aussieht wie du, fällt in dieser Gegend auf. Für Toivo ist der Umstand, dass du nicht sein Sohn bist, eine furchtbare Schande. Er will um jeden Preis verhindern, dass das Wissen über dich nach außen dringt.«

Arvids Kehle schnürte sich zu. Dann war er also jemand, den man verstecken musste – ein Schandfleck, für den man sich schämte. Ob sein leiblicher Vater das auch so sah?

»Was ... ist aus ihm ... geworden? Aus meinem ... Vater? Lebt er noch?« Arvid bemerkte erst jetzt, dass er den Atem angehalten hatte, seit das Wort ›Schande‹ in seinen Ohren geklingelt hatte.

Als Kjell nicht antwortete, legte er behutsam eine Hand auf dessen Unterarm. »Wo ist er?«

Er schwieg so lange, dass sich Arvid nicht sicher war, ob er ihn gehört hatte. Doch dann zitterten seine Lippen und er plagte sich so sehr, Luft zu bekommen, dass Arvid die Frage nicht wiederholen wollte.

Kjell räusperte sich. Ein Mal. Zwei Mal. Für einen Moment sah er ihn direkt an und seine Augen tauchten bis auf die Tiefe von Arvids Seele. Dann ging sein Blick ins Leere und er krächzte: »Hier.«

Arvids Magen wurde flau und seine Hände schwitzig.

»Wie ... hier?«, hauchte der Junge. Seine Stimme kletterte mit jeder Frage eine Nuance höher, bis er kiekste: »Du meinst, hier in der Gegend? Wurde er ein Diener wie du? Der weitergezogen ist? Von Anstellung zu Anstellung? Bei anderen Familien?«

Kjell schüttelte den Kopf. Er umfasste Arvids Finger und strich mit den Daumen über seine Handrücken. Hin und her, hin und her. Er lächelte ihn an, doch er tat es so wehmütig, dass Arvids Herz bleischwer wurde.

Nun traten auch Tränen in Kjells Augen. »Ich war …«, er verstummte, öffnete den Mund, schloss ihn wieder. »Ich bin … der Mann aus dem Süden.«

Arvid starrte in das geliebte Gesicht, in dessen Augenwinkel sich über die Jahre Fältchen gestohlen hatten wie das erste Herbstlaub in saftig grüne Baumkronen. Wenn Kjell lachte, spannen sich die feinen Linien zu einem Muster, in dem er immer las, dass am Ende alles gut werden würde. Jetzt aber stand Angst in seinen sonst so besonnenen und geduldigen Zügen, als wäre er aus einem Albtraum erwacht, den er selbst bei Tag nicht abschütteln konnte, sein Atem stockte und er saß so weit nach vorne gebeugt, dass Arvid fürchtete, er würde jeden Moment von der Bank fallen.

»Du?«, hauchte Arvid, nur zu dieser einen Silbe imstande, denn sein Mund, seine Zunge, sein Kiefer gehorchten ihm kaum.

Dann griff alles mit beängstigender Geschwindigkeit ineinander: das vergitterte Fenster, von dem Kjell behauptet hatte, es diene seiner Sicherheit, so wie das riesige Holztor ihrer aller. Der Waldgeist. Die vertrockneten Blumen. Die verschlossene Zimmertür, von der er angenommen hatte, Kjell hätte sie von innen verriegelt. Sein Zimmer!

Siedend heiß fuhr ihm die Erkenntnis ins Mark. Er riss den Blick los und sprang auf, rannte auf tauben Beinen quer über die Wiese zum Nebengebäude.

»Tu das nicht! Arvid! Bitte!«, schrie Kjell in seinem Rücken.

Er wusste, dass Kjell ihm nachlaufen würde, doch bis er ihn erreicht hatte, würde Arvid sie längst gesehen haben, die heiß ersehnte Wahrheit.

Er riss die Tür zu Kjells Kammer auf, doch die Schwelle überwand er nicht. Kaum war sein Blick eine Sekunde umhergehuscht, erstarrte er und hielt den Atem an, die Finger noch auf der Klinke. Erst einen qualvoll langen Herzschlag später schlug er die Hände vor die Augen, wimmerte, kniff die Lider mit aller Kraft zusammen – doch zu spät, das Bild klebte längst in seinem Gedächtnis: Bis auf eine nackte, von rotbraunen Flecken übersäte Matratze in der Ecke und einem Stapel säuberlich gefalteter Kleidung in der anderen war der Raum gähnend leer.

Der Junge stand hilflos auf dem Gang, mucksmäuschenstill nach Luft japsend wie ein Fisch auf dem Trockenen, und wagte nicht, sich zu rühren. Der Fußboden hinter ihm knarzte.

»Ssshh … Nicht hinsehen«, flüsterte Kjell.

Die Tür vor seinem Gesicht schloss sich mit einem sanften Klicken und schickte einen Luftstoß durch sein Haar. Hände legten sich behutsam auf seine Schultern und drehten ihn aus dem Türrahmen heraus in die dunkle Sicherheit des Ganges und in die Geborgenheit von Kjells Pullover. Als er hörte, dass sich sein Freund neben ihn kauerte, riss Arvid die Lider auf.

»Es ist gut. Schon vorbei. Sieh mich an«, sagte Kjell eindringlich.

Aber Arvid konnte nicht. Stattdessen heftete sich sein Blick in blankem Entsetzen auf Kjells schiefes Bein. Seine Gedanken drehten sich unentwegt weiter, er hielt sich mit beiden Händen die Stirn, schüttelte sich. Eine scheußliche

Erkenntnis nach der anderen drängte sich in seinen Kopf, bis sich die grauenhaften Antworten aufeinandertürmten und er wusste: Die Wahrheit, nach der er so sehnsüchtig gesucht hatte, war kein goldglänzendes Püppchen einer graziösen Ballerina, das man in einer Vitrine ausstellte und bewunderte, sondern die verwunschene Handpuppe einer alten Hexe, die man am besten in einer Truhe einschloss und im Ozean versenkte.

Arvid heulte auf wie ein verwundetes Tier und fiel Kjell um den Hals. Hemmungslos schluchzend beweinte er die Stunden, Tage und Wochen, die Kjell einsam in seiner Kammer verbracht hatte und noch verbringen würde, die Tränen, die er geweint, die Schmerzen, die er durchlitten, den Kummer, den er ertragen hatte.

»Es ist alles meinetwegen! Ich bin schuld!«, brüllte Arvid.

Kaum hatte er es ausgesprochen, drückte ihn Kjell an den Schultern von sich. Er blickte ihm fest in die Augen und sprach langsam, aber sehr bestimmt: »Du hörst mir jetzt gut zu und vergisst es nie wieder: Nichts von dem, was hier geschehen ist, ist deine Schuld.«

Träne um Träne rollte über Arvids Wangen, seinen Hals hinab und verschwand in seinem Kragen. »Er ist ein sehr böser Mensch! Wenn er dich da drinnen eingesperrt hat … und … und wenn er dir … so … so fürchterlich, fürchterlich wehgetan hat!«

Kjells Hände rutschten an Arvids Armen hinab und drückten seine kalten Finger. Seine Worte waren ein Silberstreif am Horizont einer pechschwarzen Nacht. »Mach dir um mich keine Sorgen. Das wird schon wieder.«

Arvid wollte ihm diesen Satz, den er so gut kannte, glauben. Doch damals wie heute war er eine hoffnungsvolle, aber dreiste Lüge gewesen –, an diesem Frühlingstag, an dem er stundenlang auf ein verdorrtes Häufchen Blumen gestarrt hatte. Er wollte mit ganzem Herzen Kjells Last tragen und ihm seine Schmerzen nehmen, aber was konnte er schon ausrichten, wenn er selbst in größter Not zu nichts Besserem imstande war als Blumen zu pflücken?

Die Machtlosigkeit, die in ihm heranwucherte, laugte ihn aus. Sein Körper fühlte sich innen wie außen an, als hätte man ihn mit Schleifpapier angeraut und ihn in ein Salzfass gesteckt.

Kjell setzte sich auf den Boden, zog den Jungen zu sich und lehnte sich mit dem Rücken an die geschlossene Tür. Lange hing Arvid reglos in Kjells Armen, der ihn an sich drückte und in rhythmischen Kreisen über seinen Rücken streichelte. Die Maserung des Türblattes, auf die Arvid starrte, war ihm so vertraut wie verhasst, aber in diesem Moment schloss sich für ihn ein Kreis, und schließlich weinte er aus Erleichterung: Wo ihm einst nichts als stählerne Stille entgegengeschlagen war, rauschten heute Kjells Atemzüge in seinem Ohr. Endlich saßen sie auf derselben Seite der Tür.

Arvid entzog sich der Umarmung und drehte sich nach ihm um.

Kjell blickte ihn aus stumpfen Augen an. Er sah mindestens so erschöpft aus, wie Arvid sich fühlte.

»Die Wahrheit ist unsere einzige Waffe gegen Toivo«, sagte Kjell. »Er fürchtet nichts anderes. Wir sind beide unter der Bedingung hier, dass du niemals erfährst, wer du bist. Jetzt, wo du es weißt, können wir nicht länger ...«

Arvids Gedanken drifteten ab. Er konnte nicht zu Ende denken, was all das für sie bedeutete. Er wollte zu diesen schwerelosen Tagen zurück, an denen sie Drachensteigen gewesen waren, stundenlang im Garten Ball gespielt und in den Wolken nach Fantasietieren gesucht hatten.

»Arvid? Hörst du mir zu?«

»Die Wahrheit ist scheußlich«, flüsterte er benommen.

Kjell strich ihm über das Haar. Er lächelte ein so liebevolles Lächeln, wie es Arvid bei ihm noch nie gesehen hatte. »Wie man es nimmt. Sieh dich an – sieh uns an: Auch wir sind die Wahrheit.« Schlagartig war seine Stimme voll Bedauern: »Ich habe versucht, Toivo dazu zu bringen, dich gehen zu lassen, aber er ist ein verblendeter, kranker Mann. Und ich bitte mit leeren Händen.«

Eine heiße Nadel bohrte sich in Arvids Herz, als er sich vorstellte, dass sie getrennt werden würden. »Das macht nichts. Weil ich ohne dich sowieso nirgendwo hingehe«, brummte er trotzig.

Kjell richtete sich auf und schnaufte. Für eine Sekunde sah er sehr böse aus, dann, als täte ihm etwas sehr weh. »Sag das nicht. Es ist mein größter Albtraum, dass du frei sein könntest und dieses Privileg meinetwegen ausschlägst. Tu mir das nicht an. Ich kann vieles ertragen, aber dieser Gedanke ist mir unerträglich.«

»Es ist nur ...«, japste Arvid erschrocken. »Ohne dich ... wie soll das ... wie soll ich das ...«, er schluckte den Rest seines Einwands hinunter.

Kjell tätschelte seinen Handrücken. »Zerbrich dir nicht den Kopf über Dinge, die womöglich nie geschehen, und Entscheidungen, die womöglich nie getroffen werden müssen.« Ein unbesiegbares Lächeln lag in seinen Worten: »Wir werden jetzt tun, was ich dir gesagt habe: Wir lassen Havssun für immer hinter uns.«

42

Honigweich

Kjell hatte längst einen Plan: Noch bevor er Arvid zu Frühlingsbeginn die Wahrheit gesagt hatte, hatte er sich in den Wintermonaten das Hirn darüber zermartert, wie er die vermaledeite Gleichung, als die er ihre Flucht betrachtete, lösen konnte.

Das größte Problem war Havssuns Lage, denn sie konnten nicht weglaufen: Das Tor war versperrt und bewacht, und falls es den ominösen Gebirgspass tatsächlich gab, war er für Kjell ohnehin zu einem unüberwindbaren Hindernis geworden. Es verhielt sich so, wie Fornberg vor vielen Jahren behauptet hatte: Der einzige Weg aus Havssun führte durch das Tor.

»Was hier geschieht, bleibt hier«, murmelte Kjell, während er in der Dunkelheit seines Zimmers an die Deckenbalken starrte.

Da allein der Alte dafür sorgen konnte, dass man sie unbehelligt passieren ließ, musste Kjell ihn dazu zwingen, sie gehen zu lassen. Wie auch immer er das bewerkstelligen würde: Das Wichtigste war Arvids Sicherheit. Er durfte keinesfalls im Haus sein, wenn es zu einer Auseinandersetzung mit Fornberg kam. Der Junge musste sich in der Höhle verstecken.

Und was hatte Einar gesagt? Er sollte den Alten überlisten. Er brauchte etwas Scharfes oder Spitzes, mit dem er ihn bedrohen konnte. Und den Moment der Überraschung, um ihm nah genug zu kommen.

Blieb noch Frida. Wie würde sie reagieren, wenn er ihrem Dienstgeber Gewalt androhte? Würde sie den Plan durchkreuzen? Kjell musste es darauf ankommen lassen.

Am meisten Sorge bereitete ihm, dass er die Situation sezieren und analysieren konnte, so viel er wollte – selbst wenn er Lösungen für alle Probleme fände: Wie sollten die Schritte des Alten vorhersehbar bleiben, wo er doch in Tobsucht verfallen würde, sobald er realisierte, dass ihm sein krankes Spiel entglitt? Wenn er erst in Rage geriet, konnte Kjell ihn niemals überwältigen; selbst die schlaueste List würde ihn dann nicht mehr retten. Das bedeutete aber auch, dass sich Arvid nicht zu früh verstecken durfte. Er musste es rechtzeitig tun, sonst würde es ihnen wie bei ihrem ersten Fluchtversuch ergehen. Aber wann war rechtzeitig?

»Diese verdammte Gleichung hat zu viele Variablen!«, zischte Kjell und warf sich auf seiner versifften Matratze auf die Seite.

Dann vereinfache sie.

Er dachte die ganze Nacht lang darüber nach, wie ihm das gelingen konnte. Erst am nächsten Tag, als er nach dem Frühstück auf die Zeitung starrte wie in unzähligen anderen Stunden, fiel es ihm wie Schuppen von den Augen:

Kjell würde den Alten so lange wie möglich in dem Glauben lassen, das Zepter in der Hand zu halten, während er es ihm längst entrissen hatte. Damit würde er die Variable des Jähzorns minimieren. Der Rest lag bei Kjell. Wenn er jemanden aus der Gleichung nehmen konnte, dann sich selbst.

Daraufhin flogen ihm alle weiteren Schritte zu.

Der Plan stand auf tönernen Beinen, doch er stand: Nachdem Arvid nun wusste, was in Havssun vor sich ging, stahl Kjell zwei Konserven Trockenfleisch aus der Speisekammer und versteckte sie im Kinderzimmer. Eine Woche später ließ er Wolldecken verschwinden. Fornberg würde darauf aufmerksam werden und denken, er hätte einen weiteren Fluchtversuch verhindert. Früher oder später würde er Kjell mit dieser Entdeckung konfrontieren und im Zuge dessen begreifen, dass Havssuns Geheimnisse gegenüber dem Jungen keine mehr waren; denn Kjell konnte es zwar leugnen, aber wenn der Alte mit Arvid sprach, würde der Junge sein Mitwissen nicht verbergen können. Dann würde Fornberg sie beide töten wollen. Und so grotesk es auch klang – genau das musste geschehen, damit Kjells Rechnung aufging.

Dieser Plan war zu Kjells letztem Hoffnungsschimmer gewachsen, in den er Arvid soeben im sicheren Stall, fernab von neugierigen Augen und Ohren, eingeweiht hatte.

Der Junge hatte wie gebannt zugehört, doch seine Aufregung trübte seine Aufmerksamkeit und so ging Kjell die wichtigsten Etappen noch einmal mit ihm durch, während er an seinem dampfenden Becher Kaffee nippte: »Wenn wir in deinem Zimmer sind und ich dir sage, dass du loslaufen sollst, was tust du dann?«

Arvid schlug die Zähne in eine der Zimtschnecken, die, zu einer appetitlichen Pyramide aus Fett, Mehl und Zucker aufgeschichtet und unschuldig weiß glasiert, auf einem Teller zwischen ihnen lagen. Er brauchte eine Weile, bis er den riesigen Bissen seines Nachtisches gekaut und geschluckt hatte.

»Ich klettere durch das Fenster, renne in mein Versteck und lasse dort die Sanduhr durchlaufen.«

»Wie oft?«

Der Junge hielt Daumen und Zeigefinger hoch.

»Und wenn die Zeit um ist und ich noch nicht da bin?«

»Dann laufe ich zum Tor ... und sage –«, Arvid hielt inne und sah ihn besorgt an. »Aber du wirst doch da sein ...?«

Kjell stellte seinen Becher auf den Boden und klatschte in die Hände.

»Arvid, komm schon, jetzt konzentrier' dich! Du sagst dem Wachmann, dass Toivo schwer verletzt ist und dringend einen Arzt braucht.«

Der Junge nahm noch einen Bissen. »Einen Arzt«, wiederholte er ehrfürchtig und nickte.

»Der Wachmann muss ins Haus kommen«, fügte Kjell entschlossen hinzu. »Aber du begleitest ihn unter keinen Umständen. Du gehst nicht nach Hause zurück. Egal, was er sagt – du bleibst beim Tor.«

»Und wenn ich etwas falsch mache?«, flüsterte der Junge.

Kjell nippte an seinem Getränk, zuckte mit den Schultern und winkte mit der beiläufigsten Geste, zu der er fähig war, ab. »Dann improvisieren wir und finden eine andere Lösung.«

Dass der Plan genau so ablaufen musste wie besprochen, weil es keinen Raum für Abweichungen gab, wollte Kjell ihm nicht sagen, um ihn nicht noch mehr unter Druck zu setzen.

»Was tust du denn, während ich in der Höhle auf dich warte?«, fragte Arvid, ohne ihn anzusehen.

Kjell seufzte. »Mich mit Toivo unterhalten.«

Je mehr Zeit seit dem Gespräch mit Arvid verstrich, desto zäher vergingen die Tage, bis sich jeder einzelne wie eine

Strafaufgabe anfühlte, die mühsam abgearbeitet werden musste. Für Kjell, der sich in den Nächten stundenlang auf seinem Lager wälzte und dennoch keinen Schlaf fand, brachte jeder Morgen und jede Mahlzeit neue Fragezeichen: War heute der Tag aller Tage, würde der Alte die fehlenden Konserven nach diesem Frühstück ansprechen? Und wenn nicht, würde es dann mittags geschehen? Abends?

Auch beim heutigen Frühstück bemühte sich Kjell, eine Unterhaltung mit Arvid am Laufen zu halten, um die angespannte Atmosphäre aufzulockern, aber der Kleine ließ sich nicht in ein Gespräch verwickeln. Stattdessen baumelte er mit den Füßen und stieß dabei alle paar Sekunden mit den Fersen gegen die Querstrebe seines Stuhles. Kjell sorgte sich, dass der Junge alles vergessen würde, was sie besprochen hatten, und ihr Plan scheiterte, noch bevor er richtig angelaufen war.

»Hör auf damit. Du ruinierst den Stuhl«, murmelte Kjell.

»Ist doch bald schon egal«, maulte Arvid.

Frida warf dem Jungen einen tadelnden Blick zu. »Was soll das denn heißen? Es ist nicht egal. Und es fällt uns auf die Nerven.«

Der Junge zog den Kopf ein und aß sein Butterbrot in Stille.

Sie hatten ihr Frühstück längst beendet, Frida den Tisch abgeräumt und saubergewischt, dennoch blieben Kjell und Arvid in der Küche sitzen; Kjell wollte wissen, wo Fornberg war und was er tat, und von der Küche aus konnte er nach Hinweisen lauschen. Dabei musste Arvid bei ihm bleiben, denn für ihren Plan brauchten sie die Sanduhr, die der Junge nicht erreichen konnte.

Üblicherweise verließ der Alte das Haus um Schlag sieben, aber noch befand er sich im Wohnzimmer. Kjell starrte auf den tickenden Sekundenzeiger der Küchenuhr. In ein paar Minuten würden sie wissen, ob dieser Morgen ein Rufzeichen brachte.

»Ihr benehmt euch seit Tagen merkwürdig. Habt ihr denn nichts zu tun?«, fragte Frida, während sie die schmutzigen Tassen mit heißem Seifenwasser ausschwemmte.

Der Junge zuckte lustlos mit den Schultern.

»Wir überlegen noch, was wir mit dem Tag anstellen. Richtig, Arvid?«

»Warum geht ihr nicht nach draußen? Es ist warm und die Luft gut, das wird euch beiden eine Wohltat sein.«

Sie dachten nicht daran.

Die Minuten krochen vorbei, bis die Uhrzeiger auf sieben Uhr fünfzehn standen. Im Wohnzimmer rührte sich immer noch nichts; die Haustür blieb geschlossen, Stiefel und Jacke an ihren Plätzen in der Garderobe. Kjells Butterbrot lag ihm wie ein Stein im Magen.

»Mir ist langweilig«, schnaufte der Junge entnervt.

»Beneidenswert«, murmelte Kjell, während seine Fingerkuppen gegen die Tischplatte trommelten.

Es wurde sieben Uhr dreißig.

»Kann ich spielen gehen?«

»Nein.«

Arvid stützte das Kinn auf die Fäuste und baumelte weiter mit den Füßen.

Um kurz vor acht Uhr stand Kjell auf, nahm die Sanduhr vom Regal über der Spüle, wofür er einen stutzigen Blick von Frida erntete, und drückte sie Arvid in die Hand. Das Haus über eine Stunde verspätet zu verlassen, war kein typisches Verhalten für den Alten. Und das bedeutete, dass heute kein normaler Tag war.

»Hol dir eine Weste. Im Schatten wird es noch kalt sein«, raunte Kjell mit Grabesstimme.

Arvid ließ die Sanduhr zögerlich in seiner Hosentasche verschwinden. Als Kjell kaum merklich nickte, lief er in sein Zimmer und kam angezogen zurück.

Doch keine fünf Minuten später hörte Kjell, dass Fornberg die Eingangstür absperrte. Er war auf bizarre Weise enttäuscht und wütend darüber, dass der Alte ihn auch an diesem Morgen nicht endlich von der Bürde der Ungewissheit befreite.

»Wenn du willst, kannst du jetzt spielen gehen. Wir sehen uns beim Mittagessen wieder«, sagte er zu Arvid.

Dann würden sie erneut darauf warten, dass Fornberg sie mit dem Fehlen der Dosen konfrontierte.

Der Junge neigte den Kopf, blieb unschlüssig im Türrahmen stehen und trottete schließlich zur Hintertür, wo er sich auf den Boden setzte und seine Schuhe anzog. Kjell hingegen rückte ihre Stühle an den Tisch zurück. In der Hoffnung, dass sich sein rasender Puls dadurch beruhigen würde, wandte er sich zum Fenster, wo sich die weißen Gardinen in der Brise aufblähten und in der Morgensonne tanzten, und blickte nach draußen.

Frida schob einen Stapel Schüsseln in die Vitrine, schlang das feuchte rotkarierte Geschirrtuch zum Trocknen um den Griff des Ofens und musterte Kjell.

»Geht es Ihnen gut?«, fragte sie zögerlich.

Kjell starrte sie blank an, dann lachte er auf. »Blendend«, erwiderte er mit allem Sarkasmus, den er aufbringen konnte, und humpelte auf den Türrahmen zu.

Sie folgte ihm. »Was sollte das mit der Sanduhr? Was macht Arvid damit? Ich brauche sie.«

Er hielt inne, drehte sich nach ihr um, schnaubte. »Sie werden sie schon zurückbekommen.«

Fridas blasse Wangen schimmerten rosig, ihr Blick huschte aus verengten Augen über Kjells Gesicht. »Sie haben doch etwas vor. So wie Arvid und Sie sich benehmen«, sie furchte die Stirn.

In Anklage? In Sorge? Kjell griff nach der nächstbesten Stuhllehne und klammerte sich daran, erleichtert über die stabile Stütze. Er hatte keine Kraft, eine Ausrede zu finden, geschweige denn die Geduld, eine solche Unterhaltung zu führen.

»Kjell? Wollen Sie nicht Platz nehmen? Sie sind kalkweiß.«

Mit müdem Kopfschütteln setzte er sich erneut in Bewegung. »Seit wann kümmert es Sie, wie es mir geht? Sie hatten jahrelang Zeit, um sich unseretwegen Gedanken zu machen. Es ist längst zu spät.«

Als er sie ansah, empfand er weder Zorn noch Verbitterung, sondern Bedauern darüber, dass sie nie ihre Verbündete geworden war.

»Sehen Sie zu, dass Sie dieses Haus und diesen Wahnsinnigen so schnell wie möglich hinter sich lassen. Sie wollen nicht wie Benson enden«, flüsterte er.

Sie legte die Stirn in Falten. »Gustav Benson?«

Er blieb stehen. Seine Beine fühlten sich an wie Sandsäcke. »Sie kannten ihn?«, fragte er ungläubig. »Aber das ist unmöglich. Sie sind erst ... danach ... hergekommen.«

Frida starrte ihn an, als hätte er den Verstand verloren. »Ich bin ihm letzte Woche in der Stadt begegnet.«

Er konnte nicht darüber nachdenken, was das bedeutete, denn jäh rief Fornbergs Bariton: »Kjell, Arvid. Wohnzimmer. Jetzt!«

Es dauerte eine Weile, bis die Erkenntnis durch Kjells Gehirnwindungen sickerte, aber dann begriff er, dass der Alte die Haustür zwar verschlossen hatte, aber von innen.

Kjell stolperte den Gang entlang und riss die Hintertür auf. Der Junge stand beim Brunnen und pumpte mit einer Hand lustlos am Hebel, während er die andere unter das eiskalte Wasser hielt, das aus dem Auslass kam.

»Arvid!«, krächzte Kjell. Er räusperte sich. »Komm schnell! Dein *Vater* will uns sprechen.«

Arvid ließ die Pumpe augenblicklich los, lief zu Kjell und klammerte sich mit beiden Händen an dessen Arm.

Frida eilte zu ihnen aus der Küche und sah sie überrascht an. Ihr Mund stand offen, dann schnappte er zu. »Was ... geschieht hier?«

»Wenn Sie uns helfen möchten – wenn Sie Arvid helfen möchten – gehen Sie so schnell wie möglich zur Polizei. Und holen Sie Benson. Beeilen Sie sich«, flüsterte Kjell.

»Wird's bald?!«, brüllte Fornberg.

Sie schüttelte fassungslos den Kopf. Kjell legte im Gehen eine Hand auf ihre schmale Schulter und brachte ein winziges, erbärmlich deplatziertes Lächeln zustande.

Wie sie den Weg ins Wohnzimmer bewältigten, wusste er nicht, denn sein Körper bewegte sich gegen seinen Willen, während eine ohrenbetäubende Sirene in seinem Kopf kreischte.

Der Alte, der sich im Ohrensessel vor dem Kamin ausgebreitet hatte, bedeutete ihnen, auf dem Sofa Platz zu nehmen. Kjell sank neben Arvid nieder.

»Ihr wisst, warum wir hier sitzen«, sagte Fornberg. »Wir drei haben uns heute viel Zeit gelassen. Ist es nicht angenehm, ab und an Ruhe in den Tag zu bringen? Vieles sortiert sich dann von selbst.« Er grinste.

Kjell versuchte, in seinem Gesicht zu lesen. Aber da war kein Vorbote von Wut oder Zorn, er war gelassen, erleichtert sogar, gelöst. Arvid rutschte auf seinem Platz hin und her, sah sich im Raum um, dann von Kjell zu Fornberg und zurück.

»Wer von euch hat in meinem Arbeitszimmer herumgeschnüffelt? Wofür braucht ihr Konserven? Und Decken?«

Als Arvid nach Luft schnappte, legte Kjell eine Hand auf dessen weiße Fingerknöchel und streichelte beruhigend darüber, ohne ihn anzusehen. Kjell musste sich verhalten wie immer. Bereitwillig seine Frevel zuzugeben, sah ihm nicht ähnlich. Fornberg durfte keinesfalls Verdacht schöpfen, dass er im Begriff war, auf ein abgekartetes Spiel hereinzufallen.

»Arvid war neugierig. Er hat ein paar alte Bücher durchgeblättert. Es war ein einmaliges Vergehen und wir haben darüber gesprochen. Kein Grund, eine große Sache daraus zu machen.«

Fornberg schnaufte ungeduldig und schloss einen Atemzug lang die Augen. Als er sie wieder öffnete, war die Milde darin verschwunden und sein Gesicht zu einer Fratze verzogen.

»Warum tust du das? Warum hältst du mich zum Narren?«, presste er zwischen den Zähnen hervor. »Die Spuren waren überall! Fingerabdrücke im Staub: auf den Regalen, an den Fronten, oben auf dem Schrank, direkt unter der Leinwa-«

»Ich war es. Ich habe das Gemälde geholt«, stieß der Junge mit zitternder Stimme hervor.

Kjell fuhr zusammen, schüttelte hastig den Kopf, zischte: »Nicht!«

Arvid schien Kjell wie ein Samenkorn, das im sicheren Boden darauf wartete, ans Tageslicht zu stoßen. Aber nun entfaltete der Sämling seine fragilen Keimblätter just in der

Mittagshitze einer erbarmungslosen Wüste. Kjell fürchtete, die wütende Sonne würde ihn versengen, noch bevor er Gelegenheit gehabt hatte, Wurzeln zu schlagen.

Doch der Junge sprach unbeirrt weiter: »Kjell wusste nichts davon. Er hat mir verboten, es anzusehen, aber ich habe nicht auf ihn gehört. Es ist meine Schuld. Das ist die Wahrheit.«

Der Alte hielt inne. Er stützte die Wange in die Handfläche, schmunzelte. »Die Wahrheit also? Was für ein großes Wort. Habt ihr euch über das, was ihr gesehen habt, unterhalten?«

Arvid nickte zaghaft.

»Welche Erkenntnisse hast du gewonnen?«, Fornberg schlug die Beine übereinander.

Der Junge schmiegte sich an Kjell und murmelte: »Nicht viel.«

Fornberg schüttelte missbilligend den Kopf: »Und schon ist mein winziger Hoffnungsschimmer, dass zumindest du kein Lügner bist, erloschen.«

Kjell schnaubte. Die Hitze des Feuers brannte auf seinen Wangen. »Komm zur Sache.«

Der Alte lachte humorlos und erhob sich. »Ich hätte dich nicht für so dumm gehalten, Ausrüstung für einen weiteren stümperhaften Fluchtversuch zu stehlen. Wie gedachtest du, mich diesmal umzubringen?« Er zog seine Weste zurecht und schlenderte gemächlich auf den Jungen zu, die Miene wie aus Granit. Erst eine Armlänge vor ihm blieb er stehen und drehte sich zu Kjell. »Weiß er, wer er ist?«

Arvids Blick war voll kindlicher Wut, reiner und schärfer als jede Klinge. Als sich der Alte zu dem Jungen hinabbeugte und eine Hand auf dessen Schulter legte, stellten sich die

Härchen in Kjells Nacken auf und Arvid krallte sich an die Hand seines Freundes.

»Welche fantastischen Geheimnisse habt ihr vor mir?«, säuselte Fornberg.

Er grinste, als ob ihm diese Situation unendlich viel Freude bereitete, dann wandelten sich seine Worte in ein verschwörerisches Flüstern, das er in Arvids Ohr hauchte. »Du entscheidest jetzt. Alles liegt in deinen Händen.«

Der Junge starrte stur geradeaus in die lodernden Flammen des Kaminfeuers.

»Sag mir, Arvid«, flötete Fornberg und leckte sich über die Lippen. »Hat er dir die tragische Geschichte über den nutzlosen Südländer erzählt, der die Finger nicht von meiner Frau lassen konnte? Über deine Mutter, die seinetwegen nicht mehr bei uns ist? Und was ich mit diesem hübschen Fremden getan habe?« Er hob die Brauen, lächelte irre.

Der Moment zog sich wie Sirup, der von einem Löffel rann.

Arvid lief dunkelrot an und sprang auf.

Fornbergs Stimme schnitt in die Stille wie ein heißes Messer in einen Eisblock: »Deine Reaktion sagt mehr als tausend Worte. Danke, Arvid.«

Er zwinkerte dem Jungen zu und verließ mit großen Schritten den Raum.

»Was tun wir jetzt?«, flüsterte Arvid aufgeregt.

Kjells Mund murmelte Sätze ohne sein Einverständnis, die Balsam für seine Seele waren: »Gut gemacht. Das ist alles Teil des Plans. Gleich kommen wir zum zweiten Schritt: Wir müssen in dein Zimmer gehen. Fürchte dich nicht, wenn Toivo laut wird. Keine Angst, ich bin bei dir. «

Fornberg wechselte in der Küche ein paar belanglose Worte mit Frida und lachte. Die Hintertür öffnete sich und ließ das ausgelassene Zwitschern der Vögel hinein. Stille. Ein Schlüssel, der sich im Schloss drehte. *Knackknack.*

Es war wie beim letzten Mal. Die Wucht des Gedankens löschte die Hitze des Feuers auf Kjells Gesicht. Seine Wangen fühlten sich taub an. Schlagartig empfand er weder Mut noch Zuversicht und selbst das Wissen, dass Frida im besten Fall geradewegs zur Polizei ging, änderte nichts daran. Es hatte schon ein Mal so begonnen und der Tag hatte in einem Albtraum geendet, der ihn bis heute jede Stunde, ob wach oder nicht, verfolgte. Und damals war Arvid in Sicherheit gewesen, jetzt hingegen saßen sie nebeneinander.

Eine Sturmflut nackter Angst brach über Kjell herein, weit wie der Horizont und stark wie tausend Mann. Seine Hände zitterten wie Espenlaub, seine Atemzüge waren kurz und hastig. Er bekam gerade genug Luft, um nicht das Bewusstsein zu verlieren, konnte sich nicht rühren.

»Warum stehst du nicht auf? Du hast doch gesagt, wir müssen in mein Zimmer laufen«, fragte der Junge aufgeregt, aber es tönte von so unendlich weit weg, es mochte Einbildung gewesen sein.

Beschwingte Schritte klopften den Gang entlang, begleitet vom Pfeifen einer bizarr fröhlichen Melodie.

Arvid drückte seine Hand. »Wir sollten weglaufen, Kjell.«

Er wollte nicken, doch er konnte noch nicht einmal den Blick von den hypnotisch züngelnden Flammen vor sich nehmen, um seinen Sohn anzusehen. Die Melodie schwoll an, bis sie direkt vor ihm zum Stillstand kam.

Fornbergs Stimme war honigweich: »Das endet heute.«

Die Worte hingen wie Nebel im Raum.

43

Goldkehlchen

Der Alte packte Arvids Handgelenk und Kjells Oberarm und riss sie beide auf die Füße.

Kjell stand reglos neben Fornberg und sah teilnahmslos zu, wie Arvid an dessen Fingern zerrte, mit der freien Faust um sich schlug und nach ihm trat. Und schließlich, wie ihn der Alte mühelos hochhob, bis der Junge wie ein Fisch am Haken in der Luft zappelte.

Doch erst als die Wände Arvids gellenden Schrei zurückwarfen, erwachte Kjell aus seiner Trance. Heiße Wut fuhr in seine Glieder. Sie verdrängte die eiskalte Ohnmacht und spülte Kräfte in seine Muskeln, die er für immer verloren geglaubt hatte. Er griff sich den massiven gläsernen Aschenbecher vom Couchtisch und schmetterte ihn gegen Fornbergs Kinn. Augenblicklich löste sich der Griff des Alten um Kjell und Arvid, er taumelte zurück, schlug eine Hand auf die Wunde. Zwischen seinen Fingern quoll ein Sturzbach an verräterischem Rot hervor.

Kjell starrte ihn einen Wimpernschlag lang an, dann packte er Arvids Hand, stolperte mit ihm über den Flur, riss die Kinderzimmertür auf, stieß das Kind hinein, schleuderte die Tür hinter ihnen zu. Er zog den Stuhl zu sich, die Beine kreischten über den Boden, verkeilte ihn zwischen Türklinke und Holzdielen, wich einen Schritt zurück, keuchte. Fornbergs dumpfe Schläge erschütterten das Türblatt. Arvid schluchzte atemlos.

Kjell fluchte, griff sich an die Stirn. Er kauerte sich neben Arvid, legte die Hände auf seine Schultern, nahm drei tiefe Atemzüge, bis er sprechen konnte: »Du musst jetzt durch das Fenster klettern und loslaufen. Denk an die Sanduhr. Zwei Mal umdrehen. Gib mir Zeit.«

Das haselnussbraune Haar um Arvids Gesicht zitterte mit seinem hastigen Nicken.

Fornberg schrie und tobte auf der anderen Seite der Tür, rüttelte an der Klinke. Dann Stille. Einen Herzschlag später fiel Arvid Kjell um den Hals und vergrub das Gesicht in seinem Nacken. Kjell drückte ihn von sich – keine Zeit für Gefühlsduseleien: »Geh!«

Arvid drehte den quietschenden Fenstergriff und stieß die Flügel nach draußen auf, da erbebte das Türblatt erneut. Ein Mal, zwei Mal, drei Mal krachte und knirschte das Holz im Rahmen, vibrierte in den Angeln. Kjell hastete zu der mickrigen Barrikade und stemmte sich mit beiden Armen gegen den Stuhl. Wie lange würde diese lächerlich dünne Haut, die sie vor dem Außen schützte, Fornbergs Wut und Gewicht standhalten?

»Geh, Arvid!«, rief Kjell. Seine Stimme überschlug sich: »Schnell!«

»Aber du kommst nach? Es ist doch nicht wie damals, als du –«

»Los jetzt! Ich kann den Stuhl nicht so lange halten!« Er krallte die Finger um die Sitzfläche, schlug die Nägel in das Holz.

Die Worte des Jungen klingelten in Kjells Ohren: »Ich gehe nicht ohne dich! Ich kann nicht!«

Arvid ballte die Hände verzweifelt zu Fäusten, das kleine Gesicht zu einer verstörten Version seiner selbst verzogen, dessen Anblick Kjell endgültig die Tränen in die Augen trieb.

Kjell hasste das heisere, verwundete Fauchen seiner Worte: »Verdammt noch mal! Und wie du kannst! Wir haben keine Zeit dafür!«

Die Tür sprang aus dem Rahmen, ein Schuh quetschte sich in den Spalt, danach wulstige Finger. Kjell warf sich mit einem Zornesschrei gegen das Türblatt. Das Holz prallte gegen Fornbergs Hand, die knackte. Der Alte jaulte auf, zog sich zurück.

Arvid stand wie versteinert vor dem Fenster und flüsterte immer und immer wieder: »Kjell, bitte ... bitte nicht, bitte nicht!«

Er ließ den Stuhl los und stolperte zu Arvid, packte ihn an den Oberarmen und hievte ihn in einem gigantischen Kraftakt auf das Fensterbrett, stieß ihn halb fallend, halb kniend nach draußen. Der Junge kam auf allen vieren im weichen Gras auf. Er weinte tonlos, atemlos, mit zusammengekniffenen Augen und weit aufgerissenem Mund.

»Jetzt lauf. Lauf, Arvid! Ich verspreche, ich komme zu dir zurück!«, brüllte Kjell aus voller Lunge und riss sich los.

Er wusste, es würde seine letzte Lüge sein.

Das Türblatt segelte an den Angeln in den Raum, und wo die Klinke mit der Wand kollidierte, bröckelte der Putz in handtellergroßen Stücken ab. Der Alte sprang Kjell mit einem gewaltigen Satz entgegen, die von der Tür deformierten Finger der rechten Hand am blutverschmierten Kinn, die der linken um den Griff eines Fleischmessers geklammert, das er auf Hüfthöhe hielt. Sein Blick huschte im Raum umher, blieb am Fenster hängen, dann schnellte er zu Kjell, fixierte ihn. Blässe kroch über sein rotgeflecktes Gesicht. Er machte einen Schritt auf ihn zu, brüllte wie besessen, nichts Menschliches mehr in Miene und Stimme. Kjell stolperte zurück, bis er erst am Bettgestell, dann an der Wand anstieß, den Blick wie betäubt auf das Messer gerichtet, das Fornberg über ihn hob.

Der Moment dehnte sich. Unermessliches Bedauern stieg in Kjell hoch. Eines, das sich immer dann bemerkbar macht, wenn eine glorreiche Zeit dem Ende zugeht: ein letzter heißer Sommertag vor dem grauen Herbst. Eine innige Umarmung vor einem endgültigen Abschied.

Er sah die Klinge noch auf sich niedergehen, dann blickte er zum Fenster hinaus. Arvid rannte geradewegs auf den Waldrand zu, als flöge er über das Gras, und wandte sich nicht um. Kjell atmete auf.

Jäh fuhr ein scharfer, schneidender Schmerz in seinen Oberkörper. Seine rechte Schulter schob sich ohne sein Zutun zurück. Er wollte den Blick nicht von Arvid abwenden, denn solange er ihn sah, waren sie noch miteinander verbunden. Doch sein flatternder Herzschlag zwang ihn dazu, hinzusehen: Das Messer ragte zur Hälfte unter seinem Schlüsselbein hervor, der schwarze Griff überzogen von roten Schlieren, die die erbarmungslose Hand seines Widersachers zurückgelassen hatte. Der Alte zog die Waffe aus Kjells Brust.

Kjells Knie knickten ein. Er sank auf Arvids Bett und starrte ins Nichts, suchte nach Zuflucht vor dem Schmerz, der drohte ihm die Luft zu rauben, rang um einen letzten Lichtstrahl und um einen Funken Hoffnung.

»Und?«, fragte der Alte, Triumph in seinem teigigen Gesicht. Er wischte die Klinge an Kjells Schulter ab. »War er das alles wert?«

Kjell zögerte keine Sekunde. »Natürlich war er das«, stieß er entrüstet hervor. »Er ist mein Sohn.«

Orangerote Wärme durchflutete ihn. Kjell hatte diesen Satz nie zuvor laut ausgesprochen; jetzt trugen ihn die Worte kilometerweit hoch bis über die Wolken.

Er drückte sich tief in das Kopfkissen. Arvids Geruch durchdrang jede Faser unter ihm. An keinem Ort hätte er ihm näher sein können als an diesem, wo ihre Tage stets begonnen und geendet hatten. Die Finger seiner linken Hand zitterten, als er mit angehaltenem Atem über die weiche Bettdecke tastete. Der Alte musste näher kommen.

Du kannst dich nicht auf sein Wort verlassen, aber auf seine Wut.

»Toivo ... Was würde deine Frau sagen, wenn sie wüsste, was du Arvid angetan hast?«

Fornberg lachte, das Messer fest in der Hand, die Augen wie gebannt auf die blitzende Klinge geheftet. Er hauchte gegen das Metall und rieb mit dem Ärmel darüber, dann wandte er sich zum Gehen.

Kjell schob die Hand in den Spalt zwischen Matratze und Wand. Er atmete stockend aus. »Sie hat davon geschwärmt, wie aufmerksam du ihr gegenüber immer warst.«

Fornberg erstarrte.

»Sagte, dass du ihr die Welt zu Füßen legen würdest. So war sie. Deine ... Elina.«

Die beiläufig genuschelten Worte waren ein Giftpfeil, der sein Ziel auch nach so vielen Jahren nicht verfehlte.

Der Alte wirbelte zu ihm herum. »Wage es nicht, den Namen meiner Frau in den Mund zu nehmen!«

Kälte füllte Kjells Körper. Er lachte leise. »Bei mir hat sie an ihrem Höhepunkt gesungen wie ein Goldkehlchen. Man muss es quer über den Kontinent bis in meine Heimat gehört haben. Weißt du, woran das lag? Ich verrate es dir.«

Fornberg gaffte ihn fassungslos an.

Kjells Faust schloss sich um den angespitzten Buntstift.

Er wusste, dass sich die Siegessicherheit, die in seiner Stimme lag, bis in seine Augen ausbreitete: »Ich hatte nicht nur ihren Namen im Mund.«

Einen Atemzug lang wirkte der Alte wie eine Statue seiner selbst, dann stürzte er sich mit einem animalischen Schrei auf Kjell.

Kjell riss den linken Arm hoch und rammte den Buntstift in Fornbergs Auge. Der Alte jaulte auf. Er schlug die Hände vor das Gesicht. Das Messer klapperte auf die Holzdielen und blieb vor dem Bettgestell liegen. Während Fornberg brüllend vor Schmerz um sich schlug und die blütenweiße Bettwäsche mit roten Flecken überzog, schob sich Kjell vom Bett. Auf die Waffe konzentriert, spürte er den Aufprall auf dem Boden kaum, packte sie mit der Linken und zog sich am Nachttisch auf die Knie, dann auf die Füße. Er stolperte auf den Alten zu, der rutschige Griff des Messers schwer in seiner Hand. Fornberg stand mit blutüberströmtem Gesicht vor ihm, der Mund in blankem Entsetzen geöffnet, schüttelte flehend den Kopf, streckte abwehrend einen Arm nach ihm aus, setzte an, etwas zu sagen.

Kjell stach zu, wieder und wieder, bis ihn die Kraft verließ.

44
Firlefanz

Er starrte auf das rote Glänzen unter Fornbergs leblosem Leib, das mit beängstigender Geschwindigkeit auf ihn zuglitt. Die Waffe rutschte aus seinen tauben Fingern. Würgend ging er in die Knie. Er durfte hier nicht ohnmächtig werden, musste wieder aufstehen, hatte noch etwas zu erledigen.

Haustürschlüssel – wo? Kjell klopfte die Taschen von Fornbergs feuchtwarmem Jackett ab und fand den Schlüsselbund eng an seinem Körper in seiner Westentasche. Er musste seine Rechte mit der anderen am zitternden Handgelenk festhalten, um die Schlüssel aus der Tasche ziehen zu können und die verschlossene Haustür aufzuschließen.

Dann taumelte er die Stufen in den Garten hinab, ließ den Stock los, fiel auf alle viere. Das Bild von Arvids grünem Buntstift in Fornbergs Augapfel drehte ihm endgültig den Magen um und er übergab sich.

Er wischte mit dem Handrücken über seinen Mund, kroch zur Hauswand und lehnte sich mit dem Rücken an den warmen Stein. Eine Weile saß er so da, den Blick auf den Wall von Grün am Fuß der Berge gerichtet, von dem er wusste, dass er ihn nie überwinden würde, und lauschte dem Stakkato seines Herzschlags in seinen Schläfen.

»Na? War's das?«, fragte eine körperlose Stimme jäh neben ihm.

Kjell blinzelte und sah sich um.

Einar lehnte in der offenstehenden Haustür, die Arme vor der Brust verschränkt, einen Fuß an den Türrahmen gestellt, ein strahlendes Lächeln im Gesicht. Ohne eine Antwort abzuwarten, tänzelte er die Stufen hinab und ließ sich neben Kjell ins Gras fallen.

Kjell nickte vorsichtig. Er konnte es kaum glauben, aber die Bestie war besiegt. Mit ihrem Niedergang lag ein unwahrscheinlicher Frieden über dem Anwesen; die Frühlingssonne tastete sanft über die Erde und streichelte zärtlich über sein Gesicht, ja, sogar die Vögel zwitscherten ausgelassen von den Bäumen, als ob sie riefen: »Vorbei, vorbei, vorbei!« Doch Kjell teilte weder ihre Begeisterung noch ihren Triumph, denn auf seinem Oberkörper prangte ein nasser, dunkler Fleck und rote Sprenkel überzogen seinen grauen Pullover ebenso wie seine Hände. Er warf Einar einen bestürzten Blick zu – es war so viel Blut.

»Verlier jetzt nicht die Nerven«, flötete der junge Mann unbekümmert und beschrieb einen Kreis vor Kjells Gesicht: »Zumindest *das* ist nicht von dir.«

Der Gedanke von Fornbergs Blut auf seinen Lippen widerte Kjell an und er wühlte in seiner Hosentasche hastig nach einem Taschentuch. Weil er den rechten Arm nur unter Schmerzen bewegen konnte, wischte er mit dem linken ungeschickt über Stirn und Wangen.

»Ruhig. Ganz langsam. Wir machen das gemeinsam«, sagte Einar sanft, als würde er mit einem Kätzchen sprechen, das während eines Gewitters in einer Baumkrone festsaß.

»Gemeinsam? Unmöglich«, flüsterte Kjell.

Er nahm Kjell das Tuch ab, knüllte es zusammen und presste es mit beiden Händen fest gegen die Stichwunde. Kjell sog die Luft zwischen den Zähnen ein und stöhnte.

»Tut mir leid. Aber wir müssen fest draufdrücken«, der Blick des jungen Mannes huschte über das Taschentuch.

»Wieso hast du mich angelogen, Ulrik?«

Einar schüttelte tadelnd den Kopf. »Jetzt? Du willst diesen Firlefanz jetzt ausdiskutieren? Sei froh, dass ich noch hier sein kann.« Seine Stimme wurde beschwörend, betonte jedes Wort: »Du musst Hilfe holen.«

Kjell hielt inne. Einen Herzschlag lang sahen Einars Augen aus wie jene, die er jeden Morgen im Spiegel sah. »Arvid wird Hilfe holen.«

Einar beugte sich an ihn heran und flüsterte direkt in sein Ohr: »Wann? In zwanzig Minuten? Da läuft er erst los. Du musst zum Tor. Sofort.«

Kjell schnaubte. »Ich kann kaum den Arm heben; wie soll ich meinen Stock verwenden? Es wird Stunden dauern, bis Hilfe kommt. Es ist zu spät.«

Einar kräuselte die Lippen. Seine Augen funkelten wütend. »Du hast fast ein Jahrzehnt für deine Freiheit gekämpft und willst jetzt, wo du sie errungen hast, auf den Tod warten? So knapp vor deinem Ziel? Ich lasse das nicht zu.«

Doch Einars Einwände stießen auf taube Ohren, denn eine watteweiche Dunkelheit lockte Kjell in ihre trügerische Zuflucht. Ruhe breitete sich in ihm aus. Ruhe, als ob die Zeit stehen geblieben wäre. Ruhe wie eine in der Sonne glitzernde Winterlandschaft und darüber ein strahlend blauer Himmel.

Einar klatschte direkt vor seinem Gesicht in die Hände, woraufhin Kjell hochschrak.

»Denk nicht dran. Augen auf! Sofort!«, er rüttelte ihn an den Schultern. »Dein Junge braucht dich noch!«

Kjell brachte kaum ein Murmeln zustande: »Warum gehst du nicht allein zum Tor?«

»Du musst dich konzentrieren. Da. Draufdrücken. So fest du kannst«, Einar presste Kjells linke Hand statt seiner auf das Taschentuch. Mit einem Ächzen zog er ihn auf die Beine und legte Kjells anderen Arm um seine Schultern. »Und jetzt hör auf nachzudenken und mach, was ich dir sage. Geh los. Setz einen Fuß vor den anderen. Für Arvid. Erfülle deine Aufgabe.«

Schweigend und in einem quälend langsamen Marsch kämpften sie sich voran. Bald atmete Kjell wie durch hunderte Lagen Stoff. Als endlich das Dach des Wachturms zwischen den Fichten hervorragte, klebte ihm die Zunge am Gaumen wie ein Stück Fleisch, das in Löschpapier eingeschlagen war, und seine Beine versagten allmählich ihren Dienst. Doch obwohl die Strecke, die sie zu bewältigen hatten, endlos schien, trennten sie bald nur noch wenige Meter vom Sichtradius des Wachmanns.

Auf dem gepflasterten Weg gaben Kjells Knie schließlich nach und er wäre bäuchlings im Dreck gelandet, wenn ihm Einar nicht geholfen hätte, sich auf den Rücken zu drehen.

Der Arbeiter umschloss behutsam seine Hand und beugte sich über ihn. »Du hast deinen Jungen gerettet.«

Ein einsames Grasbüschel kitzelte Kjells Wange. Die Berührung erinnerte ihn an den eiskalten Morgen, an dem er Arvid nach dessen Albtraum über den Hof getragen hatte. Es war dieser Moment gewesen, in dem ihm bewusst geworden war, dass er ihn liebte. Anfangs hatte Kjell die Macht gefürchtet, die diese intensive Liebe über ihn hatte, denn eine solche Naturgewalt fühlte sich gefährlich und scharfkantig an. Sie musste erst durch die Gnade der Zeit besänftigt werden, doch dann wurde sie stabil und dehnbar wie Spinnenseide, und je mehr sich Kjell dagegen wehrte, desto fester wickelte sie ihn ein. Auf diese Weise hatte sie ihn zugleich lächerlich verwundbar und überlebensgroß gemacht.

Einars Gesichtszüge verschwammen zu jener Silhouette, als die er ihn in seiner Kammer nach Gustavs Tod kennengelernt hatte. In den Ecken seines Verstandes glomm eine Antwort wie das letzte Stück Glut in der kalten Asche eines erlöschenden Kamins. Eine, die immer da gewesen war, aber er erst jetzt, wo alles andere dunkel wurde, sehen konnte.

»Ich erinnere mich. Du warst bei mir. Damals, im Frühling, in meinem Zimmer. Mit Fornberg. Es war genau wie jetzt«, murmelte er. »Du hast all die Zeit über meine Hand gehalten. Und dann hast du …«

Ihn beschworen, standhaft zu bleiben. Ihm versichert, nicht allein zu sein, auch das zu überstehen, wieder einen Morgen sehen zu werden. Und Fornberg angefleht, von ihm abzulassen.

»Aber er hat dich ignoriert«, flüsterte Kjell, während sein Blick in den weiten Himmel wanderte.

Einar schwieg eine Weile. Tröstlich und nachsichtig waren seine Worte, sanft wie eine Feder: »Nein, Luca. Er hat mich …«

»… nicht gehört«, hauchte Kjell.

Als er den Kopf erneut zu Einar drehte, fehlte jede Spur von ihm und Kjells Hand lag offen auf den Pflastersteinen, direkt neben seinem Stock.

Ich war nie etwas anderes als dein Freund, erwiderte Einars Stimme in seinem Kopf, die zugleich seine eigene war. *Und wie dringend du einen brauchtest – mutterseelenallein am Ende der Welt.*

Seine Lider schlossen sich.

45

Königsblau

Finger strichen über seine Arme, glitten über seine Wange, nestelten an seiner Brust. Jemand richtete ihn auf, zog an ihm. Stimmengewirr. Er zwang die Lider auf, blinzelte. Ein Mann kniete neben ihm, hielt ihn an der Schulter, etwas zog an seiner Wunde. Wer umklammerte seine Hand? Rief diesen Namen, den er seit Ewigkeiten nicht mehr trug? Dumpf wie unter Wasser kamen die Laute zu ihm.

Erst nach einer Weile ordnete sich das Durcheinander. Er kannte diese Stimme, kannte diesen Mann, der sich über ihn beugte. Kleine runde Nickelbrille, strahlend blaue Augen. Erneut fuhrwerkte er an Kjells Schulter herum, was zwar einen abartigen, stechenden Schmerz von seinem Scheitel bis in seine Zehenspitzen jagte, ihn jedoch endgültig zum Auftauchen aus den Untiefen des eiskalten Meeres zwang, in dem er trieb.

»... gleich fahren!«, rief Gustav.

»Was hat dich ... so lang ... aufgehalten?«, murmelte Kjell und versuchte ein Lächeln.

Gustav, glänzende Nadel und gestrafften Faden in der Hand, blinzelte ihn aus erschöpften Augen an und atmete erleichtert auf. »Herr im Himmel!«

Kjells Oberkörper lag auf etwas Weichem und damit leicht erhöht, eine braune Decke war bis zu seinem Kinn über ihm ausgebreitet und ließ die rechte Schulter frei. Darunter ragten die zerschnittenen Reste seines ehemals grauen Pullovers hervor.

Kleine Finger schlangen sich um seine rostrote Hand. Er folgte ihnen hoch über den dazugehörigen Ellenbogen und die Schulter in ein Gesicht, von dem er überzeugt gewesen war, es nie wieder zu sehen. Erleichterung schwappte über ihn.

»Geht es dir gut, Arvid?«, krächzte er.

Die vollen Lippen zwischen Arvids geröteten Wangen kräuselten sich, seine Stirn legte sich in tiefe Falten und Tränen sprangen aus seinen Augen. Er versuchte, etwas zu sagen, doch er japste nach Luft und brachte dennoch keinen Laut hervor, schlang stattdessen behutsam die Arme um Kjells Hals, der ihn mit der linken Hand fest an sich drückte und auf das seidige Haar küsste.

»Ich habe dir so viel zugemutet. Verzeih mir«, flüsterte Kjell in sein Ohr.

»Du bist … nicht … zurückgekommen!«, schluchzte Arvid.

»Wenn ich dir die Wahrheit gesagt hätte … wären wir nicht hier. Aber jetzt sind wir für immer in Sicherheit. Toivo kann uns nichts mehr antun.« Kjells Stimme brach: »Nie wieder.«

Gustav räusperte sich. »Wie fühlst du dich?«

»Durstig. Müde. Und ich friere«, seufzte Kjell.

Gustav nickte wissend, zog seinen Wollmantel aus und drapierte ihn so über Kjell, dass er seine Schulter dabei aussparte und mit der Arbeit fortfahren konnte, während er sprach. »Es ist kühl heute und du hast Blut verloren. Aber Herr Ahlgren hier«, er nickte zu dem aschfahlen jungen

Wachmann, der neben Kjells Füßen stand, »hat sich bis zu meinem Eintreffen vorbildlich um dich gekümmert, indem er Druck auf die Wunde ausgeübt und dafür gesorgt hat, dass du warm bleibst. Zwei Stiche noch.« Gustav lächelte aufmunternd und nähte weiter. Als er fertig war, übergoss er die Wunde mit einer farblosen Flüssigkeit, die höllisch brannte, und legte eine Kompresse auf. »Es blutet kaum noch. Das ist gut.«

»Gut genug?«, fragte Kjell.

Gustav legte die Stirn in Falten. »Du hast dich völlig verausgabt und brauchst Ruhe. Wir fahren jetzt ins Hospital und dort sehen wir weiter.« Endlich lächelte er erneut. »Wir sind uns doch einig, dass du ein zäher Hund bist. Lass uns darauf bauen.«

Gemeinsam trugen sie Kjell unter den Armen und an einem Bein zu einer offenen Kutsche, die nur wenige Schritte entfernt stand, legten ihn auf die Sitzbank und wickelten ihn behutsam in eine zweite Decke.

Herr Ahlgren nahm seine Mütze ab und knetete sie vor der Brust, suchte betreten Kjells Blick, nur um ihm dann auszuweichen. Er räusperte sich unentwegt, bis er seinen Mut gesammelt hatte und hervorstieß: »Herr Fornberg hat gesagt … Ich dachte … Sie hätten etwas verbrochen. Etwas sehr Schlimmes. Es tut mir leid. Ich weiß, das reicht nicht, aber … bitte … vergeben Sie mir.«

Kjell nickte. »Nicht mehr wichtig. Danke. Gehen Sie nach Hause.«

Arvid, der Kjells Hand nie losgelassen hatte, kletterte neben ihn, dann folgte Gustav. Auf einen Zuruf hin knallte der Kutscher mit der Peitsche und die Pferde galoppierten los.

Kjell musterte die hängenden Schultern des Arztes, die

kleinen Augen, die gefurchte Stirn, die Pigmentflecken auf seinen Handrücken. Er war um Jahrzehnte gealtert.

Auch Gustav sah ihn unumwunden an. »Ich habe damals die Behörden alarmiert, wie ich es dir versprochen hatte«, brach es schließlich aus ihm heraus. »Ich war dabei, als die Polizei den Hof durchsucht hat. Aber von dir fehlte jede Spur. Danach hat mir Toivo den Zutritt verweigert. Unzählige Male bin ich noch vor dem verriegelten Tor gestanden und habe Einlass verlangt. Zuletzt bekam ich Morddrohungen. Ich habe sie gemeldet, aber natürlich haben mir die Beamten nicht mehr geglaubt. Für sie war ich nur noch ein alter Mann, der Dinge erfindet.« Gustav schüttelte missbilligend den Kopf. »Ich hätte mehr tun, einen anderen Weg finden müssen.«

Kjell seufzte tief. »Es tut so gut, dich wiederzusehen. Du hast alle Hebel in Bewegung gesetzt, nun quäl dich nicht länger. Ich mache dir keinen Vorwurf. Warum also tust du es?« Er drückte Gustavs Unterarm, schmunzelte. »Mein Sohn hat eine Zukunft. Wir haben beide unsere Aufgabe erfüllt.«

Arvid schmiegte sich an seine Brust. Als ihm Kjell ein paar störrische Strähnen aus dem verschwitzten Gesicht strich, huschte der Blick des Jungen erst zu dessen Fingern, dann zu seinen eigenen, an denen dasselbe Blut klebte. Er trug hunderte Fragezeichen und tausende Befürchtungen.

»Du hast Doktor Benson doch gehört – ich bin zäh. Du weißt das am besten«, Kjell schmunzelte, obwohl ihm nicht danach war.

Der Junge warf Gustav einen misstrauischen Blick zu, der sich daraufhin höflich abwandte, und brachte den Mund an Kjells Ohr. Seine Worte kitzelten darin: »Versprich mir, dass ich dich nicht loslassen muss. Das kann ich nicht. Wir müssen für alle Zeiten genau so sitzen bleiben.«

»Bis wir im Hospital sind, können wir genau so sitzen bleiben. Versprochen.«

Während sie sich dem nun leer stehenden Wachturm und der Mauer näherten, blickte Kjell in die endlose Weite eines perfekten Himmels, leuchtend und unwirklich blau. Er war davon überzeugt, dass das grauenvolle Tor auch jetzt verriegelt sein würde, schließlich war es immer so gewesen. Das besagte eines der Naturgesetze ihrer kleinen Welt von Havssun. Dann sah er es.

Mit jedem Meter wuchs sein Lächeln, zuerst schüchtern, allmählich immer größer, bis sein Gesicht strahlte wie ein hell erleuchteter Festsaal zu Beginn eines feierlichen Banketts. Nun, wo Fornberg die Fäden nicht mehr in der Hand hielt, verfügten alte Gesetze über keinerlei Macht mehr. Er konnte nicht anders, als ehrfürchtig den Atem anzuhalten, während die Kutsche unter dem hölzernen Bogen hindurchsauste, und die kleine Hand fester zu drücken, die in seiner lag.

»Hast du gesehen? Wir sind draußen!«, rief Arvid glockenhell.

Er streichelte zärtlich über Kjells Wange. Seine sanften Augen, in denen sich der Himmel hundertfach spiegelte und in denen die Sonne eines neuen Tages leuchtete, ruhten auf denen seines Vaters. Es war die wunderbarste Nachricht, die Kjell je gehört hatte.

»Nein … besser«, flüsterte Kjell so sachte, dass sich seine Lippen kaum bewegten. »Wir sind frei.«

Als hätte er in den vergangenen Jahren kein einziges Mal Luft geholt, sog er das grenzenlose Königsblau über ihnen tief in seine Lunge, bis es seinen Körper durchdrang und den hintersten Winkel seiner Gedanken flutete. Wie fantastisch diese Erlösung schmeckte! Nie zuvor hatte er etwas Herrlicheres gekostet.

Content Notes

Diese Liste wurde mit größter Umsicht und Sorgfalt erstellt. Sie erhebt dennoch keinen Anspruch auf Vollständigkeit.

Explizite Darstellung oder Erwähnung von:

- Alkoholsucht
- Depressionen, Suizidgedanken
- Folter
- Gefangenschaft, Sklaverei
- Körperflüssigkeiten (Blut, Erbrochenes)
- körperlicher und seelischer Gewalt, u. a. gegen Kinder und Frauen
- Mord
- schweren Verletzungen/Behinderung
- Sex
- Dunkelheit, Nadeln, Spinnen, Übergeben

Printed in Poland
by Amazon Fulfillment
Poland Sp. z o.o., Wrocław

34025980R00237